金水湾

JINSHUI WAN

张守志 / 著

时代出版传媒股份有限公司
安徽文艺出版社

图书在版编目(CIP)数据

金水湾/张守志著. —合肥:安徽文艺出版社,2017.5
ISBN 978-7-5396-5994-7

Ⅰ. ①金… Ⅱ. ①张… Ⅲ. ①长篇小说-中国-当代
Ⅳ. ①I247.5

中国版本图书馆 CIP 数据核字(2017)第007387号

出 版 人:朱寒冬
责任编辑:张妍妍　　装帧设计:徐　睿

出版发行:时代出版传媒股份有限公司 www.press-mart.com
安徽文艺出版社 www.awpub.com
地　址:合肥市翡翠路1118号 邮政编码:230071
营 销 部:(0551) 63533889
印　制:合肥创新印务有限公司 (0551)64456946

开本:700×1000 1/16 印张:18.5 字数:350千字
版次:2017年5月第1版 2017年5月第1次印刷
定价:38.00元

JINSHUI WAN | 目录

第一章

一

公元一九九七年。盛夏。

大天白亮，金水湾好像还惺惺忪忪。庄稼人大活小活一茬接一茬，虽然不是天天火烧眉毛，但也要紧锣密鼓有板有眼。今儿虽是白谷眼子天，给庄稼上肥也得分秒必争，眼下正赶上节骨眼儿。

唐希旺憋了一气，见外面仍没有动静，沉不住了，他扯过广播，心急火燎没大没小地可着嗓子吼："日头冒火了，还在做梦啊！快到嘴的粮食不上心，等着喝西北风！……"

头天下晌，县救灾办运来一卡车化肥，天蒙蒙明，唐希旺就爬起来找到文书刘长富，把存放化肥的村委会大院的大门打开，然后一家挨一家拍着门喊：快去村里领化肥，按地亩免费发放，庄稼正要追肥，手脚麻利些。……太阳一竿子高了，只有稀稀拉拉几个人没精打采地拉着板车去村委会。身为村支书的唐希旺一根肠子通屁股，有屁就放，办事从不拖泥带水。"大呼隆"时，唐希旺还是金东生产队的队长。有一年夏收夏种大忙，为了赶农活，一天夜里他误把月光当天亮，看错了小闹钟，刚过后半夜就吹哨子催大伙儿出工，不仅闹了个"半夜鸡叫"的笑话，也搅了年轻人的美梦，尤其是两口子正沉于做那种事的更觉晦气。那时唐希旺已经坐三望四，结婚十多年，老婆还没有解怀。于是就有人背后嚼他的舌头："整天猴急，浑身像有使不完的劲，净放虚屁。有本事，自己的女人咋种不上。……"

这话可能说早了点。唐希旺是个既本分又憨厚的人。他的本分与憨厚有些笨拙,笨拙得两口子做那种事时不讲究什么套路,一开始就长驱直入,一阵狂轰滥炸就草草收场。至于是否击中目标,似乎并没有放在心上。但唐希旺不但没有放虚屁,还在金东队创造了一炮双响的先例。在父母的催促下,唐希旺和老婆王秀芳去两趟县医院就怀上了。而且是龙凤胎,生下一男一女。乐得唐希旺的妈张华玉高兴得整天合不拢嘴:“晚下地不少收庄稼。咋啦,媳妇一次给俺抱出两个娃。孙女在先叫水莲,孙子跟后叫水生,咱住在金水湾,喝着淮河水,就按水字叫吧!”

一晃十多年过去了。实行家庭联产承包制时,唐希旺是金水湾村党支部书记。长期养成的雷厉风行的习惯不但没改掉,广播喇叭还成了他得心应手的工具。他停了一会儿,见来领化肥的人还稀寥寥的,拧开广播,又扯开了嗓门:“大家注意,不要睡扁了头,化肥不会长腿跑到地里。……”

金水湾地处淮河中上游交汇处,是个咽喉地带。六十年前,国家在这里建了一座十五孔大闸,大闸下面是方圆一百多平方公里的金水湾蓄洪区。大水一来,金水湾吃紧,国家一个命令开闸蓄洪,闸门一开,蓄洪区里就房倒屋塌,一片汪洋,家家都淹得精光。金水湾村处于蓄洪区最前沿,淹得也最惨。大闸建成的第二年,淮河中游就暴发大洪水,平地水深一丈多,大树头上能行船。当时的村长是唐希旺的爸,他从小给地主扛长工,吃了不少苦,磨炼得肉紧筋粗,一拳头能把石板子砸个坑。因为兼任乡里的民兵班长——那时的民兵班相当于后来的派出所,担负着维护社会治安的重任,加之当时的淮河两岸时不时还有土匪暗地里活动,乡政府特地给唐希旺的爸配了一把汉阳造手枪。那手枪不但有些笨重,还只能一发一发地扣,不能连发。可能是从当地恶霸地主或土匪手里缴获来的家伙,年头久了,外面套着的皮套子磨得油光闪亮。那时的乡下人管这种带皮套子的手枪叫盒子枪。不知是为了长脸,还是工作需要,每天从早到晚唐村长的盒子枪不离身,睡觉时也枕在头下面。于是金水湾就流传着这样的顺口溜:

金水湾,唐村长,
屁股后面啪啪响。

穷人当家做主人，
土匪坏蛋无处藏。
翻身全靠毛主席，
永远跟着共产党。
芝麻开花节节高，
幸福日子长又长。
……

头一回开闸蓄洪，人们没有经验。事先上级再三紧着催老百姓搬迁，就是有少数人磨磨蹭蹭不当真，结果一百多没来得及搬迁的人被大水卷走了。大闸里的水轰隆隆往蓄洪区里翻，天上的雨一个劲儿往下倒，金水湾陷入灭顶之灾。被大水卷走的还有唐村长六十多岁的老娘。唐村长眼巴巴看着波涛里的老娘被洪水吞噬，悲愤交加，他的眼睛像铜铃一样往外喷火，霎时，抡着盒子枪，直指上苍怒不可遏地吼道："老天爷，雨还下吗？再下，我就枪毙你！"

老天爷哪里买他的账，雨一个劲儿下个不停。

嘭！嘭！淮河大堤上响起唐村长的枪声。

雨，还是没有停，大堤上却放倒了一个人。打死的这个人是谁？当时很多人只顾逃生，不是自己的亲人哪里会管死人的事，只有很少人知道点底细。混乱中两个中年男子匆匆忙忙从身上取下麻袋片将心口窝还有点热气的尸体草草包裹一下就抬到大堤脚下一个高坎子上埋了。有人看清楚了，那两个中年人是刘大头和刘小头两个同胞兄弟。被唐村长打死的那个人是河对岸金圩孜罪大恶极的大地主金天保外号老天爷。金天保是刘家两兄弟的亲舅舅。镇压反革命时，身背六条人命的金天保神秘失踪。政府曾派公安人员到金水湾侦察，不但到刘家搜查过，还找刘大头和刘小头谈过话，不论政府人员怎样交代政策，苦口婆心，兄弟俩一口咬定不知道其下落。唐村长虽然给金天保当过长工，扒了皮也认得他的骨头，但对刘家是否窝藏金天保，金天保藏在哪里，一点风声也不知道。只看出刘家大人神色有点不正常，尤其是刘大头和刘小头的娘几乎整天不出门，偶尔到菜园里弄菜也是东张西望鬼鬼祟祟。由此，侦察人员判断金天保可能藏匿于金水湾某一处地窖里。金水湾地广人杂，又不能遍地深挖,查找一阵子后便撤回人马。不过,办案人员临走时对金水湾包括唐村长在内的主要村干部有交代,根据金天保的罪行,只要发现能活捉就活捉,特殊情况下可以就地处死,一定不能再让他活着跑掉。

可能是洪水来了,金天保藏匿的洞里灌满了水,妄图趁乱逃窜被唐村长认出来没能逃脱。刘家人知道此事重大,政府追究下来,不但逃不出罪责,子孙后代也要陪着背黑锅。于是,刘大头和刘小头兄弟俩冒雨将舅舅的尸体就地掩埋了。

当然,唐村长知道自己打死的那个人就是金天保。因为镇压反革命已经基本结束,他未经上级批准就地枪毙金天保合不合政策,自己心里也没准。多一事不如少一事。加上刘家和他家都在一个村里住,低头不见抬头见,他也没有声张。事后不咸不淡地说自己只对老天爷开了两枪。至于放倒的那个人是不是河对岸金圩孜的"老天爷"金天保他对谁也没说。唐、刘两家虽然都没有捅破这层窗户纸,却留下往大里说是仇恨,往小里说是过节的根子。

说起唐村长,也就是唐希旺的爸枪毙"老天爷"算得上唐希旺头上面的事。当时参与和亲眼看见的人都已经作古,按说事情早就了结了,三十年河东转河西,如今,唐希旺虽然是金水湾村党支部书记,当年刘大头的儿子刘昌友也当上了村民委员会主任。唐希旺年刚半百,刘昌友小他五岁。唐希旺曾在部队里当过兵,入伍的第二年就入了党。领导正准备将他提干,当头上他爸在抗洪抢险中为了救村里一个五保户老太太丢了自己的命。那时家里的一摊子扯着他,他一咬牙要求退伍。跟他一起入伍的一个老乡劝他说:"全中国谁不知道咱金水湾是个大水窝。你快成人物了,还往回里跳,吃错药了?"

唐希旺是个直性子,不遮不盖:"一方水土养一方人,哪里的天上也不会掉馅饼。路靠自己走,有共产党,有政府,金水湾总有一天能跳出穷坑。我想好了,在部队和家里都一样,只要横下心,都能蹚出路。"

半个月后,唐希旺背着行李回到金水湾。先当生产队长,后接任村支部书记。不久,就赶上改革开放,实行土地联产家庭承包制,他带领全村男女老少拼死拼活地干。但是,独手拍不响,孤树不成林。十多年了,金水湾仍像淮河里一只破船,风风雨雨,摇摇晃晃,主要靠政府救济,没什么大变化。二十年蓄了十次洪,天灾,谁也捂不住。这是实情。但每一次大水一来,中央、省、市大把大把地投钱。全国各地,甚至连海外华侨也都伸出援手。油盐酱醋,吃喝拉撒,样样都想到了,甚至把救急的吃的穿的都送到每一户灾民的手里。有一年洪水特大,北京组织机关市民捐赠出棉衣帮助灾民过冬,许多八九十岁的中央离退休干部和总书记总理都带头捐出棉衣棉被。老百姓灾后的吃药打针,房屋重建,几乎都是免费。连种庄稼的种子、化肥、农药都想到了,准备好了。穷根拔不掉,也不能全怪老天爷,人们的志气也给养短了。远的不说,就说眼下吧,一大早,唐希旺就在大喇叭里喊:"大家都听着,县里送来的化肥堆在村委会院子里,按承包地分配,不要钱,快来领!……"唐希旺的嗓子快喊干了,外面仍没有动静。他关上门,骑着那辆一上路就嘎嘎响的自行车六个村民组还没有跑一半已经大汗淋漓。他气急交加,每到一个村民组总是压不住火,板着脸,连冲带问:"村里的广播快开炸了,县里送来的化肥就在村部,现在不抓紧时间给庄稼施上,留着吃啊?"

有人说,可能是广播喇叭坏了,没听着。

有人说,还没有扒出空儿,有空就去领。庄稼又不会说话,早一天晚一天还不是照长粮食。

还有人说,人算顶不住天算。庄稼侍候得再好,一场大水,要是开闸蓄洪,还不是干瞪眼。再着急,还是不如望天收。

……

面对三三两两在院子里、树荫下,开玩笑、斗地主,无所事事的村民,唐希旺火也不是,气也不是。心到神知,让你们一个个摇头晃脑的长脆骨吧!也不想多磨嘴皮子。中午他在小商店里买了一盒方便面兑上开水,蹲在树荫下狼吞虎咽撑过午饭,又去镇卫生院看一位生病的老人。大半天,他马不停蹄整个村跑一遍,再从卫生院回来,已经太阳西沉,有些筋疲力尽了。回到村委会办公室大院,大院里还是冷冷清清。负责发化肥的刘长富嘴里叼着香烟正有一下无一下地拨拉算盘珠子。唐希旺支稳自行车,刘长富迎出来不紧不慢地说:"侄女来过两趟了,要你快回家。我问她啥事,她也没说,扭头就回去了。"

刘长富说的侄女是唐希旺的女儿水莲。刘长富的话刚落音,水莲又急头急脑地跨进大院。她不知道刘长富在和爸叨咕什么,又退回几步,站在大门口,哭丧着脸,急不可耐地喊:"爸!爸!您把这里当家啊?!俺妈快急疯了。"

“天又没有塌。”唐希旺转身见是水莲。他知道水莲也是火炮性子，自小就风风火火地爱找个闲事，忙对刘长富吩咐道：“在广播里再通知一遍，有的人只知道怪老天爷发大水，等政府救济，巴不得别人掰着嘴喂。庄稼正要肥，化肥不能老堆在这里。”

“爸，爸，您聋啦？……”水莲站在大门口，手足无措，胸脯一鼓一鼓地喘着气，眼泪好像已经下来了。

二

高考结束的第二天，唐水生就从县城回到金水湾。唐水生平时的学习成绩在年级排名第二，全班第一。据他自己说高考时的发挥也很正常。学校的领导和他的任课老师对他一致都很看好。分数还没有公布，有个老师就以肯定的口气预料，唐水生进不了清华也要进北大。除了这两所学校，没有哪个笼子能够装得下他。

水生不仅学习成绩好，也是个知热知冷非常懂事的孩子，回家的第二天就要上地里干活。唐希旺整天泡在村里，家里的事主要由妻子王秀芳和女儿水莲打理。水莲初中毕业就不念了，她说自己不是上学的料，妈整天忙得团团转，自己不忍心在学校里瞎磨，爸妈只好依了她。

“考学是一辈子大事。你刚考完，还累着，在家歇两天再找点零活。”王秀芳望着疲惫的水生，心疼地说，“你要是坐不住，把咱家的牛牵着到外面转转也好。外面青草多，牛牵出去随它吃，省得一筐筐草往家背。你也好换换脑子，别太呕心。”

吃过早饭，水生牵着自家的黄犍往南大坡走去。南大坡南临淮北大堤，青草茂盛，北边是一眼望不到边的玉米地，玉米已经一人多高了，有的长出了棒棒，有的还甩出了青絮絮的胡子。一阵风吹来，发出哗哗的浪涛声。浓郁的香味，令人沉醉。

水生把黄犍的绳子盘在两只角上，任它在堤脚下的草地上贪婪地觅草。他从口袋里掏出一张旧报纸垫在地上，刚坐下，听见远处有羊叫的声音。他循声望去，见刘晓旭赶着两只羊向这边走来。刘晓旭刚上高二，是他家隔壁的邻居。今儿是星期天，学校里不上课。刘晓旭虽然只有十九岁，腰杆儿细细的，圆脸，白皙，已有些亭亭玉立。水生连忙站起来，刘晓旭已赶着羊来到近前，惊笑道："水生哥，是你在这里放牛啊？"夏天衣裳薄，一缕缕淡淡的香胰子的清香里，晓旭微微隆起的胸脯散发着少女的清纯与活力。

水生转过脸，眺望着淮河，笑着回答："是啊！好长时间没来这里了，空气都是甜的。你也有空儿放羊？"

晓旭笑笑说："学你呗！听说你快去北京上学了？"

"瞎说，"水生讷讷地说，"分数还没有公布呢！"

"大家都这样说。"晓旭一脸认真。少时，她半开玩笑道："水生哥，等你上了大学，成了什么家，可别把你这个小妹妹忘了啊！"

风一阵吹过来，玉米地响起飒飒的波涛声。

"哞！……"远处传来黄犍的叫声。

"黄犍在叫呢！"水生对晓旭说，"你在这里等会儿，我把黄犍牵过来。"

晓旭说："水生哥，我和你一起去。"

"不，我一个人就行了。你这里还有两只羊呢！"水生说着，拔腿向黄犍的方向跑去。

刘晓旭正向水生去的方向张望，身后的玉米地里突然蹿出一个用衣服包着头，露着两只眼睛的人从身后向她扑去。那人先用一块旧布捂住晓旭，她刚喊出"救……"，他又忙用手捂住晓旭的嘴，低声地威胁道："不要叫！……"说着将晓旭向玉米地深处拖去。

晌午，金玉娇做好了午饭，还没见晓旭回来。奇怪的是，两只羊却慢腾腾向家晃来。金玉娇打个激灵，心想死妮子掉河里了，还是……她围裙也没有解，一溜小跑向南大坡奔去。

金玉娇是刘占元的老婆，也是刘昌友的表侄女。刘占元虽然是外来户，却和刘昌友家过从较密。据说刘占元的老家在河南省商丘黄河边上。一九四八年黄河涨大水，颗粒无收，眼看一家人都要饿死。刘占元的爷爷和奶奶挑着一双儿女讨饭来到金水湾。那时刘大头和刘小头的爹仗着金家这棵大树，虽然不太富裕，也称得上是金水湾里的人物。加之他好逸恶劳，整天滥赌，尽管屋里头有些不情愿，眼看田里的草比庄稼还深，也就依了男人收留了这对逃难的夫妻和两个孩子，并腾出一间房子给他们安身，刘占元的爷爷和奶奶特别能吃苦，除了房东家的农活基本上包了，村里谁家有出力的事，两口子都竭尽全力。渐渐地大家都不把他们当外人。土改时，按人头分了地，又分了房，成了名副其实的金水湾人。不知是根系太长，还是苦难太多，这一户人丁不旺，直到刘占元，已四辈单传。但本分老实的遗传不但没有变异，还趋于顽固。刘占元二十多岁了，还不知道谈情说爱，一见到年龄相仿的女孩儿就脸红，腿肚子抽筋，眼看要打光棍了，刘昌友的老婆吴文英牵线将金玉娇介绍给他，刘占元的爹娘一口答应下来，还下了重重的聘礼。金玉娇是金天保孙子的女儿。金天保的孙子小时候因父亲外逃，疏于管教，爱偷鸡摸狗。“文革”时深挖，被列入专政对象，在大队批判会上被批斗过两场，集中监督劳动。一天夜里，乘看管人员不备溜走，撇下老婆孩子，从此不知去向。后来听人说偷渡到香港投他大哥去了，至于是真是假，直到后来改革开放时才真相大白。老婆见男人屁股一拍走了，一狠心扔下孩子投靠娘家姑去了上海。当时金玉娇才四岁，那时刘大头的爹娘已经故去，打断骨头连着筋，看在老人的分上，便收留了她。当时农村还是大呼隆，口粮虽然没有实行定量，吃的也是紧紧巴巴。常言道：“宁添一斗，不添一口。”为此，刘大头的老婆还和他大闹了一场，怪他多管闲事。但念及孩子可怜，心软的女人也就当作多养个小狗认了。一眨眼十几年过去，玉娇渐渐长大，竟出落成个美人坯子。

吴文英嫁给刘昌友时，金玉娇当伴娘。由于她的俊俏和聪明伶俐，把脸又黑又有雀斑的吴文英衬得大为掉价。刘大头两口子下世后，金玉娇已成为金水湾有名的大美人，招惹不少拈花惹草者。但因为身世曲折，加上人多嘴杂，一直没落个老门老户之家。常在河边站哪能不湿鞋。一个锅里舀勺子，出出进进，吴文英唯恐刘昌友沾上腥气，整天像坐在火山口上。为了防止夜长梦多，吴文英主动出来撮合和刘占元的这门亲事。当时，金玉娇有些看不上刘占元：“石磙轧不出个屁，跟上他还不是活受罪。”刘昌友也觉得金玉娇与刘占元配屈了：“鲜花插在牛粪上，不合适。”吴文英尖刻地说：“还鲜花呢，不知被人薅过多少次了。不找刘占元这样的老鳖头，还出不了手呢！”刘昌友知道吴文英话里有话，没好气道：“你是想甩包袱，有本事随你，到时候不要让人家指我们的脊梁骨。”

吴文英瞪着眼说:“我们家老老少少不能白养活她这二十多年,再说,也不能白送给人家下蛋啊!”

经过一番讨价还价,吴文英悄悄收下刘占元家两万块钱彩礼,明里叫屈:“刘占元走了桃花运,不花一分钱娶了个七仙女。”

……

金玉娇气喘吁吁地来到南大坡,除了几只羊在坡里草地上啃草,什么也没有。金玉娇有野外生活的经验。她沿着玉米地边来回观察,终于瞅着一溜通向地中心被踩倒的玉米。她顺着倒玉米往里走,除了哗哗的风刮玉米叶子的响声,什么动静都没有,她越往里越感到阴森森的心里发毛,再往前走,听到微弱的呻吟声。她不觉打个寒噤,壮着胆子,蹑手蹑脚地继续朝着呻吟声追去,拨开一层玉米株,只见晓旭光着下身躺在一块白塑料布上,双手捂着脸在有气无力地哭泣。金玉娇俯下身子,用手掀起晓旭的大腿,除了有一点擦伤,一切正常。她知道发生什么了。金玉娇一阵惊怵,然而理智给了她超出寻常的镇静。她给晓旭穿好裤子,把晓旭的上身抱在怀里,心疼地说:“晓旭,不要害怕,我是妈妈……”

刘晓旭停止哭泣,哽咽道:“我,我这辈子……”金玉娇低声问:“晓旭,是哪个狗杂种?这样缺德……”

“我的眼被蒙得死死的,声音有点像……”晓旭吃力地回忆着,她知道这是要坐大牢的事,没有说下去。

“你事先和谁在一起?”金玉娇焦急地问。

“水生在放牛。我们只说了两句话,他就去找牛。他刚走,从背后……”晓旭又哭起来。

“狗娘养的,竟把屎拉在老娘头上。”金玉娇恶狠狠地说。

“妈,你别瞎猜。”晓旭认真地说。

“晓旭,”金玉娇瞪晓旭一眼,安慰道,“妈只是说说,不要怕。有政府,找派出所报案,反正这口气老娘咽不下。”

“妈,又没伤着,还报案吗?”晓旭涨红着脸。

“报!”金玉娇气愤难平,“小孩子家,到时候人家问啥,你说啥。我现在回家拉板车,就说你在外面犯急病不能走。”说完,她急匆匆往家赶。

金玉娇拉着自家的板车来到南大坡，晓旭已经走出玉米地。板车上铺着芦席，晓旭躺在上面，身上又盖上一床薄被，金玉娇拉着板车低着头深一脚浅一脚回到家里。安顿好晓旭，她推出自行车，锁上大门，骑上车向镇里蹬去。

金玉娇走进派出所，接待她的是胡文胜，也是河对岸金圩孜那边过来的。两年前，金玉娇家的一头二百多斤的大肥猪夜里被盗，也是胡文胜接的案。听说他老家是金圩孜的，当时，金玉娇和他一边唠案情一边套近乎。你一言我一语，胡文胜竟与金家扯上亲戚，按辈分，两人应该表兄妹相称。一般情况下，表字有些拗口，人们常常有意省略，直呼哥或妹。别看就那么一个字，感情却立马升温。胡文胜当即表态，一定帮助她把大肥猪找回来。金玉娇高兴得马上去商店给胡文胜买了一条刚上市的黄山烟。

“妹妹，花啥钱哩！”胡文胜接过烟，放进办公桌下面的柜子里，笑道，“咱自个儿的事，哥该做。”

“哥，给你添麻烦了。”金玉娇亲热地说，“这是一点小意思。”

胡文胜和另一个民警亲自到现场勘察，拍了照，又走访了几个人，案子却一直没有破掉。金玉娇后来又找过两次胡文胜，胡文胜无奈地说：“可能是流窜作案，破不了。”

不能打死和尚要光头。破不掉，派出所也没钱赔，案件也就不了了之。不过，两人见面总是哥呀妹呀地打着招呼。

胡文胜记下案情，立即用电话向所长汇报。所长正在县城一家酒店里喝酒。可能是喝大了，胡文胜还没有说完，所长就下令：“你赶快带两个人去现场，询问受害人，把唐水生实施拘留。管他谁的儿子，抓起来再说。”

轻车熟路，警车驶向金水湾。

警车放不下自行车，金玉娇只能跟在后面。金玉娇刚走出派出所大门，遇上从镇政府大院出来的刘昌友。刘昌友是来镇里开防汛工作会议的。会议刚散，刘昌友推着摩托车走出镇政府大门，见金玉娇正要上自行车。两人一照面，刘昌友就穿过人流向金玉娇迎去，见金玉娇苦着脸，忙问：“有事啊？”

金玉娇四下张望，潮湿着眼睛道：“叔，晓旭被人那个了。”

刘昌友既吃惊又愤恨：“在哪里？哪个王八蛋这么大胆！”

“南大坡玉米地。晓旭说，她只看见水生，两个人还说了话。”金玉娇拭着眼睛。

“水生?”刘昌友心里猛一沉,“这孩子看上去挺老实的,镇长刚才在会上还提到他,全县高考第一。这下子,有戏了。”

金玉娇求救地望着刘昌友:“叔,我已经报案了,民警正在查。往下……”

刘昌友咬咬牙,决然地说:“查吧!报应,报应!”

……

水莲出门时,民警正在家里找水生问话:“唐水生,你要照实说,老实交代。”

“我,我……”唐水生战战兢兢地说,“我去找牛回来,就不见刘晓旭了,她家的羊还在那里,我以为她有事先回家了,也就牵着黄犍往回走。”

“你知道刘晓旭发生了什么吗?”民警问。

“不知道。”唐水生惊悸地说。

“那,跟我们到所里吧!”两个民警交换一下眼色,那个问话的民警对王秀芳说:“金水湾南大坡玉米地里发生一起重大案件,现场调查唐水生有作案嫌疑,现在就要跟我们一起走。”

王秀芳哭诉道:“水生不是那种人。你们不能带孩子走,他爸还在村里,等他爸回来再说。”

两个民警又交换一下眼色,那个问话的民警厉声道:“这事与他爸没有关系,我们不等他。”

两个民警前后夹着唐水生走出家门,穿过围观的人群上了停在村口的白色警车。

父女俩回到家,唐水生已经被派出所的民警带走。王秀芳哭着说:“我该死了,孩子在家里好好的,是我支派他去外头走走。这下子可害了儿子啊!”

“哭顶啥用,丢人现眼!”唐希旺路上没有问水莲家里出了啥事,骑着自行车只顾往家赶。水莲一路小跑,爷儿俩差不多同时回到家。

王秀芳瞅着气咻咻的唐希旺,哭泣道:“他爸,咱孩子不是那种人。事情扯不清,孩子的大学也没指望了。”

“你孩子的大学,”唐希旺气不打一处来,“将人心比自心,人家妮子这辈子全完了。孽障,孽障!……”

三

王秀芳已经哭干了眼泪。她躺在床上，一只手不停地拍着床沿，泣不成声："老天爷，这是哪来的晦气，不是要我的命吗！儿子的书白念了……"

唐希旺铁青着脸坐在堂屋里的凳子上。他瞅着墙上一排儿子上学时的奖状，心里酸酸的。孩子快成材了，怎么会落到这个地步。他常去镇里县里开会，领导说："事物是不断变化的。人也一样，不经常敲打，不要说孩子，就是当领导的看上去人模人样，隔几天不是被撤职就是蹲大牢，还有的连命也搭上了。"他见王秀芳没完没了地边说边哭，走到里屋，压着气，劝道："犯法的事，哭死也没用。要相信政府，不会冤枉好人，也不会放过坏人。只要水生是清白的，他早晚会回来。"

"要是考上了，大学还能上吗？"王秀芳抹着眼泪。

"这……"唐希旺沉默一阵，迟疑地说，"大学的时间不等人。这种事，派出所也不是三句两句话就能下断语，还要县公安局才能弄清。有时公安局一家也不行，还要检察院、法院，拉拉扯扯，儿子的学可能要白念了。"说着他的眼里也潮湿了。

"他爸，你……"王秀芳知道男人有个不会低三下四求人的倔脾气，来到嘴角的话又咽了回去。

"爸，"水莲从自己屋里泪眼婆娑地走进来，焦灼地说，"你去派出所找所长说说嘛！屎盆子说扣就扣上吗？总得凭证据啊！"

"就他们两个孩子，上哪里找证据？牛，羊，能证得了吗？"唐希旺沮丧地说，"派出所又不是我们家开的。所长管全镇的社会治安，人家听上面的不会睬我，爸卖不起这个脸，听天由命吧！"

听说，当天下午经县公安局领导批准，水生就被送进县看守所。

巧合的是，唐水生在被送往看守所的路上，高考分数公布了。唐水生考了全县第一名，分数远远超过清华北大的录取分数线。顿时，全县震惊，金水湾呜咽……

第二章

一

七月天，孩儿脸。老天爷也像个孩子，晌午还响晴响晴，午饭后，伴着一横闪电，一个巨雷在金水湾上空炸响，紧接着惊雷滚滚，黑色的帷幕蒙住了天际。须臾之间，暴雨倾盆而下，扯天拉地，翻江倒海，天地间浑然一体，几步之外看不见人影，听不到声音。强劲的狂风乘势而起，雨借风势，风乘雨威，怒吼着，仿佛要把大地吞噬……

丰收在望的庄稼在暴风雨中倒下。浑浊的河水翻腾着巨浪直猛猛往上涨。人们惊恐地望着狂风暴雨，束手无策，神色怅惘。

王秀芳躺在床上，不停地呻吟。水莲手里端着碗，颤抖着走到床前，俯下身子，宽慰道："妈，喝点汤吧！您已经两天没吃饭了，爸也吃不下。这样下去，救不了水生，我们里外也不好做人。"

"水莲，"王秀芳脸色苍白，嘴唇青乌，吃力地说，"多好的孩子啊！眼瞅着给毁了，妈吃不下，心里堵啊！"

"妈……"水莲转过脸，用手绢擦去泪，强撑着，"我心里也一样。妈，您不觉得水生起这事有点悬吗？不早不晚，偏偏赶在高考关节头上。金水湾地脉邪，这里面一定有鬼。"

"胡说。"唐希旺瞅着外面的大雨，急头急脑地找雨衣，正往身上披，听水莲说起水生的事，打断道，"手不抓屎手不臭。不去南大坡，八竿子也扒不着。"

"我该死，我该死……"王秀芳往自己脸上扇巴掌，悲痛欲绝，"孩子在家好好的，是我硬把他往火坑里推。”

“妈，不怪您，不怪您，”水莲连忙劝道，“多少钱能买早知道，怪我们家倒霉。”

“啥也别说了。”唐希旺披上雨衣，正色道，“相信政府，相信法律，真假都有报的那一天。”说着，向大雨里走去。

母女俩都没有接腔。

大雨还在一个劲儿下。河水翻着窝往上蹿。

唐希旺走出家，母女俩一时无话。王秀芳翻个身，眼泪又顺着眼角簌簌而下。水莲把碗放在床头柜上，掏出手绢为妈妈擦泪。擦着，擦着，水莲恍然大悟：“妈，我爸是个爱面子的人。从不会弯着腰做人。男女方面的事向来都上不了台面，水生这事白指望我爸去翻。金水湾是他们的天下。唐家湾是我们家的老根，姑那么大的案都翻过来了，爹亲有姑，娘亲有舅，我去找姑，姑会站出来。”

“闺女一把把妈的病抓掉了。”王秀芳坐起来，心里踏实了许多。蓦然她像想起了什么，忧悒地说：“你奶奶年纪大了，水生是她的心尖子，千万不要让老太太知道。”

二

浑浑茫茫的雨幕席卷大地，老天爷像胀破了肚皮似的雨水不停地向下倒。唐希旺跌跌撞撞走进村委会大院，下半身已经精湿。他开了办公室大门的锁，在房檐下拧裤子上的水。拧着，拧着，电话响了。唐希旺拿起话筒：“喂，……”

“唐书记吗？”镇党政办主任的声音，急促地说，“镇里召开防汛紧急会议，请你和刘主任都参加，9 点钟准时开会。”

唐希旺放下电话，刘昌友也像个落汤鸡似的走进院里，抖着雨衣，唐希旺说：“镇里开防汛会，我们俩都去。”

刘昌友抹着脸上的雨水，嘴里不干不净：“鬼天，八成又要蓄洪了。”

两人来到镇会议室刚刚坐下，书记和镇长走进来。党政办主任眼睛扫扫会场，向书记和镇长报告：“都到齐了。”

镇长宣布开会。主要内容传达县防汛指挥部重要指示,根据中央、省气象台预报,淮河中上游地区将有大到暴雨,局部特大暴雨。根据雨情、水情测算,淮河中上游将出现洪峰,预计洪峰到达金水湾的时间可能是后天上午。国家防总通知,省市县党委政府立即行动,做好淮河防汛抗洪战斗准备。为了缓解上下游洪水压力,金水湾蓄洪区要做好蓄洪准备,迅速动员组织低洼地上的居民搬迁,确保不死一个人,把灾害造成的损失减少到最低程度。

雨渐渐停了。镇里的会议还没有结束,市县派往各村协助搞人员搬迁的干部已陆续到达。散会后,派往人员和各村干部见面,前往各村开展工作。去金水湾村的共四个人,市里两个,县里两个,都是直属机关的男同志,年龄四十上下。带队的姓齐,市里来的,人们叫他齐科长。县里来的是任股长和小田。齐科长和任股长带领小朱和小田分开活动。村委会办公室有个单间,里面正好四张床,夏天好将就,被单、枕头和驱蚊香等,收拾收拾四个人就住下了。村里没有食堂,齐科长和小朱在支书唐希旺家吃,任股长和小田在主任刘昌友家吃。伙食费由镇里统一结算负担。抗洪抢险是特殊时期,镇里传达市里领导意见,一律家常便饭,不准喝酒。

任股长摆摆手:“上面三令五申,不准喝酒,还是不要喝。”

“上面的要求是纲领,也是紧箍咒,这么大的事,没有紧箍咒还不乱套。到下面烟酒、饭菜是细节,馍就馍饭就饭,这不是臊我的皮嘛!活泛点儿,不能一刀切。今天这个酒,算是为二位接风。我个人的一点心意。”说着刘昌友从里屋里拿出一瓶文王贡。

刘昌友虽然也是初中毕业,嘴皮子却有点油。不仅酒量好,一顿半斤不倒,有名的刘八两,打起酒官司,也头头是道,入情入理,一般人招架不住。话说到这份上,任股长不再坚持,点头道:“谢谢刘主任。”

小田也跟着笑道:“谢谢刘主任。”

唐希旺比起刘昌友的腔口可能要略逊一筹。但在做人上,刘昌友要甘拜下风。齐科长和小朱跟随唐希旺刚到家,王秀芳的眼泪还没干,水莲也呆呆的。她们以为来人是为水生的事,强打精神笑着迎接。唐希旺将两位让进堂屋坐下,对母女俩介绍说:“齐科长和小朱是来我们村帮助动员组织低洼地上的群众搬迁,做开闸蓄洪准备、受灾群众的安置工作。就在咱们家吃饭,你们娘两个多忙些。”

王秀芳是金水湾有名的贤惠女人。闺女穿妈的鞋,水莲也没走样儿。互相寒暄几句,娘两个去厨房里打理。

中午饭四菜一汤,三荤两素。唐希旺平时不喝酒,挤到坎上,也只是两盅,有名的两盅歪。按金水湾规矩,第一次到家里吃饭是客人,当然要上酒。齐科长说:“我也不喝酒。”唐希旺拿出还剩下一半的种子酒,憨厚地说:“有菜无酒不成敬意,能喝多少喝多少,不勉强。”

从镇里回来,在村委会办公室几个人碰个头,决定中午饭后召开全村各村民组长和全体党员会议。下午3点了,刘昌友和任股长他们还没来。齐科长、唐希旺和小朱只好干等。

三个人不能老闷坐。吃饭时,菜上齐,齐科长执意要王秀芳和水莲母女俩也上桌,大家一起吃。他笑着说:“老唐你是金水湾书记,我们来给你们家添麻烦了。嫂子和水莲娘两个挺辛苦,大家一起吃吧!”

唐希旺知道王秀芳的心病,笑道:“乡下习惯了,她们自己吃。”

水莲正端上最后一道汤,强笑道:“厨房里留的有菜,你们请吧!”说着,竟流下了眼泪。她是面对丰盛的饭菜想起看守所里的水生,不由自主地流下泪。

唐希旺见状,嗔怪道:“慌啥哩!用抹布垫一下,就不烫了。”

齐科长见母女俩精神有些异常,三个人回到村委办公室,便想起中午吃饭时的情景,试探道:“唐书记,你们家嫂子和侄女是不是身体不舒服?”

“乡下人整天忙头忙脚的,”唐希旺故意不以为然,“哪有城里人精神。”齐科长笑笑,认真道:“往后不能加菜了,家常便饭。”

唐希旺强笑:“老天爷要是再发威,开闸蓄洪,四周都是水,外面的菜运不来,说不定还要吃方便面。我们惯了,你们能不能撑得住?”

齐科长又笑笑:“你放心,撑不住也得撑。咱们是从农村走出来的,你唐书记能扛,我们也能陪。”

晚饭前,唐希旺特地悄悄地对王秀芳说:“再难受也不能挂在脸上,让人家齐科长没面子。晚饭简单些。”

“那也得有两样小菜。”王秀芳坚持说。

广播里不停地喊:“村民们请注意,村民们请注意,接县防汛抗洪指挥部通知，为了保护上下游安全，金水湾立即做好开闸蓄洪准备，凡住在低洼地上的村民马上进行搬迁。粮食、衣被、家具、牲畜一律尽快转移。亲友之间互相帮助，一定赶在开闸前完成搬迁任务。……”

唐希旺和齐科长，刘昌友和任股长分别带领村民组长和年轻力壮的党员，逐组逐户进行拉网式检查，组织民兵突击队帮助无劳动力的困难户搬迁，决不漏掉一户家庭和一个人。

暴雨如注，河水翻滚。道路都淹没在水里，机声隆隆，人声鼎沸，汽车、拖拉机、小板车，肩挑背驮，人来人往，川流不息，金水湾再一次陷入大难临头前的恐慌与紧张。除了没有炮火、硝烟，处处弥漫着不是打仗胜似打仗的气氛，卫星水文摄像头对准着静静耸立的水位标杆，许多男女匆匆赶往闸前的水位线旁，注视着水位线上的红色标记。一厘米、半厘米，甚至一头发丝儿都连着无数根神经。人们望眼欲穿，祈盼着，停吧！降吧！老天爷……

雨，没有停。水，还在涨。

唐希旺和齐科长，还有小朱和一个村民组长蹚着齐腰深的水来到三奶奶家。三奶奶的儿子和媳妇都在城里工作。老人过不惯城里生活，一个人住在乡下老房子里，偶尔去城里住几天。唐希旺惦记着三奶奶，他推开老人的门，老人惊惶失措地蜷缩在床上。屋子里已进了半尺多深的水。情况危急，唐希旺背起老人，其余人帮助老人找出衣服，老人挣扎着说：“希旺，你们别管我，大水来了，就拼上我这条老命。”

“不行。”唐希旺背着三奶奶向外走，水，又涨了一尺多。

“希旺，你把我往哪里背？”三奶奶在挣扎。

“三奶奶，到我家里去。”唐希旺不容分说。

“你妈年纪比我还大，不能再给你添麻烦。”老人还是要下去。

“我妈去我姐家了。”唐希旺紧护着老人不放，“我家房子宽，我妈回来也能住得下。你老姐妹俩正好做伴儿，我请还请不到呢！”

齐科长和小朱也劝老人不要多虑，困难只是暂时的。

三奶奶不再固执。

唐希旺气喘吁吁地背着三奶奶走进院里，喊道：“秀芳、水莲，三奶奶家进水了，让老人和咱们合锅。”

秀芳迎出来,笑道:“好！三奶奶请……”

三奶奶感激地说:“你们家就够热闹了,我还要添乱。”

秀芳说:“哪里,哪里,越热闹越好。”

入夜,大地浑浑茫茫。坐落在大闸左侧的金水湾防汛抗洪前线指挥部大楼里灯火通明,水利部和省市县有关领导先后到达,大闸两侧进出口处和指挥部大院门前武警战士和民兵在巡逻值班,除运送防汛抗洪物资器材和人员的车辆外,一律禁止通行。河面上,水文巡逻艇上的探照灯不停地掠过波涛汹涌的水面,及时传送水情的变化。夜深了,大楼里仍然灯光熠熠,人影幢幢,一场人与大自然的决战即将拉开帷幕。

大堤上,护堤的庵棚里亮着马灯,每五十米一个守护点,十个人一组,全是青壮年民工,由村两委班子中的男同志带队死看硬守,打着手电筒不停地来回巡查。一束束手电光在堤坡上摇曳、交织着,守护着每一寸大堤。

雨,还在下。水,还在涨。人们的神经绷得紧紧的,箭在弦上。

大自然的淫威再一次疯狂到极端,生死攸关的水位标记越过一条红线,又越过一条红线,守护在电子屏幕前的中央领导为了舍局部保全局,审时度势,果断向省防汛抗洪指挥部下达命令:“金水湾蓄洪区今天上午10时35分,开闸蓄洪!”

嘭！嘭！……信号枪在金水湾大闸上空鸣响。

巨型钢铁闸门徐徐升启。

波涛翻滚,峰浪咆哮,奔腾着,跌撞着,碰撞起一排排巨浪。白花花的水头像一条巨龙并排向前推进,呼啸着,恶狠狠地席卷蓄洪区而去。渐渐,金水湾大地成为茫茫泽国,一座座庄台成为汪洋中的孤岛。金水湾大地再一次被洪水洗劫一空。

地处蓄洪区最前沿的金水湾村陷入绝境。唐希旺没有绝望,当滚滚洪流奔向蓄洪区里时,他却像退却后成功转移的部队指挥员,在一座护堤庵棚里睡着了,那么安然、踏实……

三

“姑！……”大门一开,水莲风尘仆仆踉踉跄跄扑进来。正在看报纸的唐希云吓了一跳，惊愕地说："水莲……"

水莲面向唐希云扑通跪倒，声泪俱下道："姑……"

突兀中唐希云已经意识到水莲的到来一定是弟弟家或侄女遇到了不测，急切道："水莲，快起来，出什么事，快对姑说。"

水莲泪水扑簌簌滚下来，哭着说："姑，我家出大事了。"

唐家湾也位于淮河边上，在金水湾下面，上下一百多里。清末民初，唐希旺的爷爷在淮河正阳关一带靠打渔为生。唐家湾在正阳关附近，虽然是祖居之处，却没有立足之地。后来打鱼有点积蓄，换成单桅小船，在淮河上跑运输。用后来的话说，小船只有万把斤的运量，也就是现在的四五吨。全家七口人，老的老小的小，挤在一只小破船里，前舱烧饭，后廒住人，中间舱里装运货物。就那么屁股一点大，有时还要给押船的货主腾出一点空儿。到处都有河霸、土匪，船到哪儿都是提心吊胆，从没有一天安静日子。儿子十六岁那年，受不了白眼，一天，船正在金水湾卸货，经熟人说合给金天保当了长工。端人家的碗，服人家的管。天下乌鸦一般黑，当长工不但干不完活，睡不好觉，粗茶淡饭也不给吃饱。人不能吊在一棵树上，就地跟上过河的刘邓大军入了部队。挺进大别山，解放大西南，在解放重庆时挂彩住进医院，遇见合川县白沙镇姑娘张华玉，两人一见钟情。新中国成立后，部队整编，因为没有文化要求退伍回乡。当时不知道父亲的船在哪里，就回到金水湾，当上第一任金水湾村长。

回到金水湾第二年，张华玉就生了个女儿，取名希云。希云从小就很乖巧，十多岁就成了妈的好帮手。不久，老人的船又路过金水湾，因为船上缺人手，爷爷奶奶要希云上船。船流动性强，上上下下，只要有货源，不搁浅，哪里都能去。希云人小心大，外面的世界很精彩，她不愿待在金水湾穷旮旯，几件衣服一拿就上了船。

希云的憧憬没有给她带来幸福，很快就破碎了。在船上没有上学的机会，她积极参加扫盲班学习，渐渐能识字看报，她又想进厂当工人。正当她踌躇满志时，受命于老人的安排嫁到黄家船上。公公生婆婆的气投河而去。婆婆是公公的后续，大地主原来的小老婆。事发时婆婆刚到黄家，公公的尸体还没有捞上来，她就趁乱逃匿。

那是一个漆黑的夜晚。希云打着马灯，带着年幼的小叔子到附近村子里求告。叔嫂俩见到大人就磕头,年老者称爷爷奶奶,年轻的叫叔叔婶婶。整整一夜,他们求人用拉钩捞上了公公的尸体。又求过路相识的船上的远亲故旧,在附近集上买副薄板棺材,求好心大娘婶婶做两件裹尸的衣裳,草草在一个山坡上将公公埋葬。丈夫和弟弟领棺在前,希云送殡在后,清冷的寒风中,孱弱的希云白纱拂地,泪水湿巾,稚嫩哀泣撕扯着过往行人的心。连抬棺的人也忍不住边走边抹着眼泪。人们哀叹:老天爷,睁睁眼吧!

老天爷没有睁眼。无奈将破船交给小叔子,希云和老实巴交的丈夫另谋生路。手扯手生下四男两女。好日子没过几天,"文革"爆发,为人正派、口快心直的唐希云公开站出来,向上级揭发船民社主任牛玉银拉帮结派,贪污公款,调戏妇女,乱搞男女关系等问题。那家伙神通广大,采取请客送礼买通镇党委书记汪德树和副书记李公明,利用深挖批判资产阶级路线之机,捏造假材料,无中生有,将唐希云打成历史和现行反革命。那天晚上,以组织船民学习为名,把汽灯打得贼亮,唐希云一进场,牛玉银指使打手用预先准备好的绳子往唐希云头上一套,对后心一脚按倒在地五花大绑。唐希云胸前戴着一枚毛主席去安源的瓷像章,被绳子挂落在地上,不知谁踩了一脚,毛主席像章破碎了。会场里黑压压的,主持会议的牛玉银宣布:"唐希云污辱伟大领袖毛主席,是现行反革命分子,实行无产阶级专政。"唐希云暴跳如雷,高喊:"牛玉银喝船民的血,睡人家女人,该千刀万剐!"

"铐起来,送进学习班。"牛玉银歇斯底里。

学习班里,被蒙蔽的人轮番用红白棍毒打唐希云,青包连青包,浑身没有好肉,她几次昏死过去,又几次用凉水浇醒。唐希云豁出去了。她稍一清醒,就喊毛主席万岁。整整一个多月,记不清死过多少回,只要有一点意识,她憔悴干裂的嘴里总是不停喊道:"毛主席万岁!毛主席万岁!……"

"四人帮"倒台后,唐希云重见天日。她申诉到县里、地区、省里,在上级领导的关怀下,彻底得到平反昭雪。制造冤案的人也得到应有的惩罚。唐希云沐浴在改革开放的春风里,水上运输也实行承包制。她东借西凑买了一条一千吨的拖轮,几年下来又换成万吨货轮,淮河里跑不下,南下长江。如今年纪大了,她把轮船交给儿子,在唐家湾住下来,并把老母亲接去和她一起住。除了打电话过问船上的事,她还坚持自学。经过长期坚持,已能读书看报写信。

她常说:“好日子全托共产党的福。我那点委屈,虽然差点要了命,还是挺过来了。不是共产党哪有现在的福。”

……

水莲的哭诉让唐希云大为惊讶。到底是经过大风大浪死里逃生的人,她扶起水莲,镇静地说:“水莲,出啥事了,快说。”

“水生被抓进去了。”水莲呜呜咽咽。

“怎么,水生被抓了?”唐希云的头一下子蒙了,“水生不是刚参加高考吗?”

“是啊!”水莲擦拭眼泪,“成绩也出来了,全县理科第一。”

“犯啥事?”唐希云不知所措。

水莲涨红着脸,羞羞答答:“水生在南大坡放牛,西院的刘晓旭放羊,玉米地……”她捂着脸,又欷歔不已。

“两个年轻人谈情说爱犯不着抓啊!”唐希云气不忿儿,“你爸没找人打听?”

“又开闸蓄洪了,”水莲说,“爸整天忙村里,又把三奶奶接到家里,提起水生头就大,骂他不争气。”

“哪个说水生不争气?”奶奶打外面走进来。老太太八十岁,耳不聋,眼不花,腰杆挺直。女儿家没有事做,她爱串门儿,常和几个老姐妹重温年轻时的光景,你一言,我一语,不知不觉拉起淮河边上的花鼓灯和嗨子戏。花鼓灯起源于唐家湾,金水湾盛行嗨子戏。老人年轻时喜欢唱歌跳舞。从唐家湾的花鼓灯到金水湾的嗨子戏,老人都称得上主角。几十年酸甜苦辣,老人常常是曲不离口。“文革”时,有人挖她的老根子,写信调查她是地主家庭出生,她那时是大队毛泽东思想宣传队的骨干,演《红灯记》里的李奶奶,她那绘声绘色的表演感动得台下哭声一片。这时,有个造反派说她是地主的女儿,在演戏,被愤怒的观众轰下台,冷不防跌断了一条腿,成了一走一歪的跛子。后来,老人又参加县里的会演,拿了大奖。不是年龄大,有可能被吸收为县文工团演员。

水莲见奶奶从外面回来,嘴张了张不知该怎么说。唐希云向她递个眼色,水莲会意,支吾道:“水生的高考……”

“砸了?”老人猜测,“明年再考。”

“砸了，”水莲着急地说，“明年不能考。”

“电视里说，考大学没有限制年龄，只要愿意，考到胡子白都可以。”老人振振有词。

唐希云向水莲打个手势，一语双关：“砸了，老少可能都会想不开，我回金水湾一趟。”

老人察言观色，觉得水莲的神情有些不对劲。女儿这么一放话，她更踏不着底，犹豫地说：“我也出来有一阵子了，也想回去看看。”

“天热，”唐希云有些犯急，“您年纪大，我一个人去一趟就踏实了。”

“真的吗？”老人瞅着女儿。

“谁敢欺天！”唐希云故意轻松一笑。

水莲想笑不敢笑。

四

雨，停了。洪灾中的金水湾像病魔缠身的病人没精打采。

救灾工作队、医疗队，纷纷从四面八方向金水湾集结。医疗队为了便于灾民看病，还特地打着红十字旗，队员们佩戴着红十字袖标。防疫人员还穿着防护服和深筒胶鞋，戴着口罩，背着笨重的喷洒器械像消防员握着喷水龙头四处扫射。治安巡逻员胳膊上套着红袖标，上面印着黄色或白色的治安巡逻的字样。

屋前屋后和村道上的人们在清理泥泞和横七竖八倒在地上的树。太阳病恹恹地钻出云层。路旁树干上拉起一根根绳子，上面搭晒着五颜六色的被子和还滴着水的衣服。空气中弥漫着泡在水里的死猫烂狗和庄稼秸秆等动植物腐烂后散发出来的污浊与腥臭。虽然广播大喇叭里，不停地播放着这样那样的通知、慰问电和卫生防疫病知识，中间不时插播老百姓耳熟能详的《没有共产党就没有新中国》《爹亲娘亲没有共产党亲》等振奋人心的歌曲，金水湾再也没有平时的生气和安详，而是笼罩着沉重与萧索。

已经是蓄洪的第五天。闸门早在四天前就关闭。闸门开启两小时，淮河水位就开始回落。二十四小时后，洪峰被控制，上下游不再提心吊胆，安然无差。从大闸里分流出来的五亿多立方洪水猛兽般被困在金水湾128平方公里的蓄洪区里。居住在这里的十多万人民,除了部分住在庄台上,过着“孤岛”生活,低洼地上的五六万男女老少都弃家而逃。有的投亲靠友,有的住在临时帐篷里。洪水渐渐退去后,再回到原来的地方。如果房屋被洪水冲倒,家具、衣服等生活用具被冲光,只能再建,再买。要生存,就得有个家。要活着,就得穿衣吃饭。年复一年,日复一日,除了没有洪水的年份,六十多年来,金水湾人就重复着洪水来了搬走,洪水退后回来的候鸟式的生活。

按计划,蓄洪区的洪水最少要待一个月。地处蓄洪区上端的金水湾村可能只有半个月。三奶奶的房子被洪水冲倒了。远在城里的儿子有病,媳妇下岗,孙女正念初中,已经度日如年,完全没有能力照顾老人。三奶奶看着被冲倒的房子,悲痛欲绝:“天啊! 我这把老骨头要遭老鹰叼了。……”

三奶奶哭哭啼啼,刘昌友带着两个人来了。之前,刘昌友正在村里开会,研究洪水退后抢种晚秋作物。唐希旺正在讲话,他说:“秋玉米、绿豆还赶上季节,田间管理跟得上,每亩地还能收上五六百斤。蔬菜,尤其是大白菜、萝卜、大蒜都是金水湾的特产,产量高,质量好,是周边城市有名的抢手货。齐科长和小朱已联系许多良种,下午就能运到。只要大家不松劲,抓紧抢种,精心管理,这秋茬子咱全村可能还捞上一把。……”

会议由刘昌友主持。中间来了两位扛着摄像机的省电视台记者要补拍镜头。刘昌友出面接待。要补拍的镜头有两处,一处是村干部带领民工夜间巡查大堤,另一处是从大水或危房里抢救老人或小孩的情景。前一个不用补拍,市电视台一位记者那里有现成的,互相借用就解决了。记者说:“这后一个最重要,省委领导指示,搞一个典型,特写镜头。”记者刚交代完,刘昌友远远看见三奶奶战战兢兢地正站在倒塌的房前号啕大哭,连忙带着记者赶到老人近前,在一位记者的帮助下,背起老人就走,脚下的水还没有退完,刘昌友背着老人大约走了二十多米,镜头就补拍好了。三奶奶迷茫道:“刘主任,我这房子倒了,你还玩啥猴咧?”

刘昌友喘着气,笑着说:“三奶奶,不用愁……”说着,带着记者离去。

三奶奶还在倒塌的房屋前恸哭。

快吃午饭了,三奶奶还没回来。老人刚出门时对秀芳说要去外面转转。

秀芳瞅瞅日头快正南了,还没见老人影儿。她四处张望,见远处三奶奶正在自己的倒房前哭泣。秀芳急忙赶过去,拉着老人的胳膊劝道:“三奶奶,您老不要担心,房子倒了就住在我们家。我妈回来了,你们老姐妹俩一起住。请您老放心,我们不会让您冻着,也不会饿着。”

老实人说老实话,三奶奶心里热乎乎的。

五

金水湾正逐渐复苏。

洪水退后的土地上,金水湾人又像打足了气的皮球蹦蹦跳跳。政府从外地调运的种子化肥已分配到户,省市县农业专家分片包干,亲自示范,手把手教大家如何采取水退人进的方法进行抢种。一寸光阴一寸金。夏天的田一天一夜差一拳。人们念叨着争分夺秒抢种晚秋作物。很多青壮年把种子化肥拉到地头上,带着干粮、开水,困了打个盹,饿了吃干粮喝开水,不分昼夜抢种。转眼间,洪水扫荡后的荒芜又换上了绿装。玉米尖尖张开嫩芽,绿豆眼眼绽放葱绿。大白菜、胡萝卜、土豆、洋葱等蔬菜铺满了大地。金水湾又变成绿色的海洋。

抗洪抢险告一段落,齐科长和任股长的工作组奉命撤回。齐科长和小朱要走的那天,唐希旺吩咐王秀芳去镇里买点菜。以往去镇上大都是水莲。洪水开始退时,水莲没向爸打个招呼就去了唐家湾。当时王秀芳说:“不跟你爸打个招呼?”

“不打。”水莲胸有成竹,“整天抗洪抗洪,打招呼他不会让我走。”说着,拎起包就出了门。

唐希旺搓着手,干着急:“这妮子,去哪里也不拣个时候,马上就要抢种了。还有,妈和姐知道水生的事,还不气疯!”

“胳膊腿长在她身上。”王秀芳脸色憔悴,木木地说,“我跟她说过了,不要让老太太知道。”

唐希旺本来不吸烟,平时预备几包招待来人。齐科长和小朱也不吸烟,他却一个人抽个不停。只要回到家,想到儿子,他就找烟。他没天没夜地往外跑，人在外面，心想的是公事。一回到家，儿子就出现在眼前。于是他就急着找烟，一支接一支，直到脑子里一片空白。

王秀芳见唐希旺点着了烟，她没有说话，推着自行车出了门。

齐科长本不想再麻烦唐家了。接他和小朱的车子停在村委会院子里。他上午就想走，唐希旺说："齐科长，你不能走。这段子，你和小朱也脱了一层皮。水天水地的，生活上也没能跟上。今晌，得让我补补。"

齐科长还想谢绝，唐希旺眼泪下来了。齐科长还从没见唐希旺流过眼泪，他有些发愣："唐书记……"

小朱扯了一下齐科长的衣角。

唐希旺已经控制不住了，哀求道："齐科长，小朱，我求求你们，赏我这张老脸。"

齐科长答应了。

中午还是和第一顿一样，四个菜一个汤。饭前，小朱悄悄将听到的唐水生的事跟齐科长有皮无毛地说了一点。小朱是听刘昌友和刘长富说的。开闸蓄洪的第二天，小朱刚接过一个电话，刘昌友从小朱说话里好像有点是唐水生的事。小朱刚接完电话，刘昌友试探地问："唐书记找你们啦？"

平时刘昌友不称唐希旺为唐书记，大都直呼其名。如果叫唐书记，则另有意思。

"刘主任，"小朱一本正经，"唐书记，有啥事？"

刘昌友点点头："他的儿子进去了，你们在他家这些天，不知道？"

"不知道。"小朱有些吃惊，"他们家谁也没说。"

"狗打秧子，"刘昌友酸溜溜地说，"不好出口。"

……

两盅酒下肚，唐希旺的话多起来："齐科长，你和小朱今天要走了，在金水湾受委屈，都是我唐希旺怠慢，请多包涵。"

"老唐，"齐科长也有点喝大了，"希旺兄，你喝醉了，净说醉话，这些天我们给你们添麻烦了，哪来的怠慢。"

"不，不，"唐希旺摇着头，"我不配披这个党皮，更不配当这个书记，抬不起头啊！"

“你是说……”齐科长望着唐希旺，嘴张了张，没有说下去。

“儿子不争气。”唐希旺一仰脖子喝下一杯，紧攥着拳头，“恨铁不成钢，丢人！”

“我只听说点皮毛，”齐科长安慰道，“什么事都不要乱下定论，要实事求是。法律是公正的。”

“我相信法律。”唐希旺拍着胸脯，“我可以拿头担保，我儿子不会干那种事。不需要找人，找律师。”

小朱立马说：“唐书记，如果你愿意，我是学法律的，我愿意代理诉讼。”

“这，这……”唐希旺紧紧地握住齐科长和小朱的手，乞求地说，“我不想打官司，也不想当这个书记。我……”

六

三奶奶正为没见到水生纳闷，听希旺和齐科长说进去了。她知道进去不是好事，心里更难受。三奶奶在厨房里给秀芳烧锅，见秀芳眼泪往肚里滚，装着没看见。菜饭做好了，秀芳特地为老人留下一些，用碗盖好。客人们的菜上齐了。秀芳把留下来的菜端到小桌上，又盛了一碗汤，拿了两个馍送到三奶奶面前：“三奶奶，这些都是给您留的，您吃吧！”

三奶奶见秀芳不吃饭，心疼地说：“秀芳，看把你累的，两眼凹成坑了。你的心也要宽些，咱娘俩一起吃。”

“我心里实鼓鼓的，像填块砖头，吃不下。”秀芳苦着脸央求，“三奶奶，您吃吧！”

三奶奶的手刚挨着筷子又抬了起来，心酸地说：“秀芳，你不想吃，我也吃不下。”

秀芳僵住了，眼里闪着泪花。

送走了客人，唐希旺肚子里酒可能又重新燃烧。他瘫在椅子上，秀芳收拾桌子他浑然不知。昏昏沉沉，嘴里不停地念叨着：“我，唐希旺，没做亏心事啊！……”

秀芳见唐希旺语无伦次地歪在椅子上，一边收拾桌子一边小心翼翼地说：

“你这么前仰后合地小心扭着颈子，还是去床上躺会儿吧！”

“你是看我不顺心，”唐希旺霍地坐直身子，瞪着眼瞅着秀芳，“我窝囊，我没本事，我熊……”

“你想找碴儿到外面找，”秀芳按捺着火，“别拿我当出气筒。”

三奶奶见夫妻俩要闹气，说谁也不是，悄悄地走出去。

“我拿你又怎么样。”唐希旺站起来，拉出个要动手的架势。

秀芳铁青着脸，嘴唇哆嗦着，半天说不出话来。

“怎么啦！要打呀！”唐希云带着水莲风风火火地闯进院里。她老远看见希旺怒气冲冲的样子，一路劳顿，火气冲上来，目视着唐希旺。

唐希旺一个愣怔，清醒了许多，呆呆地说：“姐。”唐希云眼睛扫了扫希旺，没有说话。秀芳一把拉住唐希云的手，委屈地说：“姐，他正拿我出气呢！”

“我……我……”唐希旺怔怔的。

“你在家里耍哪门子横！”唐希云冲着酒气，用手扇了扇，两眼盯着唐希旺，气昂昂地说：“你是个男子汉吗？是唐村长的儿子吗？唐村长敢枪毙‘老天爷’，你敢吗？水生到底是怎么回事，你问过吗？……”

“姐……”唐希旺红着脸辩解，“爸，那是除害。水生，是犯法呀！”

“你是公安吗？你是法官吗？”唐希云眼里冒着火，“老虎凳、辣椒水，我都尝过了。那时对我下手的不仅是公安，有法官，还有共产党的副书记、书记。”

“那时是‘文革’，非常时期，”唐希旺不服气，“现在是……”

唐希云认真起来：“‘文革’怎么啦！‘文革’是毛主席领导的，毛主席那么伟大的人都会犯错误，现在哪，你想过没有，现在的公安会不会办错案？”

唐希旺一时语塞。

秀芳让唐希云坐在椅子上。水莲给姑递块湿毛巾擦脸。唐希云接过毛巾擦过脸，秀芳端上来一杯茶，悄悄地说：“姐，你消消气，慢慢说。水生的事，他……”她瞅了瞅不再发疯的唐希旺，心软下来，下面的话又咽了回去。

唐希云抿了一口茶，面对有些无奈的弟弟，心里也有些难过。顿时，她缓和地说：“你是金水湾村的书记。应该为金水湾人民办事。但是，”别看唐希云没进过一天学堂，凭着扫盲班里的底子，经过几十年打拼，不仅爱读书看报，还写点小文章，虽然有不少错别字，怎么想就怎么写，也较为通顺。平时讲话干净利索,听起来不但符合逻辑,还蛮有文味。她呷了一口茶,继续道:“你别忘了,不要说唐水生了,就是别人的事你该不该管?水生也是金水湾人。”她不再说下去,眼睛盯着唐希旺。

唐希旺迟迟不语。王秀芳好像得了天,一吐为快:“这些日子,他像矮了半截,还想辞职呢!”

“这更不像爸了,”唐希云解释道,“水生的案子大不了定强奸罪吧!不是反革命,也不是杀人犯,有啥抬不起头的?要说么,水生的大学没指望了。我们也够伤心的。”希云的眼圈儿红红的。唐希旺见姐姐这样动情,似乎有点开窍,但一时又不知该怎样下手,迟疑道:“姐,你说这种事,该……”

“没吃过猪肉,还没见过猪走啊!”唐希云不仅经多见广,经常看报纸电视,脑子特别灵,她特别点道,“希旺,现在是改革开放新时期,市场经济,说白了,一切向钱看。不能守着咱爸打死‘老天爷’那阵子干,现在办事得用经济手段。”唐希云用手比画着,“钱……”

“姐,你是说水生这事也得钱?”唐希旺吞吞吐吐。

“这要看谁,好山的爱山,好水的爱水。要看对方爱什么,不能用一个方子。”唐希云好像看透了红尘。其实她知道自己的海侃,还有她自己的发挥,都是自家人。她说:“现在,除了杀人抢劫,贪污受贿,还有几个是反革命?”

唐希旺还是有点转不过弯儿:“姐,水生这事犯法呀!”他头上急出一层汗粒。

“犯法,”唐希云翻翻眼,不以为然,“一个小伙子,一个大闺女,都没有成家,都没有对象,对上眼,那个了,有什么大惊小怪的。”

一直沉默不语的王秀芳,经姐姐这么一点拨也来了劲,“姐说得对,听说城里现在做人流的排成队,哪一个不是睡出来的。”

“那……”唐希旺心里没有底。

“姐,”王秀芳恳求的目光投向唐希云,当着唐希旺的面挖苦,也有点高抬唐希云的意思,“姐,他有点猪脑子,别难为他了。为了你侄子,我看这事还是姐您出面?”

经过几十年磨难,唐希云的确没有把这件事放在眼里。“好,毛孩子,我这个当姑的试试,大不了跟当官的再练练。”唐希云的底气缘于有钱。自己的轮船从武汉到上海跑一趟生意，一切人员工资和税收全扣除，净赚10多万。为水生这档子事花个零头，也只是一头牛身上一根毛。就是10多万全赔上，为了侄子的一生，值得。人不就是活一张脸嘛！不过，唐希云转念一想，身为一村的党支部书记，连这么个事都搞不转，她自小在金水湾长大，多少知道这里的情况，为了让弟弟今后能扛得住，也为了自己办不下来找台阶，她命令似的说："希旺，水生是你的儿子，你又是金水湾村的书记，论公论私，你得先上。"

"姐，"唐希旺已经想开了，"你说，我怎么上？"

"撕破脸皮，去镇里县里，找熟人，托关系……"唐希云比画着。

"好……"唐希旺答应下来。

"姐，"王秀芳见唐希旺有些勉强，恳求道，"让他先试试，你得坐镇指挥。"

唐希云扑哧笑了，是秀芳迫切的神情把她逗笑的。唐希云已经有些云里雾里，大包大揽地说："秀芳把我当神了，让我出谋划策。好，我唐希云再献献丑，不把水生扒出来，我就不姓唐！"

"姐，"王秀芳要跪下作揖磕头，"我让水生永远孝敬你！"说完，又情不自禁地笑起来，啧啧地说，"侄子不孝敬姑孝敬谁呢?！"

"水生还是先孝敬你两口子。"唐希云实打实地说，气氛活跃起来。

……

第三章

一

经过一夜折腾，第二天吃过早饭，唐希旺壮壮精神要去镇里。出门前，唐希旺推出那辆破自行车，唐希云一看生气地说："堂堂的村书记，还骑这种老掉牙的破车，多寒酸，你还当宝贝！"说着从口袋里掏出一沓钱，数数，说："这是500，去镇上先买辆新的。秀芳，给希旺找件新一点的行头，人要衣裳马要鞍，脸面要紧。人要是精神了鬼都躲着走。"

秀芳拿出一件短袖白衬衫，是一年前外甥黄明跃从上海特地给舅舅捎来的。当时，唐希旺穿身上试试，对着镜子照照，觉得比镇委书记的衣裳还亮眼，又脱了下来。后来秀芳又催几回，他一直不上身。

唐希旺一身崭新，又刮了胡子，搭便车到镇里先买了一辆泰莱克新款自动变速车。他的烟虽然早戒了，按照姐姐烟是介绍信的叮嘱，还是买了一包45元的软盒大中华。

唐希旺记着临行前姐姐要他"胆大心细"的嘱咐，进了派出所，径直来到所长的办公室。所长正在和一个民警说话，见唐希旺进来，眼睛一亮，忙起身让座，客气地说："唐书记，请坐！"

唐希旺在一张长沙发上坐下，掏出烟，抽出一支递给所长，所长刚说出"戒了"，见是中华的，还是接了。唐希旺又给那个民警一支，民警可能是新来的，唐希旺没见过。对方接了烟，唐希旺自己也叼上一支，但却忘了买打火机。正晾着，所长从抽屉里拿出打火机，让唐希旺点，唐希旺请所长先点，所长笑着说:“你是稀客!”

那个民警自个儿点着烟走了。

唐希旺点着烟吸了一口,见所长也点着了,笑着说:“所长,我想请示一下我儿子的事。”

“你儿子?”所长有点兀然。

“唐水生。”唐希旺不好意思地说,“蓄洪前,所里给抓了。”

所长这才想起来。他拨了电话,胡文胜走进来。唐希旺正要和他打招呼,所长问:“唐水生的案子?”

胡文胜瞥了唐希旺一眼,支吾道:“局里……”他又朝唐希旺斜了一眼,没有说下去。

所长不再说话。他吸了一口烟,想了想,对唐希旺说:“老唐,因为唐水生是你儿子,这案件的事,你最好不要问,相信政府,相信法律。”

唐希旺一听所长改称他老唐,头一下子大了。所长下面的话他似乎没有听清,心里冰凉。三个人谁也不说话,唐希旺木了,他强笑着向所长告辞,所长没有再站起身送他,黑着脸,没有一点儿表情。

唐希旺没精打采回到家,正焦急等待着好消息的一家人都傻了眼。唐希云见状,心里也没底。但她还是壮着胆子问:“有希望吗?”

“啥希望?”唐希旺木头人似的,“所长说,相信政府,相信法律,别的啥屁也没放。”

“政府,法律,都是人办的呀,”唐希云气不打一处来,“法律又不会说话,还不是靠人操作,人是活的。法律也不是死的,判刑还有个上下限呢!”

“人家是执法……”唐希旺舌头有点打卷儿。

“执法都是好人哪?”唐希云不以为然,“别说是现在,整我那阵子也有派出所的人哪!你没有看电视么,河南一个农民差点被当作杀人犯给毙了,判了死缓。结果真凶被查出来,才真相大白,差一点没命了,还不冤吗?后来处理了几个办案的,政府还赔了钱,有姓有名有地点,执法的就一贯正确呀……”

“姐,”鼻子大压嘴,唐希旺一筹莫展,“人家不放人,我能抢吗?”

“也是。”唐希云冷静下来,喃喃地说,“水生这事跟我那事不一样。我那是无中生有。这,有那个女孩子的事顶着,得另想门儿。”

秀芳眼泪汪汪:“姐……”

唐希云振作精神:“哭,没有用。明儿我去他家走走,大活人,不能憋死。”她用手指指隔壁刘占元家。

二

广播喇叭里响着省人民广播电台对农村广播节目,浑厚的男高音正在播送《冲不垮的金水湾》的通讯。“……一位哲人说,成就大事大业,必得天时、地利、人和。在新中国成立前,弹丸之地的金水湾掌控在金姓人手里,少数人作威作福,多数人受苦受难。在党的领导下,不可一世的反动势力很快土崩瓦解,人民当家做主,金水湾正发生翻天覆地的变化。这次抗洪抢险,金水湾人又做出了重大牺牲和不可磨灭的贡献。舍小家,顾大家,舍局部保全局,是对金水湾人民的又一次严峻考验。在党中央和省地县各级党委的正确领导下,要发扬自力更生、不怕困难的大无畏精神,生产自救,重建家园。一方有难,八方支援,我们一定能战胜这场洪灾,把灾害造成的损失减少到最低程度。在社会主义新时期,在抗洪抢险和重建家园的工作中,我们也要坚持天时地利人和,抢抓时机,发展灾后生产,调动一切可以调动的积极因素,万众一心,团结奋斗。……”广播结束,金水湾又恢复了昔日的空旷与宁静。

刘昌友近来很得意,脸上整天堆着笑,有时嘴里还哼着小曲儿。他最爱唱的是京剧《沙家浜》里胡传魁那句“老子的队伍才开张……”不知是下面的词忘了,还是故意省略。这种单调的重复来重复去的哼叽在别人的耳朵里枯燥贫乏,而刘昌友的心里一定是津津有味,回肠荡气。不然他既不觉得无聊,又不感到累。

刘昌友哼哼叽叽来到村委会办公室,刘长富正在造全村被洪水淹倒的房屋花名册。镇里的会议刘昌友和刘长富一起参加的。会上,镇领导像铡砍的一样,要求一定要实事求是,既不准瞒报错报,漏掉一户一间,更不准弄虚作假,骗取国家的钱财。如果发现问题,一经查实,一定要严肃处理。回来的路上,刘长富问刘昌友:“叔,这回倒房咋报?”

“唐希旺的水生出事了。”刘昌友没有正面回答。

“啥事?”刘长富惊讶地说,“高考作弊?”

“关他屁事。”刘昌友转入正题,“报灾的事,唐希旺可能没有工夫管, 你只管造,比上一回多些,长贵的屁股还没擦净,我正缺钱用。”

长贵是刘昌友的儿子。因为嫖娼被公安局治安大队当场抓住,拘留半个月罚款两千。钱交了,人也放了。那女的死活不承认卖淫,告刘长贵强奸,公安局已经立案。

这是最近的事。养羊的知道羊膻,水生出事的当天晚上,刘昌友担心夜长梦多,特地到刘占元家。

“表叔来了!”金玉娇迎出来,眼睛红红的。

“晓旭……”刘昌友坐在椅子上,只提了个引子,故意打住。

“没大事,”金玉娇脱口道。但她马上又用手拭拭眼,故作伤心,“女孩子家名声咋办?”

刘昌友一时答不上来。正在里屋里唉声叹气的刘占元跳出来,也没有和刘昌友打招呼,指着金玉娇,气急败坏:“哪壶不开提哪壶,唐希旺哪一点对不起我们,人家就那么一个儿子,不明不白地进去了。大学生的料子,你也不动动脑子,就……”

有刘昌友在场,金玉娇哪会把刘占元放在眼里。她早知道刘昌友私下里在戗唐希旺,想揽村里的一把手,故意撒泼:“你刘占元尿泡尿照照,不是有表叔,哪一个拿你当人了。他儿子上不上大学,关我们啥事!”

刘占元不服气,气呼呼地走出去。

刘昌友没有拦刘占元。他知道刘占元出不了金玉娇的手心。

大门砰地被刘占元拉上。

“有种,你永远别回这个家!”金玉娇吼道。

刘昌友挥挥手:“玉娇,不要吵,不要吵。事情到这个地步,不要大惊小怪。要冷静,冷静。”

金玉娇也坐在椅子上,委屈地说:“占元怪我性子急,不该……”

刘昌友一直很平静。他见金玉娇有点后悔,说道:“开弓没有回头箭。既然报上了,就不要怕得罪人。”他见屋里没有外人,压低声音,“案子不结不算了。孩子还小,没经过事,可不要乱改口。”说着从怀里掏出一把钱,“孩子受惊了,这点钱给孩子买点补品。”

金玉娇见都是四个老人头的,两眼笑成两条线。她半推半就:“表叔,您的心意领了,钱不能收。”

“别说外话。”刘昌友把钱放在桌子上,叮嘱道,“嘴一定要紧点,不要夹生了。”

金玉娇不知刘昌友卖的啥药,顺着竿子爬:“表叔放心,我们就咬住不放。”

刘昌友开心地笑了。

刘昌友走后,金玉娇拿起桌子上的钱,一张一张地数了两遍,1000 元,金玉娇的心沉重起来。她正在数第三遍,刘占元和晓旭走进来。晓旭天黑后去村卫生室拿药,水莲在卫生室里当药剂员,当时没有外人,两人说起玉米地里的事,晓旭才知道水生被抓走了。她正不知道该怎么办,刘占元找到卫生室,于是父女俩便离开卫生室往家回。半路上,刘占元说起刘昌友正在他家里,晓旭说:“他心里有鬼。”刘占元不知道女儿说的啥意思,不再接话。

父女俩回到家,刘昌友已经走了。晓旭见妈妈正在数钱,已猜出钱一定是刘昌友的。她上前一把扯过金玉娇手里的钱甩到地上,恼羞成怒:“伤天害理!”

刘占元补充道:“他是把我们当枪使。”

晓旭义愤填膺:“心够黑的,是嫁祸于人,借刀杀人。”

金玉娇一屁股坐在地上撒泼:“一个个没良心的……”

三

自打水生被抓,刘晓旭就阴起来了,白天从来不出门。金玉娇以怕女儿寻短见为名整天守着她,连大小便上厕所也跟在后面。事发当天,派出所民警问晓旭知道不知道玉米地里那个男人是谁时,晓旭刚回答:“听声音好像……”金玉娇连忙打断说:“耳听为虚,眼见为实,你不是看见唐水生一个人吗?”

晓旭只顾哭泣,没有再说下去。胡文胜说:“你看见谁说谁,不要好像……”于是让晓旭在询问笔录上按了手印。

唐希云几次借故去刘占元家,金玉娇都寸步不离守在旁边。唐希云只能说些安慰之类的官话,找不到单独与晓旭谈话的机会。

山不转水转。金水湾刚刚在淮河防汛前通了电和电话。电话只有一部,是上级拨款安装的,村两委会专用。私人装电话个人要掏3000块钱的安装费,全村几百户没有一家愿意安。电虽然通了,全村却没有一部彩色电视机,只有几户有从城里亲戚家更新换下的黑白电视机,而且小得可怜,图像断断续续,闪闪烁烁,有鼻子无眼的。

唐希云瞅准时机,决定从外围入手。那天吃过早饭,乘唐希旺去村里开会之际,唐希云满面春风走进两委会大院。她手腕上不仅戴着英拉格女式手表,两只手上还各戴一枚金戒指。很多人都是第一次看到金戒指,认识的老远就和她搭话,不认识的也往她跟前凑。当时会议还没开,前拥后跟,不仅自己风光,也给唐希旺大大长了脸。

刘昌友早知道唐希云前来救驾,但不知道她如此富有。唐希云刚走进院里,刘昌友就上前两步迎上去,亲热地说:“老姑娘真是发财了,欢迎您大驾光临!”

唐希云赔个笑,不以为然:“大兄弟高抬了。老姐姐没多大财气,靠党的改革开放好政策,在长江上跑运输一趟10多万,够吃的!”说着淡淡一笑。

众人一听10多万,都大惊失色。刘昌友惊叹:“老姑娘来村委会有何指示?”

唐希云诙谐地说:“姑娘回娘家,老门子老窝,指示谈不上,这几天我觉得希旺家日子有些寒,我想帮助他改善改善,借你们的电话给你外甥明跃打个电话,顺便也让镇上邮电所的师傅给希旺家安部电话,老太太也经常想家,图个方便。”唐希云故意装着轻松的样子。

刘昌友很吃惊:“明跃不是在船上吗?船上也有电话?”

唐希云说:“南京有房子。明跃有时在船上有时在家里,他身上有大哥大,啥时都能接听。”

刘昌友羡慕道:“您老姐现在享福了,过着神仙日子。”

“哪里,哪里,”唐希云故意捉弄刘昌友,“我虽然自在,还是老百姓,又叫个体户。哪比得上你老兄弟,堂堂的大主任,金水湾村的人头啊!”

刘昌友知道唐希云话里有话。光棍不吃眼前亏。他嘿嘿笑道:“要说人头，该数希旺，我只是给他打下手。”

唐希云收敛笑容，挑直道：“不管谁是人头，都是为大伙儿办事，现在都叫带头人。要实打实，可不要玩虚的、假的。”

“那是，那是。”刘昌友明知唐希云在打着屁股震着脸，敲打自己，也就受了。

唐希云一连打了两个电话，一个打给儿子明跃，让他买两台大彩电尽快送到金水湾来。后一个打给镇上的邮电所，请派人给唐希旺家安一部电话，费用随后送去。

第二天，唐希旺家的电话就安装好了。

第三天，明跃开着自己的小汽车送来两台日本产东芝 25 英寸大彩电。当时，不要说是村里，就是县里也很少家庭有这样的大彩电。一是市面上没有卖的。二是贵，每台 1 万多，一般人家买不起。明跃有个朋友是卖进口彩电的，一个电话就搞定了。

县里刚开办广播电视转播台，明跃先架起天线，不一会就把彩电调试好了。人们奔走相告，出出进进来唐希旺家看电视。唐希云事先吩咐希旺和秀芳买些烟烧些茶热情招待前来看热闹的男女老少。小板凳，高凳子，屋里屋外，应有尽有。

头一天电话，后一天电视，唐希旺家两天跨进了电气化。

唐希旺安电视的那天晚上，刘昌友悄悄找到金玉娇，交代说：“玉娇，唐希云发了。她这次准是冲着唐水生的事来的，人都进去了，还有心肠捣鼓电话电视，明摆着在给唐希旺长脸壮胆。你记住，只要晓旭不松口，案子他就翻不掉。”

隔壁唐希旺家的电视里正在播放京剧《红灯记》片断，隐隐约约传来李奶奶悲愤激昂的唱腔：“……打不尽豺狼，决不下战场！”

金玉娇一边听电视传来的声音一边点头。

刘昌友刚走，晓旭就坐不住了。她不知道刘昌友和妈妈嘀咕什么，厌恶地说：“整天鬼鬼祟祟的，恶心人。”

“有你这样说话的么，”金玉娇翻眼道，“你表爷也很关心你。”

“我不稀罕他关心。”晓旭乜了妈妈一眼，“我看透了，不是什么正经人。”

“不许你胡说。”金玉娇又气又急，“你忘了么，人家还送我们1000呢！”

“臭钱，臭钱，”晓旭呸呸两口，“他心里有鬼。”

“再胡说，撕你的嘴。”金玉娇瞅了晓旭一眼，关上门，催晓旭睡觉。

天热，蚊子多，晓旭躺在蚊帐里翻来覆去睡不着。

一直处于紧张状态的金玉娇不一会就睡着了。刘占元忙了一天活，也很快进入梦乡。

大约半个小时，晓旭被隔壁电视机里优美动听的戏曲吸引住了。她睡意全无。妈妈打着鼾睡得正沉。她悄悄穿好衣服，轻轻拉开门，在院子里站着听了一会儿，东一句西一句，虽然不连贯，却也令人陶醉。她在学校办公室里见过彩电，因为上课，老师不让看。爸爸睡在前屋偏房里。她蹑手蹑脚拉开大门，又回身虚掩上，径直向唐家走去。

晓旭只知道唐家装了电话和电视，不知道水生被抓。民警问她玉米地里的事，她只说看见水生去找牛，至于干坏事的人是谁，她从没有提过水生，也从没有怀疑过水生。水生曾经给她写过求爱信，她虽然没有明确表态，但她从心眼里喜欢水生。她为水生高考能考出好成绩而高兴，但她没有想到玉米地里的屎盆子会扣到水生头上。

晓旭刚走进院里，水莲就迎出来。水莲是受姑姑的指派，专门注意外面的动静。说穿了，主要观察晓旭会不会来看电视。唐希云特地交代水莲说：“只要晓旭一出现，水生就有希望了。”

晓旭踟蹰地向院里走来。灯光下，水莲老远就迎上去，热切地说：“晓旭，我早想请你来看电视，妈和姑姑也催我去，她们都喜欢你，就是怕你妈多心。”

“我妈这些天神经不正常，整天盯着我。”晓旭边说边走，“烦死人了。”

水莲拉着晓旭刚走进屋里，唐希云和王秀芳都站起来迎接。唐希旺先去镇里开会，接着又在村里开，一天没沾家。黄明跃晚饭时喝点酒，看了《新闻联播》就休息去了。来看热闹的人大都只图个新鲜，开开眼界就走了，剩下的年轻人正想往下看，见晓旭进来，联想近来风言风语唐水生被抓与她玉米地里的事有关，便一个个散去。

刘晓旭见一个个往外走，有的和她连个招呼也不打，有些尴尬。唐希云连忙拉她坐下，王秀芳不停地让她吃糖果。晓旭有些不好意思，唐希云剥开一颗糖递到晓旭手里，乐滋滋地说："这是你明跃哥今天刚从南京带来的，姑娘，吃吧！"

晓旭把糖含在嘴里，眼睛扫了扫，不解地说："水生哥呢，怎么不看电视？"

水莲眼圈儿红起来，迟疑地说："他，他，……"

王秀芳忍着眼泪："乖孩子，大娘我……"

唐希云强笑道："晓旭，你是个好姑娘，你不来，我们还正想找你呢！实话说吧！水生被抓了。"

"怎么会呢？"刘晓旭丈二和尚摸不着头脑，"他刚参加高考，他说考得不错。"

"因为玉米地里的事。"王秀芳哽哽咽咽。

刘晓旭的脸倏地红起来。她虽然有些窘迫，但还是从容地说："那事和水生一点不相干，怎么会扣到他的头上呢？"她鼓着腮帮子有些发愣。

唐希云见刘晓旭不认账，兴奋起来："晓旭，好姑娘，我们就盼着你这句话呢！"

王秀芳平时就喜欢晓旭，她曾对唐希旺说："如果晓旭给咱做媳妇才好呢！人漂亮，心眼儿好，还懂礼数。"

唐希旺不表示反对，只道："她妈的名声……"

"一母生九子，九子九个样。"王秀芳反驳道，"她妈是刀子嘴豆腐心，晓旭不像她妈，倒像刘占元，为人实在。"

唐希云虽然不常见刘晓旭，从小到大，见过几次，也说过话，看得出她是个好姑娘。听她妈说玉米地里没有见红。退一步说，就是被那个了，是不幸，应该受到同情。决不能另眼相看。唐希云是个软心人。她见秀芳很动情，很急切，她也想尽快扒出水生，便自作主张道："晓旭，现在只有你站出来，才能救水生。如果你愿意出面，明天跟我一起去县里，将来你和水生一起生活，这桩婚事由姑姑我来做主。"

晓旭慢慢抬起头，绯红着脸，吃力地说："玉米地里的事把我羞死了，我……"

"这是不幸。"唐希云板着脸，"你是受害者，怎么能怪你呢！都怪那个挨枪子儿的，缺德，不得好死。"

王秀芳拭着眼睛道："晓旭，如果你不嫌弃我们家，就照你希云姑姑的意见办。我同意这门亲事。"

晓旭耷拉着头，没说好，也没说不好。

水莲快人快语："晓旭，你放心，今后如果水生敢欺负你，我替你做主。"

唐希云见水到渠成，说："就这样定吧！明天一早我们去县城。"

水莲抢着道："我也去。"

晓旭默默地点点头。

四

上午唐希旺和刘昌友去镇里开灾后重建生产自救会议。镇长徐永刚传达县里会议精神。徐镇长是个军转干部，正营职转业，曾当过连长，参加过老山战役。虽然当兵十几年，只上过那一次战场，却也是在枪林弹雨死亡线上炼出来的。为了抢占一个山头，全连死了一半多人。让他永远不能忘记的是连指导员，在敌人火力压制使他带领的敢死队抬不起头，接近弹绝人亡时，指导员带领突击班迂回到敌人后面以拼刺刀的肉搏战消灭了敌人。指导员和十几个战友全部壮烈牺牲。徐永刚只挂了彩。住了一个星期的医院就好了。出院后，他第一件事就是带领剩下来的战友到指导员和其他牺牲的战友坟前吊唁，他带头举起手庄严宣誓："指导员和牺牲的战友们，我们一定像你们一样，做个无私无畏的人，永远忠于党，忠于人民，必要的时候献出个人的生命。……"

这是生者对死者发自肺腑的表白，也是一个共产党员对党组织的承诺。转业到地方工作时，组织上征求他的意见，徐永刚说："我应该是死过的人。既然没有死，还可以工作，就到最艰苦的地方。"

金水湾虽然名字好听，却是全县最落后的地方，一些干部不愿意去，那里正空着镇长的位子。徐永刚毫不犹豫地去了金水湾。

徐镇长的会议精神传达一半，会场下面就开始有人外出。第一个外出的就是刘昌友，紧接着又有几个。徐镇长压着火继续传达。又过了一会，刘昌友又站起来向外看，他正要拔腿，徐镇长捺不住了，他军人的脾气一上来，谁也不讲情面，虎起脸道："刘昌友，你屁股下面长钉了，我们是开会，不是演戏，想听就听，想走就走。”

刘昌友事先就有思想准备，并想好了托词：“我，肚子拉稀……”

拉肚子应该是很充分的理由，不过可能是由于过分紧张的原因，他的话音刚落竟带出个响屁，满场子哄堂大笑。

刘昌友的脸一下子红起来，徐镇长也忍不住笑了。他知道刘昌友可能另有急事，笑着说：“拉肚子放屁既正常又属于特殊情况，你去吧！”

刘昌友的确有特殊情况。他第一次出去，是胡文胜在外面向他摆手，他知道胡文胜找他不是鸡毛蒜皮的事，便悄悄走出去。

“局里刚才打来电话，让所长和我们几个待命，不知是……”胡文胜只知道局里要来人，但不知道是什么事，他望着刘昌友，意思提前通个信。

刘昌友心里一惊，递给胡文胜一支烟：“是唐水生，还是……”

胡文胜点着烟，吸了一口，摇头道：“摸不透。”

刘昌友见胡文胜没什么表情，转念一想，胡文胜可能是想再敲他的杠子。已经不是一次了，每次去派出所，屁大的事，哪怕是上户口，迁户口，改年龄，不请他们去馆子里撮一顿，起码要拖个半死不活。如果涉及案子，还得塞几个。一般是所长不会出面，肉脸对肉脸，一是说不出口，二是直通车风险大。一般要有个二传手。刘昌友见胡文胜支支吾吾，心想一定是所长派他来的。一来长贵的案子未结，二来唐水生的案子未定，不再出出血是不行的。他刚从财政所里领了全村的救灾款，于是，从怀里掏出一沓四个老人头数了二十张递给胡文胜说：“这 2000 你和所长先用着，以后……”然后把剩下的又揣进怀里。

刘昌友回到会场继续听会。哪知，徐镇长正讲到节骨眼上，即下一步生产自救，主要是抢种晚秋作物和以副补农等问题，二儿子刘长发又在会场外面不停地向他摆手。

刘昌友红着脸走出去，长发也走到他跟前，结结巴巴地说：“爸，俺哥被公安局带走了。”长发平时没有口吃，可能因为着急，舌头不打弯，“还上了铐、铐……”

五

为了不惊动家里人，刘晓旭没有回家睡，和水莲挤在一张床上。他们是四口之家。除了爸爸妈妈，刘晓旭还有个妹妹叫晓琬，已经十四岁，念初中，暑假一开始就像关在笼子里的鸟飞到阜阳她姑姑家去了。现在只有她和爸爸妈妈三个人在家。

别看刘占元在金水湾靠不上大户，因为计划生育，还曾经风光过一次。不仅在金水湾行政村，而是金水湾镇。在全镇万人大会上，镇长亲自给刘占元和金玉娇夫妇戴大红花，号召大家向他们学习。当时，全镇只有六对夫妻赢得这种荣誉，金水湾只有他们俩，过半行政村还是空白。

那是在全镇第一次计划生育工作表彰大会上。刘占元当时只有晓旭一个女儿，夫妻俩响应政府“只要一个孩子”的号召，主动要求做绝育手术。这在当时影响很大。谁也没有想到，金玉娇的绝育手术失败了，半年后又怀上孩子。到医院做人流，经检查，金玉娇做手术有生命危险，只得把孩子生下来，然后再做绝育手术。这一胎又生个女孩，刘占元和金玉娇觉得过去光荣过了，现在又生了一个，有点不好意思，于是给孩子取了个完字的谐音琬，表示以后再也不生了。晓琬也继承了金玉娇身上的优点，像晓旭一样，聪明伶俐，楚楚动人，姐妹俩成为金水湾有名的两朵金花。

……

唐希云、水莲和晓旭天蒙蒙亮就出了门。仨人徒步到镇上，乘头班开往县城的中巴，下车在早点店里吃了早餐，来到县公安局正好机关刚上班。

唐希云头前带路。门岗值班民警见三个人穿戴整洁，尤其是唐希云戴着金项链金戒指有点来头，不像上访人员，连问也没有问就让她们进去。进入办公室大楼，唐希云在前，水莲和晓旭随后先在大厅里看宣传栏，浏览玻璃框里的彩色照片，然后直奔局长室。一位一只手拎只公文包一只手捧着茶杯穿着警服的中年男子刚走进室内，唐希云在前，水莲和晓旭在后也跟着进去，那人刚在老板椅子上坐下，唐希云微笑着说：“黄局长，您好！”

黄局长微笑着站起来，客气地说：“请坐，您……”他觉得眼前这个女人似乎有点眼熟，但一时又想不起来。

唐希云不紧不慢地说：“我老公叫黄德元，也是干公安的，是寿县局的，走了两年了。儿子也是公安，在市里……”见黄局长连连点头，言多必失，她就此打住。

黄局长似乎也听说寿县公安局曾有个姓黄的领导。至于他儿子在市里，在哪个市没有说。他们市局有几个姓黄的，作为一局之长，不便多问。黄局长又看两个女孩，都长得眉清目秀，腼腆地耷拉着头。既然她老公姓黄，又是干公安的，找上门来，一定有事，笑着问："你当家的姓黄，我们是一家子，老大姐一定有事？"

"黄局长，您高抬了。"唐希云感激地说，"我是有个事请老弟关照。"

黄局长点点头，微笑道："自家人不用客气，请说。"

"我侄子，奶水子未干。"唐希云故意轻松地说，"和一个女孩只说几句话，竟说是什么强奸被抓进去了。"

黄局长忙问："叫什么名字？"

唐希云："唐水生。"

黄局长惊奇地说："是有这个人。案卷我也看过了。不过，我们现在需要找到那个女的，刘晓旭。"

"刘晓旭？"唐希云连忙指指刘晓旭说，"她就是。"

晓旭不由自主打个寒战。

黄局长的脸仍带着笑："来了好，不要紧张，我们有点事儿找你，已经给所里打过两次电话，所里说没有找到你。"说着，黄局长拨过电话。

一会儿，进来一个年轻的女民警。黄局长说："刘晓旭来了。你带她去查查。"他用手指一下刘晓旭。

女民警转身对刘晓旭说："走，跟我来。"

晓旭站起身，胆怯地说："我……"

水莲也站起来，看一眼黄局长，又看着女民警："我跟她一起去？"

黄局长挥挥手："你不要去，她一个人就行了。"

刘晓旭身子颤抖了一下，两条腿一点儿也拉不上去。女民警扶着她，安慰道："走吧！不要紧张。"

大约十多分钟，刘晓旭又走进局长室。女民警跟在她身后，把一张鉴定表送到黄局长面前的桌子上。黄局长看看鉴定结论一栏里写着：处女膜完好无损。他笑着说："老大姐，唐水生无罪释放，你们现在就可以到看守所接他回家。”

“真的，黄局长？”唐希云高兴得眼泪快流出来了。

“我们昨天就通知了看守所。”黄局长说。

唐希云向黄局长表示感谢。黄局长说：“不用谢。”送她们走出门。

走出局长室，水莲和晓旭都有点纳闷。来到大厅，水莲不解地问：“姑，你怎么知道黄局长？”唐希云指指一旁宣传栏里的照片，“你们看看那几张大照片下面，不是写得清清楚楚么！”

水莲惊呼：“姑，”她伸出大拇指，比画着，“您真神啊！”

唐希云指指水莲的眼睛，笑道：“妮子，长这个干什么？姑一辈子没有上过学，只上过扫盲班，眼皮底下几个字。你们都有学问，到姑这个年纪，都会鬼精鬼精。”

水莲和晓旭都笑起来。

在去看守所的路上，唐希云很兴奋，她事先没想到会这样顺利。水莲既高兴又纳闷，女民警把晓旭带走了，怎么一会儿就回来呢？水生怎么在她们没来之前就要放了呢？女孩儿对女孩儿，姑也不是外人，她悄悄问晓旭：“那个女的找你出去干啥？”

晓旭的脸红起来。唐希云见晓旭不说话，猜想一定是身体方面的事，局长说查什么，不可能是外伤，不是外伤，作为女孩儿，加上水生的事，准是……于是，她替晓旭说：“女人，不就是那一点吗，还有啥秘密。”

晓旭默默不语。水莲云里雾里。

六

是巧合，还是神使鬼差，刘长贵上午进去，唐水生下午就出来了。时差就那么两个多小时。就是这两个多小时，经过一番心理战，刘长贵就败下阵来，承认玉米地里的那事是他干的。不过，按手印之前，他再三向审问的警察说明：由于天上的太阳热辣辣的，心里发慌，他下面一直挺不起来，就像一个偷儿，想进门没有进去，在门前转了一圈，没偷着东西。

不是所有的门都是可以随便出入的，也不是以偷着没偷着东西定罪。刘长贵除了嫖娼,又多了一个罪名——强奸未遂。

水生走出看守所,远远就看见姑姑、姐姐。让他惊诧的是,怎么还有晓旭呢?警察审问他时问:"你认识刘晓旭吗?"

唐水生:"认识,我们是邻居。"

"你在南大坡放牛见到刘晓旭吗?"

"见了。她放羊。我们还说了几句话。"

"后来呢?"

"我去找牛。回来就没有看到她。以为她先回家了。"

"你知道玉米地里的事吗?"

"不知道。"

……

几次审问,水生都是这样说。有一次一个民警手有点痒,手刚刚狠狠地扬起,面对他那稚气未脱的神情,又软绵绵地垂下去。

唐希云和水莲在前,晓旭在后向水生迎去。水生拎着包呆呆地站在那里。唐希云上前几步紧紧地抱着脸色苍白的水生,心疼地说:"水生……"眼泪唰唰地流下来。

水生头埋进唐希云的怀里,怆然道:"姑姑!……"

水莲一边用手绢擦着眼泪一边指晓旭说:"水生,你的事怪不得晓旭,我们找局长问过了,晓旭没说你一个字什么,你千万不要错怪她,都是人家搞的鬼。"水生像钉在那里,茫然道:"姑姑,这……"

唐希云松开水生,连连点头:"是的,晓旭是个好姑娘,法医也检查过了,她没有被那个……"

晓旭脸一下子红起来,低下头,忸怩道:"姑姑,您……"

唐希云虽然年纪大,思想却很开放。她说:"从古到今,很多男人都很在乎女人的第一次,如果得不到,好像白来世上一回。这一页我先帮你们翻过去,消除疑心病。"

水莲的脸也红起来。俄顷,她瞅着水生说:"晓旭天不亮就背着她爸她妈和我们一起来看你,你还不快说声谢谢。"

水生的脸上有些泛红,窘促地说:"谢谢,谢谢……"

确切一点，刘长贵可能是上午9点钟左右被公安局刑侦股的警察带走的。刘长贵的案子原来按嫖娼处理，属于治安股。任股长是治安股股长。案子一上手，不看僧面看佛面，看在防汛抗洪期间在刘家吃喝那么多天的分上，任股长尽力关照，拿出罚款处理的初步意见。案子报到局里，那个被指控卖淫的女青年哭死哭活拒不承认自己卖淫，声称自己是受害者，请求政府为她雪恨。女青年是一家大酒店里的服务员，在餐饮部上班。那天晚上，刘长贵和五个哥们在这家酒店里见到这个女青年水灵灵的便动了心，酒足饭饱后亮着一把水果刀胁迫这个女青年进了他事先开的房间。女青年拼命反抗，刘长贵挥着刀强行逼其就范。当时刘长贵掏出20块钱给女青年，被女青年甩在地上。卖淫与强奸，仅仅两个字之差，案件发生了质的变化，转到刑事股。刘昌友为了表示感谢，当时，送给任股长2000块钱。钱是任股长妻子收的。

后来任股长不好意思地对刘昌友说："你老兄见外了，不该破费。"

"给你添麻烦了。"刘昌友笑着说，"一点心意。"

这是两个月前的事。刘昌友以为已经万事大吉。他曾教训刘长贵说："你是吃屎的狗离不了茅坑，自己有老婆，怎么还在外面吃野食，丢人现眼的！"

刘长贵垂头丧气："我，我……"

刘昌友打发二儿子长发回家："回家跟你娘说，要存住气，不要乱嚷嚷，我这就去县里。"

"我嫂子听说我哥那个，正闹着要离婚，她……"

刘昌友已经顾不了那么多，直奔汽车站。

"任股长，"刘昌友找到任股长，任股长刚从局长的办公室里出来。他把刘昌友拉进自己的办公室，关上门，摇着头说："大酒店里那个女服务员咬得很紧，局长批转给刑侦，刑侦查实了，我没有办法。"

刘昌友惊恐地说："强奸要判几年？"

"这，"任股长忽然转换话题，"刚才局长告诉我，你们村玉米地里的案子也是你儿子干的，他已经承认了。"

刘昌友的头要炸了。"那，唐水生要放了？"

"唐水生是冤枉的。"任股长认真地说，"当然要放。"

"那……"刘昌友又气又急，"刘长贵身上背着两个案子。"

“对，两个。”任股长解释道，“一个定强奸，一个定强奸未遂。”

“两个，”刘昌友有点麻木，“要判几年？”

“这个不好说。”任股长想了想，“判刑要考虑很多方面，不是一把尺子。同样的罪，可以判长也可以判短，就是大家通常说的上下限。这里面……”他没有说下去。

刘昌友明白了。他望着任股长，求助地说：“任股长，你？……”

任股长又摇摇头：“我们这边白纸黑字，谁也动不了。检察院那边也不好改，关键是法院，法院判刑。”

刘昌友已经有些绝望。他狠狠地说：“孽障，孽障……”

任股长劝道：“你也不要太生气，可以请律师。”

“律师怎么请？”刘昌友好像又有了希望。

“找律师事务所。”任股长说，“是辩护人。只要懂得法律知识，是国家公民，都可以当辩护人。抗洪抢险上你们村的那个小朱就是兼职律师，代理过很多案子。”

“齐科长呢？”刘昌友觉得小朱嫩点，姜还是老的辣。

“市司法局宣传科科长。”任股长点点头，“全市有名的名嘴。不过……”

刘昌友有点后悔。后悔当时不该为了分配一笔救灾款与齐科长发生矛盾。为了40块钱两人不仅吵了一架，闹得两天互相不讲话，直到工作组撤走的前一天，经过唐希旺和任股长疏通，两人才表面上有点缓和。

三奶奶的房子被淹倒住在唐希旺家里。虽然有儿子媳妇，但都远在城里，条件较差，每人40元的临时生活补贴应该有老人一份。刘昌友坚持老人有儿子在城里工作，现在住在唐希旺家，吃喝不愁，这个钱可以不给她。唐希旺知道刘昌友肚子里咋想的，不愿背这40元的黑锅。齐科长认为唐希旺过虑刘昌友多心，不但坚持要给三奶奶，还坚持这40元钱由他自己亲自交给老人。刘昌友认为齐科长是在演戏，为唐希旺捞好处。你一言，我一语，谁也不愿意让步，齐科长毛了，干脆地说：“你刘主任也太小看人了，为了这40块钱，我老齐划得着和唐希旺穿一条裤子。”

刘昌友已经收不住嘴：“话是这样说，谁又能打保票。”

齐科长话撵话：“是不是心虚？”

刘昌友瞪大眼睛:"你说谁?"

齐科长用手指着刘昌友:"自己知道。"

最终还是齐科长让步,私下里塞给三奶奶 50 块钱,三奶奶不要,他说是替她代领的救济款。

撤回的路上,齐科长对任股长说:"金水湾村是刘家的天下……"

任股长笑笑,没有说话。

七

唐希云带着水莲、晓旭、水生走到村头,正在不远处菜园里干活的唐希强向他们跑过来,摆着手,高声喊道:"姐,姐,你们等等!"

唐希云不知发生了什么:"希强,你慌什么? 这几天为了水生,我还没挤出空去你那儿。"

唐希强走近前,上气不接下气:"姐,我知道你在忙大事。"他转身拉着水生的手左看右看,心疼地说,"瘦了,瘦了……"

唐希云打断唐希强的话:"希强,你要干什么?"

希强松了手,潮湿着眼睛:"姐,我是想,水生遭这劫难,也是个大灾星。托你的福,今个出灾了,不能这么哑巴着回来。"

"你想怎么办?"唐希云笑起来,"你还想请台大戏啊?"

"那不成。"希强憨厚地说:"有钱一时也请不到戏。我想去买挂鞭给水生炸炸晦气。"

希云咯咯笑起来:"想不到我这个老弟想得这么细,好,你去办。"说着手伸进口袋里掏钱。

唐希强拔腿就跑。附近有一家小商店,代销烟花炮竹。唐希强是村里出了名的抠紧手,平时一分钱都要算着花。去镇上卖青菜经常饿着肚子回家,连两毛钱一碗的素面条都舍不得买。商店老板问他要多大的,他说要最长的。最长的一挂鞭 10 块,他从怀里掏出一把纸票和硬币放到柜台上,"请你慢慢点,少一分我下回补。"说着,拿着鞭炮和一盒火柴往回跑。唐希云领着三个青年人在前,唐希强扯着鞭炮在后,"噼噼啪啪……"

人们纷纷走出家门,熟悉的还走上前打招呼。鞭炮声中,金水湾又热闹了一番。

灾后的金水湾像煮透的沸水,滚了一拨又一拨。作为村支部书记的唐希旺更像被架在火上烤。他已经三天没有回过家了。灾后抢种正如火如荼。再过一天全村基本就抢种完了。“六月天,一袋烟。”是句农谚,精妙说明时差的重要性,一袋烟工夫庄稼就会不一样,越早越好。镇里一天一个会。布置抢种任务,检查落实情况。村里除了开会,传达上级会议精神,还要一块地一块地检查。三奶奶的两亩多地可以抢种了,三奶奶下不了地,唐希旺带领十几个党员去抢种,有的党员不情愿,说现在是市场经济,还搞学雷锋那一套,应该是自觉自愿,不能赶鸭子上架。唐希旺听了不高兴,说:“当党员得站高一点,让大家看得起。三奶奶年纪大了,我们少歇一会帮一把,这叫助人解难,积德行善,哪能整天钻进钱眼里瞅着发财,要有点德行。”

“啥德行,有奶就是娘。”刘昌友当时也参加了,他却唱反调。

作为党和政府最末端的两个正职,就像一个家庭两根顶梁柱,一根也不能歪,如果一根有点晃动就不像个正常的家了。唐希旺想家家都有难念的经。五个指头有长短,不能一剪子剪。他不想让两个人认识上的差异公开化。如果让外人看出破绽,再插上一杠子,这个家就会乱套。他本想当众像在部队当班长那样再理论理论,嘴张了几张,还是咽了回去。大家你看我,我看你,谁也不说话。唐希旺转换话题:“别磨嘴皮子了,快干,干完了回家填肚子。”

“三奶奶没有钱,村里不能破费点吗?”不知是谁放了一炮,“提留款里不是有项公益事业费么,这也挨点公益事业吧?!我们不图大吃大喝,一个人一碗干炒面不空着肚子就行了。”

“村里的办公费早花光了。”只要提到钱,刘长富马上就会接腔,村里的钱都是他管着。

“没有钱,也能吃。”不知谁又冒了一句,“可以赊账,村里不是外欠好几千吗?人瘦不怕虱子咬,多记笔账呗!”

村里钱虽然都是经刘长富开支的,但每一笔都有刘昌友的签字,叔侄俩最清楚。刘昌友知道遇上这种纠缠,刘长富一个人顶不住,得他亲自出马:“不当家不知柴米贵。这接待,那招待,镇里干部下乡总不能背着锅碗吧!我们当干部的也不能卖老坟地贴,总得羊毛出在羊身上。”

刘长富来了劲:“老坟地也属国家管,想卖也没有。”

唐希旺听不来这种口水仗:“收场吧!吃吃吃,饿破脸了。”唐希旺虽然不批条子,村里有钱没有钱,他心里也清楚。自从他接任书记以来,村里的办公费和招待费开支把得还是很紧。上面来人,大都由刘昌友和刘长富等人陪。他不抽烟,酒也喝得不多。加之他一喝酒就上脸,三杯酒下肚脸就像块红布。所以,除了挤到坎儿上,或者接待镇里主要领导,一般他不上桌。但他不反对应该有的招待,常说:“不要说人家是公务,就是朋友闲坐,也得泡杯茶啊!”眼下,村里也不像刘长富说的那么紧,他知道镇里刚刚下拨1000元抗洪救灾公用经费,扣除工作组生活费,还剩600多元。至于大家要吃一顿,他觉得不能开这个口子。说着,说着,活就干完了。

……

刘昌友半拉子会上出走,唐希旺没有在意。这是常有的事。不要说是镇里,就是联合国紧急会议,也不能不让拉屎撒尿啊!但他没有想到会去县里,更没有想到刘长贵被抓。更更让他没有想到的是,刘长贵前脚被带走,水生后脚就回来了。

唐希云一行人在前,唐希旺在后,中间就差一里多路。他是散会时在镇里知道刘长贵被抓了。上面又布置了一摊子事。灾后重建,尤其是小学校里有十多间教室倒塌了,要赶在秋季开学前重建好。上面拨下来一笔补贴经费,徐镇长在会上强调:所谓补贴,国家也有困难,一下子拿不出那么多钱。主要靠群众集资,献工献料,众人拾柴火焰高,不能全睡在政府身上。但再苦不能苦孩子,各村先发动群众想办法尽快把倒塌的教室建起来,保证孩子们能按时上学。……”

唐希旺边走边想,快到村头时,前面响起鞭炮声。他有些惊奇。再往前走,才知道水生回来了,希强放的鞭炮。他的头一下子大了,猛蹬自行车,一直到自家门口才赶上,他放下自行车,火冒三丈,吼道:“你们是昏了头了,还是觉得金水湾村还不够乱,唐希强!”他抖着手指着唐希强,快戳着脸了,怒不可遏地说:“说,你是钱没地方花了,好,我们正愁着没有钱重建学校,你给钱屙出来!”

大家被他吼愣了。尤其是唐希强，本来胆就小，连忙往后退，连惊带怕，一个趔趄栽倒在地上，嘴里不停地求饶道："哥，哥……"

院子里乱成一窝蜂。

唐希旺两手挟着腰呼呼出气。他的火还在冒，用手指着王秀芳，又指指水莲，气鼓鼓地说："你，还有你，疯了，疯了，都疯了！"

唐希云看不下去了，她也挽起袖子，冲着唐希旺说："唐希旺，你要哪门子威风，你才疯了呢！"她正要扬手打，王秀芳哭着上前挡住，哀求道："姐，姐，你饶了他吧！他……"

唐希旺疲惫的身子摇晃了一下，痛彻肺腑地说："姐，你知道吗，我这个书记比个县长还难当啊！……"

唐希云的心一下子软了，眼泪像断了线的珠子往下滚。

第四章

一

第二天吃过早饭，唐希强的儿子唐水忠东张西望地在大伯家大门前徘徊。水忠不仅长得像唐希强的模子脱出来的一样，性格也跟唐希强相仿，天上掉下一片树叶子也怕砸破脑袋，缩头缩脚，小心翼翼，甚至于连个响屁也不敢放。这种看上去有点反常的拘谨，不是缘于唐希旺是村里的书记，不苟言笑，而是唐希强的身世挥之不去的阴影给一家子留下的微妙压抑与怯弱。

唐希强不是老村长和张华玉亲生的。而是夫妻俩捡来的弃儿。

那是一个饥馑的岁月。

隆冬时节，雨雪瀌瀌。生产队的食堂早已处于半停顿状况，仓库里能吃的东西快光了。几个做饭的东扒西找，扒拉出半袋子红芋面和一小袋黄豆，最多也只有五六十斤。三顿减到两顿，两顿减到一顿，眼看一顿也烧不起来了。老村长说："不是还有一堆胡萝卜缨子吗？剁碎，煮熟，撒个十来斤红芋面掺点黄豆再撑一天吧！100多口子总不能一起死啊！"几个人七手八脚煮了一锅胡萝卜缨子汤。其实一勺子也舀不到一粒黄豆，全是照着人影的浑水儿。

老村长最后一个打了半小罐稀水汤。老村长提着打饭的罐子往家回，快到家时，雪地里一个面黄肌瘦的小男孩躺在那里。他不忍心离去，用手摸摸孩子的鼻子还有点气。他放下罐子，把小孩扯起来："孩子，跟我走……"

一家人正眼巴巴盼他打饭回来，他又带回一个孩子。张华玉没有说话，从自己的碗里匀下一半给这个孩子。老村长也倒了一半。孩子端起碗咕噜咕噜几口喝下去。这几口稀面汤救了孩子的命。他的老家在阜阳北里乡下,食堂早不开伙了。父母带他出来逃命。父母都死了,他只知道父亲姓胡,自己八岁,不知道自己到哪里去。老村长和妻子商量后,对孩子说:“你哪里也不要去了,这里就是你的家。”他又指着自己的两个孩子,丫头是你姐,小子是你哥。往后有他们吃的穿的就有你的。

孩子不再怯生,哇!的一声哭起来。

张华玉紧紧把孩子抱进怀里。

孩子不哭了,依偎着张华玉的脸。

……

这个孩子就是唐希强。

老村长走的时候,唯一的牵挂就是唐希强。他已经弥留之际,嘴翕动着说不出话。三个孩子站在他的床前哭泣。张华玉的一只手腕突然被老村长捉住,指甲一阵紧似一阵直往肉里抠,垂死的眼睛直直地瞅着希强,嘴里的白沫不断涌出,那只手却紧抓住不放。张华玉急了:“你放心,这三个孩子,我一样看一样待。……”

三个孩子一齐跪在爸的面前,声泪俱下:“爸!我们一定记住您的话。……”

老村长松了手,往后一仰,蹬了蹬腿气绝而去,脸上还带着欣慰的微笑。

……

水忠还在大门外徘徊。

唐希云走出大门。水莲和水生俩抬着电视机跟在后面。水忠还在没精打采地低着头,唐希云喊道:“水忠,你?……”水忠呆呆的:“我……”他没说出来想去大伯家看电视。

水莲边走边说:“走,这是姑送给你家的电视机,让水生安装。”水忠惊讶地说:“哥,你会安电视。”

水生边走边答:“安装电视很简单,架上天线,调试一下就好了。”水忠刚上初中,不知道那么多,惊喜地问:“听说是进口的?”

“进口的也好安。”水生说,“箱子里有说明书,照说明书里做就可以弄好。”

唐希强还躺在床上哼哼叽叽叫头疼。水忠蹦跳着跑进来，咧着嘴笑道："爸，妈，姑来了，还带了个大彩电！"

"真的？"王秀芬一向寡言寡语。她在路上见过姐姐，也在哥嫂家聊过几句。因水生那事压着，大家开不了心，眼皮底下几句话，走走过场，大面子而已，水忠一声惊呼，正在刷锅的王秀芬围着围裙笑眯眯地迎出来，唐希云已进入大门，笑嘻嘻地说："秀芬妹还没有拾掇清？"

"姐来了。"王秀芬甩着手上的水抓住唐希云的双手，亲热地说，"这阵子把姐忙坏了，你刚腾个空就来看我们。你该歇着，别累坏了身子骨。"

水莲是个话匣子。姐弟俩抬着电视机一进门水莲就喊："婶，姑送给你家的电视机。"说着向堂屋里抬去。

不知是害羞还是在公安局里留下的阴影还没有化尽，水生向王秀芬呆滞地笑笑就又低下了头。

王秀芬拉着唐希云边走边说来到堂屋里。

听说姐姐来了，唐希强已经吃力地爬起从里屋里迎出来，眼睛红红的："姐，你来我心里就松泛了，还带这么贵的东西。"

唐希云一脸认真地说："两个兄弟一样亲，姐得一碗水端平啊！"

水燕正在屋里做暑假作业，手舞足蹈地跳出来，高兴地说："姑，谢谢你，还想着我们。"

唐希云已经两年多没回过金水湾了。上一次，水燕还扎着小羊角辫，远远地看着她，给她糖果点心她也瞪着眼睛不敢接。眼前，亭亭玉立，细皮粉肉，脸上红扑扑的，眼睛大大的，像刚出水的芙蓉清纯靓丽。唐希云不由自主地说："老太太经常夸，唐家的姑娘一茬胜一茬，水莲像荷花水燕像芙蓉，都有大出息。两年不见，这两个侄女漂亮得我都不敢认了。"

唐希强吩咐水燕去镇上买菜。唐希云不让去："我回娘家看弟弟妹妹和侄子侄女，自己人，有什么就吃什么，不要花钱。"

唐希强固执地说："姐，改革开放，这两年我稀饭粘碗了。"说着从怀里掏出钱给水燕，"上半年，我的两个大棚蔬菜就卖了 2000 多块，又卖了两头猪。洪水刚下去，我又种了两亩大蒜和三个大棚。老天爷顺的话，不算大田里的粮食，光养猪种菜也能收个万把块。"

希云说:“妈常挂牵你,说孩子渐渐大了,秀芬的身体差,花钱的地方多,进项少,有时愁得睡不着。”

“你回去让妈不要担心,”唐希强提起老人心里就有点发酸,“妈年纪大了。爸走得早,她苦了一辈子,该享些福。家里天天都有活,有时想去看看妈,一忙起来没天没夜的脱不开身。”

“我现在不上船了。”唐希云眼里也红红的,“妈有我照顾,你们当儿子媳妇的就只管放心。希旺忙村里,你们把家里打理好。孩子上学要花钱,条件好了还想翻建新房。水往低处流,人往高处走,现在城里乡下都一样,大家巴着好日子过。”

水生和水忠真的把电视机安装好了。屋子里顿时欢歌笑语,气氛热闹起来。

饭菜还没做好,秀芬把唐希强拉到一旁:“昨儿哥也不是故意拿你撒气,他可能是村里的一大摊子压的。姐来了,你去请哥和嫂子都来。当着姐姐的面,还有啥疙瘩解不开。”

希强开始有点磨不开脸:“当那么多人受那种窝囊气,我……”

“长哥半父,长嫂半母。”秀芬语重心长,“你和哥虽然不是抱着一个奶子长大,妈可没有偏过心,你忘了吗?那一年你阑尾炎开刀,妈拿出攒了多年的3000多块钱送到医院里,哥也卖了一头肥猪救你的命。医生说,如果没钱再晚半小时手术你就没命了。……”希强摆摆手,让她和水燕继续在家里忙饭菜,向哥家里走去。

王秀芳没有客气,她立刻答应下来,并要带些自己腌制的咸鸭蛋配个菜。唐希旺也扒拉了半天,翻出一瓶放了十多年的焦陂酒。希强说:“哥,我家里有酒,不要带了吧!你自个儿留着慢慢喝。”

希旺说:“带着吧!让姐也尝尝,她这些天太累了。”这是两家第二次实实在在地合家吃饭。中间还有几次,例如水莲和水生出生,水忠和水燕出生,唐希云和孩子回娘家,但都没有到齐,总是有一两个人,尤其是唐希旺外出开会办事不能到场。第一次两家人都到齐了,是唐希强和秀芬结婚,已经过去二十多年了。这次虽然没有第一次人多,但两家人都特别开心。尤其是水燕和水忠,他们好像第一次看到大伯的笑颜,奇怪的是这张脸也会笑,笑起来也十分灿烂、动人。

按照爸爸的吩咐，水忠早早把桌子擦得干干净净。筷子、汤匙、酒杯都用开水泡过，又用清水冲洗两遍。用干净的布仔细擦拭后，再整齐地摆放好。

堂屋坐北朝南。唐希云年纪大，坐在上席。唐希旺坐在右边，和姐姐一条板凳。唐希强本该紧靠姐姐。为了让既是姐妹又是妯娌的王秀芳和王秀芬坐在一条板凳上，又紧靠姐姐，他紧靠哥哥和水生坐在一条板凳上。水莲和水燕坐在一条凳子上。水忠一个人搭个拐，紧靠着妈妈和姐。座位是事先安排好的。别看希强文化不高，在乡下算得上比较讲究的。开饭前，他还特地叮嘱水忠："端菜上饭斟酒都是你。如果你不在家，这些水生也可以做。有你在，水生就是客。这是规矩，要记在心里。"他神色凝重，不像是临时安排什么，而像是一种神圣的交代。

家庭聚会，其乐融融。一杯酒下肚唐希旺的话就多起来。他起身举起杯郑重然而又有些惭愧："姐，这些日子，你为了水生受了很多累吃了很多苦，借希强的酒我敬你一杯，并请你原谅我！"

唐希云见好就收，心疼地说："今年金水湾又蓄了洪，村里的事就够你忙的，姐不怪你，坐下喝吧！"

唐希旺一仰脖子喝下去，又伸出手让水忠斟。水忠斟上酒，他连菜也不夹，马上又端起来，眼睛望着希强，歉疚地说："希强，哥我这杯酒敬你，昨儿个哥错了，不该……"

唐希强见哥要站起身，马上端起酒杯站起来，强忍着眼泪："哥，你没有做错，是我错了，我，我敬你！"

兄弟俩一起喝下酒。

唐希云的心有点疼。王秀芳和王秀芬的心里也有些沉重。孩子们不喝酒，但都已经懂事。吃饭喝酒只是一种形式和机会，它展示的不仅是亘古不变的血缘，还有比血缘还要珍贵的人间真爱和亲情。

酒都没有喝醉，饭已经吃饱。收拾好桌子，大家围坐在一起喝茶、吃瓜子、闲聊。

唐希云素日不沾酒，今儿却破例了。近年来，她不仅喜欢看书读报看电视，还特别关心国家大事，每天的《新闻联播》必不可少。有人半开玩笑地说：

"你是害怕国家政策变了，把你划成资本家。"她不假思索地说："我这点儿家当算什么，比起那些家产几百上千亿的我还是个穷光蛋呢！"

唐希云关心国家大事，与担心政策改变，像当年资本主义工商业改造，一夜之间把私有经济变为公私合营或国有化一样不无关系。政府提倡一部分人先富起来，她开始有些害怕，害怕会不会搞秋后算账。后来路过芜湖，她还特地到傻子年广久的公司去考察。年广久说："大妹子，现在有两种人最可笑，一个是自己不干别人也不要干，大家继续过穷日子，还有一种是红眼病，看别人赚几个钱，就骂是搞资本主义，变着法子整。要说富，我这才挣几个钱，人家深圳特区遍地都是富翁，都发上天了。"……回来后，她一次贷款500万，又换了一艘更大的新船。

都是自家人，说不上是闲聊，都是掏心窝子的话。唐希云最近除了看报看电视，对古诗词也很有兴趣。此时她想起刚会背诵的杜牧的一首诗：

多情却似总无情，
唯觉樽前笑不成。
蜡烛有心还惜别，
替人垂泪到天明。

唐希云没有当众背诵这首诗。弟弟、弟媳乃至孩子们心中的弯弯好像都通畅了。但对老人的看法呢？唐希云想了想，脑子里现出十年前那场风波，煞有介事地说："妈常说手心手背都是肉。我来时妈又要我带话，说你们两家都在她心里，每次做梦不是老大就是老二，没有外户。还吵着要回金水湾住些日子。……"其实，张华玉并没有想得那么细，也没有叮嘱过她一定去看希强一家子，更没有提到送电视机两家都要一样，不偏不倚。人老了，就是有那份苦心，一时也不会想得周到。

提起十年前那桩事，唐希云心里泛酸。那是她刚起步，也是她最困难的时期。当初水运社搞承包时她家承包的那条船跟不上了。要想挣大钱就得卖了重新买一艘大的，而且原先是个半自航，只有一部20匹的柴油机驱动螺旋桨，一趟货装满也只有500吨，扣除吃喝开销应酬剩不了多少钱。她想换大的，需要20多万。但一家人各显其能绞尽脑汁只凑了19万。后来媳妇把孩子积攒的压岁钱也拿出来，真是山穷水尽了。唐希云回金水湾想请娘家人帮点劲。这时希旺家要给孩子看病，整天大小医院里跑，唐希云张不了嘴。希强家正在建房，手里也缺钱。张华玉听了女儿的诉说动了恻隐之心，为了不让她空着手回去，将攒了半辈子的5000块钱偷偷给了希云。墙泥百遍还透风。后来还是被人知道了。大儿子两口子知道老人那点钱来之不易，只是临时给姐姐应急，姐姐手里松泛了会加倍还给老人。再说兄弟两家，一个有病人一个正建房，都急需要钱，老人不能偏，应一碗水端平。二儿子两口子不这样想，老大在村里当干部，多少好转动些。自己不是亲生，给了他怕黄了。希强只是这样想，闷在心里。秀芬和秀芳的娘家同住一个村，属于远房姐妹。亲事也是秀芳牵的线。虽然一个村里长大，但秀芳长秀芬几岁，姐妹俩早相识，但摸不透心思。秀芬平时不多说话，有点内向，但一旦惹毛了她，不讲情面，特有杀伤力。一次两个孩子上学报名没有钱，王秀芬找老人借，张华玉当时一个人生活，经济来源主要靠每年养头羊和几只鸡。羊当时还小，鸡下的蛋除了换些煤油盐火柴等生活必需品所剩无几。老人当时手里只剩下一块钱，秀芬说："还不够一个孩子的学费呢！"

张华玉无奈地说："秀芬哪，妈只有这点能力。妈不偏心。"

老人的表白一下子烧着了王秀芬心里的积怨，她不依不饶："我看哪，你的心不但长偏了，而且偏到大胯上啦！"

张华玉伤心地哭了。后来唐希云知道了，也大哭了一场。她不仅是为母亲，也是为自己，为很多很多相识或不相识的母亲。

二

"妈这一辈子真是刀尖滚到铡刃上，人世间的苦都尝够了。好在老人家命大，大难不死，必有后福。"唐希云眼圈儿红红的，"要我看哪，妈一定能活过一百岁，成为老寿星。"

气氛活跃起来。唐希旺说："我看妈的精神头好着哪，她现在还朗诵古诗词吗？"他动情地看着姐姐。

“每天都要朗诵。”唐希云笑着说，“早晨我还没有下床，就听见妈在朗诵‘床前明月光，疑似地上霜，举头望明月，低头思故乡。’‘锄禾日当午，汗滴禾下土。谁知盘中餐，粒粒皆辛苦。’……”

水莲说：“我这次一见到奶奶，她就给我朗诵‘天接云涛连晓雾，星河欲转千帆舞。仿佛梦魂归帝所。闻天语，殷勤问我归何处？我报路长嗟日暮，学诗谩有惊人句。九万里风鹏正举。风休住，蓬舟吹取三山去！’”水莲还神神道道地学着奶奶挥舞着手，沉浸在诗情画意中的姿态与神情。……

水莲正在手舞足蹈地比画，唐希云懵懂地说：“水莲，你奶奶经常朗诵它，我怎么不知道她老热这个？”

“我在中学语文课本里读过。老师要求一定会背。”水莲好像又回到学习时的情景，“这是南宋时期有名的婉约派女词人李清照写的，词风清丽婉转，极富抒情性。但词不像诗，高雅、深沉。姑，凭你那扫盲班的底子，想像奶奶那样朗诗诵词，不容易。奶奶是大家闺秀，听她说八岁就进学堂，有幼功！”

唐希云是个从来不认输的人。不管是顺境还是逆境，她坚信，人只有学而知之，没有生而知之。母亲一辈子受的苦不比她少，但母亲懂得很多知识。从遗传方面说，只要自己肯用功，这诗词也能攻下来。她戗着水莲说：“水莲你等着看，姑姑我要大器晚成，也要写诗作词！”

唐希旺深知姐姐的犟脾气，是个开顶风船的人。“好，你姑侄女俩赌一回，我们大家都做证。”

水莲伸了伸舌头，做个鬼脸：“爸在逼我上皂角树，我拿啥跟姑赌，还是个穷光蛋，姑现在拔根头发比我的胳膊还要粗。”

唐希云笑得前仰后合：“小精灵鬼，你有条件跟姑比，两年之内，你给我领个新姑爷来，我就写，写……”她想不起来下面该怎么说，“老姑娘哪里是少姑娘的对手，二极管短路！”

大家哄堂大笑。水莲赧红着脸笑道：“姑，你真厉害！”

……

说起张华玉，称得上传奇式人物。她经历的风风雨雨、坎坎坷坷可以写一本书。有情，有爱，有血，有泪，还有一段“红色经典”。

张华玉的老家在合江白沙。白沙以沙白物阜而得名，是个商贸重镇，经济繁荣,人杰地灵。她的父亲张富荣是名门望族之后,晚清学子,曾东渡日本追随孙中山参加同盟会。回国后,成为川渝有名的金融家,曾担任四家银行的行长。母亲李凤媛也是名媛淑女。父亲和母亲生下八个孩子,仅成活她和弟弟张华永两人。不幸的是张华玉刚刚三岁弟弟华永才一岁那年的冬天,大出血夺去了母亲年轻的生命。虽然家境殷实,生活无忧,但由于缺少母爱,父亲远在外地做事,很少顾及儿女,加之继母偏心,姐弟俩相依为命,度过辛酸的童年。抗日战争爆发,姐弟俩开始了求学的生涯。张华玉秀外慧中,张华永聪明睿智,姐弟俩在学校里像喝书一样。张华玉顺利考入重庆女子师范高等专科学校,在学校里思想进步,学习用功,积极参加党的外围组织奋斗社的活动,参与传递党的秘密文件等重要工作。在一次接应华蓥山游击队活动中因叛徒出卖,在希旺父亲的保护下躲过一劫。后奉地下党指示,秘密转移到江津,从此与党组织失去联系。她的弟弟张华永参加了中国人民解放军,成长为军队正团职政工干部。重庆解放后,张华玉跟随唐希云和唐希旺的爸辗转来到金水湾,开始了相夫教子的漫长人生。

张华玉命苦,刚刚过上安稳的日子,丈夫遭诬陷,身单力薄的她在弟弟的帮助下挺直腰杆担负起既照顾老人又养育孩子的重担。为了养家糊口,她起早贪黑外出打零工。修飞机场、挑煤等重体力活现场都有她的身影。有人劝她放弃,丢下这个家远走他乡,她坚词拒绝。最难忘的日子,是租住在一个破草棚里的,因饥饿嗷嗷待哺的小女儿吸不出奶水。张华玉没有绝望,她靠半罐子咸菜水保住了孩子们的命,用一块旧枕巾从死神那里夺回奄奄一息的小女儿。

……

"妈妈从来不认命。"唐希云抽抽搭搭地抹着眼泪说。

张华玉年轻时称得上美女,但她的性格却像石头那样坚硬。"宁可站着死,不可跪着生"是她挂在嘴上的座右铭。她从来没有停歇过。含辛茹苦,关心儿女。八十岁了,该享清福了。电话里,传来老人的铿锵之声:"我正在练扇子舞,我还要学太极拳,跳迪斯科!……"

大家围成一团聆听张华玉的电话。不知是谁在听筒边放只小扩音器,老人的声音刚停,儿女孙子孙女们惊呼:"老太太要成精了!"

三

这几天，刘昌友家也乱成一锅粥。

“刘昌友，你钻牛屄，也要把我儿子扒出来！”刘昌友刚刚回到家。吴文英哭天号地坐在院子里吼。吴文英是刘昌友的老婆。虽然不是村干部，在金水湾却是个呼风唤雨的人物。她不但有张刀子嘴，而且思想特敞朗，嘴没遮没拦，没大没小，说话有时比男人还要粗。这对制服农村那些不讲理、要赖撒泼的无赖和泼妇是把杀手锏，特有杀伤力。她这一手大助刘昌友一臂之力。刘昌友能在金水湾站住脚跟，不单是刘姓人多，家族势力大，还因王秀芳温柔内向，说不好刻薄话，似乎好欺负，打嘴仗时帮不上唐希旺什么忙，从而刘昌友的日子比唐希旺好过。这一点与吴文英的泼辣有关，一般人都不敢惹她。

刘长贵被公安局带走时，吴文英也不在家，正在自家地里给庄稼拔草。地距离家四五里路，家闹翻她也不知道。刘长贵当时正在睡觉，昨晚上去朋友家喝酒，不知是喝大了，还是拐到哪个女人那里去了，下半夜才回来，翻院墙进的屋。不知是困还是累，睡得像头死猪。他的老婆王霞也躺在床上。王霞是刘长贵第二个老婆。因为没领结婚证，只能算同居者。第一个也没有领结婚证，来刘家只待了半天就走了。第一个是刘长贵的同班同学，单亲家庭女孩。父亲因盗窃被判刑，母亲拍屁股走了，女孩跟随爷爷奶奶过。女孩模样儿俊俏，和刘长贵在外面树林里偷吃禁果，两次就怀了孕。呕吐不止，找到刘长贵，刘长贵只好将女孩领回家。刘昌友一见来个女孩，心里冒火，骂道：“不争气的东西，自个儿逃学，还带回来个吃飘食的！”女孩又哭又笑：“猪眼？怎么是一个，一个嘴里吃两个屁眼儿里屙，肚子里还有一个哩！……”

刘昌友的肺快要气炸了。“快二十岁的人了，连个初中毕业证也没有拿到，今后指什么吃？”

那女孩说：“我们早就不上学了。你儿子说，你能转动天，今年征兵时送我们俩一起去部队。”

刘昌友指着刘长贵，骂：“臭小子，不要脸。”

吴文英打圆场说：“不要吵了，不是上学的料，逼也没有用。”

那女孩听出来刘长贵的爸在骂她，耸着鼻翼反问："你说谁不要脸，问你儿子谁找谁？"

吴文英看出这个女孩不好惹，推着刘昌友说："吃饱撑的，家里又不缺吃的，不花钱抱孙子，求不得的好事，谢天谢地。"说着，两手作揖，扯起刘昌友，大步流星向外面走去。

两个人推推搡搡来到前屋，长发正在那里听收音机。吴文英向长发挤挤眼，小声说："柜子里有方便面，我和你爸去你姥姥家有事，你在家守着，什么时候那个小妖精走了，你给我们报个信。"

长发迷茫地问："我哥呢？……"

"谁屙屎谁擦屁股。"吴文英向长贵的屋里努努嘴，"不管他。"话毕两个人向她娘家走去。

家里一天没动火，女孩没招了，她缠着长贵要钱做人流。长贵翻箱倒柜也找不到钱。女孩也到处翻，在吴文英的枕头下面翻出一枚金戒指揣进口袋里笑着离开金水湾。吴文英得知那女孩走了，以为中了她的计，高兴地赶回家。见金戒指没有了，拍着屁股骂长贵："死砍头的，小婊子占了老娘的便宜。"

半个月后，长贵又带回来一个女的。她就是王霞。

刘长贵也是在酒店里认识王霞的。王霞是这家酒店的小姐。王霞虽然不是第一次与男人上床，但她是怀着一腔真诚来金水湾的。所以，刘长贵被带走的那一刻，王霞简直要发疯了。她拼命地扑上去，紧紧抓住刘长贵的一只手，绝望地喊："长贵！……"

王霞的真诚不单是来自对金水湾的憧憬，也不单是对刘长贵的爱慕，还是因为刘长贵的承诺。她的母亲患了绝症，急等她为手术筹集一笔不菲的医疗费。刘长贵向她提出上床的要求时，她第一句话就是："你有钱吗？"

"多少？"刘长贵问。

"两万。"母亲只差两万的医疗费就可以动手术了，王霞急切地说。

"没问题。"刘长贵一口答应下来。

她温顺地投入刘长贵的怀里。

民警挣脱王霞的手，将刘长贵推进警车里。

王霞匍匐在地上，哭得死去活来。

前一个女孩留下的阴影还没有完全抹去，儿子又带来一个。王霞初来乍到，虽然有礼有节的，吴文英一直不放脸。清起，她做熟早饭叫长发吃。刘昌友早早出门去镇里开会。

长发坐在小饭桌的小凳子上，吴文英坐在长发的对面。长发咬了一口馍刚刚吞下，瞅着哥哥的房间说："妈，那个王、王……吃不？……"

"饭还堵不住嘴。"吴文英狼吞虎咽。

长发不再说话。

……

吴文英从地里回来时，王霞还躺在地上哭。

围观的人们见吴文英气冲冲地回来纷纷散去。吴文英走到王霞躺的地方，揶揄道："人都被带走了，还演哪出戏呢？"

王霞连忙坐起来："妈……"

吴文英马上打断她，黑着脸说："你不要叫我妈，我不是你妈。我是刘长贵和刘长发的妈。"

王霞立即改口："阿姨……"

吴文英麻起脸，拍着屁股吼道："你不要叫我阿姨，我不认识你！"

王霞被激怒了，她站起身，严正地说："你不让我说话，我也不强求你。但我要告诉你，我是刘长贵带来的，我要说明白。刘叔是他爸又是村主任，我有话对他说，不说明白，我哪里也不会去。"说着，向院子里走去，又回到刘长贵的房间，躺在床上呜呜咽咽地哭泣。

刘昌友回到家已是傍晚，王霞还在不停地哭。吴文英也没有心情做饭，等待刘昌友能带回好消息。刘昌友没精打采走进院里，吴文英已猜出凶多吉少。她悄悄走近刘昌友，瞅着正在儿子房间里嘤嘤哭泣的王霞的方向，狠狠地说："是不是这个骚货搞的鬼？"

刘昌友气不打一处来，烦躁地说："你想哪里去了，没有人家的事，不沾边儿。"

"哪，"吴文英压低声音，"南大坡，玉米地……"

"沾点边。"刘昌友咬牙切齿，"大酒店里惹的祸，一个女的告强奸。"

吴文英唉声叹气。

王霞听见刘昌友说话的声音，停止哭泣，披头散发从刘长贵的房间里走到中间客厅。刘昌友和吴文英的屁股刚挨板凳，王霞扑通面向刘昌友和吴文英跪倒，声泪俱下地说："爸，妈，我的身子给长贵了。不论长贵出什么事，我，生是刘家人，死是刘家鬼，永远不离开这个家。"王霞坚持叫他们爸和妈并表白自己，完全出自内心的真诚。她知道世上只有真诚才能感动能够感动的人。

刘昌友感到突兀与茫然："小王，起来，起来，别这样。"

"我向长贵保证过了，非他不嫁。"王霞仍跪在地上，"爸，你们能接受我吗?"

"小王，"刘昌友语塞。停了停，他吞吞吐吐地说，"你知道长贵是什么事吗? 你能理解他?"

"我知道，我们酒店里一个女的告他。"王霞好像铁了心，"我理解他，也能原谅他的过去。他一时回不来，我等他，等他一辈子。"

吴文英撇撇嘴，将信将疑地不说话。

刘昌友觉得事情没有那么简单。他试探地说："你，还有什么别的要求吗?站起来说话。"

"有。"王霞站起身，诚恳地说，"我妈查出癌，急着动手术，我想向叔叔借两万块钱。以后打工挣钱一定还。我写个借条。我有纸还有笔。"

吴文英听说借钱，冷笑起来："钱，为钱……"

刘昌友舒了一口气，慢条斯理地说："既然是一家人，还说什么借。"

吴文英歪歪嘴："我儿子进去了，花钱的地方多着呢!"

王霞表示理解："是啊! 长贵的事要紧。要不，"她乞求道，"这样行不行，请爸爸帮我向别人借。我写个借条，爸爸做个担保。"

刘昌友似乎有些松动，默默不语。

吴文英以自己的心性展示一个女人特有的精明，意味深长地说："现在的骗子可精了，只要能达到目的，把想骗的骗到手，死人也能被说得乱蹦。折腾半天，不就是为钱嘛!"

刘昌友觉得老婆一语道破天机。他挥挥手，断然地说："小王，对不起，你这个忙我不能帮，也没有这个能力。"

吴文英为了断王霞的念想，酸不溜丢地说："这个家驴屎球子外面光。大门楼,红彤彤门,净打肿脸充胖子。里头还不是泥菩萨过河?我早不想活了。”

对于姑娘这个不算高也说不上苛刻的要求,在金水湾除了特殊困难户,一般家庭都能扛得住。尤其是唐希旺和王秀芳两口子,哪怕是个骗局都会信以为真。何况王霞是真诚的,她要写借条并出示个人身份证。然而,她看走眼了,这不是个普通的家庭,更不是普通的两口子。

路,彻底堵死了。王霞知道刘昌友和吴文英害怕上当受骗。他们不是普通人。

王霞拭着泪走回刘长贵的房间取回自己的包,彬彬有礼地说:“爸,妈,你们多保重,我走了。”姑娘还在坚持自己的真诚与耐心。

王霞又想错了。刘昌友和吴文英没有任何反应和表示,脸上冷冰冰地坐在那里。奇怪的是刘家那条看似凶残的大狼狗却出乎王霞意料地摇着尾巴屁颠屁颠地送她走出这个家。

翌日清晨,有人发现淮河边上放着一只包。放眼望去,河面上远远漂浮着一具尸体,马上向派出所报告。派出所所长立即带人赶赴现场,除了一只女式提包,现场没留下任何痕迹。打开包查看,里面有一封遗书。

妈:

女儿对不起您!我没有筹够给您治病的医疗费。我已经走错了路。我不想再错下去。我走了。我不想赖刘家一分钱。我活得累,累……

女儿霞绝笔

警方联系到王霞打工的大酒店。因王霞的妈卧床不起,警方没有惊动她,王霞的爸爸早已去世,她的妈妈系下岗职工,母女俩相依为命。除了一个远房哥哥她们没有其他亲戚。王霞读完初中就不再读了。妈妈原来给一家民营企业打工,查出癌后,王霞不再让妈妈打工,她一个人出去挣钱。她没日没夜地拼命干活,但挣的钱除了维持母女俩的生活,剩的很少。医院说母亲的手术需要一大笔钱,家里能卖的早已卖光了,远远凑不够那个数。为了救妈妈的命,她忍辱和一个男人上床,挣了2000元,差距还很大。当刘长贵向她表示可以支持她时,她似乎看到了希望,义无反顾地又一次委身于他。

看过遗书的人都流下了眼泪。

滔滔淮河水,滚滚向东流。人们诅咒大河无端地夺去姑娘鲜花般的生命。王霞没有给刘家添麻烦。白纸黑字,写得清清楚楚,她的死与刘家没有关系。刘昌友和吴文英大大松了一口气。当警方联系到王霞一个远房哥哥到金水湾处理后事时,刘昌友和吴文英却突然表现出超常的轻松与热心。王霞的远房哥哥代表死者家属在协议书上签了字。签字者说:“既然她要奔金水湾而走,就一定有她的追求。我们尊重她的选择,就葬在这里吧!”

空旷的金水湾原野上,隆起一堆新土,九泉之下的亡灵再也不能复生。金水湾除了刘昌友吴文英两口子,谁也猜不出王霞轻生前的困境和求助。唐希旺和王秀芳就很迷茫。王秀芳心疼地说:“这姑娘真傻,为啥要跑到金水湾死。”

唐希旺没有看遗书,但他听到遗书上提到刘家。当有人问及王霞为啥要到金水湾死,刘昌友说:“这姑娘与长贵是同学,她听说金水湾很好,可能冲着这块风水宝地而来。”

“可惜啊! 可惜!”唐希旺唏嘘不止。

夜里,刘昌友和吴文英都做了一个梦。梦中,两个人被一双手紧紧拽着抛进河里,河水翻滚,他们挣扎着,呼喊着,醒来一身冷汗。

四

会议甫始,镇教办室主任骑着摩托带徐镇长来到村里。会议由刘昌友主持,唐希旺传达镇里关于学校倒塌教室的重建问题。唐希旺刚讲到“再苦不能苦孩子,再穷不能穷学校,”摩托车扑通扑通的声音打断了他的话。满屋子的村两委班子成员和村民小组长都向外张望。

徐永刚和教办室主任径直走进会议室。会议室很简陋,三间土坯房,前面一张长条桌,后面一排一排只有腿没有靠背的木凳子。唐希旺刚当书记时没有凳子,大家席地而坐,讲究的屁股下面垫张旧报纸,没有旧报纸的把头上的草帽垫下面,有的什么也不垫。

只要没有屎尿不硌屁股,沾点灰拍拍就掉了。

徐镇长被拥进会议室坐在前面长桌前的中间凳子上。徐镇长刚坐下，刘昌友请他做指示。村干部都知道全镇十几个行政村，书记镇长一上午有时要赶几个村。徐镇长农民出身军人作风。他开门见山地说："全镇晚秋作物抢种补种工作基本完成了，苗情不错，只要继续努力，加强后期田间管理，秋季还能获得好收成，把洪灾造成的损失减少到最低程度。我今天来，当务之急是抓紧当前晴好天气，尽快把你们村小学倒塌的教室和办公室重建起来，不能耽误秋季开学上课。上面拨了一点款，一个学校给一点，群众有义务工任务，大家共同想办法。镇里也没有钱，眼前的难关，大家一起闯。……"

教办室主任和小学的丁校长也参加了，也都讲了话，说的都是实情，大家也都觉得在理。徐镇长再次站起来，说："我们是来鼓劲的，大家研究着办。有一点我要再强调一下，天大的困难也不能拖，不能影响按时开学。"说着起身要走，他们还要去赶下一个村的会议。

送走徐镇长和教办室主任，唐希旺继续讲话："大家都听到了吧！从现在开始，我们要集中一切力量，抓紧时间，砸锅卖铁也要建好这二十间教室和办公室。孩子是我们金水湾的。孩子们读不上书，耽误了读书，都是一辈子的大事。这些天我也想了，只有靠大家，靠金水湾人，除老弱病残特殊困难的人，大家都要动。……"

接着大家讨论，发表个人意见。

事情抵到坎上，没有退路，大家没有什么意见。国家规定的义务工，只要是公益事，大家都有份。老百姓有的是力气，眼下农活也不忙，出工干活没什么问题。关键是材料，买材料需要钱。村里想建瓦顶土墙砖根基的比原来好一些的新教室。砖瓦石灰、木料成为必不可少的材料。

众人抬鼓敲得响。村里没有公共收入，过去大家集资办过一个打面房，刘昌友当村主任前和吴文英一起打理过两年，从没有向村里交过一分钱。有人说刘昌友捞海了，闹到镇里，镇里派人调查处理。刘昌友说"打面用柴油机带，机子经常坏，我不但没有赚到钱，修机子还贴了老本。要是认真清算，村里还要赔我钱。"

刘昌友远近爷们多，大家敢怒不敢言，只能背地里嘀嘀咕咕，老书记退下时，唐希旺刚接手。大家嚷嚷一阵，刘昌友置之不理。群众有点眼红，还是向镇里跑。镇里恼了，派人把打面房封了。几年下来，机子锈迹斑斑，成了一堆废铁。

能想的办法都想了。最后一致的意见还是动员大家集资献料，出义务工，别无选择。

集资献料，干部要带头。干部不带头，难以搞起来。这一点，唐希旺想好了。姐姐唐希云临走时，留给他2000元用作应急。他没有和王秀芳商量就决定拿出来建学校。至于献料，他想到姐姐为老人预备的棺材板。

刘长富按计划和用工量把义务工人数和集资款算出来了，除去五保户、特困户，每人30元分配到各村民组收取统一交刘长富那里。捐款不限，越多越好。义务工由村民组分到户，自备工具，按先后顺序组织施工。村干部除参加集体劳动，还要负责指挥、安全、工程质量检查等工作。为了保证质量和安全施工，村干部也做了分工。唐希旺负责思想政治工作；刘昌友管全面工程；支部委员、民兵营长苟二旦负责安全保卫；支部委员、妇女主任牛小梅管开水供应。支部委员、调解主任郭继山负责纠纷调解；支部委员、文书刘长富负责经费开支。干部分工写在纸上公之于众，让大家监督。有人说：除了牛小梅和刘长富是硬件，其他都是摆设。人多嘴杂，上上下下都是这样子。年代变了，不像大呼隆时候，队长的哨子一吹，男女老少一齐向地里拥，遍地开花，干多干少、干好干差一个样，男十女八，月复一月，年复一年，地里老是长不出好庄稼。

快要散会，唐希旺从怀里掏出一沓老头票放在桌子上说：“当着大家的面我捐2000，还有我妈的一副棺材板我也捐出，为学校做门窗和桌子凳子用。”

人们发愣了。大家知道唐希旺并不富裕，也没有外快。他家的水生刚刚被放回来。

唐希旺把钱交给刘长富，让他点数记账。

书记带头，刘昌友一时有些慌了手脚。但他一会儿就恢复镇静，强笑道：“我不能和书记比。书记有个财神姐姐。我也带头捐。”他的手在口袋里摸索，本是捏出两张，却带出一沓橡皮筋束着的老头票。他的脸一下子红了，取出两张，余下的又塞进口袋里。刘昌友不是没有钱，而是要把钱派上大用场。

会上，又有人自动捐款。身上没有带钱的，表示改日再捐。接着檩条、木板、石灰、麻绳等凡是建房能用的陆陆续续向学校里送。学校里的老师，有的住在学校,有的住在自己的家里,也都纷纷捐出自己的工资。一位即将退休的老教师除留下个人的生活费,剩下的1000多块钱全捐了。经过大会小会和广播喇叭里宣传动员,金水湾全都动起来了。

经过一个星期的工作全村除捐献一部分木料、砖块等物资外,共捐出资金60000多元,加上镇里补助的,可建成砖瓦结构的二十间教室和办公室。于是两委班子研究决定,不再用群众出工脱土坯,全部用砖块砌墙,建成坚固耐用、像模像样的新教室和办公室。

棺材板是唐希旺自个儿用板车拉到小学校工地的。王秀芳刚从地里拔草回到家,他随后跟进来。天热,王秀芳正用凉水湿毛巾擦脸,唐希旺在收拾自家的板车。

"拉啥哩?"王秀芳问。

"妈的棺材板。"

"拉哪里?"

"小学校。"

"啥用?"

"建教室。"

"妈知道吗?"

"不知道。"

"打电话说说?"

"打啥,先顾急再说。"

在这个家里,唐希旺不但是一家之主,也是个决策者,他有着绝对的权威。水莲刚从医疗室回来,他吩咐水莲扶着板车,水生的身体和情绪也基本恢复正常。他让水生和他一起抬板子,一块木板足有一百多斤,王秀芳心疼水生抬不动,主动上来娘两人共同抬一头。从西厢房里一块一块抬出来再上到板车上,十二块棺材板抬完,用绳子拴好,都累得气喘吁吁。唐希旺正用湿毛巾擦脸,水生怯怯地说:"爸,我跟您还有妈还有姐说个事儿。"水生很懂事,从看守所里回来,他知道上大学的事泡汤了,已经到了录取阶段,没有填报志愿,也没有建档,考得再好也没用,所以他一直没有提上学的事。唐希云做主,与刘晓旭定下婚事,既然刘晓旭是清白的,一家人都没意见,连只见过晓旭几次面远在唐家湾姑姑家的奶奶也说好，水生就依了大家。晓旭自打水生回来，大多时间和水莲住在一起很少回自己的家。对于这桩亲事，刘占元没说二话。金玉娇让他拿主意，他说："一家都是好人，上哪里找去。"晓琬听说姐姐和水生订婚，拍着手说："好，天生的一对！"金玉娇爱着面子，主要担心唐、刘两家成了亲戚，刘昌友会疏远他家，有点不情愿："不过，俺表叔他……"刘占元打心眼里看不起刘昌友两口子，加之刘长贵玉米地里的事，他更恼火，愤愤地说："他们那一家，黄鼠狼吃油条，全是一色的。"金玉娇看在娘家那边与刘昌友家的关系，有点不高兴刘占元当着她的面臭他家："人家掘你家老坟了，你这么恨？"刘占元说："缺德，蹲在我头上拉屎，不得好死！"金玉娇知道刘占元伤透了心，唐家没说外话，当唐希云亲自找到她提这门亲事时，她半推半就答应下来。然而，两个孩子还小，不能马上办婚事，两家这么近，她犹豫着问："往后……"

"水生的大学黄了。"唐希云说，"经过这么大的折腾，水生也没有勇气到学校里复读。我和他爸妈商量过了，国家在广东那边办了个深亚特区，青年人正往那里拥，我儿子明跃在深亚有朋友，我电话问了，请明跃的朋友为水生在深亚找个事做。如果你和占元弟同意，让晓旭也跟着去，两个人做伴儿，互相有个照应。"

金玉娇笑着同意了。

……

唐希旺擦着脸，问："啥事？"

"我电话里问过明跃哥了，他的朋友给我在深亚找好工作了。"水生到底是个孩子，胆小，他没有说"我们"，也没有说"刘晓旭"。

唐希旺的心都在建校上。他略有所思地说："和你妈说就好了。你妈那里还有点钱，带上做路费。老子当兵时和你一样大，也是一个人去的部队，没让你爷和你奶送。你也自个儿闯吧！记住，不论到哪里，一定要诚信做人。不偷不拿，不哄不骗，遵纪守法，靠自己的能力活。能力从哪里来，学，多看书，多向人家问，要有大志向，大学读不成，到社会上学，路要自己走，事业自己创。"唐希旺放下毛巾，拉起板车，弓着腰向外挣。水生在后面推几步上了路，唐希旺扭回头说："不用你推，我一个人能拉。"

水生松了手，看着爸爸伟岸的身躯向前匍匐着，一千多斤重的板车渐渐远去。爸爸是个大个子。他弓着腰,昂起头,远远看去活像一头使不完劲的老牛。

王秀芳忙着做午饭。

饭做好了,唐希旺还没有回来。

“再忙,也不能不吃饭啊!”王秀芳吩咐水生,“骑自行车去小学校里看看。”

意外发生了。水生骑车来到学校,远远看到爸爸躺在那里正在挣扎着。原来唐希旺拉着满满一车木板来到学校,工地上冷冷清清。他一个人解开绳子试图一个人将木板卸下来。他深深吸一口气,用尽全身力气抱住一块木板,他刚刚把木板抱起,猛一用力,头一阵眩晕仰躺在地上,那块木板砸在他的腿上,一阵疼痛,他失去了知觉。

水生放开嗓门喊来几个人。大家迅速将压在唐希旺腿上的木板抬往一旁,唐希旺仍不省人事。大家七手八脚卸掉车上的木板,王秀芳和水莲闻讯,请三奶奶看门,一人抱着草席一人抱着被子飞快跑到学校。板车上先铺上草席,再垫了床被,将唐希旺抬在上面,身上盖着一床被单。水生在前拉车,王秀芳和水莲在两边扶着向镇卫生院奔去。

来到卫生院,唐希旺仍处于昏迷状态。医生们看看,因条件限制,不敢处置,建议转县医院。镇里的万书记和徐镇长得知后,立即安排正在吃饭的小车司机将唐希旺送往县医院。板车放在卫生院里,四口人挤在一起向县里赶去。小汽车里,水生和水莲半跪着用胳膊托着爸爸的身子,尤其是受伤的腿,王秀芳半蹲着抱着丈夫的头,半个小时就赶到了县医院。

五

唐希旺苏醒了。

经过拍片检查和医生诊断,唐希旺为小腿斜形重叠骨折并伴有轻度脑震荡,需住院治疗。办理住院手续后唐希旺被送进病房,但院方还要交 2000 元的住院费。王秀芳和水莲身上只有一点零花钱。离 2000 还差得远呢!王秀芳想起姐姐走时留下的钱问唐希旺:“姐姐留下的钱你放在哪里,要交住院费。”

唐希旺“哎哟！哎哟！”地喊疼，脸上滚着汗珠子。水莲轻轻为爸爸擦汗。王秀芳俯下身子，嘴靠近唐希旺的耳朵：“医院要交2000元住院费，不交不给做手术。”

“不给做，我们回家。”唐希旺疼得吸溜着嘴，脸上不停地流汗。

“医生说六个小时内不手术，你这条腿还要……”王秀芳着急地，但又尽量压低声音地说。

“姐留下的钱让我捐建学校了。”唐希旺忍着痛动一动腿，试图坐起来，“这院我不住了。”

“爸，”水莲连忙按住他的腿，“医生说你不能动，动很了会加重伤情。”说着眼泪潸然而下。

水生握住爸爸的一只手，眼睛湿润。

唐希旺不停地呻吟：“哎哟！哎哟！”

一位年轻的护士走进来，催促道：“快去收费处交钱，拖长了，影响手术。”

王秀芳无奈地：“我，我……”

正一筹莫展之际，唐希强和王秀芬汗涔涔地走进来。他们的午饭也没有吃。秀芬正在做饭。希强听说哥被砸伤了，推出自行车就要跟上去。王秀芬说：“急什么，我们又不是医生，空着手还不是白去。哥家有多少钱，也招不住他往村里填。人家当干部捞点好处，他呢？……”希强说：“别啰唆了，快把家里的钱都拿出来，别耽误治疗。”

唐希云走时也送给他们家2000元，加上平时卖菜，王秀芬攒有3000多。希强只顾干活，挣钱，家里的钱全由王秀芬管。王秀芬把所有的钱带在身上催唐希强快上路，唐希强问：“你也去?”

“不就多花点力气么！”秀芬说，“你一个人也是去，我坐在你屁股后头，给你壮点胆。”

唐希强有的是力气，两个人不到一个小时就来到县医院。王秀芳正愁眉不展，秀芬从口袋里掏出钱递到王秀芳手里：“姐，这钱给哥治伤。”虽然是妯娌俩，王秀芬仍按在娘家时的称呼。

秀芳又惊又喜：“秀芬，你们来得好，真是雪中送炭。”

希强说:“嫂子快交钱。”

王秀芳把钱交给水莲:“快去吧!”

唐希旺虽然疼痛难忍,他还是挺着不出声。希强走近病床,弯下腰,沉重地说:“哥,你可要挺住啊!”

唐希旺吸了一口气,忍住痛:“希强,哥没有事。腿上一点伤,离心远着哩!”

“伤筋动骨一百天。”唐希强补充一句。

“哥命大,欠的人情多。爸的,妈的,姐的,”唐希旺像背流水账,“这次让你们也陪着受累,花钱。你的钱,挣得不容易,哥一定要还,欠的人情也要还。所以阎王爷不会要我的命。”

“提啥钱哩,哥。”希强抹一下眼角,“啥是你的我的,先顾急啊! 救灾时人家山南海北都给我们送钱送穿的吃的,我们是兄弟啊!”

“说得好,希强。”唐希旺像想起什么,吃力地说,“我这点小事,不要让妈知道。妈快满八十了,经不住折腾。还有姐,快六十了,也不容易。”

希强说:“好,我知道了哥。”

水莲交了钱刚走回病房,两个女护士已推来手推车,大家一起将唐希旺抬到车上,上面盖着白布单,推进了手术室。

两个多小时后,护士把唐希旺从手术室里推出来,另一个护士举着吊水瓶子。唐希旺的一条腿的小腿打了厚厚一节石膏。医生给骨折部分复位时,唐希旺没有让打麻药。他说:“只管捏,不就是有点疼么,我不会叫。”他咧着嘴,医生怎么捏,怎样扭,怎样拍,他脸上滚着汗珠子,从没有吭一声。护士给他擦汗,他还笑着说:“谢谢!”

第二天,徐镇长和党政办主任来到医院。党政办主任提着一篮水果,坐了一会先出去办事。徐镇长坐在病床一边的凳子上,说:“我代表镇党委政府向你表示慰问。水果是公家的。万书记正在陪同市里救灾工作检查组,委托我代表他向你表示一点心意。”说着从口袋里掏出两张百元钞放在病床头上,“我们两个一人一份,不多,买点营养品。”

唐希旺笑着表示感谢:“好,我收下。出院后,让你嫂子再烧一盆红烧肉还你两个人情。”

徐镇长笑着说:“嫂子的红烧肉做得就是好,我们俩已经吃得够多的了。”

“不多,不多。”王秀芳接着说,“老唐出院后,请你们再去我家品尝。”

……

徐镇长刚离开病房,唐希云就陪着老母亲来了。骨科在三楼。爬楼梯时,唐希云要扶着妈。张华玉说:“算啦!我自个儿上。”

老人在前,唐希云在后,照准就找到唐希旺的病房。秀芳迎上去:“妈,您累了吧?”老人说:“不累。”径直走到床边,见儿子跷着一条腿,打着一小节石膏,悬着的心落了地,“万幸,万幸……”

唐希旺抬了抬头看着老人:“妈,这么远,您怎么来了,小病小灾的,我不让告诉您。”

“远又怎么样,交通方便。”水莲拿来凳子,老人不坐,“汽车颠得不舒服,站着崭劲。你不让告诉我,有电话啊!电话告诉我的。”

唐希云连忙插话:“我的牛角梳子随身带着,回到家怎么也找不到,以为是丢在你们家了。电话半天也打不通,没人接。我和妈都慌了。后来打到村部里,才知道希旺出事了。妈不放心,缠着一定要来。妈还准备在家里过寿呢!”

希旺用手拍拍头,恍然大悟:“对,再过半个月就是妈的八十大寿了。”

……

手术很成功。医生说:“如果不出现特殊情况,住十天就可出院了,主要是在家休息。”

唐希旺让水生留下照顾他,王秀芳和水莲都陪老人和姐姐回家。

希旺的伤无大碍,老人轻松起来。“我早想回金水湾看看,有机会还想再亮一嗓子哪!”

第五章

一

唐希旺住院的第二天,吴文英就将三奶奶接到自己家。刘昌友住金西,距金东有一里多路。吴文英拉着板车来到唐希旺家。三奶奶刚吃了早饭。“三奶奶,昌友让我来接您去俺家住,唐希旺住院,王秀芳和水莲水生照顾他。这么个大院子,就您老人家一个人,万一感冒发热的,我们不放心。……”

太阳真的从西边出来了。三奶奶耳不聋眼不花,心里一时还想不明白吴文英怎么会拉着板车接她。希旺一家全走了,秀芳让她看门,她迟疑地说:“刘主任让你来的?秀芳让我给他们看门呢!”

“是啊!昌友有事走不开,要不他要亲自来接您。”吴文英事先不知道老人要看门,以为水莲或水生留在家里。她脑子一转,说:“这门么,不要紧,白天锁上,夜里让我们长发来看,哪能让您一个老人在这里。”

话说到这份上,三奶奶不再犹豫,拾掇拾掇几件换洗衣裳坐上吴文英的板车来到刘昌友家。

主意的确是刘昌友出的,但原因却不像吴文英说的那么简单。这要从刘长贵的案子说起。头一天,刘昌友去公安局找任股长,先送上1万元。任股长收下钱说:“刘主任,刘长贵的案子检察院已经批捕了。检察院只是负责审查起诉。他们一般不改动,需要改动的还是退给我们局里办。我们这边的工作你就不要操心了,能做的我都做了,只能这样。下一步关键是检察院起诉到法院,法院那边的工作。”

“法院的工作……”刘昌友也知道案件审判是法院的事,但他不知道从哪里下手。

“具体哪个庭,怎样审,你不要管。”任股长很内行地说,“刑事案件都要上审判委员会讨论决定。审判委员会人很多,主要由院长拍板决定。院长兼审委会主任。”

“那就是张院长喽?”刘昌友问。

“是是,张院长是一把手。”任股长说。

“张、张……”刘昌友搜肠刮肚。

“找关系,最好扒根子,铁一点的。”任股长指点。

“张院长的根子……”刘昌友想打听张院长的底细,“他的老家是……”

“双碑湖。听说他老太爷闹过革命,县党史上记的都有。”任股长也没有看过县党史,只是听说。

提起双碑湖,刘昌友想起三奶奶。三奶奶姓张,娘家住在双碑湖。“文革”时,造反派要批斗三奶奶。那时刘昌友还小,坐在台子下面看热闹。三奶奶被造反派推推搡搡拉到台子中央,说她出身不好,三奶奶暴跳如雷,用手指着造反派的头头说:“你们派人到双碑湖访一访,打听打听,我爷爷是干啥的,我爷爷不死是北京城里的官。”

一个造反派头头说:“不许你胡说!”

“我一点不胡说,你们去县党史办查查,”三奶奶指着一个造反派头头,怒斥道:“我爷爷闹革命时,不要说你们,连你们的爹还在你奶奶的肚子里呢!”说着又蹦又跳,跪在毛主席像前哭道,“毛主席啊!您老人家要给俺做主啊!我爷爷跟您跟出罪了吗?我们家为共产党没少贡献啊!……”哭得跟泪人儿一样。

造反派被镇住了。一个头头带着几个亲信匆匆赶往双碑湖。

二

张扁担力气棒,
双碑湖边兴家邦。

五里捡回一泡屎，
十年茂盛扁担行。
……

清末民初，双碑湖商贾云集，兴隆繁华。那时张家刚刚站住脚，起家的名叫张扁担，外号“一泡屎”。“一泡屎”虽然不雅，却很深沉，甚至有点悲壮。张扁担临死前曾郑重交代：民以食为天。一泡屎虽然不是金子银子，可是能多长粮食。有粮食就能兴旺张家。有地，有金子银子，什么都会有。今后什么都可以忘，但不能忘我那一泡屎，更不能忘了那棵石榴树……

老人已经进入弥留之际，两个眼珠子却瞪得铜铃一样大，久久不肯离去。四个儿子想天想地想不出原委，最后齐刷刷地跪在老人床前立誓：“爹，我们一定记住您老人家的话，一寸地，一棵树，一泡屎也不能丢，一个汗珠子也不能白流……”老人这才微笑着慢慢闭上眼睛。

既然一泡屎如此诡谲，这里就有交代一泡屎的必要。原来，张扁担带着妻儿流落到双碑湖一个兔子不拉屎的角落立下脚。那里是一片荒草湖坡，没有主儿，张扁担五短三粗，有的是力气。妻子也是个大脚板儿，一顿饭能吃两海碗，说话嗡嗡的好像身上全是力气。她可能是女人的血气旺，不但生出虎头虎脑的儿子，还是男人的好帮手。夫妇俩东拼西凑先搭个窝棚，垒起锅灶，又在周围开垦出一块块庄稼地。那时化肥还没有问世，种粮种菜全靠人的屎尿和畜禽粪便及草木灰等有机肥料。种地不上粪就是瞎胡混。庄稼一枝花全靠粪当家，是那时庄稼人的座右铭。张扁担对粪的重要性耳熟能详、刻骨铭心。一年四季不但粪筐不离身，自己的每一泡屎更舍不得丢。有一次，应邀去一个朋友家赴宴，而且是朋友为儿子办婚事的喜宴。他背起粪筐正要抬腿，妻子喊住他：“人家大喜事，你哪壶不开提哪壶！”

张扁担想想也是，把肩上的粪筐放下，犹豫着上了路。

宴席很丰盛。张扁担是个大架子，本来肚子里油水就不多，这一次当然不会少盛。可是，没有想到的是，回来的路上出现内急。他本要坚持到家，将屎拉到自己茅坑里，日后多收几斤粮食。不料离家还有三四里光景实在撑不下去。无奈，只好拐到附近僻静无人的干涸土沟里解决问题。回到家为这泡屎的流失感到十分惋惜，于是立马背起粪筐返回拉屎的地方。说来十分凑巧，他刚刚捡起那泡屎，附近一个老头也背着粪筐匆匆向这里赶来，两个人就差那么几步，那个人扑了空，悻悻地说："我刚才路过这里忘了带粪筐，回家刚背来粪筐，怎么就被你抢了先？"

张扁担嘿嘿笑着，赧红着脸："不瞒你说，这泡屎是我屙的，怎能让给你。"

那人摇摇头。后来他打听到来去捡回这泡屎的叫张扁担。从此，"一泡屎"的来历便渐渐在周围传开。

老祖宗的一泡屎屙得既有讲究，也很精彩。

"一泡屎"成就了张扁担的事业，经过十多年的拼搏，张扁担不但站稳了脚跟，已是双碑湖响当当的人物。有人可能不知道小张庄，也可能不知道张扁担，但一提起"一泡屎"，闻者要么肃然起敬，要么捂着嘴笑。前者不必多说。后者觉得这个人一定有点怪。

张扁担的小窝棚早已变成两进两厢的张家大宅，拥有六十多亩良田。他这六十多亩地都是张扁担带着一家老小用汗水屎尿养出来的。这些地原来都是茅草荒、砂姜窝，张扁担硬是一泡屎一泡尿给养成了好地。那时双碑湖刚刚兴集，赶集的人要解手，不能把屎尿全憋回家。张扁担瞅准了机会，以最廉价在东西南北四个方位各租下一小块空地搭建四个厕所，免费对外开放。后来又设男女间，几乎垄断了所有赶集者的屎尿。张扁担指挥着四个儿子不停地将屎尿挑到自家地里，几年下来，一块块不毛之地变成又松又肥的上等地，长出的庄稼像海水一样，波浪滚滚，结出来的小麦、黄豆粒粒饱满，尤其是硕大的黄豆，抓在手里，像鹌鹑蛋一样，滚圆滚圆。

……

张扁担挑回家的屎尿快两三个月就变成粮食。张扁担夜里躺在床上睡不着。张扁担和老婆合计着不能乐于这种最原始的生活方式，孩子们渐渐大了，不能挑一辈子粪水，要向纵深发展。夫妻俩一番掐算，达成三点共识：一、集上的屎尿继续挑，粮食是重中之重，屎尿能变成粮食。二、在集上黄金地段购置店铺先经营粮食，叫粮行，日后逐渐扩展经营规模和项目。张扁担特地对妻子说："农业是基础。手中有粮心里不慌，但不能只靠农业致富。挑大粪是硬活，几十斤重的担子一步步往前奔，长腿的人都能做。不能只吊在一棵树上。要经商,经商才能有大进项。……”这第三么,张扁担早已琢磨透了,自己不识字,全靠拼力气,吃了不少亏。要想不走弯路事业发达,得让孩子们喝些墨水,念书。书里有比屎尿、粮食,甚至黄金还要值钱的东西。念书,有学问,才有出头之日,赚大钱,干大事……张扁担越想越远,越想越深。妻子说:“念书,咱们的孩子也是念书的料?”

张扁担说:“猪脑子。什么料不料,世上没有一个人从娘肚子里拱出来就有学问的。不能再耽搁了,让他们都去念。”

张扁担四个儿子,末角儿是个千金。别看张扁担两口子粗手大脚,四个儿子也像他们的模子,这唯一的女儿却有些变异,亭亭玉立,细皮白肉的。那时女孩子还没上学的,张扁担只好委屈了女儿。不过不上学不等于不能念书。张扁担让千金在家里念,也就是自学。哥哥们有的是书,又可以当妹妹的先生。事后证明张扁担的设计是正确的。他的女儿虽然没有踩过学堂门,全靠哥哥们的言传身教,有时扎猛子由哥哥下点猛药,也许是天生的学习坯子,从一个字一个字地开始到《三字经》、《千字文》,再到“五经四书”、诗词歌赋,只要哥哥们教她就能记住,后来她的字认多了,又开始练写字,一边认一边练,几乎赶上了哥哥们,甚至一些书不用人教她也能读进去。再后来,她比葫芦画瓢还能触景生情写些诗文。再后来,竟诗词歌赋出口成章,成为远近闻名的女秀才。

有心栽花花不开,无意植柳柳成荫。张扁担儿子们的书念得却不让他顺心。开始两头热,后来一头沉。老大因为挑粪两手磨出老茧,拿笔似乎比粪勺子还要重,怎么练也练不出字形。但他深知念书的好处,便拼命地用功。老二老三肚里像是长瘊,一进学堂就头痛。先生在上面教,两人在下面梦见周公,回家连书也不想摸。只有老四像喝书一样,过目不忘。先生特地找到张扁担说:“我知道你的心很高,能一起让四个孩子念书是投大本。不过……”

张扁担懂得先生话里的意思。他在家里也能看出点门道,老大整天像没睡醒一样,愁眉苦脸,有时死盯着书,脸上汗珠子直滚。老二老三心不在书上,整天爬树捉鸟,下水摸鱼捉虾,看见书不是乱翻就是乱画,一本书还没有念一半,前面的书页子已经长翅膀飞了。张扁担虽然不识字,也懂得死看硬守的道理。于是他下决心放下手头的活计实施陪读。每天,吃过早饭和午饭,张扁担就像赶鸭子一样和儿子们一同上学，孩子们进了学堂，他在外面守候，放学后再陪同孩子们一同回家。这样，一直坚持了一个多月，张扁担倒没有什么不适，儿子们却有些受不了。老大说："爹，我都快成大人了，你这样整天跟着我们，让我们的脸往哪里搁？"老二老三说："爹，你这天天跑路，又不能替我们学，还不如多拾一泡屎划算。"老四说："爹，你不用白花这功夫，我自己会学。"

……

孩子们的话张扁担当然听不进去，也动摇不了他的决心，他还要继续坚持下去，而先生的话却让他醍醐灌顶。先生说："张老兄，恕我直言，你呀，最好别这样吊在一棵树上，三个大的能干啥干啥，各尽所能，这小的你放心，一定能做学问。"

哪有先生将学生向外推的。话说到这份上，张扁担改变了主意。

张扁担又和妻子进行一番谋划，结果是：老大已略识文墨，比较本分，靠得住，集上的粮行交给大儿子打理。老二和老三贪玩，好动，也有些力气头，在家里种地。冬春农闲，家里开着油坊、粉坊、糖坊，除了来料加工，净赚工钱，也用自己的原料和买些原料进行生产。老二和老三专司乡下——小张庄的事务。老四继续念书。千金是娘的小棉袄，也是爹的好帮手。女儿主要帮助爹出出主意，记记账，相当于现在的会计主管，上上下下的总把儿自然是张扁担。一家子红红火火，一泡屎成了小张庄的代名词。有人半开玩笑地说："张扁担，你这一泡屎屙得越来越大了。"

张扁担不动声色地点点头，笑笑，心里想：你以为老子笨啊！狗眼，老子睡着也能分出蚊子的公母。

老大下了学就着手筹备集上的粮行。张扁担仓库里有的是粮食，运到集上笆篓里一倒，账桌子一摆，立马就会像模像样，红红火火。

张扁担不急不躁，背着粪筐逢集必到。他一圈儿一圈儿在集外面转悠，见粪就拾。集上有牛行、猪行，这类买卖人一般不带粪筐。猪牛屙屎不背人，经常拉在路道上。张扁担往往一圈集转下来就是满满的一粪筐。于是，他将粪倒在集上自家某一个厕所里，空粪筐一挂，洗洗手脸，整整衣裳，主要是拍拍灰，便背着手优哉游哉地在大街上晃荡。时间对张扁担比金子还贵，他哪里肯这样消磨，他是在看行情，其实是选址，又叫踩点。张扁担知道做生意比种地难,种地主要靠力气,做生意不完全靠力气。做生意要玩心眼儿,互相竞争。种地当然也有讲究,但没有做生意有讲究。啥讲究,种地的讲究是他的一泡屎。这做生意的讲究,张扁担估不透,他不敢贸然行事。他一连十来天在双碑湖集转啊,走啊,看啊,想啊。功夫不负有心人。他终于选中一个既好进又好出紧邻饭店的繁华地段的店铺。这家主人正遇上一宗官司急于将店铺出手。张扁担立马以最便宜的价钱给拿了下来。事后有人说张扁担吃砂姜都是面的,这一回又捡了个大便宜。张扁担却不以为然,他心里说我这半个月不但少捡了两车粪,还多磨破一双鞋呢!

经商开行讲究名号。从动议、立项到踩点,张扁担的脑子一天也没有歇着,文了容易让人迷糊,土了又有失体面。

不就是买卖粮食么,也就是现在的中介。筹备工作有些眉目后,父子们围成一盘炮,张扁担说:"人有脸,树有皮,咱家的粮行也得有个名,你们都喝了墨水,咱也不求人了,求人不能卖脸,得付辛苦费。"

老大说:"叫公平粮行咋样?"

老二说:"公平当然重要。但你说公平,人家反而会以为不公平。生意人都精得像兔子,不转几个地方不会拉屎。不如叫满意粮行。"

老三说:"你说满意,人家就满意么?还不是自己捂着耳朵摇铃铛。不如用爹的那个名。人吃什么都是吃,只要不饿肚子。"

"放屁!"张扁担知道老三下面要屙啥屎,连忙打断,瞪着眼睛瞅道,"我算白送人家先生几石粮食。老四在城里学堂里回不来,指望不上。你们三个都白学了,一泡屎不能叫,叫我的大名吧!"

大名,张扁担。张扁担粮行。

"张扁担粮行。有点讲究。一头是卖主,一头是买家,这中间的扁担怎么挑法……后来,张扁担粮行红火的时候,一位大学教授来此地考察民风民俗,对张扁担粮行颇感兴趣,大为赞赏,连声说:"这个名号有讲究,高、高……"

定下名号,张扁担粮行就开张了。万事开头难。本来张扁担以为一切已经就绪,不料却出现插曲。头一宗,出在三个儿子身上。

老大说:"开粮行,标志着张家已从种地为生进入商界,是历史性的转折,向前跨了一大步,应该搞个揭牌仪式和盛大庆典,区区几个小钱,又不是花不起，何必那么抠门，让人家笑话。”

老二说：“大哥说得对，门市掀起来多赚点就有了，羊毛出在羊身上。”

老三已经被老子骂得一肚子气，便借题发挥，直指要害：“既然开行做生意，还那么抠屁眼儿又用嘴舔舔，恶心。”

三个儿子指的是粮行开张爹不准大操大办。经过儿子们的力争，张扁担最终拍板买挂鞭炮就行了。他特地交代买鞭炮的伙计说：“挑最便宜的，有个响就好，哪能屎还没拉出来，就把屁放得贼响。该省的就省，一分钱也不能错花。……”

胳膊扭不过大腿。张扁担粮行开张，只噼噼啪啪放了一挂“猫尾巴”。

这前一个只是小插曲，张扁担只当耳边风，后一个却让张扁担的头有些大。张扁担粮行开张第一天就很红火，成群结队，有买有卖，成交量很大，几乎将全集上的粮食生意都揽了过来，晚上盘点，大大赚了一笔，乐得张扁担夜里把老婆翻了个天翻地覆、人仰马翻，老婆说：“你疯了，五十多岁了，不想活了。”

张扁担兴奋地说：“过去为了一泡屎我来回跑了五六里路，这粮行一天不动窝就赚了一个月的大粪钱，真是无商不富哇，今后得在生意上多花些功夫。”

张扁担正陶醉在开张大吉的兴奋中，传来号称集霸的刘大胡子的威风：“乖乖，‘一泡屎’要在集上屎起来了。有老子在，他休想！……”

刘大胡子不是说大话。在双碑湖集上他也是个人物。刘大胡子中等个，猴屁股脸，老鳖嘴，一双羊屎球子眼睛里放射着深不可测的狡狯和犀利。刘大胡子不但有钱，还够得上官府，手底下又有一窝子不要命的。他只要歪歪嘴，要你的脸朝上决不会朝下。张扁担打个激灵，心里七上八下的，喃喃地说：“癞蛤蟆吃天鹅肉，腰杆子不硬，还不如背粪筐啊！……”

翌日清晨，张扁担背着粪筐慌慌张张向双碑湖集上赶去。集上的店铺都还没有开门，街道上冷冷清清，一条条赶早的狗来来往往低着头觅食。张扁担正佝偻着腰一步比一步快，两条屁股对屁股的狗哼哼叽叽地扭在一起，张扁担一眼就瞥见，他的脊背顿时冒出凉气。他加快了脚步，想尽快脱离晦气。快到自家的店铺，舒了一口气，刚刚抬起头，“嘎嘎……”两声乌鸦的叫声掠过上空，他惊诧地仰着脸，“呸呸！”向着乌鸦飞去的方向吐着唾沫。这是当地人驱除晦气的传统而又原始的方法。这时不偏不倚一坨乌鸦屎落在张扁担的脸上。他连忙用手抹去，浑身一哆嗦，放下粪筐，踉跄着走到自家店门前。

店门还没有开。张扁担又气又急，抡起拳头咚咚咚敲门。

老大揉着眼开了门。张扁担走进屋，沮丧地说："这门不开了。"

老大以为自己听错了，反问道："啥，不开了？"

张扁担点点头，重复道："不开了。"

老大半天没有说话。他怔怔地看着爹，许久，结结巴巴地说："爹，你是嫌钱赚得少，还是担心我吃不了这份苦？"

张扁担惊魂未定，吃力地说："都不是。"

"那怎么不开了？"

"小人挡道。刘大胡子把我们盯上了。"

刘大胡子何许人也？刘大胡子又是大刘庄的庄头。大刘庄是双碑湖四周最大的庄，人多，地多，势众。据传刘家先辈曾是朝廷命官。皇上先后亲赐为他们在老家立过两座功德碑。有钱有势的刘家便在附近兴集。当初刘家有人想将集的名字取名刘家集。后来考虑祖上荣耀，以双碑命名不仅显赫也较为贴切，双碑湖便由此而来。这都是很多人头上面的事。如今大刘庄今非昔比，风光无存。但是，瘦死的骆驼比马大，官家的帽子压死人。自称曾是朝廷命官——刘家先人第三十九代孙的刘小刚，为了重振祖威，特地留了大胡子，人称刘大胡子。刘家早已败落，而刘家的名声还有点余威。刘小刚从小父母双亡，无人管教，满脸横肉，一双贼眼。他先是小偷小摸，后来盗窃成性，再后来笼络一批打手吃喝嫖赌，横行乡里。刘大胡子曾被官府拿过，他明里以祖上显贵拉大旗作虎皮，暗里用抢来的银两打通关节，蹲了几天大狱又被放了出来。不打不相识。经过这么一番交往，刘大胡子的路子又宽了。不但毫发未损，又增添了一些底气。刘大胡子从城里回来后，在双碑湖集上大摆宴席，满集上的人都去庆贺。刘大胡子端着酒杯给大家敬酒，扬扬得意地说："各位街坊邻居，各位远亲近友，我刘大胡子又回来了。这双碑湖集是我们刘家祖先兴的，朝上可以扒到刘备，蜀国的皇帝，知道吗，《三国演义》里写的。刘先人的军师是诸葛亮，大军事家，料事如神。现在先人都走了，他们的阴气还在，我刘小刚，不，刘大胡子，要在双碑湖集上掌事了。我可不是刘备，软蛋，动不动哭鼻子。我刘小刚是钢，比铁还要硬的钢！……"

虽然刘大胡子的话有些离谱，但他那又粗又长又黑，扫帚缨子一般的大胡子，敞着怀几乎连着横七竖八的胸毛，委实有点让人冒凉气。所以，刘大胡子一放话，张扁担马上就有点泄劲。

老大说："刚开张一天，就关门，我们这店铺今后只有冷饭吃。"老大很像张扁担的复制品。略有不同的是念了几天书，能写写画画。

老二也像张扁担，是种地的一把好手。年纪轻轻的，也爱背着粪筐，一心一意地侍弄着土地。

老三有些不一样，虽然不是念书的料，性子有点暴躁。听说刘大胡子的大话，爹惊惶失措地去了集上，他一溜小跑追上去，见爹和老大正闷闷不语，气冲冲地说："他刘大胡子放个屁就把我们给镇住啦！这集又不是他刘家的，这店铺姓张，我们的生意我们当家，管他什么熊事！"

张扁担见老三如此张狂，喝道："胡吣什么，闭住你的臭嘴。"

"怎么！"老三还在嘴硬，"一句大话就给他吓住，今后我们还活不活？"

"不活又怎么样！"张扁担压住火，"集上的生意不能做，我们还有地，还……"

老三像扭上了劲，脱口打断爹的话："还去拾粪，拾那一泡屎！"

"臭小子！"张扁担简直要发疯了，他扬起巴掌要向老三扇去，气急败坏地说："一泡屎咋哩？一泡屎能长粮食。吃了屙，屙了吃，天皇老子也要吃饭，饭是粮食做的，哪一个是喝西北风活的。"

老大拦住爹的巴掌，连忙转过脸劝老三："老三，别只说硬话，有话慢慢说。爹年纪大了，好不容易把咱们养大，眼前这坎儿，咱们一起拿拿主意。还有老四，"老大把脸转向爹，"爹，老四学问好些，打发个伙计去城里找回来，咱爷们还能对付不了一个赖皮？"

老三不再搭话，耷拉着头，鼓着腮帮子吸溜着嘴。

张扁担默想半天，觉得老大的话在理，说："就依你的法子办，把老四也招回来。"

第二天，老四就从城里匆匆赶回家。当天晚上，一家人进行了秘密内部协商，协商几乎进行了一夜。其结果是：张扁担粮行继续开，刘大胡子那里也要实施对策。

这里有必要透露一点内部协商的有关细节。协商开始分歧很大,张扁担和老大主张先停业几天,看看动静。如果刘大胡子不再扬言,没什么动作,就继续开。如果刘大胡子得意忘形耀武扬威,就长期拖下去,就是拖到刘大胡子死了也没什么关系。反正家里有地种,到处有粪拾,拾粪他犯不着干预,天下这么大,他想干预也干预不了。老三和女儿张千金持相反意见:“粮行一天也不能停,而且要生意越做越红火。如果刘大胡子一伙胆敢出来捣乱,我们全家一起上,就是拼上命也要寸土不让。”双方争执得很激烈,张扁担说到要害,语无伦次:“儿啊!闺女啊!咱不能老想着发财,要想远点、大点,要想还有很多穷人没饭吃,要想外国人还在欺负我们,要想社会还不太平。要想哪个大哪个小,我们与刘大胡子井水不犯河水,八竿子也搭不上边,惹不起还躲不起啊!……”

张扁担正絮絮叨叨没完没了,老三截住他的话头:“爹,你在这里想死也没用。我们全家一下子都死完他刘大胡子才高兴呢!不过,我们不能忘了,就是刘大胡子死了,他还有儿子呢!就是他没有儿子,还有李大胡子、王大胡子,世上的孬人没有死完的那一天,只有斗争,不能妥协。可以退让,不可以迁就……”

老三正在理论,张千金勇敢地站出来支持三哥:“爹,娘,三哥说得对,到时候人手不够我也要上,我看好了,咱家的那把鱼叉我用着顺手,到时候我叉他个大王八!”

一句话把沉闷的局面打破了。张扁担想笑又不好意思笑,娘说:“女孩子家,打啥的打?”

张千金自恃受宠,努一努嘴,赌气地说:“女孩子怎么啦!人家欺负我们,我们就该受呀!”

老四瞅着妹妹笑笑这才插上话,“爹,娘,还有哥,妹妹说得对,我们决不能受这种窝囊气。不管他老祖宗根子多粗,势力多大,我们要维护我们的尊严,核心利益。”老四缓了缓口气,“当然,斗争要讲究策略,该进则进,该退则退,以和为贵,和睦相处。”

……

刘大胡子不想正面交锋,他要断张家的后路。

刘大胡子知道张扁担家那个老四有出息些进城里念书，偏要与官府作对，搞什么地下革命，听说还是啥子共产党，他要从这里下手。

老四在城里一所中学念高中，学校里有个地下党组织。老四秘密参加了共产党，入党宣誓时，其中有一条就是保守党的机密，永不叛党。老四入党的事家里任何人都不知道。这是党的纪律。后来出了叛徒，供出了老四。老四奉命转移，敌人找不到老四的踪影，找到了老四的老家双碑湖。跑了和尚跑不了庙。放长线钓大鱼。

一个多月了，刘大胡子还没有放一个屁。

由于敌人的封山，一支被困在山里的红军部队急需粮食和药品。张四奉命筹集一批粮食运往淮河一个渡口，再由那里秘密运往通向山路的另一条河流，然后……

任务紧急。组织上同时交代张四可以回老家双碑湖筹办此事。双碑湖有党组织配合行动。至于怎样联络，如何配合，由于形势严峻，组织上没作任何交代，只告诉他行动中“石榴花”是接头暗号。任何人之间不准互相打听，也不准暴露真实身份和真实姓名。

傍晚，张四回到小张庄。每一次从城里回来张四的心里总会有一番激动。不论在外面时间长短，哪怕仅一天两天，也感觉就像遨游在天空中的风筝，被一条看不见的线紧紧连着，扑朔迷离，微妙飘逸。放线的时候，依依不舍。收线的时候，归心似箭。

张四推开大门走进院里。这个生活了十几年的家给他特有的与生俱来的亲切、安全和温暖，院子里正在盛开的红彤彤的石榴花让他油然生出一种惊喜与神圣。院子里没有人，几只鸡在树下觅食，见他走近，纷纷离去。

张四身着青灰色长衫，一只手提着竹编手提箱。这箱子是父亲专为他进城上学买的，已经好几年了，里面有他穿的衣服、日用品、书籍。这一回，箱子里除了他常用的物品，还有一幅画着石榴花的画，通红的石榴花很像一只红色的小军号，喇叭扬起，向着远方……

张四提着箱子专注地凝视着院子里满树怒放着石榴花的石榴树。

“四哥，四哥，”妹妹张千金从屋子里跳出来，“你啥时候到的，瞅啥哩？”

“我，我。”张四支支吾吾地说，“我看咱家的石榴树，今年的石榴花真多真红。”

“是呀，”千金接过四哥的箱子，让四哥走在前边，她跟在四哥的身后，边走边说，“这两天，爹总唠叨，石榴花开了，该来的客人该来了。你呀，该不是爹说的客人吧？”

千金这么一说，张四的心猛地一沉，怎么爹在等人，等谁？……他一头雾水。

妹妹见四哥有点不自在，天真地说：“怎么啦，四哥？你……”

张四记住组织上的交代，立马镇静起来：“没什么，爹呢？”

张四与妹妹正要走进堂屋，娘从里屋走出来，笑眯眯地说：“你爹这两天像掉了魂一样，天望明就出去拾粪。有时回家早有时回家晚，有时连饭也顾不上吃。有时又说在外面吃过饭了，一个拾粪的，哪家人有饭给他吃。不能多问，多问了他还发脾气。回家来就瞅着院子里的石榴树，嘴里叨咕着今年的石榴花开得是时候，开得多，开得红……”

妹妹噘着小嘴：“石榴树成爹的宝贝了，心尖子。”

张四心里沉沉的：“那是，那是。”

大家正在说话，张扁担从外面回来了。张扁担刚进大门，听到堂屋里有人说话，迫不及待地问：“来客了，哪位？”

张四从屋里迎出来：“爹回来了，没有客人，是我。”

张扁担见是老四，脸上还留着激动：“老四回来了，好，好……”他没有说下去，回到院子里看他的石榴树。

石榴树是五年前栽的。原来是棵梨树，开白花。梨树长有碗口粗，每年春天满树银花。梨树长得好好的，张扁担硬是把梨树挖掉，在原地方栽上一株茶杯粗的红石榴，当年栽上当年开花。张扁担望着红彤彤的石榴花，喜滋滋地说：“石榴花红，石榴花好……”

每年随着梨树、石榴树花开，总有人来找张扁担。他们望着树上的花笑，然后……

当然，随着时间的流逝，季节的变化，尤其是梨树、石榴树上的果子成熟的日子里也有人来找张扁担。现在，梨树没有了，石榴花正在绽放。

张扁担聚精会神地瞅着石榴树。夕阳下，满树通红的石榴花像一束束熊熊燃烧的火把。张扁担看得很虔诚，很执着，像附上他的魂魄，痴痴地，仿佛他的家、命运都凝聚在火红的石榴花上。

妹妹在缠着四哥要他从城里带来的新书看。她闯进四哥的房间，要打开四哥的箱子："四哥，你上次带回来的那本《共产党宣言》我读完了，写得真好，这次你又给我带来啥书？"

"嘘！……"老四使个眼色，"小声点，这回呀，我给你带来一本杂志，刚出的，《新青年》。"说着，小心翼翼地把一本《新青年》拿出来。妹妹不以为然地笑着说："娘从来不问我看什么书，爹不仅不管，有时还让我读《共产党宣言》给他听，他可高兴了，他说，这书是为穷苦老百姓写的，今后的天下应该是劳动人民当家，他还说……"

张扁担在院子里大声咳嗽。他是感慨石榴花，还是听到了女儿的说话以示警告。张千金做个鬼脸，伸了伸舌头，把话打住。

张四全神贯注地看着妹妹，聆听着爹的声音。

院子里没有声音，只有专注的眼神。

……

晚上。娘和妹妹都睡了，张四揣着那幅石榴花画来到爹的房间。爹通常一个人住，他也不喜欢晚上有人打扰他。

张四轻轻地敲了两下爹的房门。爹房间里还亮着灯，爹没睡下，大门早已关紧，上了门杠，外人进不来。爹猜想是老四敲门，他一阵惊喜，趿拉着鞋连忙拉开门："啊！是老四啊？"

张四进屋又把门关上。爹已坐在床沿上。张四在爹对面的椅子上坐下，试探地说："爹，我看您很喜欢石榴花，我从城里带来一幅石榴花画，您想看吗？"

张扁担一下子瞪大了眼睛，急不可耐："想，想，想……"

张四从怀里取出那幅石榴花画递到爹的手里。张扁担认真地端详着，渐渐地眼里闪出了泪花。他本想像以往和他联络的同志一样先紧紧握住手，再抱着头拥抱，但面前的是他的儿子。张扁担一阵激动、兴奋，但没有失态。稍后，他急急地问："什么任务？"

"一批粮食。"

"多少？"

“最少两万斤,越多越好。”

“时间?”

“三天之内启运。”

“好,保证完成任务。”

……

第二天清晨,张扁担起了个大早。他背着粪筐先转悠一圈拾了一粪筐粪,便带到自家的粮行。老大刚起来开门。

张扁担进屋,二话没说,一开口就给老大下了死命令:“这两天,咱家的粮行,只买不卖,有赶集的穷人家可以卖一点给人家顾急。最好是大米,还要加工的原粮。粮价放高一些,把通集上的粮食都收过来,质量上乘,越快越好。”

“爹,这不是要亏本吗?”老大怅然。

“亏就亏。”张扁担斩钉截铁。

“这……”老大还想再说什么,张扁担狠狠地瞪他一眼:“磨蹭啥,误了事,看我咋样收拾你!”他的眼珠子从没有瞪得这样大,眼里像喷着火。

“好,好。”老大低下头,怏怏地走回屋。

吃过早饭,张四让妹妹从院子里折下一枝石榴花拿在手里,他要带妹妹去集上玩玩。张千金平时很少赶集。不是她不想去,是爹娘不让她去。娘说:“集上乱哄哄的,坏人脸上没有字,还是少去集上。需要啥东西,由你哥哥们带回来。”娘的话在理,女孩子家还是在家里好些。

有四哥带她赶集,娘当然放心。集上不但有自家的生意,老大也常住在那里。

张四风流倜傥,张千金清纯俏丽。兄妹俩来到集上,招来一束束眼神。张四让妹妹走在自己的前面,石榴花由她拿着。他对妹妹说:“你很漂亮,再拿一枝花,不是……”妹妹将花交给他,做个鬼脸:“我早想把花让你拿着,说不定它还能给我寻一个花嫂子呢!”

“不许胡说!”

“谁胡说了,”妹妹噘着嘴,“早就有花为媒了。”

兄妹俩边走边说,迎面刘大胡子走过来。刘大胡子看见张四像天上掉下个瘟神,眼睛直直地睁着,先是一阵惊喜,后又有点惊奇,这孩子既然是共产党员怎么敢大摇大摆地走在大街上。在他的心里，既然官府里到处抓共产党，共产党应该是窝在山沟沟里，或者神出鬼没，无影无踪。他正愁着找不到张四的下落，却自己送上门出现在他的眼皮底下。

刘大胡子没有和张四打招呼，掉头向乡公所里跑去。那个审案子的人曾对他说："看见张四，不要急于进城。双碑湖距城里一百多里，等城里派人来抓，连人毛也找不到。可以就地向乡公所报告，乡公所里的乡丁会立马出动。"

张四和妹妹正边走边看，一只手从后面往他右肩膀上拍了一下，他连忙回头，是一个三十多岁的青年男子。那青年见张四一愣，左手用一条印着红石榴花的毛巾擦了一把脸。张四会意。他指着不远处自家的粮行对妹妹说："妹妹，你先去老大那里，我去会一个朋友。回头我到粮行里接你。"

妹妹很听话，笑着跳着向自家粮行里走去。

张四跟着那人走进一家大门。两人走进客厅，那人对一位老人介绍："爹，这位是我的朋友。"

张四向老人问候："大伯好。"

老人笑着回答："好，好，你们好好聊，我到院子里浇花。"说着，向张四挥挥手，而后向院子里走去。

老人走出屋，青年男子低声问道："什么任务？"

"有一批粮食运往淮河上一个渡口。"

"粮食在什么地方？"

"张扁担粮行。"

"什么时间？"

"明天晚上10点。"

……

两个人刚刚说完，院子里叫叫嚷嚷拥进来一群人。只听一个人沙哑地说："有人看见了，一个叫张四的小子钻进这里了，他是官府里正在通缉的共产党。"

"放屁！"老人在院子里指着那人骂，"你小子活腻了，整天东跑西颠地干些没屁眼儿的事，你能不能有点人味，滚！给我滚！……"

"老爷子，您老人家别生气，我瞎了眼，惹您老生气。好，我带他们走，走……”

这伙人没敢进屋,在院子里待了一会,就被老人给轰出去了。

外面静下来,那青年说:“刚才那个被我爹骂走的是我姐夫,叫刘大胡子。这个人屡教不改,我们早想除掉他。时候没到,时候一到……”

这时刘大胡子一伙人又闯了进来。只听刘大胡子声嘶力竭地喊:“老爷子,您不要吼了,有人看见了,那个小子就是钻进你们家,搜!……”

“你们反了!”院子里老人暴跳如雷,“刘大胡子,你个龟孙子,你血口喷人,千刀万剐!……”

刘大胡子好像豁出去了:“死老头子吓不住我,你把你闺女领回来,我刘大胡子还可以再找一个年轻的,比你闺女还要嫩的黄花闺女!”

老人破口大骂:“刘大胡子,你不是人,你是驴毛畜生,臭狗屎!”

刘大胡子已经疯了:“老不死的,你们家也不干净,私通共产党,老子早晚也要收拾你,给你点颜色看看!”说着,一群荷枪实弹的乡丁闯进屋里。他们不容分说将张四五花大绑押进乡公所里。

张四被押进乡公所,先被带到乡长的办公室。乡长办公桌上的花瓶里插着一枝红艳艳的石榴花。乡长看了张四一眼,命乡丁为他松绑,乡长一时没空儿问案,吩咐先关在一间屋子里,并交代给吃给喝,留下活口。

当天夜里,刘大胡子不明不白地死了。他的老婆也没有哭,挟着个包袱回到了娘家。

第二天.黑黢黢的夜里,一支运粮队伍不声不响由双碑湖出发向淮河一个渡口赶去,他们要在天亮之前赶到渡口。

也是在这个夜晚,关在乡公所里的张四成功脱逃,奉命带领运粮的队伍离开家乡转入部队。

新中国诞生前,张四所在的部队挺进大别山时他才路过家乡。这时他家的那棵石榴树还在,他家的粮行还在,张扁担的粪筐还在,“一泡屎”还在双碑湖流传。一家人月复一月、年复一年拼死拼活应该赚了不少钱,日子比以前好些了,但实际上却一年不如一年。遗憾的是,这时的张扁担已经失语。老人让儿女们将他搀扶到院子里,石榴花红彤彤的。老人瞅着火红的石榴树,指指南,指指北,指指东,指指西,指指粪筐,指指自己……

这里需要补充的是,老大敞开门也没有收下两万斤粮食。眼看时限已到,张扁担将自家的粮食连夜运到行里,大约一万多斤,那是他一泡屎一泡尿换来的。加上行里收下的,已经望三万了。

张扁担和"一泡屎"的故事也已经远去,但那株石榴树仍枝繁叶茂,年年红花怒放,果实累累……

后来,县党史办的人到双碑湖考察。他们从省党史办编著的资料里得知,早在上世纪三十年代,就有党的地下组织在双碑湖活动。还说有一个从外地来的要饭的,没有说是不是张扁担,也没有说"一泡屎",只记载他运到山里一批粮食,先后十多次为党组织提供两万多银圆的活动经费和粮食、棉花、食盐等等。

三奶奶的娘家在双碑湖是事实,但是不是张扁担的后代谁也说不清。一辈亲二辈表,三辈之后成乱草。所以当刘昌友和三奶奶找到张院长时,张院长还是接待了。当谈及刘长贵的案子时,张院长说:"刘长贵的两宗罪都成立。至于怎样判,是重是轻,我们会依法办理。"

刘昌友的一只手插进口袋里,张院长制止说:"你不要掏。要不,我们要从重判决。"

刘昌友立即缩回手。

回到金水湾刚吃过午饭,三奶奶又被送回唐希旺家。

三

三奶奶的来来回回传到唐希旺那里,唐希旺表示理解。"儿女连心,这叫有病乱投医。"

三奶奶刚回到唐家,张华玉、唐希云、王秀芳和水莲就从县医院里回来了。王秀芳在前面引路,她推开门,见三奶奶正在抽泣。王秀芳愣了:"三奶奶,您?……"

张华玉走进来,一把攥住三奶奶的一只手,热切地说:"老妹妹,你?……"

三奶奶用袖口擦擦眼:"我,不知道哪关里逢集,被人家当猴耍了。"

王秀芳猜可能是刘长贵的事,安慰三奶奶:"能帮就帮一把,您老这么大年纪，挑不起重担了。”

张华玉不知道怎么说合适，另拐个话题：“老妹妹，我好想你！”

三奶奶破涕为笑：“姐，我也想你！”

两个老姐妹依偎在一起。

……

学校建房还没有开工。刘昌友带着几个村干部到医院里看唐希旺。刘昌友安排刘长富买了一袋子苹果。唐希旺说：“你们来看看就有了，还买什么水果。我们这老百姓，用不着这么讲究。”

刘昌友说：“金水湾的一把手住院，不能太寒碜。不是我们的身子金贵，是为金水湾几千口子长脸。”

唐希旺惦记学校建房的事，忙问：“施工队找好了吗？”

“倒是有几个要承包。”刘昌友说，“都是土包工、二混头，还没有定下哩！”

“镇里啥意见？”唐希旺问。

“都在搞承包，镇建筑公司也是个空架子。”刘昌友说，“现在会拎瓦刀的都可以承包工程，两口子都可以办公司，刻大印，到处揽活，书记和镇长让我们自己拿主意，找哪里建都可以。”

“得找个可靠的。”唐希旺说，“外村都是咋办？”他环视大家。

刘长富用脚踢踢刘昌友。刘昌友挤了一下眼，表示明白，说：“我也打听过了，工程不一样，有大有小。大的还好办些，小的找不着人干。有本事的都跑外面了，听说广东那边建特区，一天一层楼，都盖疯了。连拎泥兜子的一天都挣100多。外村有的就地取材，找本村的，有的到处找，还有的，三两间的，几个人抹抹就行了，情况不一样。”

刘长富见刘昌友转了一圈子不说正题，干脆自己出面：“在全镇，我们村的工程要大一些，但不是盖楼，砖瓦房，咱村里也能找把手，郭小宝就能拿下来。”

郭小宝是刘长富的妹夫，住金南，曾在镇建筑公司当过两年合同工，也曾单独给人家建过砖瓦房。郭小宝听说学校里要建教室办公室，找过刘长富，刘长富也找过刘昌友。刘昌友还有个二连襟，学过几天瓦工，家住在外村，也想揽下这个活，吴文英已经许下了，这让刘昌友左右为难。一头是家门的侄女婿，一头是老婆的妹夫，两头都有茬，不过刘昌友的连襟不住在金水湾，所以他谁也没有点头。

唐希旺也知道郭小宝学过瓦工。他想了想说:“本村的活让本村的人干,也有好处。学校里谁家的孩子都有,建不好不但对不起老少爷们,也对不起孩子。捅了大娄子,我们还可以找他,飞不了。”唐希旺让刘长富用纸记一下,回去抄在记录本子上,算是记录。末了说:“我这腿三天两天还下不了地。刘主任你们几个再合计合计,尽快开工,一定不能影响开学孩子们上课。我们挨板子是小事,关键不能误了孩子们学习。”

唐希旺虽然没有点郭小宝,实际已经表了态。刘昌友伸了伸脖子,想说的话又咽了回去。

村里钱都在刘长富那里。建校的集资款和捐献的钱,刘昌友已经拿了1万,当时刘长富有点不情愿:“叔,救灾款,我正愁着对不够,有几家还没有领,有的跑了几趟了,我让他们等,说上面只拨下一半,发光了。你这一拿,建校又不能停,你让我……”

“长贵在里面,你婶子整天跟我吵,不想办法扒出来能过安稳吗!”刘昌友接过钱,“马上县里还要下拨一批灾民倒房户补助款,先哪急顾哪,挖西墙补东墙。”

回到家里,吴文英问:“学校的房子谁包的?”

“郭小宝。”刘昌友说,“郭小宝是金水湾人,又是长富的妹夫,我能和他争吗?再说……”

吴文英火了:“再说个屁。唐希旺住院,不能理事,还不是你一个人说了算。”

“你懂啥,郭小宝是长富妹夫。”刘昌友无奈,“村里钱都经长富手里过,我哪一笔也瞒不过长富。他又不是我儿,能和他争吗?唐希旺也认了。”

吴文英问:“你前儿个拿的1万呢?”

“送任股长啦!”刘昌友回答。

“管屁用。老娘伺候他那么多天,又送了这么多钱,有啥用,长贵还是没有放回来。”

“公安局又不是他办的,他又不是一把手。就是一把手,人家还要保自己的饭碗哩!”刘昌友觉得钱花得值得,“长贵犯的不是小偷小摸打架斗殴,你知道吗，是两种罪，都属于严打。审讯时他交代，晓旭已被他勒得翻白眼了，差点出了人命。”

“这个孽种，”吴文英忍气吞声，“人给我们全丢光了。”

唐希旺刚住满八天就要求出院。他对医生说：“吊水不打了，拿点药回家吃吃，只要不发炎，感染不了，在这里也是躺，在家里也是躺，到时候我来拆掉石膏还不是一样。”

医生见唐希旺坚持要走也就同意了，不过他特地叮嘱道：“回去先要躺在床上休息，吃点消炎药，一定不能做剧烈活动。伤口刚愈合，需要一段时间巩固才能逐渐适应。”

唐希旺是天麻黑回到家的。他让水生先去公用电话亭给家里打个电话，让水莲拉板车到镇上的车站等。接电话的是王秀芳。当时希强和秀芬也在场，正在和妈说话。听说拉板车去镇上接，希强说：“来回十多里，女孩子不方便，我去。”

张华玉说：“希强说得对，让希强去。”

去时带有草席和被子，唐希强拉着光板车。

水生到财务处结了账，找来一辆出租车，草席和被子放进后备厢里，水生背着爸爸上了车。到了镇汽车站，唐希强正扶着板车等在那里。

希强拉着车，水生在后面跟着。路，不远，连拐带弯，满打满算，就五六里的样子，但却坑坑洼洼特别难走。唐希旺就一百多斤，遇到大坑大豁子，希强在前面得使个猛劲，水生还需要在后面推一把。前面一个大豁子，足有一尺多宽两尺多深，叔侄俩抬了过去。唐希旺躺在板车上，摇摇晃晃心里不是滋味：“学校建好了，就着手修这条路，弯弯曲曲，又窄又烂，要修直些、宽些，不要说自行车、小板车，还要跑汽车。……”

“哥，”过了个大坑，唐希强喘了一口气，“别想修路的事啦！这些天，我们在家里都急死了。”

“急啥呢？”唐希旺不以为然。

“还不是为你住院。”唐希强没有直说。

“医院就是治病治伤的。”唐希旺笑笑，“有病有伤住院，很正常啊！”

“人家正常，你就不正常。”唐希强支吾着，“村里传疯了，有的人见我和秀芬就问，你哥腿伤得厉害，能不能治好，还有的竟冲着水忠和水燕咒……”

“管他说什么，我这大活人一回来，不就清楚了嘛！林子大了，空气好，不冷不热，什么鸟都有，管得住叫啥。”唐希旺不感到意外，“叫累了，没有人理，就不叫了，哪有叫死的鸟。”

唐希强转不过弯儿：“啥鸟，是人。就是那么几个人在背地里扇阴风。”

“身正不怕影子斜。”唐希旺郑重起来。他半躺在板车上，后背垫起，上身半坐着，眼睛正好对着水生。“水生，你不是要去外面闯闯吗？你去吧！但爸有几句话你要记牢，不论到哪里，也不论干啥，最重要的是遵纪守法，违法的事不做，有毒的饭不吃。要讲诚信，不要做亏心事，也不要想讨便宜。天上不会掉馅饼，要靠自己干。只要不怕苦不怕累不怕难，就没有过不去的坎。可能要比爸干得强。”

水生点点头，没有说话。唐希强在前面为他鼓劲：“水生，一定能干好！”

唐希旺板起脸：“虽然栽了一跟头，也不要泄气。到外面打工，不要忘了学习。现在干啥都讲科学。种地也不能照老样子了，也要科学。到外面，更要勤学习勤动脑，走好自己的路，还要注意安全，不要出爸这样的事。……”

唐希旺已经动情，声音渐渐绵细。

“爸，你放心，我知道了。”唐水生不住地点头，神色庄重。

听说书记回来了，家里拥来很多人。男女老少，出出进进。大多是前来问候，也有打个招呼，甚至看一眼扭头就走了。王秀芳提前让水莲去商店里买了烟和糖果，唐希强和水生屋里屋外给人们让烟，王秀芳和水莲忙着给孩子们散糖。金水湾有这么个规矩：凡是上门的人，都要热脸相待，能拿出来的都拿出来，既图吉利也图热闹。

刘昌友也来了。他先表示问候，临走的时候对唐希旺说：“你回来得正好，明天上午学校开工。不过，你这腿不能走，你在家休息。”

“不能走，能站。”唐希旺说，“站着也要看看开工的现场。”

唐希旺没有出院，唐希云就为他买了一副拐杖。她知道希旺不可能在床上躺一个月，拐杖是少不了的。回家第二天，唐希旺就挟着拐杖出现在学校里。

这是金水湾村灾后办的第一件大事，举行了简短的开工仪式。

现场摆放一排桌子，村干部和小学校里的丁校长并排坐在一起。郭小宝代表施工方也坐在那里。桌子前面席地坐着几排施工人员和各村民小组长及看热闹的男女老少。有的妇女还抱着孩子，大一点的孩子跑来跑去。一个小伙子用竹竿举着一挂不算长的鞭炮正准备用烟火点燃。刘昌友主持仪式，他清了清嗓子："现在，金水湾村小学灾后重建正式开始，请村支书唐希旺讲话。"他学着镇领导的样子，但声音却有点苍凉。

唐希旺挟着拐杖站起来，有点激动："刚才，刘主任说了，我们村小学重建开始了。这是咱全村 4000 多口人的事。天大的困难，我们也要赶快把学校建好，让孩子们按时开学上课。大水给我们带来很大损失，党和政府也给我们很大支持。这些天，我在医院里想来想去，从建大闸到现在，几十年来，国家花在金水湾的钱和给的东西能堆成一座山，这山有多大，多高，我算不出来。但我想，国家也不容易，这里地震，那里洪水、干旱，有一点闪失，比我们这里厉害。但国家没有忘我们，领导人亲自到咱这旮旯里来，领导人也是人，也有家，哪个人不想过安稳日子？将心比心，我们不能睡在国家身上，这二十间教室办公室，我们勒紧裤带不吃不喝也要建好。"唐希旺好像要哭了。他一只手扶着拐杖，另一只手抹一抹眼，然后挥一挥，硬着脖子道："不说了。说多了也没用，大家摸摸心口，琢磨琢磨，包括我唐希旺在内，不能说的一套，做的一套，要讲良心，良心……"

和唐希旺坐在一起的丁校长被感动了。他的眼睛红红的，接着唐希旺的话当场表态："我志愿拿出自己的半年工资重建学校！"

被感动的还有很多人。金水湾村又掀起一场捐资助学的高潮。后来，村里和学校合计，这一次捐的钱用来更换学生的桌凳，不能让同学们再过着"泥巴房泥巴桌，里面坐着泥巴孩子"的日子了。

……

四

吃过晚饭，一家人在一起看电视。张华玉和唐希云都爱看《新闻联播》，几乎每天的《新闻联播》都不落下。看了《新闻联播》，老人来到儿子的屋里。唐希旺坐起来:“妈,大热天,让您受累了。”

“累,”张华玉精神矍铄,坐在椅子上,关切地说,“听希云说,你这个书记很犯难?”

“妈,您又不是不知道,农村不是部队,也不是工厂机关单位,都是低头不见抬头见的邻居。很多都是根连根梢连梢的窝子户,再穿插着亲戚,讲理的还好说,遇到不讲理的,特别是胡搅蛮缠的,真是气死也找不到地方。”唐希旺摇摇头。

张华玉经常听广播看报纸电视,虽然大部分时间都住在唐希云家,有时也回金水湾看看,耳濡目染不少村里的情况。她想到老村长当干部时的情景:“你爸那时候,比现在复杂,地主勾结土匪几次要砍你爸的脑袋,村干部也没有几个,你爸都闯过来了。”老人也摇着头。

“妈,爸那时候是以阶级斗争为主。”唐希旺笑道,“现在是以发展经济为中心,搞市场经济,建设中国特色的社会主义,允许一部分人先富起来,走共同富裕的道路,又叫转型期。现在党号召建设新农村,这是硬任务,不像吹气泡,一口气就成了。得扑下身子,一步一个脚印地干。”

“我懂。”张华玉说,“你姐就属于先富起来的一部分。我天天敲打她,得党的改革开放好政策,不要好了疮疤忘了疼。钱是个好东西,没有钱不能活。但钱也能害人,要命。有了钱,不能光想自己享受,要想到没有钱的人,有困难的人,做些公益事业,能帮别人一把就帮一把。”

唐希旺说:“妈说得对。”他油然想起妈的棺材板,说道,“妈,学校里房子倒了一部分。我们正在筹建,需要木料,我没有和您老商量,就把姐为您预备的寿材板献出去建校了。您生我的气吗?”

“捐就捐吧!妈不生气。”张华玉很坦然,“都啥年代了,还守着过去的老规矩。我不稀罕那木头匣子,周总理、邓小平那些伟大的人都把骨灰撒进祖国大地大海,我到时候就撒在金水湾的土地上和淮河里。”

唐希旺惊喜地看着妈妈,湿润着眼睛:“妈,您真了不起!”

张华玉平静地说:“草木一秋,人生一世,曲也好,直也好,眼光都要看远些,要堂堂正正做人,宁可人家欠我们的,我们不能欠人家,里和外,老和少,人情债担不起啊!”

唐希旺吃惊地看着妈。他甚至有点不相信自己的耳朵。八十岁的老人，历经艰辛磨难，却还如此仁慈、坦然、深沉……

张华玉也很欣慰。她欣慰有一个像老村长和她的儿子。

……

学校建房开工后，不断有人向唐希旺反映，郭小宝有偷工减料的行为。

这也是唐希旺事先预料到的情况。合同是刘昌友代表村里和郭小宝签的，又是刘长富起草的。郭小宝是郭继山的儿子。民兵营长苟二旦看不下去，找到唐希旺说："书记，这哪里是建学校，明明是给他们填腰包。这些钱来得容易么，据我知道有几户都是卖鸡蛋、卖青菜一点一点攒起来的。群众的血汗钱哪！"

又过了两天，妇女主任牛小梅也找到唐希旺说："唐书记，昨天郭小宝在馆子里请客，听说刘昌友和刘长富为了钱，打起来了。刘长富的脸被刘昌友抓出了血，去卫生院里包扎，大热天戴着口罩。"

牛小梅没有撒谎。第二天，刘长富拿着几张党员报表找唐希旺签字时，的确戴着大口罩。唐希旺明知故问："感冒啊！我不怕传染。"

刘长富不以为然："起个肉瘊子，被我抓破发炎了，有点痒痒，医生涂上红药水，怪难看的。"

"红药水好啊！"唐希旺半开玩笑，"唱红脸么！"

刘长富的脸遽然红起来。

后来听说刘昌友和刘长富打架的起因的确是为了钱。刘昌友饭前把刘长富叫到一边问："你那里还有多少钱？"

"6万多。"刘长富心里扑通扑通直跳。

"再给我1万。"刘昌友说。

"不行啊！叔，你上次的窟窿我还没有扒平呢！还有十几家救济款没有发。人家三天两头催着要，我正愁着无法安眠。"

"我那里正急着用钱，"刘昌友说，"再给我1万，你不能见死不救啊！"

"再拿，就是建校款了。"刘长富无奈地说，"到时候影响建校，你可要出来扛，我可没有那能耐。"

"车到山前必有路。"刘昌友说，"慢慢往前通呗！……"

刘昌友把钱装进口袋里，刘长富让他写张借条。刘昌友打马虎眼："写啥借条，锅里碗里都一样，到时候再讲。"

"不打借条拿钱，将来让我背黑锅。"刘长富盯着不放。

刘昌友不耐烦："你真要上脸啊！不就几个钱么，不写又怎么样？"

刘长富哭丧着脸："叔，你不是把我往火坑里推吗？"

刘昌友绷着脸："推又能怎么样？你的文书咋当的，不是叔，郭小宝能揽着活吗？他吃只蚂蚱也该给老子一条大腿啊！"

刘长富明白了刘昌友要钱的缘由，心里不是滋味。入席后，三杯酒下肚，叔侄俩你来我往，一个借题发挥，一个用酒蒙面，先打口水仗，一会儿就动起拳脚。当时郭继山和郭小宝父子也在场。刘昌友和刘长富刚交手，郭继山和郭小宝一人拉住一个。不知道底细的人都有些纳闷，叔侄俩喝酒，怎么竟动起手来。连郭继山和郭小宝也都蒙在鼓里。

嘀咕的人多了，唐希旺也认真起来。但白纸黑字，村里和郭小宝签的有合同。郭小宝虽然只是个干瓦工活的，可有两个支部委员保着，一个是他爸郭继山兼着调解主任，一个是大舅子刘长富兼着文书，再加上刘昌友，这关系够硬的。唐希旺躺在床上思来想去不知下步棋该怎么走。

……

唐希旺出院后，唐希云一直在嚷嚷着为老人做寿。她说："风风雨雨几十年，从重庆到安徽，从长江到淮河，拉船，卸货，挑煤，修飞机场，种地，喂猪，养牛，拉犁子拉耙，世上所有的苦都吃过了。虽然比不上两万五千里长征，可也九死一生，活得不容易。人活七十古来稀。老人八十了，该热闹热闹，让老人活得更长更愉快。花钱，我一个人包了。"

自从唐希云发了，张华玉每年都要过生日。这不是她情愿不情愿的事。改革开放，人们的生活一年比一年好起来。像西方人一样，城乡也兴起过生日的风，主要是孩子和老人。孩子代表未来，寄托希望。老人则怀念过去，盼望长寿。为老人做寿的，都是先富起来的家庭。唐希云身价千万，所以每年为老人过生日，都是她出面张罗。

张华玉不拿主意。她让希云和大家商量，主要征求希旺的意见。

"大兄弟，咱妈这几十年过来得不容易。"唐希云来到唐希旺的屋里先提了个引子。

唐希旺正在考虑建校的事。他望着唐希云不知所措:“是啊!……”

“再过几天就是妈的八十大寿。你虽然遭点难,也闯过来了。”唐希云胸有成竹,“我能看得出来,你虽然是村里的一把手,但金水湾不平静,有牛鬼蛇神。”

唐希旺笑了:“姐,你怎么想到‘文革’那一套。什么牛鬼蛇神,有不同意见,做个小动作,讨点便宜。”

“是是,我是被人整怕了。”唐希云也笑了,立马改过来,“现在不兴那些了,提倡讲团结,讲道德,讲文明,树新风。”

唐希旺点点头,笑道:“姐姐真行,思想与中央保持高度一致。如果都像你,工作就好做了。”

“这叫树大自直。”唐希云好像悟出什么道理,“一个正常的人,依靠党的政策,通过合法劳动,富起来以后,只要不赌不嫖,就会回报社会,想到还不富裕的人,伸出援助之手。……”她正要讲下去,连忙打住,笑道,“你这大书记比我懂得的多,我有点班门弄斧了。”说着又笑起来。

唐希旺知道姐的心里过得润。一个人念错字本没有什么,况且姐只进过扫盲班,能懂得这些已经很不容易,有意挑她的刺,扫她的兴,“姐,那不是爷,是斧,班门弄斧。”

唐希云笑起来,自个儿找台阶:“希旺,爷也好,斧也好,我是想借给妈过大寿,砍他们一下子,知道我们唐家的厉害。”

“姐,你的意思我明白。”唐希旺认真地说,“你是给我鼓劲,壮胆,说远些,也是为咱爸咱妈脸上贴金,为我和希强,还有水生、水忠等一大家子人撑腰打气。姐,这样做不好,起码不是时候。”

“什么不是时候?”唐希云觉得唐希旺有点软,“人家都骑在你头上拉屎了,水生的大学咋黄了,孩子回来放挂鞭炮你也发火,怕什么怕,尾巴夹得紧紧的,有啥小辫子在人家手里?”

“姐,你又想错了。”唐希旺尽力控制自己,“我走得正坐得正,什么小辫子也没有。我是……”

“你是怕这个书记被人夺了。”唐希云不服气。

“不是，姐！”唐希旺见唐希云真火了，着急起来，“我当这个书记有什么可怕的。我是……”他一时又无法解释清楚。反正他觉得如果在金水湾为母亲的生日大张旗鼓地折腾，不仅会引起刘昌友和刘民家族的不满，激化矛盾，不利于团结，还会让金水湾人误认为自己也在经营家族势力。他不能这样做。于是，他说：“还有……”

“花钱问题？”唐希云冰冷地说。

“不是，”唐希旺冷静地说，“姐，不要看我没有钱，就是花个一万两万，为了妈，你兄弟我也不在乎。”

张华玉站出来：“希云，让希旺说完。”

唐希旺说：“妈，你是 1916 年 8 月生，今年只踩边，是虚八十，明年这时候才是实八十，明年大庆也不迟。”

张华玉想想，笑起来：“好好，明年才大热闹热闹。”

唐希旺望着唐希云：“姐，明年给妈过大寿，你也为金水湾全村带个惊喜，那不仅叫孝老，还是高风尚呢！到时候村里给你树碑。”

“你又给我戴高帽子啊！”唐希云半推半就，“你让我考虑考虑，到时候人家会不会说我拿钱买荣誉。”

“花钱买个名有什么不好。”唐希旺笑道，“公益事业嘛，大家受益个人留个名，能说得过去。”

张华玉也给女儿长劲：“树碑虽不能当饭吃，总比赌博输了好。这叫有粉搽在脸上。也叫……”

“为家乡做贡献！”唐希旺脱口而出。

唐希云笑着摆手：“我是会花不会挣，过路财神。”

第六章

一

这一次好像真的敲到刘昌友的麻骨了。尽管他使尽浑身解数，大儿子刘长贵还是被判了六年零六个月有期徒刑。宣判后，要送到外地一个监狱里劳动改造。那天看守所打电话通知家里人去见面，刘昌友和吴文英起了个大早，提前赶到看守所大门前。当刘长贵剃着光头提着行李出现在队伍中间时，吴文英心疼地哭了。她准备了一兜子熟鸡蛋，正要塞给儿子，一个警察拦住她。她还要追上去，刘昌友拽住她的衣角，小声说："带上也没用，还不是被分光。"长贵被警察推上汽车，刘昌友和吴文英拼命向汽车奔去，刚到汽车跟前，吴文英不停地向车上的儿子摆手，刘昌友只说了一句"在里面要好好改造"，汽车放了一个屁开走了，留下一团浓浓的黑烟。

刘长贵没有伤刘昌友的元气。他打起精神继续拼搏。他有自己的理想。他的理想是坐上金水湾村的第一把交椅。这样，整个村子就是刘家的天下。据说他的外祖太是金水湾的缔造者。先有外祖太，后有金水湾。外祖太是学富五车的人物。有人说他当过练总，还有人说当过联保主任。不幸的是外祖太刚兴起金水湾，正兴建金圩子就英年早逝。未竟的事业本指望儿子金天保继续成就，而金天保吃喝嫖赌，草菅人命，不但成为败家子，还是历史的罪人。新中国刚成立，受金家影响，刘家在金水湾也吃不开。改革开放后，各地大力起用能人。刘昌友先是搞大棚蔬菜，后又搞无土栽培，被镇里树为典型，入了党，又被选进村委会。不久，老主任让贤，考虑金水湾村姓刘的人多，为了平衡和稳定,便让刘昌友接主任。可能是外祖太的余脉未绝,刘昌友想的是党支部书记、一把手。

刘昌友刚接村主任,文书还是个老手。老头子账目清,但好认死理,有时不听刘昌友的指挥,常把刘昌友的白条子晾出来。不久,唐希旺去唐家湾看母亲,他前脚走刘昌友后脚就把老文书的职停了。老头子账一交去了女儿家。刘昌友把账交给刘长富代理。唐希旺回来生米煮成熟饭。为了顾全大局,唐希旺默认了。刘长富也是党员,打报告给镇里批准为支部委员兼村文书。从此,刘昌友放开手脚,和刘长富穿一条裤子,一年下来就把村里挖空了,外欠一屁股债。有些钱花的来龙去脉唐希旺一点不知道。为了团结,唐希旺选择沉默。他期望能在沉默中反思,在反思中焕发良知,良知再继续升华。

因哥哥刚出院,腿上打着石膏,唐希强和王秀芬商量,妈的生日庆宴由他们家操办。往年不是在姐姐家就是哥哥家,他们只是带些礼品凑凑热闹。老太太对过生日并不热心,唐希云说:“老人过生日,主要为了老老少少有个团聚的机会,让老人活得开心,家家长些人气。家庭和国家一样。国家搞庆祝活动,开大会,大阅兵,烟花礼炮,明星扯着脖子唱,老老少少跟着哼,跟着跳,红红火火,热热闹闹,也是图个吉利,提振全国上下的精气神。希旺说得对,今年给妈过生日可以搞小些,大家难得一聚。明年是老人的周岁,像国家一样的十年一大庆。”

“嘴是两张皮,咋说咋有理。希云有钱,明年看你的。你两个弟弟还没有过温饱,不能让他们打肿脸充胖子。”张华玉老早挑明。

“钱是王八蛋,花了还能赚。”唐希云得意地说,“我不能赚钱,我有会赚钱能赚钱的儿子。儿子的儿子也当军官了。他们都不是守财奴,他们还要我飞美国、俄罗斯、澳大利亚,全世界最远最美的地方都飞一遍。”

水生是个航天迷,说:“姑,世界上还有空间站哩!在太空里,你还可以上那里玩玩。”

唐希云看过电视里的报道,不以为然地说:“那是美国和俄罗斯的,等我们国家有了,我才去。”说着,伸开两只臂膀,做出飞的样子。

大家都被她逗笑了。

张华玉故意插一杠子逗女儿:“到时候,我可不跟你一趟飞,万一回不了金水湾呢。”

“回不了，就常住那里，和嫦娥做伴儿。”唐希云有滋有味地说，又是满堂哄笑。

……

唐希旺躺在床上，小腿上的石膏硬邦邦的，不怎么疼了，就是木木的不听使唤。

苟二旦、牛小梅又来向唐希旺汇报，学校清根基了，应该挖一米深，填三合土，三合土里应该掺一半石灰，夯三遍，结实得像石头一样，才能砌砖起墙。听说郭小宝这些都省了，正在平地上拉线。

“刘昌友在吗？”唐希旺说，“他负责全面施工。”

“鬼影子也没见。”苟二旦也是退伍军人，说话有点冲，“郭小宝胆子这么大，还不是后面有人撑。和尚不亲帽子亲。金水湾姓刘的占一半，刘昌友打个喷嚏比炸雷还要响。郭小宝把他侍候好，上点香，他睁只眼闭只眼，郭小宝就放开手脚，还把哪个放在眼里？”

牛小梅委屈地说：“我现在成叛徒了。家里人也防着我，防我放倒水。”

牛小梅是老书记的儿媳妇。老书记在金水湾刘家辈分最高，新中国刚成立入的党，从‘文革’前就担任金水湾大队书记，一直对大家到土地包产到户，积劳成疾，把担子交给唐希旺。老人做人耿介，领导金水湾二十多年，一直对大家一视同仁，一碗水端平。在交班大会上，老书记当着镇领导和全村大大小小干部与党员的面铁青着脸说：“我先把丑话撂在前头，金水湾姓刘的是大户。大户人多势众。但金水湾是金水湾人民的，不是姓刘的，更不是姓金的。金水湾的金是指淮河里的水是金水，喝着甜，肯长粮食，养活老百姓。姓金的算个屁，死的死，逃的逃，听说还有一个在台湾，死也回不来了。这几十年，金水湾的脉我摸透了，老天爷那一页子咱不说，天灾不可怕，人定胜天。可怕的是人心不齐。刘家户大人多，不准以多欺少，不准搞家族势力。哪一个想立山头，我这把老骨头就和他拼了。共产党也最忌讳拉山头，哪一个敢搞家族势力，我绝对饶不了他。……”老书记当时可能有预感。不过，他交班两年后就去世了。

老书记有三个儿子。大儿子刘永清，从部队师政委的位子上转业到市里当副书记。二儿子刘永海是个瞎子,但不是双瞎,一只眼有点通路。老书记为永海娶了个媳妇,成了家。永海又有了两个儿子和一个女儿。大儿子刘昌田,也去部队当过兵,后退伍安排在市里给领导开小车。小儿子刘昌宇中途辍学,在家务农。老书记在世时,最头疼的就是昌宇,因为他不是去市里缠着大伯为他安排工作,就是在村里惹是生非。如今二十多岁了,还没有找到对象,游手好闲,靠父母养活。刘永海的女儿叫刘庆庆。刘庆庆原名刘昌庆,她性格叛逆,自作主张改为庆庆,家里也就依了她。庆庆比水生小两岁,小学和中学都在一个学校。原来两个人一个班,高中分班,但都是学理。水生是尖子班,经常帮助庆庆讲解不会的问题。两人一起参加高考。得知水生出事,庆庆痛骂刘晓旭:“不要脸的,臭白骨精!”不久,庆庆被一所农业大学录取,离开了金水湾。

老书记的三儿子叫刘永杰,大学毕业后被分配在县农机厂当技术员。当时农机厂已经走下坡路。牛小梅是农机厂的团委书记。两人一见钟情。结婚后,生下一个女儿叫刘梅梅。不久,农机厂改制,实行破产拍卖,职工下岗。刘永杰去了海南,牛小梅带着女儿回到金水湾。开始,牛小梅母女和老书记一起生活。老书记的老伴两年前病故。又过两年,老书记也走了。老两口的承包地就转到牛小梅的名下。牛小梅参加了村党支部,担任村妇联会主任。牛小梅放下架子,成为地地道道的农民。入了领导班子后,她了解一些内情。对刘昌友和刘长富背地里的小动作看不顺眼,曾公开顶撞过刘昌友。年终算账,面对一堆白条子,牛小梅撕破脸皮公开质问:“招待费,招待费,写写画画就拿钱,村里开个银行也不够这么折腾!还要制度吗?”弄得刘昌友和刘长富都下不了台。三番五次,为了牵制牛小梅,刘昌友和刘长富暗地里给刘永海一点甜头,指使他扯牛小梅的后腿。刘永海没有上过一天学,头脑简单,听风就是雨。吴文英背地里吹阴风,利用刘永杰长期不在家的机会,散布牛小梅与唐希旺有那种关系。刘永海指着牛小梅吼:“男人不在家,整天东跑西颠,自己不怕丢人,我们这一大家子还要脸哪!”

“你胡吣什么?”牛小梅也指着刘永海,“唐希旺是什么人,让全村会说话的人站出来评。你不要给人家当枪使,我牛小梅不是好欺负的。我也知道你上谁的贼船。不就是几个臭钱么,那不是他们自己的,是政府给金水湾人民的,是金水湾人民的血汗。拿了买药吃。"

刘永海急了,跑到市里找刘永清。"大哥,你也不教训教训牛小梅,老三不在家,她跟着唐希旺转,人家说得可难听,丢死人啦!"

"小梅跟希旺除了工作其他都是不搭界的事。"刘永清严肃地说,"你不要信那些鬼吹灯。唐希旺是什么人,我清楚。我们曾在一个部队当兵,虽不是一个连队,但我了解他,跟老村长一样,咱爸都佩服。再说小梅也不是那种人。你以后不要在后面瞎嚷嚷。"

刘永海碰了一鼻子灰,回来见刘昌友就骂:"放你娘的驴屁。以后少跟我煽阴风点鬼火,老子不再上你的当。"

"是是,二叔。"刘昌友害怕事情闹大了,自己打自己的脸,"我瞎说,瞎说……"

这里,还有一个重要的插曲不能省略。刘永清的妻子叶绍岚是老村长的外甥女。两个人的结合还是老村长从中做的媒。当时,刘永清刚提为排长,回乡探亲。叶绍岚大学刚毕业在县城一所中学里教书。暑假期间,叶绍岚抽空来金水湾看舅父舅妈。刘永清是老村长看着长大的,打心眼里喜欢。那天,老村长特地去镇上买了菜,安排张华玉准备几个菜,请永清和他爸来家吃顿饭,一来招待外甥女,二来请永清父子叙叙。当时刘永清爸是大队长,老村长是书记,二人配合默契,金水湾工作红红火火。

永清身着制服跟在爸爸的身后,手里提着一包从部队带回的烟酒。叶绍岚正在院子里看书,父子俩走进大门,老村长迎上去,接过永清的包,上下打量着,连声啧啧:"好哇!金水湾出了个人物,我这老脸也长光啊!"接着兴奋地介绍叶绍岚,"这是我外甥女,大学毕业,县中学里的老师。"

刘永清身材魁梧,气宇轩昂。叶绍岚亭亭玉立,清丽端庄。是命中注定,还是一见钟情,两人一见面,好像就有一条看不见的红线紧紧相连。先是互相留下通讯地址,后鸿雁传书,再后来由老村长做媒就定下这门亲事。一年后,刘永清和叶绍岚结了婚。婚后不久,叶绍岚调到刘永清部队所在地的市里,改行做行政工作。先在市委办公室搞文件收发,当秘书,后被提拔为秘书科长兼办公室副主任。刘永清转业前叶绍岚刚提拔为办公室主任,正县级。刘永清转业到地方,叶绍岚随调到市委组织部任副部长。

虽然有这么一层关系，唐希旺从没有背靠大树好乘凉的念头。唐希旺和刘永清同在一个部队服役。唐希旺早刘永清两年入伍。因为是老乡，又同一个村，两家老人关系笃厚，两个青年人也成为好朋友。后来表妹与刘永清结合，两家的关系更加亲近。但除了亲戚间正常来往外，唐希旺和王秀芳从没有找刘永清和叶绍岚办事的念头。水生出事时，王秀芳曾动过找表妹叶绍岚的想法，唐希旺说："自己栽倒自己爬，永清和绍岚也不容易。上级有规定，领导干部不能随便插手下面事务，更不准干预案件查处，这不是给人家找难作嘛！打死也不能干。"

二

母亲的生日到了。

两天前，希强和秀芬就开始准备。老人再三叮嘱，简单些，过过场就算了。咱又不是显贵人家，见好就收。希强和秀芬可不这样想，老人辛苦一辈子，马上踩八十的边了，再穷也要撑个面子。秀芬的手艺一般，特地请姐姐当指导。唐希云吃得多见过也多，近几年注意保健，烹饪手艺上档次了。她写了一张简单的菜谱，希强照着单子去了两趟镇里才买齐。天望明，秀芬就起来烧锅炟猪蹄子，希强忙着杀鸡剖鱼，水燕负责剥葱蒜刮山药皮，水忠屋里屋外打扫卫生。大门前，平时一般不扫，不到晌午水生就扫了两遍，连一点碎砖瓦片儿也没有。希强粗中有细，他还特地买了一挂二尺多长的鞭炮，待老太太、唐希旺和王秀芳一行刚来到大门，他吩咐水忠："快点，快点……"噼噼啪啪像迎接贵宾一样。顿时，这个普通朴实的家庭里里外外，欢声笑语，一反平素的孤独，弥漫着温馨祥和的气氛。事后，小学校里爱写诗的冯老师写下这样一首诗：

金水湾水长又长，
八十老人庆寿堂。
国泰民安儿孙孝，
神州大地谱华章。

歪打正着,这首题为《农家庆寿》的小诗竟在市里日报副刊上发表了。双休日,刘永清在家里翻阅报纸,因诗的后面注有:闻金水湾张华玉老人八十寿诞即兴所作。刘永清惊喜地拿给叶绍岚看。叶绍岚也很高兴,当即给唐希旺和唐希强打电话,向老人表示祝贺。叶绍岚正在和唐希旺通电话,张华玉走进来,唐希旺说:"绍岚,我妈在呢,她早想和你说说话。"

张华玉接过话筒:"绍岚啊！我是你妗子。"

"妗子,您好！祝您老人家健康长寿!"

"托共产党的福,好,都好!"张华玉听声生情,脱口道,"绍岚啊！啥时候来金水湾,妗子我还给你做千层饼吃。"

"好,妗子,谢谢您,千层饼……"一句话戳到了叶绍岚的痛处,她嗓子硬了,语无伦次。

叶绍岚强忍着泪水和老人又聊了几句,末了几乎是呜咽道:"妗子,您老多……多保重,我,我和永清一定挤时间去看您！……"

张华玉也很动情,吞着泪水说:"绍岚,你和永清好好工作,妗子我就高兴了。……"

刘永清拧了一块湿毛巾递给绍岚。他知道埋藏在绍岚内心深处的感动在复苏,勾起往事。

那是一段不堪回首的岁月。叶绍岚刚考入初中读书,爸爸被打成现行反革命投入监狱。母亲贫病交加撒手而去。十五岁的她跟随爷爷奶奶生活。家里还有叔叔和姑姑,靠爷爷当店员的微薄工资维持生计。口粮按人定量,她每月的口粮只有 15 斤。爷爷奶奶都开始浮肿了,她整天饿着肚子上学。失去父爱和母爱的孩子很容易想到最亲近的人。除了爷爷奶奶、叔叔姑姑,他们都已自身难保,无力顾及她这个可怜虫。她想到舅舅和妗子。一个星期六的下午,她早早离开学校,徒步十多里去金水湾。那是她第一次一个人出远门。她沿着弯弯曲曲的小路天黑前赶到妗子家。舅舅当时不在家。妗子一看见她那干枯的小手,苍白的小脸,茫然无助的神情,一把抱在怀里心疼地说:"孩子,你一个人走这么远,累了吧,妗子给你做饭吃。"说着,张华玉走进里屋,给绍岚和了一碗红糖水,让她坐在外面的凳子上。

当时的农村,食盐、红糖、烟、酒已经到了几乎彻底没有供应,有钱也买不到的绝境,农村人口每天的口粮平均只有2两,一个月只有6斤。为了活路,很多家庭一天只烧一顿锅吃一顿饭,张华玉是个十分节俭精于计划而又特别有心计的女人,那时希云早已出嫁,希旺和希强是个半拉小子,还有一个四岁刚刚会学语的小女儿。生活刚出现饥荒,她就开始节约,一天扣一点,几个月下来,家里攒了十多斤小麦,还攒有一斤多香油,时不时地给最小的女儿做点面叶或面汤补补。绍岚来的时候,家里只剩五六斤麦面和两个鸡蛋了。当天的晚饭,她特地为绍岚做了两碗麦面面叶,里面放了一个荷包蛋。盛饭时,她把荷包蛋埋在碗底,上面覆盖面叶给绍岚吃,绍岚见小妹嗷嗷待哺争着要吃,说:“妗子,鸡蛋给妹妹吃吧! 我不要。”张华玉说:“锅里还有一个。你吃吧!从学校到金水湾一定很饿了,吃吧!”她盛了一点汤水在碗里拉着小女儿走到一边吃。小女儿还不会说话,喝了一点汤就不叫了。

第二天下午,是星期天,绍岚要赶回学校。张华玉先张罗着一家人的午饭。午饭是一小锅青菜汤。里面拌了半斤红芋面,全家五口,加上绍岚,平均每人只有两碗能照着人影儿的稀菜汤。做饭时张华玉又把唯一一个鸡蛋做成荷包蛋盛在绍岚的碗底里。绍岚吃饭时用筷子挑出了荷包蛋,她执意要给骨瘦如柴的小妹妹吃,张华玉故意说:“家里还有,有她吃的。你自个儿吃吧!”

吃了午饭,老村长从怀里摸出五块钱递给绍岚,说:“拿着,到学校里买饭票买墨水用。”绍岚接过舅舅的钱,钱还带着老村长身上的余温,热乎乎的。

这钱是老村长去县里开会时领的会议补助费,已经揣在怀里一个多月了。

张华玉洗了锅碗就忙着用仅有的一点麦面为绍岚做个千层饼带着。久违的油香弥漫在厨房里,不懂事的小女儿围着锅台转,伸着火柴棒一样的小手指着散发着香气的锅有气无力地只会说出:“吃,吃……”

千层饼做好了,已经到了傍晚时分。张华玉找来一块干净的布,把圆圆的、黄灿灿的千层饼切成整齐的小方块,再一块块叠起来,一沓沓放进包里,然后封好口,沉沉的,原来只有那么一点面,因为加了水和面足有七八斤重,往布袋里装饼时,不懂事的小女儿伸着小手要,张华玉只给她小半块。

绍岚不忍心,又从包里掏出一块递给小妹妹,张华玉连忙又从女儿的手里要回来塞进口袋里,说:“学校里伙食差,学习用功,花精力,你带上吃吧!”说着挣脱绍岚的手,提着包送绍岚上路。绍岚依依不舍地望着送她的妗子和跟在身后哼哼要吃的小妹妹，噙着泪一步一回首上了路。刚走到村头，绍岚站住了，又蹲下了。张华玉连忙追上去，小声地问："绍岚，怎么，是不是小肚子疼？"

绍岚红着脸，现出一副窘态："是，下面……"

张华玉说："没事，这是例假。女孩长到一定年龄都会有，一个月一次。不要害怕。要注意卫生。我在厕所里看到一点血，知道可能是你解手留下的。我已经给你准备好一块卫生带。你现在就垫在下面，过几天就没有了。这是生理现象。用过后，把卫生带洗干净，晾干，下次继续用。"旁边有一个厕所，她带着绍岚帮助她解决好女孩子第一次生理课题。

几十年来，叶绍岚从没有忘过那包千层饼。当时学校里的生活已经困难到了极点。虽然是每天三顿饭，但全是稀汤淡水，老师和同学们大都浮肿了。妗子送给她的千层饼，她每天只吃一小块，吃了二十多天。这是她生命线上的最重要最艰难的一关。不久，当她得知舅舅和妗子的小女儿饿死时，她痛哭了好几回。让叶绍岚不能忘怀的还有，失去母爱的她，当做女人的生理第一个课题来临时，是妗子以母亲的视角与心理为她解开迷茫给她关爱。虽然是寥寥数语和几块布片，对一个精神低迷、几乎处于绝境的女孩子，无疑就能助推她扬起生命的风帆，振奋精神，顽强拼搏，驶向美好的未来。

叶绍岚放下电话，躺在床上嘤嘤哭起来。她哭的是舅舅那五块钱上的余温，他们小女儿手里的一小块饼，妗子知冷知热的叮嘱和她生命中最艰难时吃了二十多天的千层饼。

……

老人生日的第二天，水生和晓旭要离家去深亚。水生回来十多天了。时间能给人创伤，也能让伤口慢慢愈合。十多天来，水生由刚回家时的沮丧、郁闷、气馁，甚至绝望，渐渐恢复了平静、理智、自信和勇气。他不想回到原来的学校去复读。他相信一位哲人说的话：是金子放到哪里都会发光。晓旭也不想上学了。县城距金水湾就那么二十多公里，早有同学给她写信，鼓励她向法院告发那个王八蛋。她曾向妈妈说过，妈当时不说话。后来刘昌友到她家里道歉，刘昌友只说对不起，妈抹着眼泪说："吃了屙，屙了吃，还有一点人味吗？"刘昌友一个劲地赔不是："侄女，都是我和你婶子造孽，你高抬手吧！"

金玉娇哑巴吃黄连，揉揉肚子也就忍了。

刘占元咽不下这口气。他曾要把刘昌友的两亩正在抽穗的玉米给砍了，狠狠地骂道："狗娘养的，他不让我好过，我也让他尝尝老子的厉害。"说着拿上铲刀要出门。

金玉娇喝住他："你知道吗，听说砍人家庄稼也犯法。"

刘占元不横了。他放下铲刀，瞅着刘昌友住的方向骂骂咧咧："王八蛋断子绝孙，不得好死。"

说心里话，刘占元两口子是满意和唐希旺家的这门亲事的。这不是因为唐希旺是村里的书记，而是因为唐家做人在金水湾受人敬重。唐希旺当了多年的书记，没听说过占过公家的便宜。虽然性子有点直，好熊人，但心眼儿正，一把火烧过还是原来的样子。该办的事照样办，一时办不了的事他给你说清楚。不像刘昌友，鲶鱼从他手里过也得捋一把黏液。王秀芳也不用说，待人和气，从没有一点书记娘子的架子。她除了照顾家，村里的事从不插嘴。哪里像吴文英，不仅当着刘昌友的半拉家，去她家里找刘昌友说事不带东西，不管是鸡毛蒜皮立马就会拉下脸，有时连大门也不让进。至于水生，有名的学习尖子，见人先笑后说话，不论是穷富高矮，老远就搭腔，人见人夸。也不像刘昌友的儿子刘长贵，仗着老子的官，一身大少爷气，好像整个金水湾都是他们家的。

王秀芳一直舍不得让水生出远门。她觉得孩子还小，才十九岁。虽然从读初中就住校，但几乎每个星期都回家。每当星期六傍晚，王秀芳都要朝村头张望，先是水生一个人，后来水莲也去县里读，两个孩子来去一起。水莲下学早，水生一个人继续读。虽然村里还有一些孩子和水生水莲一样在县城读书，路上来去都有伴儿，王秀芳还是放心不下。除了寒暑假，每个星期六和星期天下午，无论王秀芳多么忙，通往外面的大路是她最关注的方向。当孩子远远出现在村头向家里走来时，王秀芳总是情不自禁地迎上去欣慰地微笑。而当星期天下午，孩子离开家向村外走去时，她又会送了一程又一程，直到看不到影儿，她还伫立在那里眺望，眺望……

金玉娇也一样。晓旭和水生外出的日子一天天逼近，她的心渐渐有些发沉，话也少了很多。她把一只最大最肥正在下蛋的老母鸡杀掉煮了整整一上午，直到稀巴烂才住火。金玉娇也有一手烹饪好手艺，最拿手的就是擀面叶，她擀的面叶薄如蝉翼，煮熟含在嘴里用舌头一卷就滑进肚子里。擀这种面叶，要加一点蛋清,主要在揉工,要揉上九九八十一遍。一团面下来要累得浑身是汗。平时金玉娇也不这么下力,晓旭要走了,再累也要让女儿吃个痛快。

金玉娇煮了一锅鸡汤面叶。她盛了一大盆送到唐家。金玉娇在前,刘晓旭随后,母女俩一进大门,王秀芳和水莲就迎上来。王秀芳接过盆,惊讶地说:“玉娇妹,你这盆鸡汤面叶我们一家人也吃不完,太谢谢了!”

“谢啥哩!我这拙手笨脚的,家里也寒,拿不出什么好东西,让大家见笑了。”金玉娇嘴巧,一样的话从她嘴里出来就不一样味道。

张华玉和唐希云从里屋里走出来。金玉娇话刚落音,张华玉笑哈哈地说:“玉娇啊!我想吃你擀的面叶快想掉牙了!难得你这份心意啊!”

金玉娇受宠若惊,嗲声说:“老太太真会夸,我真的有点站不住了。”金玉娇看过电影《红楼梦》,她学着王熙凤的做派,油嘴滑舌:“老太太,您收下我做女儿吧!我天天侍候您老人家。”

张华玉开心地笑道:“我呀,可没有这个福气!”

两家人都在为水生和晓旭去深亚做准备。除了吃的、穿的、用的,金玉娇还有另一种担心,她憋了好几天,一天晚上母女俩刚上床,金玉娇试探地说:“晓旭,出门在外,可要多长个心眼儿,小心……”

晓旭白了妈一眼:“小心啥,神经病!”

金玉娇咕噜着没有点破:“女孩儿,小心玩出毛病。要是有个什么后果,妈还不是要陪着担心。”

“担心什么?”晓旭也没有勇气点破,她扯开话题,“我们在学校里学过,你不用多操心。”

两个孩子要走了。唐希旺挟着拐杖送到大门外,晓旭由她妈陪着已经出了村口,他们事先约好在县汽车站会面。一家子把水生送到大门口,水生说:“奶奶,爸,姑,妈,你们都不要送,也不用挂心,我一定好好干。”

水莲提着一只大包跟在水生后面,她要把水生送到县汽车站的汽车上。虽然昨天晚上唐希云还在电话里叮嘱儿子明跃:“一定要你的朋友把水生和晓旭照顾好,千万不能出问题。”深亚那边也再三表示没什么问题,要他们路上注意安全,但毕竟是孩子第一次出远门,又是个人生地不熟的地方,一家子难免有些捏着心。唐希旺没有多说话,只说了一句:“一定要好好干。”就像树桩矗在那里。孩子虽然年纪像他当兵时一样，也差不多一样高，但当兵一路上有专人接送，吃喝拉撒都有人照顾。连上下火车汽车也有人带路提示。而孩子呢？只去过县城里读了几年书。县城太小了，而且读书大都在校园里活动。县城离深亚很遥远。唐希旺当兵时的部队在祖国大西北一个山窝里。回家探亲他路过兰州、西安，只是路过，连火车也没有下，在车上用眼睛扫一下，没有什么印象。他知道深亚很遥远，要坐几天几夜的火车。那是一个迷人的地方，听说四面八方甚至很多外国人都往那里跑。到处在建工厂，到处在盖高楼。还听说那里什么人都有。有人一夜就能发财，成为富翁。还有人拼刀子，死于非命。他还听说，那里也是女人的天下，特别是年轻漂亮的女子，一夜能挣几万块。他曾犹豫过，不想让孩子往那地方去。明跃在电话里劝他，深亚是个好地方，有本事就到那里闯。明跃说："林子大了，什么鸟都有。事在人为。乡旮旯里不也有吃活食的么！苍蝇不叮无缝的鸡蛋，只要把握住自己，跳进黄河里身上也是干净的，外面怎么样不重要，关键在自己。真金不怕火炼。不敢下水的人，永远学不会游泳，大不了多喝几口水。"

水生还在回首张望，唐希旺挥着手，眼睛湿润了。

三

郭小宝正指挥人清理地基。唐希旺由水莲用板车拉着来到学校。

"唐书记，你这腿得躺着休息，怎么能来学校呢！这工地上乱糟糟的，影响你身体恢复。"郭小宝一看见唐希旺头就有点大了。他极力掩饰着心中的不安，脸上却笑眯眯的。

"我是个穷命，清闲不得。"唐希旺坐在板车上，佯装舒服的样子，"我就想找个人多的地方。还可以帮你出出眼。"

"你这腿不方便啊！"郭小宝以为唐希旺是来这里看看的，他瞪大眼睛问，"你看一会儿回去？"

"不，我要看着你把房子建好。"唐希旺不容置疑地说。

"你……"郭小宝瞪大眼睛。

"你不用操我的心。"唐希旺说，"我已经安排好了。学校临时给我腾出一间房子,里面放一张床,有个睡的地方。吃的家里给我送连喝开水也不麻烦你,更不会向你和村里学校要一分钱,全是尽义务。”

郭小宝眨巴眨巴眼睛,不知道说什么。

丁校长见唐希旺坐在板车上来到学校,连忙走过来,激动地说:“唐书记,谢谢你!”

唐希旺说:“谢啥哩!我没有本事办大事,建好这二十间房子还可以。不巧的是这条腿,我不能让这腿给拖住了。”

丁校长和水莲把草席被子被单抱进一间打扫好的房子。水莲把带来的洗脸盆、开水瓶、毛巾、牙膏牙刷都拿进来。里面除了床,还有一张桌子和几把椅子。这间房子原来是一个老师的宿舍,那位老师调走了,房子空着。宿舍的门正对着工地,只有十几米。唐希旺从窗子里就可以观察到工地的全景。

唐希旺挟着拐杖走到工地,地基已经清理完了,也画好了墙线。郭小宝正指挥人准备起墙。唐希旺走到跟前,指着郭小宝怒冲冲地说:“你小子没学会爬,就要学走啊!不挖基槽,不夯实底座,就开始起墙,这墙能砌牢么?”“我,我……”郭小宝像挨了当头一棒,“我是想赶快些,别耽误了开学。”

“是要快些,但一定要保证质量,绝不允许成为豆腐渣工程。”唐希旺语重心长地说,“小宝,你知道么,我们这些钱来得多么不容易。你也要知道,为了钱,不能不讲良心,良心!……”

郭小宝一屁股坐在地上耷拉着头,闷闷不语。

唐希旺见郭小宝不说话,不知道葫芦里卖的啥药。正在干活的人也都住了手。唐希旺指着郭小宝:“你不是要赶活么,有屁快放啊?”

“唐书记,唐老爷子,”郭小宝昂起头,跌跌撞撞地站起来,道,“挖基槽,夯底座,快把油水挤干了。”

“挤干也得做。”唐希旺晃着拐杖,气势汹汹地说,“这不是牛棚猪圈,搭起来算数。这是教室,几百个孩子在里面,根基不牢,天理难容!”

郭小宝见过不了关,只得指挥大家挖基槽,运石灰,搅拌三合土。底根夯实后再开始起墙。起墙需要粘泥合缝。粘泥有沙灰和水泥灰两种。沙灰便宜,没有水泥灰结实。唐希旺不仅监督水泥拌沙子合缝,还注意水泥和沙子的比例,防止偷工减料。

从挖槽基，夯底根，起墙，唐希旺吃住在学校，寸步不离。他虽然没有学过砖瓦水泥活，见多了，哪里轻哪里重，关键部位，他心里很清楚。参加施工的，大都是金水湾人。很多人的孩子也在这里上学。唐希旺的认真，也感动了很多人。苟二旦负责治安保卫，虽然不吃住在学校，有时间就往这里跑。学校里的校长和老师，除了放假回家的，剩下的也排班轮流在工地上提供服务。郭小宝明白，这么多人来来去去，指指画画，明里是服务，说白了还不是监督。在唐希旺的带领下，经过大家二十多天死看硬守和施工人员的努力，二十间砖瓦房建好了，接下来是门窗加工制作和安装。室内地面平整和玻璃安装后，里里外外打扫干净，同学们就可以坐在教室里安心学习，老师也能愉快地在办公室里办公了。那时，金水湾学校将焕然一新。

作为施工老板，郭小宝一直处于被动地位。他原来有个如意算盘：合同签好后，如果按简单的施工程序，再加上用料上的出入，扣紧了，扣除原料款、人员工资，他可以得 1 万多元。再扣除送给刘昌友的 5000 和请客的花费，自己可以净赚 6000 多块。大功告成的那一天，郭小宝哭丧着脸向唐希旺诉苦："唐书记，我的爷，你这一杠子，让我白忙活了一个多月。全部完工，我不赔血本就算便宜了。"

"怎么会赔本呢？"唐希旺不解。

"刘主任代表村里签合同。"郭小宝吞吞吐吐，"我不出点血，能拿到手吗？"

唐希旺说："按现在的物价算，村里可没有少给你。金水湾老百姓不担你的情。"

郭小宝没有埋怨唐希旺的意思："唐书记，唐叔，你拖着一条腿白天夜里忙活，守着工程。我知道你是怕工程砸了，你为的是大家，让咱金水湾有奔头。你没有错，我服你，一百个服你！"

"小宝，"唐希旺见郭小宝理解他也掏出心窝子，"几十年了，咱金水湾连一所像样的学校也没有。说起来我们抬不起头啊！人活着，不能只为自己。金水湾也不能长期老样子。社会都在变。有的地方已经很富，我们也要朝前赶。学校建好了，孩子们有出息了，少不了你郭小宝的功。钱赚多赚少，并不重要，名声要紧。"

“唐书记,你说得对。”郭小宝平静地说,“你放心,整个工程,一砖一瓦、一根钉一块玻璃我都要做好。就是赔了,我也乐意。绝不留骂名。”

唐希旺望着郭小宝,点点头,赞同地说:“小宝,你说得对。你还年轻,工程就是宣传、广告,只要工程做得好,生意会找你,钱有的赚。还有一点很重要,诚信。有诚信,才能有朋友,有发展,有钱赚。”

郭小宝连连点头,心里沉甸甸的。

这些日子,刘昌友也来过几次。因为有唐希旺在这里守着,面对唐希旺、苟二旦、丁校长和很多人,尽管他知道郭小宝有一肚子不舒坦,他只能热脸对着郭小宝的冷屁股。郭小宝在没有外人的时候追问他:“表叔,我那 5000 你给我从哪里补?”刘昌友有些无奈地说:“狗吃不了日头。留得青山在,不怕没柴烧。只要有表叔在,我不会让你落空的。”

郭小宝的心里虽然空落落的,放长线钓大鱼,还是咽下这口气。

大头着地,扫尾在即。家里和学校里都催唐希旺撤回家,但唐希旺想门窗也是大事。一大堆木料堆在那里,他还是不放心,再坚持几天,一切都就绪了再回家吧!

第二天夜里,乌云密布,天黑得伸手不见五指。累了一天的唐希旺洗了脚早早上床休息。因为检修线路,全村的电都停了。没有电的金水湾好像进入了休眠期,没有灯光,没有忙碌,没有说笑,连狗也缩成一团早早进入梦乡。远远看去,偌大的村子,死气沉沉,黑咕隆咚,仿佛躺在淮河岸边的一只大船。

黑夜是静谧的世界。黑夜也是罪恶的天堂。很多意想不到的事,除了大自然,凡是见不得人的魑魅魍魉,甚至战争,大都是在黑夜里发生的。

苟二旦因为家里有急事没有来。除了丁校长还有两位住校的老师,其中一位是女老师,另一位年近六十,加之丁校长的宿舍离工地较远,真正能看守工地的只有唐希旺一人。

夤夜时分,唐希旺被尿胀醒了。农村里经常停电,他预备有手电筒。唐希旺摁亮手电筒,挟着拐杖,刚小解完,远处传来沙沙的脚步声。唐希旺系好裤带擎着手电筒警觉地向工地赶去。手电光里,两个正扛着木板的家伙慌慌张张向远处走,唐希旺霍地丢掉拐杖不顾一切地向他们扑去,高声大喊:“快来人啊!捉贼!……”

丁校长闻讯爬起来，也摁着手电筒向这里赶来。

唐希旺边跑边喊，不知脚下被什么绊了一下，一个踉跄跌倒在地上，打石膏的小腿一阵剧痛，他挣扎着，再也没能爬起来。

女老师和年纪大的老师也赶过来。盗贼可能是见势不妙，丢下木板落荒而逃，也可能是过分惊慌，一个人还跑掉了一只鞋。鞋是大半旧的半手工造。鞋底是市场上买的泡沫底，鞋帮是黑制贡呢自制的。虽然不完全是手工，却有一部分手工痕迹。次日，牛小梅拿在手里瞅了瞅，一眼就认出是哪个女人做的。有的女人也围上来看，一个个都不说，肚子里都有个八八九九。后来传到镇里，徐镇长曾问过牛小梅，牛小梅笑而不答。许久，她睥睨地说："一只破王八盖，还人模人样，男子汉大丈夫，丢人!"

第二天，唐希旺又被送进县医院。

四

火车呼啸着进入深亚。

深亚火车站也处在边运营边建设的火热中。运营的一半人山人海，沸沸腾腾。进站的，出站的，一波接一波。空手的，背包的，扛蛇皮袋的，人头攒动，你推我撞，一股人流紧接着一股人流，像永远不停歇的喷泉。车站外面到处都是人。站着的，走着的，还有在夹缝中躺着的，一簇簇，一团团，布满角角落落，偌大的车站广场变成五颜六色的人的海洋。其间晃动着的大盖帽宛如大海里的一朵朵浪花。

唐水生和刘晓旭，不仅是第一次出远门，也是第一次坐火车，还是第一次见到这么多的人。他们随着人流走出出站口，按照明跃电话里告诉水生的联络方式，水生和晓旭到处寻找写着他们名字的高举着的牌子。出站口外面高举着的牌子很多，找来找去就是找不到写着他们名字的牌子。原来是明跃的朋友记错了时间，一号记成二号，就那么一字之差，差一点丢了唐水生的命。

水生和晓旭在出站口附近转了几圈找不到接他们的人。水生的包里有一个小本本，上面记着黄明跃的电话号码。于是，他们找到一个公用电话亭。水生刚把包放在地上，一个二十多岁的男子拎起包就跑。天已经黑下来，昏黄的路灯下,水生拼命地追赶。晓旭紧跟在水生的身后跑。水生边跑边喊:“我的包! 有人抢我的包! ……”

那人越跑越远,后来钻进一个巷道里。水生和晓旭跑到巷道口,已经看不见踪影。

水生的包里只有衣服、鞋袜、毛巾、牙刷牙膏等生活用品和那个记事本。出门前,家里人提醒他钱要装在贴身的口袋里,而且要分散装。妈妈特地在他的内裤里缝了个小口袋,把大部分钱装在那里。大家只注意钱,没注意那个记事本,也没有注意身份证和介绍信。水生的身份证和介绍信也夹在那个本子里。

水生和晓旭正在发呆,一个满脸横肉蓄着胡须的三十多岁的男子走过来,后面跟着一个小眼睛男子。水生一见小眼睛,马上认出他:“你,你拎我的包,包……”

小眼睛不说话。大胡子指着水生说:“哪个稀罕你那臭包。走,跟老子拿去。”

水生在前晓旭在后跟着大胡子和小眼睛走。他们又拐进一条小胡同,走进一座两层小楼。上了二楼,走进一个小房间,里面堆着大大小小各种颜色的包。水生一眼就认出自己的包。包已经被打开,里面的衣服被翻得乱七八糟。水生弯腰把东西重新装好,刚拎起要走,大胡子厉声道:“没那么便宜,老子要的是硬货,快都掏出来。”

水生不知硬货是啥意思,颤抖着身子:“我,我……”

大胡子用眼神示意小眼睛:“是个笨瓜,你收拾收拾。”

小眼睛把唐水生浑身上下摸了一遍,掏出100多块钱递给大胡子。

水生战战兢兢地说:“我们还没有吃饭,给我们留一点吃饭吧?”

大胡子可能还没有完全丧失良知,他看看瑟瑟发抖的晓旭,抽出几张小票子递给水生,嘲笑地说:“乡旮旯里的小毛猴,要命也挤不出血,滚吧!”

小眼睛直直盯着刘晓旭,他看一眼大胡子,诡异地说:“老大,乡下小妞……”

“土包子,恶心。”大胡子挺着大肚子向外走。

水生拎着包跟着大胡子刚走出门,小眼睛一把拽住紧随其后的刘晓旭。

刘晓旭拼命地喊:“水生! 水生! ……”

水生转回身,门已被小眼睛关上。

水生看得出小眼睛是吃二饭的,他放下包连忙去追大胡子。他紧跑几步上前拦住大胡子哀求:“大叔,那是我妹妹,她还小着呢! 请你……”

大胡子听到室内传出刘晓旭撕心裂肺的喊叫,气呼呼地折回来,用脚连连踢了两下门,吼道:“反了,你敢越老子头上迈,不想活了。”

门开了。刘晓旭的上衣被小眼睛撕开个大口子,袒露着淡红色的胸罩。小眼睛恼羞成怒地朝唐水生的头上狠狠砸了一拳,唐水生的头马上隆起一个大包。所幸没有砸到要害部位,他忍着剧痛拉着晓旭往外跑。

走出小胡同,走出巷道,唐水生和刘晓旭渐渐平静下来。已经一天多没吃饭了。一路上,他们很少买火车上的盒饭,主要嫌贵,10 块钱一盒,里面除了一撮米饭、几片西红柿和一两块肉皮,全是稀汤寡水的土豆丝与青椒丁。出门时,包里带有熟鸡蛋,火车上饿了吃个熟鸡蛋,再用杯子到茶水炉里接些开水,喝下去就算一顿饭。上车的人很多,都是去南方打工的。大家从检票口出来就开始跑,你追我赶,都想先上车。最挤的地方是每一节车厢门前,本来排成整齐的队伍,火车一停,车门刚刚打开,下车的拼命往下挤,上车的拼命往上拥。大家围成一团互不相让,尤其是衣衫不整的年轻汉子使尽浑身力量拼命抢占优势位子。有的干脆人顶人从车窗里爬进去,大包小包不停地往里塞。这不是上下车,而是力量的比拼、素质的大检阅。当唐水生和刘晓旭挤上车的时候,他们的座位已经被人占了。唐水生拿着车票寻找座位,两个彪形大汉瞅了他一眼,一个说:“这个座位上没有写你的名字。”

“对号入座啊!”唐水生亮着车票说,“广播里正在喊。”

另一个家伙说:“你去找广播呀!”说着跷着二郎腿。

刘晓旭见那两个人一动不动,货架子上塞得满满的,扯扯水生的衣角,示意把包放在走道里,将就着坐在包上面。

唐水生和刘晓旭把包打开,将吃的东西拿在手里,坐在各自的包上面。走道里就那么一点儿宽,几乎都坐满了人。一些人找不到地方,就站在那里等待中途有人下车后再寻找座位。超负荷的火车像使尽吃奶力气的巨龙拖着长长的尾巴不停地向前爬行,经过一站又一站不停地折腾终于到达目的地,放了一个长长的屁，意思是这回总该歇歇了。

至于火车上的人何去何从，他们已无能为力。

虽然身上的钱大部分还在，经过一场惊吓，水生和晓旭不知道该怎么办好。水生想给黄明跃打电话，可已经很晚了，不是给人家更添麻烦吗？到哪里过夜成为摆在他们面前最大的困难。大街上车水马龙，一辆接一辆，一排挨一排。斑马线两边围着一群穿马路的人。交警下班了，红绿灯成为唯一疏导交通秩序的信号。在一个行人稀少的角落里，唐水生和刘晓旭依偎着蜷缩一团。不远处一团人在打架。有的赤裸着上身，有的穿着短裤，还有的挥舞着棍棒。一队警察跑过来。地上躺倒一个人，打架的人四处逃窜。

水生和晓旭连忙拎起包离开。到哪里去呢？水生茫然间想起“有困难，找警察”的话，他对晓旭说：“我们找派出所，说不定他们会帮助我们想办法，明天再打电话联系明跃，这外面一点不安全。”

晓旭说：“是，还是去找派出所。”

水生和晓旭穿过人流，找到一个干部模样的中年人，礼貌地说：“叔叔，请问这里有派出所吗？”

中年男子指着不远处一个特亮的路灯下：“那里就是派出所。”

派出所的警察很热情。一个年轻的警察指着值班室里说：“我们的所长在那里，你们有什么事，请找所长。”

所长看了他们的身份证和介绍信，拨了一个电话，进来一男一女两个民警，所长说：“这两位小同志是第一次来深亚，他们暂时联系不上接待他们的人，今晚就暂时住在我们所里，你们帮助安排好。”

水生和晓旭被二人带到二楼上，各安排一间小房间，里面有床和被褥，房间很干净，洗脸盆、开水瓶都有。水生以为是派出所开的旅馆，问那位警察：“你们这里睡一晚要多少钱？”

男警察说：“我们不收钱。这是专为来深亚打工有困难的外地人提供服务的。”

“谢谢你们！”水生感激地说。

“不用谢。这是我们应该做的。”男警察说，“你们一定很累了，早点休息。”

水生和晓旭的心情都平静下来。平静后的两个人不但觉得轻松，肚子也有点饿，带来的鸡蛋还没有吃完，喝着开水吃着鸡蛋，填饱肚子，美美地睡了一夜。

在派出所所长的帮助下，第二天上午就联系上黄明跃的朋友林老板。林老板名叫林阿丹，三十多岁，也是跑水上运输的当地人。原来是个体户，靠个人打拼，注册成立深亚宏远水上运输公司。拥有10多条船，100多万吨位。又是广东省政协委员、深亚市政协常委，远近闻名的民营企业家。林老板亲自驾车来派出所接他们。派出所所长不认识林老板，林老板很爽快，自我介绍："我叫林阿丹，摆船的出身……"

"宏远的林总、林总。"派出所所长早闻其名，惊喜地说，"深亚航运巨头，大慈善家，一次捐建10所希望小学，捐助1000名大学生，如雷贯耳，报纸上、电视里见过，就是没有见过面。"

林老板谦虚地说："普通百姓，跑船的。"他紧紧握住派出所所长的手，笑道，"感谢你们照顾我这两位客人，今天上午我做东，也为两位客人洗尘，在东亚酒店吃个便饭。"

"谢谢林总。"派出所所长说，"人民警察为人民，这是我们应该做的，饭我们就不吃了。"

"请所长赏脸。"林老板热情地说。

"林总，饭我们不能吃。"所长解释说，"我们这里有执勤任务。"

"留两位同志值班嘛！"林总有点固执，"我林某欠不起你这份人情。"

所长见推辞不掉，勉强答应了。

林总的秘书帮着把水生和晓旭的包放在后备厢里，直接去东亚酒店。在车上，林总激动地向水生和晓旭介绍说："我和黄明跃是在上海认识的。当时我的船遇险即将沉没，是明跃亲自指挥自己的船救了我，没有明跃就没有我林阿丹的今天，生死之交啊！……"至于当时如何危险，黄明跃是如何相救的，他没有说下去。

两辆小汽车在东亚酒店大门口停下。林总和所长并排走在一起，秘书和水生晓旭在后。酒店有二十多层，他们订的包间在十六层。大家走进电梯，一会儿就来到迎宾阁。房间不大，很整洁。林总说："我们人不多，房间大了有点不热闹。”

所长说：“林总说得对，这个房间最相宜。”

林总不吸烟，所长也不吸烟。林总问：“小唐也不吸烟吧？”

水生笑着回答：“不会吸。”

“这好，烟就省了。”林总问所长，“酒呢，喝什么酒？”

所长说：“我不喝酒。喝酒过敏。”

林总说：“我过去爱喝一点，误过事，就戒掉了。小唐呢？”水生摇摇头，笑道：“不会喝酒。”林总请所长点菜，所长让秘书点，秘书又请唐水生和刘晓旭，林总说：“来深亚，一定要尝海鲜。两位客人来自安徽阜阳，阜阳那边我去过，明跃家我也去过，他家的唐阿姨烹饪手艺很巧，我印象最深的是糖醋鱼，又鲜又嫩。”水生接着说：“我姑正在我们家，因为动身急，不急，姑还要让我给林总带点糖醋鱼呢！”

“听说，糖醋鱼最好是鲜做鲜吃。”林总说。

水生说：“可能是。”

让来让去还是秘书点的菜。按照平时接待客人的标准，秘书点六个菜两个汤。

林总笑着说：“我这位小老弟和小妹妹第一次来深亚。按这里规矩，得上点酒。有菜无酒不成敬意。我们不喝白酒，就上点洋酒吧，白兰地。不然我这个林老抠的大名可要传到安徽了，成为全国的名抠。”

大家被林总逗乐了，笑起来。

事后，水生和晓旭才知道，这是纯正的法国白兰地，一瓶售价1000多。

尽管林总是在开玩笑，但他说的确实是实情。有人说他身价百亿，深亚首富，但从衣着上看是纯粹的地地道道的淮北农民。他浑身上下没有名牌，连大哥大也没有，生活上也不讲究。夹菜时，有一坨掉在桌子上，林总又用筷子捡起来。他说：“我这是向香港的李嘉诚先生学来的。我原来也是大手大脚，一次在香港李先生请我吃饭，米粒掉在桌子上，他马上用筷子夹起来。”

五

经过后半夜休息，唐希旺的小腿不怎么疼了。水莲送来早饭，扶爸爸坐起来吃。唐希旺两手撑着床，刚刚提起腿，一阵钻心的痛袭上来。他咬着牙坐起，坚持吃完早饭。水莲见爸爸忍痛又吃力，掀开被单一看，小腿以下一直到脚面都肿了。水莲说："爸，你这伤又有问题了。"

唐希旺忍着痛，不以为然："有点肿还能有多大问题，坚持一下就好了。"

水莲回家对妈说："我爸的腿肿了。"

王秀芳警觉起来："可能是发炎了。骨折打石膏不能有反复。你姥家四五年前有个姓华的跟你爸的年龄伤情差不多，因为反复，后来转成败血症就……"她没有说下去，请三奶奶在家看门，带上姐姐留下的2000元钱和其他用品与水莲一起向学校赶去。不容分说，把唐希旺架到板车上，水莲前面拉，她在后面看着，到了镇里赶上一趟班车。水莲把板车交给村里一个卖菜的上午捎带回去，和妈妈一起将爸爸护送到县医院。

水生和晓旭去深亚的第二天，唐希云就陪妈回唐家湾了。临走时，因为唐希旺的腿还没有拆石膏，唐希云特地给他们家留点钱应急，秀芳说："妈整年让你养活，你又不是摇钱树，我们不能再拉扯你。"

"我是妈的闺女，现在有这个能力。你们家正在河当中，我能拉把一下也是应该的。"说着把钱塞进秀芳口袋里。

经过检查、化验、会诊，医生一致意见是唐希旺需要重新做手术。因为是复合型交叉感染，属高风险高难度，建议转往市人民第一医院，最好这个手术由市一院骨科主任李超亲自做。不然，不仅有危险，甚至连生命也难保住。

这个难题出大了。李超何许人也？全国大名鼎鼎的骨科专家，享受国务院特殊津贴，博士生导师。不要说是一个村支部书记，就是县委书记也不一定能指定他做手术。因为李超除了医疗业务，还担负着卫生部下达的科研项目和全国骨科专家定期经验交流，经常在北京、上海、重庆和国外飞来飞去。

一般重大手术都要提前一两个月预约。

说起来可能是唐希旺的命大。李超的父亲李春生不但当过这个县的县委书记，还在金水湾村蹲过点，而且对唐希旺特别看重。唐希旺也特别敬重老书记。每年自家种的黄豆、花生、芝麻都要挑些最好的或者炸成油送一些给老人。老书记从来不受礼，但唐希旺送来的老人却破例，并留希旺吃便饭。唐希旺也不客气。一老一少，推心置腹。李家的子女们说："爸爸见了希旺哥比见了我们还要亲。虽然李老已经下世，李、唐两家的关系一直在延续，连远在省城的瑞英提起唐希旺时仍赞叹道："希旺哥和我爸，不是父子胜似父子。"

水莲的电话是李超的爱人孙彩云接的。彩云一听是希旺哥的腿骨折病情出现反复，立即向卫生间里喊道："李超，快，接电话，希旺哥的腿……"

李超正在冲凉。他光着膀子冲出来："喂，水莲，赶快让县医院的救护车把你爸送过来，我马上去住院部。"

李超穿好衣服正要出门，彩云说："乡下经济不一定便当，你带些钱去吧！万一误了事。"说着把一沓钱塞进李超口袋里。

李超匆匆赶到医院，刚进门诊部，值班医生正在做检查，唐希旺的腿骨折部位以下的小腿到脚部已肿得皮都快要炸了。骨折部位以上的大腿也开始浮肿。血常规化验出来了：WBC 已达 2600，这是一个非常危险的信号。值班医生马上安排住院。唐希旺住进医院骨伤科后，李超负责治疗，并请来有关科室的医师会诊，结合其他检查结果，大家一致同意立即实施第二次手术。

李超亲自主刀。剥落石膏，揭开敷料，伤口溅出一股血水，唐希旺被推进手术室。

王秀芳和水莲跟随担架床走到手术室门口，一位护士要她们不要进去。身着工作服戴着手套的李超取下口罩站在手术室门口向母女俩挥着手说："嫂子、水莲，你们放心坐在外面的椅子上等着，我们一定尽力把大哥的腿治好。"

王秀芳还想说什么，一位护士拿着手术板说："哪位是家属？请家属签字。"

王秀芳只认识眼皮底下的几个字，不会签。水莲拿着笔颤抖着写下：同意。唐水莲。

从唐希旺推进手术室，王秀芳像落了心一样。她呆呆地坐了一会儿，一双眼死死地盯着手术室的门。事先听一位参与手术的医生说："我们有几种方案：首先要保命，然后是保腿。"她也曾悄悄问过李超："兄弟，你哥的腿……"

李超没有正面回答："嫂子，希旺哥的伤有些严重，你不要多想，我们会尽最大努力。"

王秀芳的两眼盯疼了。手术室的门没有一点动静。

水莲的心里也像长了草。她一会儿坐，一会儿站，一会儿隔着窗子玻璃向外看。

王秀芳的两眼还是死死地盯着手术室的门。

手术室的门很普通。纯白色。但在王秀芳看来,它不是门,是人。她眼睛瞪得不能再大了。从当小孩子到现在,已经五十多年了,她的这双眼从来没有瞪得这样大,这样长时间的大。渐渐地那里站着一个人,青面獠牙,张着血盆大口像要吃人的样子。一会儿那里又站着一位慈眉善目的人,微笑着,向人们招手。王秀芳站起身,向着微笑着的面孔走去。中间只有两三米的样子,王秀芳走啊,走啊,终于走到了。她欣喜若狂地仰起脸,额头碰到门上。门没有开,她失望地转回身,又走回原来的椅子上。

王秀芳的两眼仍死死地盯着那扇门。盯着,盯着,她想起了水莲,不知什么时候水莲出去了。手术前,唐希旺再三嘱咐母女俩:"不论我这一关过去过不去,一、不准打电话告诉大姐,妈八十了,大姐快六十了,都经不起折腾。二、不准告诉水生,他刚去深亚,又不是十里八里,让他安心闯吧!"除了去外面打电话水莲又能干啥呢?

水莲干啥,王秀芳一点不放在心上。她死死盯着对面的门。

水莲轻手轻脚地走进来,嘴贴着王秀芳的一只耳朵神秘地说:"妈,你不用紧张,我爸没有事,手术很顺利,很成功。……"

王秀芳白了她一眼:"瞎说,你……"

水莲一脸认真:"妈,我一点不瞎说。"

王秀芳想笑又笑不出来:"你又不是大夫,又没在里面看,还不是瞎说。"

"我给爸算命了。"水莲说,"医院大门东南角,有几个算命的先生,我找了两个年纪最大的,都快七八十岁了,留着白胡子,他们两个相隔很远,都说我爸命里该受这个罪,不但命没有事,腿也断不了。他们都说这是保命卦,上天保佑,得花大钱。我一个人给他20块。"

王秀芳平时从不乱花一分钱,也不让水莲和水生乱花钱。这一次她却很爽快:"20就20吧!两个人40,花钱消灾,再多也值得。"

门,还在紧紧地关着。

在金水湾,尽管有姐姐唐希云家帮济,唐希旺家的日子还是过得紧巴巴的。这倒不是唐希旺和王秀芳两口子不勤劳,也不是因为王秀芳不会持家。

论过日子全村哪一个女人也比不上她。前几年水莲和水生都在外面上学。上面千条线下面一根针。村里大小踢破脚指头点儿的事都离不开唐希旺。家里的牛羊猪、鸡鸭鹅,零零碎碎一摊子全由王秀芳一个人撑着。早先老人家在家时还可以出出眼,牛羊猪鸡添草喂食饮水的轻活还能揽过去,后来因为摔了一跤被姐姐接到唐家湾,希旺和秀芳为了让老人享几天清福执意不让老人再回来忙活。从此,里里外外几乎全由王秀芳一个人扛着。王秀芳有时忙得一天只能吃一顿饭,去地里干活预先准备好干粮和开水,一干就是一整天。秀芳再忙再累,从不埋怨唐希旺。她知道刘昌友可以踢皮球,全村六个村民组,几千口人,为了争半巴掌地边子或猪羊吃了谁家几棵菜,本来是调解主任郭继山的事,为了怕得罪人,也要踢给唐希旺。加上群众信得过唐希旺,能主持公道,动不动都要找上门请他评理。再加上镇上来人,唐希旺整天像陀螺转个不停。

忙还不是日子紧巴的主要原因。村干部没有固定工资,实行误工补贴制。补贴的钱,按地亩和人口比例向农民提取。加上民办教师工资、五保户供养、民兵训练、计划生育,广播线路维护人员工资、修桥补路的公益金、办公费、招待费等等,再加上公粮款,统统都从农民身上出。这些项目上级有明文规定,大家也理解,但收到家里的粮食有限,除去化肥、种子,农药,有的掏不出钱。原来是半年收一次,因为不好收,后来改为年终一次收。半年和一年,仅六个月之差,而且快过年了,收上来一点钱先发民师的工资和五保户供养费,他们辛辛苦苦忙一年,眼巴巴等一年总得给一点过年的钱。剩下的唐希旺总是让其他人先领,三下五去二,最后唐希旺往往连一分钱补贴也领不到。王秀芳知道年终是唐希旺最忙也是最难过的日子。临近过年时,王秀芳总是主动说:"家里不稀罕你那几个钱,领到就领,领不到咱家的年也照样过。"如果家里养的有现成的肥猪她会接着说:"把猪卖了,够过年花的了。"如果养的猪半路上死了,家里只有一只能卖的羊,她也会接着说:"一只羊也能过个年。"如果猪羊都没有能卖的,她又会说:"比着种田,不比过年,怎么过也是长一岁,拎几个鸡蛋换几副春联和一挂鞭见见红有个响就算不上哑巴年。"平时顾头顾不了脚,过年那几天找的人少了。清闲的时候,唐希旺心中会有一种愧疚感。面对忙里忙外的王秀芳他总要自责:"你这辈子嫁错了人。我下地狱也还不上欠你的债。"

“我嫁对了。”王秀芳含情脉脉，“你是个好人，一个女人能跟一个好男人过一辈子就是天福。”

王秀芳坐在对面的椅子上一动不动死死地盯着那扇门。此刻在她的眼里这门是那么神圣，决定着她与唐希旺能不能过一辈子的命运。她的眼睛湿润了。面对纹丝不动的门，她的心慌了。唐希旺是上午9点被推进去的。晌午饭早过了。水莲两次问妈饿不饿，她去外面买点吃的垫垫。王秀芳说：“傻孩子，你饿吗？妈等到明天也不会饿。”水莲又问：“妈，你渴吗？”她手里拿着瓶矿泉水。王秀芳说：“不渴，也没有小便。”水莲没招了，坐在妈妈的身边也死死地盯着那扇门。

门，还是关得紧紧的，里面没有一点动静。

王秀芳已经失去了耐心。“水莲，去外面看看下午几点了。”从电影电视里她能够看出来，真枪实弹地战争战线越长，战争越残酷，越残酷，血流的就越多，人……水莲慌慌张张转回来，“7点多了，大部分医生和护士都下班了。”

王秀芳的头又大了，但她的两眼还是死死地盯着那扇门。

王秀芳和水莲似乎有些绝望。母女俩还是死死地盯着门。王秀芳的一只手伸进口袋里，摸索着掏出一卷纸票塞进水莲手里，敦促道：“趁天还没有黑透，你快去找那个白胡子老人给你爸再算算。快！”

水莲攥着还带着妈妈体温的钱飞跑着向大门外跑去。

门，还在死死地关着。

大约10多分钟，水莲跑回来，虽然惊魂未定，却带来一丝希望，“那个白胡子老先生走了。是一个三十多岁的，他说是祖传十代了，一定要50块。”

“50块就50块。”王秀芳急不可耐，“先生咋说的？”

“他说有希望。让我们耐心等。收过钱就走了。”水莲见那人慌张的神色，感觉并不乐观。

母女俩目不转睛地盯着那扇门。水莲掰着手指说：“快二十个小时了，医生能不饿吗？他们……”

门还紧紧地关着，里面没有一点动静。

王秀芳两眼死死地盯着门，她要永远盯下去。

水莲急了，天真地说：“可能是钟走得快了吧！”

水莲的话音刚落，手术室的门拉开了。唐希旺躺在推床上，上面盖着白布单一动不动，床两边两个护士举着吊水瓶子。她们没有看到李超。后来听别的医生说：李超一下手术台就和几个主要助手去卫生间轻装去了。再后来又听说：手术前，李超和几个主要助手的内裤里面都安装了一个盛小便的塑料袋。

李超可能是最后一个走出手术室，他对王秀芳和水莲说："手术不顺利，但很成功。"

第七章

一

林阿丹又订购3艘货船。最大的载重量20000吨，最小的载重量5000吨。唐水生初来乍到，高中刚毕业，虽然成绩很好，因为缺乏航运经验，加上年龄尚轻，尽管黄明跃在电话里把水生吹得神乎其神，如何忠诚老实，聪明好学，为了能打动林总，明跃信誓旦旦地说："林老兄，我一点不夸张，我这个小老弟今年高考理科状元。因为中间出了一点岔子，他不想上学，到社会上打拼。不然人家不是清华也是北大的学子，怎么也轮不到你老兄的手下。算你林总走运，我这庙小，你的林子大，我可以和你打赌，要不了一年，在你的栽培下，唐水生就会摔打成独当一面的一员好将！……"但林阿丹只是连连称："是是……"

面对唐水生一脸的书生气，林阿丹不敢一下子放给他一条船。三天后，他派唐水生到宏远008货船：008载重吨位10000，是一位航运学院三年前毕业的本科生当船长。林阿丹特地给唐水生设一个高门槛。

初生的牛犊不怕虎。为了掌握系统的航运知识，唐水生到008不久就以优异的成绩被广州航运学院成教部录取，他又报考了广州外国语学院成教部，同时攻读航运和英语两个专业。学习中，唐水生又投在航运学院的苏教授和外语学院的白教授门下。两位教授都是国内本专业的顶尖级人物。唐水生的谦虚好学、刻苦钻研很受两位教授青睐。除了如饥似渴地学习书本知识，唐水生还注重在实践中学习，在学习中实践。一个多月工夫他就掌握了卫星导航技术，成为熟悉气象、识图、水域、目测、夜航和处理一般机器故障较为全面的水手。

刘晓旭没有到宏远工作。林阿丹有个表弟尚欣欣在深亚开办一家制鞋厂,产品主要出口欧美。晓旭曾上过两次船,船上的生活不仅枯燥,整天跟水打交道,流动性也大,一个航程下来要穿越大大小小许多城市,甚至几个省市。若是外航任务,有时要经过一两个洲,甚至十几个国家。听老船员们说,若要经过索马里海盗区还有被劫持遇害的危险。晓旭觉得航运工作不是女人做的事。林阿丹介绍刘晓旭去尚欣欣那里。尚欣欣的办公室正缺少一名女文员。刘晓旭素有林黛玉之称,身材修长,典雅文静,皮肤白皙,面庞俊俏,尚欣欣一见就很满意。晓旭也喜欢做文员这份工作。当即签下劳动合同。看在表哥的面子上,尚欣欣第一个月就给刘晓旭开 2000 元工资。当时晓旭激动得一夜没睡着觉。来深亚的火车上,有人说千军万马向南奔,深亚遍地是黄金。投个好老板,整个银行往家搬。签过合同后她真的相信深亚是个挣钱的好地方。

……

唐希旺刚清醒,他以为还是躺在金水湾的家里,问坐在身边的王秀芳:“学校的房子齐工了吗?”

“差不多了吧!”王秀芳回答。

“快开学了,不能影响孩子们上课。”他的眼睛又合上了,脸上还现出一丝微笑。

查房时,李超带着三个实习的医生走到唐希旺的病床前,笑着问:“唐哥,你现在是我的病人。为了治好你的腿,你要积极配合我们的治疗。”

“好好。”唐希旺冷静地说,“兄弟,我这腿,还能保住吧?”

“从手术的情况看能保住。”当医生的一般都不说大话,李超认真地说,“这术后的继续治疗很重要,不能再有反复。”

唐希旺有些激动:“是是,治病也不能夹生饭。上截子,我也是没办法才落下这二回手术,还劳了你的驾,又欠下一份人情。”

“大哥,我知道你是条汉子。”李超也认真地说,“远的不说,这术后的剧痛,你不喊,也不叫,咬着牙就挺住了,这是一般人做不到的。我现在要工作,为患者服务,瞅着空儿,咱兄弟俩再好好聊。”李超看过术后各项记录,观察唐希旺精神状态,写下医案,开好处方,继续查看下一个患者。

李超是一位非常敬业的医生，也是一个重情重义的人。唐希旺的治疗稳定后，一个双休日的下午，李超不值班，他利用这个休息时间身着便服，以一个亲属的身份和唐希旺有一次不寻常的交谈。事先两人都言明，不谈理论，不打官腔，推心置腹，全是掏心窝子话。

“你为了学校，不但差点少了一条腿，还差点丢了一条命，你觉得值吗？”

“值。人活在世上不可能都做大事，造飞机，原子弹，管一个县一个省，那只是少数几个，几十个，几百个。我是个村支书，最末一级。但我是共产党员。共产党员入党时都要宣誓，那是自己写自己说出来的，白纸黑字，要一辈子不能忘，要照着说的做，不能当屁放。中国人从古至今爱说：要说话算话！我现在是病人，我想问你，听说你天天这研究那学习，你是为了当官还是为了出名？”

“我是个医生，主要想当个好医生。我也想当官，但不想当大官，当个科主任或者再加顶副院长的帽子就可以了。院长主要是行政管理，一大摊子，我喜欢自己的专业。当我治好一位病人时，我就有一种收获，一种成就感。你呢？”

“我们村几千口子，大家选我当书记，是出于一种信任，为大家办些实事好事。信任压人啊！建学校，修好路，让大家都有好日子过，这个干部当得有脸面。不然人家心里不服。如果从里面捞好处，花昧良心钱，没有不透风的墙，人家当面不说，背后一定会骂。你是大专家，你知道病人的困难吗？”

“多少知道一些。看病贵，看病难，是关系一个人生命的事，有的连一家人，亲戚朋友都陪着担惊受怕。很多家庭日子刚有点抬头，一个人一场大病，这个家庭又变成穷光蛋。”

“你收过红包吗？”

“收过，退了。退不了的交纪检。”

“为啥？”

“有的钱不是自己挣的，不干净。有的不忍心。为了救命，有的拿高利贷，亲友兑钱治病，能收得下吗？我有工资，除了正常开销，还有点剩余。收红包，不要说医风医德，连起码的做人的人味也不够。”

“你是很干净的人？”

“比较而言吧！人与人之间的正常往来，人之常情，自古有之。只要不越轨，没有什么互相交易的目的性，也是应该的。你整天一身正气，两袖清风，想永远留名吗？”

“钱财是身外之物，生不带来死不带去。留名不留名不是自己想的，而是要做出来给大家看。就像万里长城，几千年了，人家都说是秦始皇修的。南京的长江大桥，几十年了，毛主席去世也几十年了，大家还是说毛主席领导人民修建的。你呢？”

“我是个骨科医生。我正在积累研究撰写一部关于骨科方面的专业书。你呢？”

“我当二十多年的村干部，还没有干出个鼻子眼。金水湾村还很穷，好的刚有个温饱，不再饿肚子。如果让我再干下去，我想把学校建好，修好路，一家家都能住上不怕洪水的房子，过上安定的生活。你是专家。专业不同于政治。你对搞政治的人怎么看？”

“政治是权力的象征。我敬重德才优秀的政治家和领导干部。但我也鄙视那些没有真才实学，本事并不是很大，官也不是很大，靠投机钻营和歪门邪道爬上重要位置，掌握一定权力的人。他们耀武扬威，颐指气使，听不进半点逆耳之言，变着法子整人，甚至置人于死地。但，岁月无情，当退下来后，这种人就会变成被人不齿的癞皮狗。古今中外，这种人最可悲。”

“这可能是做人做官最难的难题。一个人一旦有了权，吹喇叭的，抬轿子的，前呼后拥，头脑容易发热，很难把握住自己，难免做错事。只有失去权力的时候，才会清醒些，吃后悔药，回到原来的位置。”

“我曾听过一位党和国家领导人说过：一个人的一言一行不是荣耀，而是责任。对历史负责，对人民负责的神圣使命。这是共产党人的信仰决定的。只有这样做，才是真正的共产党的干部。”

“这是对党和国家领导人的要求。普通党员能沾点边就不错了。”

“也不尽然。电视里，那些感动中国的人物的事迹看似普通，实则意义深远。有的自己还很穷，温饱也算不上，却大把大把地捐钱捐物帮助人，献血，捐器官救人。乍一看，不可思议，但却实实在在地存在。有的默默无闻，永远不被人知道，却真真切切发生在我们的周围。”

“这是我们中华民族的优良传承，也是我们党和国家的希望。”

“扯远了。你老兄的为人也让我汗颜。”

“还是你,救了很多人的命,了不起。”

“听说你让水生去深亚了,你不担心他摔跤吗?”

“不担心。担心也没有用。摔几跤,身体就结实了,也能抗风抗雨了。如果再喝几口水,说不定也就学乖了。”

“咱们都是摔过跤喝过水,一路风风雨雨、坎坎坷坷走过来的。”

“世上没有平平坦坦的路。大小都有难处,都有一本难念的经。”

“皇帝、总统,哪一个人都没有例外。”

“有例外,我就下不了手术台。”

“金水湾还离不开你!”

……

二

唐希旺第二次出院回到金水湾时已经开学了。孩子们坐在宽敞明亮的教室里,书声琅琅,老师们的精神也爽了。学校面貌焕然一新。

但是,郭小宝因为没有拿完建校的钱,外欠一屁股料子和施工人员的钱。他多次找刘昌友和刘长富要钱,刘昌友说集资款没有收上来,刘长富说钱都开支完了,他也不能抢银行。郭小宝跑来跑去干瞪眼,是急中生智还是逼上梁山,他气冲冲地找到丁校长说:“十天之内要不到钱,我就封教室和办公室的门,让学校停课。学校建好了,让我挑担子,没那么好的事。”

丁校长急得像热锅上的蚂蚁。

十天期限还剩两天。唐希旺回来了,丁校长连走带跑找到唐希旺家里。唐希旺已经能挟着拐杖走路了。他正坐在椅子上和闻讯赶来的苟二旦、牛小梅、白慧敏等几个村干部在说话,丁校长进门先向唐希旺问好,然后开门见山:“唐书记,郭小宝要封学校教室和办公室的门。他说建校的料子钱是赊欠人家的,他也是出于无奈。”

唐希旺请丁校长坐下喝茶。丁校长说:“唐书记,我不坐了,马上我就要上课。”

唐希旺挟着拐杖站起来送丁校长："建校的钱与学校无关，你只管放心搞好教学，我马上找郭小宝，学校的门哪个也不能封。"

送走丁校长，大家扯起建校。苟二旦说："我包点的金南村应收的建校集资款都收完了，我亲眼看着小组长把钱交给刘长富，当面点的数，一分不差。"

牛小梅说："我包的金西，除了两户不在家的也都收齐了。咱们事先计划好的，扣除献料、镇里补的、群众集资和志愿捐款，不是绰绰有余吗？怎么还差那么多钱？"

白慧敏是计划生育专干，没有包点，但对集资建校的情况也比较了解。

白慧敏是个慢性子，细声细语，善于做思想工作。牛小梅的话刚落音，她就接上腔："我经常在村里转，听的闲话也多。都说金水湾的家在刘主任手里，刘主任定的事，谁也改不了。"

唐希旺笑笑，没有说话。

苟二旦见唐希旺不表态，顺着白慧敏的话引子，摇着头唉声叹气："人家都说咱们书记的肚子里能开火车。我看这火车开不下去了。钱呢？总不会长膀子飞了吧！刘长富不掏，谁又戳这个马蜂窝？我知道，在刘主任眼里我这个民兵营长就是聋子的耳朵。"

"我还不如你呢！"牛小梅瞅了瞅唐希旺，抽抽鼻子，"我是叛徒。我真后悔嫁给刘家。他们这座庙的香真难烧啊！"

"不像你们想的那么复杂。"唐希旺笑道，"刘昌友有他的难处，长贵就够他怄心的。刘长富家里也困难，老的老小的小，长年病人拖着，听说他老娘又住院了，雪上加霜啊！"

刘长富的老婆是个药罐子，他的老娘八十多岁了。但金水湾还有十几个五保户，都是六七十岁无儿无女孤苦伶仃的老人，还有几个孤儿靠亲戚养活，还有两个癌症病人，已到晚期。比起这些家庭和个人，刘长富家的困难只能是暂时的。刘长富两个儿子和女儿都到城里挣钱了。老婆的病已开始回头，老娘是老慢支发作有些哮喘住的医院，正常后就可以出院。

说到刘昌友和刘长富手头紧，是不是动用了村里的钱，大都是由两个人爱赌博想到的。赌博是个无底洞。在金水湾叔侄俩称得上麻将桌上的常客，而且出手不凡，有时一场子下来，输赢都是三五千。近来刘昌友和刘长富的手气都不好,虽然没有场场输,却贴了不少。自家的钱输光了,一旦输红了眼,什么公家的自己的,不到山穷水尽,一般难以收住手。自打唐希旺二次住院,刘昌友和刘长富叔侄俩害的同一种病。

大家又叙了一些工作上的事。最近一阶段,除了建学校,计划生育工作上面要求很紧,半年一检查已经结束,金水湾村全镇排名倒数第一,万书记和徐镇长在全镇计划生育大会上点名批评。万书记虽然很生气,但还能把住火,一揽子批评了几个后进村。徐镇长没有留情,众目睽睽之下,点着金水湾村的名字说:“书记住了院,工作马上就下来了。计划生育是基本国策,要痛下决心,采取切实可行的措施,迎头赶上。”当时刘昌友和白慧敏都在场。徐镇长手下留情,没有点他们的名。面对计划生育工作的压力,刘昌友并没有放在心上,他不是一把手,唐希旺不会长期住在医院里。农村工作四大难,社会治安、宅基地、计划生育和收提留款。镇里几乎一天一个会,哪一样工作都要高度重视,积极落实,村干部都已经疲沓了,不管你上级叫得多凶,哪怕是要杀要砍,死猪不怕开水烫。只要走出会场,该进馆子还是要进馆子,先吃饱喝足再说。村干部进馆子一般都不掏现钱,嘴一擦,饭店老板拿上本子,谁负责批条子谁签字。老板也习惯了,并且掌握住诀窍,村干部赊账不在乎老板加码,有的连账也不算,老板在上面写个数,请村干部在后面签字。赊账没有期限,一年半载,三年五年,一个村能签几十页。年终老板满村跑收钱,收着了走运,收不着,继续赊。跑得了和尚跑不了庙。堂堂的村干部,馆子里人模人样,有的还是本村的顶头上司,哪有不给吃的。一些馆子常常开着开着,终于本钱赊光了,只好关门。留下的一摞摞厚厚的赊账本子找吃饭人要钱,有的下台不干了,有的挤紧还个三百二百的,有的互相推诿,承认赊账有效,答应慢慢偿还。再往下去,老板没有劲跑了,也就黄了。

金水湾很少在馆子里赊账,更没有黄过。老村长当家时没有在外面吃饭的习惯,哪怕公社会议开到一整天,要么事先带的有干粮,要么勒住肚子跑回家吃饭。老书记当家时刚兴下馆子,老书记是个讲脸面守制度的人,到镇里开会办事误了吃饭时间按规定每人发五角钱补助,吃不吃随自己的便,不作统一安排。到了唐希旺当家,他还是按老规矩办事,只是把每天五角钱的补助改为一元。所以,馆子里找不到金水湾的赊账。

改革开放，社会在变化，金水湾也不可能不变。不过，唐希旺说："该变的，我们也得变。不该变的，我们决不能变。除了必要的招待，花公家的钱下馆子，金水湾不能干。"虽然开了口子，因为一般他不陪吃陪喝，金水湾的招待费开支一直在可控制范围。

拖欠建校费实在有点出人意料。

为了先弄清情况，唐希旺找来郭小宝。"听说你要封学校的门？"唐希旺镇静地说。

"是是。"郭小宝见唐希旺不动声色，自己反倒慌张起来，"我是急的呀，找主任，找文书，都说没有钱。"

"还欠你多少？"唐希旺还是很镇静。

"还没有付一半呢！"郭小宝哭丧着脸，"房子建好了，开学一两个月了，找不到人要钱。赊人家料子钱的天天跑到我家里要。我的脸快被人家戳破了。我现在是屙屎屙个弓锤，拉不出来也退不回去。"

唐希旺虎起脸，正色道："再急也不能封学校的门。"

郭小宝分辩说："书记，我那是说大话，你不要生气啊！"

"亏你还没有忘是金水湾的人。"唐希旺也理解郭小宝的苦衷，"这样吧，我刚回来，你再给十天时间，到时候一分钱也不会少你的。"

郭小宝高兴得有点要疯了。"我的天，唐书记，不要说十天，二十天也可以，只要黄不了，我先把外欠的钱还上，就是剩点尾子，我也不会盯着屁股要。"

"不，"唐希旺说，"把账算清楚，一分钱也不会少给你。"

第二天上午，唐希旺打电话给刘长富让他通知下午召开支部委员会议，研究解决建校费和计划生育问题。会议地点在村两委会办公室的小会议室。

农村开会一般没有准确的时间。"八点开会九点到，不耽误十点听报告。"是绝妙的写照。小会议室里一张长条桌一边一条长木靠背椅。长条桌实际是一块长两米宽 60 厘米拼在一起的厚木板子，四个角安四条腿。靠背椅全是用两厘米厚五厘米宽的杨木条子钉起来的。虽然简陋，却改变了席地而坐的现状。桌子和椅子都是经老书记的手砍倒村委会大门前一棵白杨树，由村里两个土木匠买了半斤钉，因陋就简做起来的。两个木匠都是半瓶子醋，大队给每人记 10 个工分就打发了。原本要涂上一层油漆，直到老书记过世还是白茬子。唐希旺接手后，去镇上买了一桶红漆，自己动手抹。本来需要两桶，为了省钱，唐希旺只买了一桶，自制的麻缠刷子，他又没有学过油漆工，花花搭搭刷了一层红漆，虽然土气，却也有点熠熠生辉。

虽然没有固定的开会时间，按乡下习惯下午的会议一般下午两三点钟人就到齐了。唐希旺吃过午饭就让水莲用板车把他拉到村委会大院里，唐希旺有大小门上的钥匙，他挟着拐杖开了锁自个儿进了小会议室。水莲将板车放在院子里，先回家，散了会再来接爸爸。

刘长富已把长条桌和长靠背椅擦了一遍，除去浮灰。地上也扫了。连贴在墙上的规章制度好像也用帚子掠了一遍，看上去虽然有些陈旧，却也不怎么扎眼。会议室是请小学校里一位教美术的老师帮助设计布置的。主要有村党支部委员会、村民委员会、村民治安调解委员会、青妇民兵文化教育和社会治安综合治理领导小组、计划生育领导小组成员与分工名单。还有会议制度、保密制度、财务制度、接待制度，加上农业、林业、教育、保险公司、公安消防等部门印发的各种宣传口号和宣传画等几乎应有尽有。虽然算不上精美壮观，麻雀虽小，五脏俱全。

唐希旺刚刚坐下，牛小梅也来了。刘长富、苟二旦、郭继山、白慧敏都是前后脚到的。因为要研究计划生育工作，白慧敏吃过午饭安排好女儿上学，锁上大门就朝村委会赶来。如果不是路上打岔，她可能是第一个赶到。白慧敏沉着脸走进小会议室，委屈地说："书记，还有你们几位给评评，我这个专干算老几？"

唐希旺见白慧敏脸色涨红，招招手，笑道："慧敏，冷静，冷静，坐下说，坐下说。"

原来是白慧敏来开会的路上，刘昌友一个远房嫂子因为白慧敏动员她媳妇做了结扎手术，隔着一条沟远远地指桑骂槐。白慧敏装着没听见，气呼呼地直奔村委会。

"说啥呢，鼻子大压嘴，人家有后台。"白慧敏平时文静羞涩，也有耐心，但不能超过承受能力。一旦超过极限，惹毛了，要命她也不怕。

"后台，我正想找后台呢！"白慧敏的话刚落音，刚跨进门的刘昌友接上茬，"家里有点事，我来晚了一点。"

白慧敏见刘昌友进来，人都到齐了，她用手绢擦擦眼睛，从刘昌友身后拐过去和牛小梅坐在一起。坐下后，她又擦擦眼，啥也没有说。

刘昌友见白慧敏眼不是眼鼻子不是鼻子，干笑笑和唐希旺坐在一起。

唐希旺说："我们开会吧！计划生育是基本国策，镇里刚开过计划生育紧急会议，刘主任和慧敏参加的。镇里在全县倒数第一，书记和镇长都急了。如果年终钻进笼子里，他们就会被就地免职。镇里要下猛药，我们村在全镇排名靠后，大家研究研究办法，我们不能落后。"唐希旺看一眼刘昌友又转向白慧敏，"你们两个谁先说？"

白慧敏还在用手绢擦眼，忍气吞声地说："让他先说吧！"她没有称刘主任，也没有叫刘昌友。

刘昌友的眼睛扫了一眼白慧敏，又扫了一下大家，清了清嗓子，不紧不慢地说："我和白慧敏同志去镇里开会的。书记和镇长都很急，下决心把计划生育工作突击上去。他们主要是保自己的屁股。我们村有点落后，但还不是很落后……"

"倒数第二了。"白慧敏插话。她眼睛乜了刘昌友一眼，不屑一顾。

刘昌友继续说："前一阶段，唐书记住院，我们的工作受点影响，唐书记现在回来了，我们要共同努力把工作搞上去。特别是计划生育，镇里要下猛药，哪个村搞不上去也要就地免职。这可能是吓唬人的。我们又不拿工资，还能就地到哪里，要免……"

"先免我！"白慧敏又插话，"别绕圈子了，书记和镇长说得很明白，我们镇最突出的问题就是超计划怀孕，抓流产。我们村里也是这个问题最严重。说严重，主要是钉子户解决不了。打开窗子说亮话，大家都是村领导班子成员，我不怕得罪人，也不怕人放倒水。刘昌文这一家是最大的钉子户，马素云又怀上了，已经是第四胎。这一家的问题解决不了，我们就准备钻笼子吧！"

刘昌友噎住了。半晌，他草草地说："我不说了，大家研究吧！"

问题摆出来了。怎么研究呢？刘昌文是刘昌友一个老坟头上的远房兄弟，六十多岁。刘昌文四个女儿一个儿子。四个女儿早已嫁出去。儿子也早已成家。不知是什么原因，媳妇头一胎生个女儿。当时刘家还没当回事，男女都一样，生孩子比不上种地，种什么收什么，隔皮不识货，全凭运气。一家人盼着二胎，二胎又是女孩。按要求二女户要做结扎手术，刘家软磨硬缠不让做，后来刘昌文的老婆偷偷给刘昌友送去1000块钱，刘昌友睁只眼闭只眼给马虎过去了。

刘昌文虽然算不上刘昌友的近亲，但刘昌文也是金水湾不可小觑的人物，而且他的影响要超过一般人。刘昌文过去家境也很贫寒，但因为年龄大，赶上解放初期上过两年私塾。虽然文化底子不厚，平时爱学习，不知从什么地方弄了一本《易经》，后又读了《水浒》和《三国演义》等，也可能是书读多了，尤其是《易经》里面的八卦和诸葛亮的神机妙算琢磨透了，不但说话文绉绉的，私下里还给人掐个八字看看风水。刘昌友没进班子前曾找刘昌文掐过，刘昌文仔细看看刘昌友的手纹，装模作样，念念有词："老弟官运到了，当多大我不敢说，九品，村长书记不成问题。命里有啊！"经他这么一捣鼓，刘昌友通过一个朋友给当时的公社书记送了两条烟两瓶酒，只花了100多块就入了党当了生产队长，后来真的进了村领导班子。

说起刘昌文的媳妇马素云生第三胎还真有点惊心动魄和戏剧性。白慧敏带着育龄妇女去镇计生站做妇检，医生发现马素云的宫腔里长个什么东西，以为是肌瘤什么的，建议到县医院做进一步检查。到县医院妇产科一查是怀孕了。刘昌文翻出珍藏的《易经》反复琢磨半天，断定第三胎准是个男孩。白慧敏上门要县医院检查结果，刘昌文的儿子刘长汉是个二杆子，挥着木棒要打白慧敏。白慧敏不怕吓，冲上去让他打。刘昌文知道计划生育的重要性，加之老伴正在咽气，害怕事情闹大了，连忙拦住刘长汉骂："狗东西瞎了眼了，你白姨是公事，快赔礼道歉，快，跪下，"他挥着拳头，声色俱厉道，"臭小子，老子打断你的腿！"

刘长汉见老子没有往日的狡黠也傻了眼。当着围观者，他的腿弯了弯，手里的木棒落在地上。

刘昌文是在高抬白慧敏。刘长汉已经三十多岁，白慧敏还不到三十。白慧敏的丈夫姓冯，在金水湾独此一家。论辈分和年龄，刘长汉怎么也不该叫白慧敏姨。

白慧敏也被刘昌文忽悠晕了。她正不知所措，刘昌文一个眼色，四个女儿齐刷刷地跪倒在白慧敏的面前。刘昌文的大女儿已经四十多岁，白头发成绺了，哀求道："俺姨，我弟弟不懂事，你高高手吧！"

白慧敏的心软了。她说："你们都起来吧！我改日再来。"说着，就走了。

没几天，刘昌文的老伴去世了。老伴弥留之际，向刘昌文哀求道："他爸，我走了，看不到孙子了，你可要看好孙子！"

刘昌文眼里噙着泪点点头，答应道："好，你走吧！我一定要养好孙子。"其实，他的下意识里是，老伴，这不是干活，多流汗就能多挣钱，生出来才是真的。

事与愿违。第三胎又是个女孩。

孩子生下后，刘长汉打了马素云一巴掌，骂道："邪门了，你一肚子都是女孩。"马素云也叹命苦，但她不承认是自己一个人的错，反问道："生男生女又不是自己想的，你妈一连四个闺女怪谁呢？"

刘长汉又打她一巴掌。

马素云是个老实人。她不但要养好孩子，还要侍奉公公刘昌文。老老少少吃饭穿衣，农忙还要干农活，里里外外整天从早忙到晚。刘长汉粗野，一想起没有儿子就打她，动不动拿她出气。白慧敏得知马素云的情况后，心里酸酸的。两口子生气是常事，想帮助她又不知道从哪里下手。

大家你一言我一语，一时都想不出好主意。

刘昌文家这个计划生育的钉子拔不掉，下面的工作就无法开展。刘昌文成了烫手的山芋。

刘昌友一直沉默不语。

唐希旺的脑子一直在翻腾，像打仗一样，这个山头只有他上，于是他坚定地说："刘昌文这一户的思想工作我包了。"说完，他的脸上唰唰往外冒汗。

白慧敏实在看不下去了，她紧接着说："不，我是计生专干，这一户该我包。"

牛小梅也被感动了，说："书记的腿还没有全好，走路不方便。我提个建议，刘昌文这一户由书记和慧敏两个人包。他这一户最关键，工作做通了，下面的都好做。"

大家一致说好。刘昌友不但同意，还暗暗窃喜："刘昌文可不是好惹的。"

刘长汉是个二杆子，动刀动枪，要么弄出人命，要么一箭双雕。

计划生育工作研究到这里，基本上有了眉目，重在落实，接着研究建校款问题。时间已经很晚了。水莲坐在外面的板车上，等待散会后拉爸爸回家。

唐希旺说："天快黑了，小梅和慧敏还等着回家做饭，咱们长话短叙，我建议由我们几个人成立个财务清理小组，吸收各村民小组长参加，请镇财政所派两个人帮助我们把村里的财务在十天内清理清楚。清出来的钱用于建校，不够的话我们再想办法。我明天上午和刘主任向镇党委政府汇报，争取镇领导支持。"

唐希旺的话刚落音，苟二旦、牛小梅、郭继山、白慧敏都表示同意。刘昌友和刘长富没有说话，感到突然，但都没有表示反对。决定通过后，唐希旺宣布散会。

刘长富和刘昌友住一个村民组。回家的路上，刘长富的心里忐忑不安。快分手时，刘长富心事重重地说："叔，这一清，你那3万多块钱从哪里安眼？"

"车到山前必有路。活活的人哪能让尿憋死？"刘昌友感叹道，"咱爷们看走眼了，没想到他要快刀斩乱麻。多长个心眼，见机行事。必要的时候，也要丢卒保帅。"

"叔，你是要让我当替罪羊？"刘长富一脸茫然。

"什么替罪羊。"刘昌友不耐烦地说，"留得青山在，不怕没柴烧。关键的时候得有个主次，不能一锅烂。"

"我……"刘长富心里冒出一股凉气。

三

水生和晓旭到深亚的第三天就给家里打来电话。电话是水莲接的。水生说："姐，我和晓旭到深亚的第二天就见林总了。林总和黄明跃是铁哥们，大企业家。10多条大船，汽车、别墅应有尽有，林总头一次见我们请到大酒店里吃饭，海鲜，我和晓旭都是第一次吃。"水生很激动，连珠炮似的，水莲急着没空儿插话。水生的语速终于慢下来，问道："咱爸咱妈呢？"水生没有提奶奶和姑姑，来之前奶奶和姑姑就说定了的，她们马上回唐家湾。

王秀芳闻讯从厨房里赶过来。水莲说："爸住学校里看着建校，妈在这里呢，正想着和你在电话里说话呢！"

王秀芳接过电话，水生还处在兴奋中。“妈，深亚真大啊！到处都是人，全国哪地方的都有。到处在盖楼，都是一天一层往上拱，快得很。马路像南大坡一样宽，林总待我们好得很，林总年纪不大，才三十多岁，大老板，一天能进几十万。你们都放心，我和晓旭一定好好干，老板说了，休息几天就安排我上班。……”

又过了几天，水生又给家里打电话。他原以为林总没有大哥大，后来才知道林总早就有，他的大哥大平时由秘书带着，需要他讲话时他才用。这一次打电话，水生更激动。当时水莲不在家，王秀芳听电话铃一响，马上跑去接。她还没有来得及问是谁，水生就滔滔不绝了：“妈，我上班了，在大船上。”

王秀芳有点不相信耳朵，问：“船上还有电话吗？”她知道船是流动的，电话不会动。

“妈，我用的是大哥大。”王秀芳不知道大哥大是什么，能说话就好。水生说：“林总新买了手机，他的大哥大送给我用。他还说要不了多久也给我买部手机。手机说话更方便。你不用牵挂我，以后有事就打我的大哥大和手机。”至于怎么打，他可能没来得及说电话就断了。

林阿丹的确够朋友。大概一个月后，008 船回到深亚，林阿丹又请唐水生和刘晓旭吃饭。这一次不但档次高，五星级的，还带上他的太太。秘书安排好房间，就出去了。走时，向唐水生和刘晓旭彬彬有礼地打招呼说：“请二位用餐。”然后向林总和他的太太说，“林总和夫人晚安。”说着，微笑着走出房间。秘书是个小伙子。后来唐水生和刘晓旭才知道林总的秘书是个出自名牌大学的高才生。

林总的太太姓张，和林总的年纪差不多，没有林总气派，穿着也很普通，没有戴金项链，象征性地戴着戒指。林总让唐水生和刘晓旭叫她张姐。

按照林总的交代，秘书没有让上酒，什么酒也没有上，上了四听饮料。张姐只喝了一半，剩下的倒进林总的杯子。按南方规矩，林总和太太并排一起坐，水生和晓旭一起坐。四个人面对面，气氛热烈，轻松和谐。后来水生和晓旭得知饮料是进口的，一听 500 毫升，售价 400 多。妻子倒给他的半听饮料不是她舍不得丢。和别人吃饭，林总从来不给代酒和饮料，再好再贵的宁肯倒掉他也不会代喝一口。唯独太太的，他痛快地一饮而尽。林总喝下饮料，当着太太的面,虔诚地说:“我和你们的张姐结婚十多年了。有时难免两口子闹点别扭,甚至吵几句,但我们从来不相互骂人打架。千年修得同舟渡啊!大千世界,茫茫人海,两个人走在一起,把自己交给对方,这是一种信任啊!人活在世上什么最珍贵?一个人对另一个人的信任。夫妻也好,朋友也好,信任是最大的筹码,也最珍贵。”林阿丹说着,让水生和晓旭吃菜。

菜,看起来很普通,实际都是山珍野味。青菜大都是山里挖的野菜,纯天然的,荤菜,海里的鱼虾,天上的飞禽。除了国家明令禁止的,上的都是野味。

他们也边吃边喝,不时说说话儿。不知是什么原因,林阿丹显得特别兴奋。“有人说林子大了,什么鸟都有,什么声音都有。还有人说:深亚是个大染缸,红的进来就会黑着出去。还有人说:不包二奶算不上有钱,也算不上大企业家。我不同意这种观点和说法。深亚再开放,还能超过香港吗?人家李嘉诚老先生那么多钱还不是一辈子守着那个老太太?”林阿丹用手敲敲自己的头,深有感触地说,“人活着,关键是思想和认识。大家都是人,没有一个是神仙。为什么有的大人物一辈子守着黄脸婆,什么香风玉面都不动心?这样的人悟透了,什么美女丑女,”林阿丹看了一眼太太和刘晓旭,诙谐地说,“我先打嘴,后说话,一个人漂亮不漂亮都是表面现象,表面的东西是会变化的,谁也抗拒不了,连死谁也抗不住,早晚都有那一天。”

大家边吃边喝边谈。水生和晓旭可能因为和林总与张姐不太熟悉,话不多。张姐很朴实,没有大城市人家的架子,也没有富翁太太的高傲。因为林阿丹说的都是实话,她有时忍不住抿嘴笑笑,对水生和晓旭说:“不要客气,吃菜,不一定可口吧?”

水生专注地听林阿丹说话,笑着向张姐点头,表示感谢。晓旭坐在张姐对面,见张姐像一般城里女人朴素热情,莞尔道:“张姐,你也吃菜。”

林阿丹见唐水生还很年轻,又是第一次来深亚,而且要在这里打拼,不掩不盖地说:“水生小老弟,你只知道我是深亚的大老板,待久了,你就会知道我不但是个大老抠,还有人说我是个不会生活、不懂得享受的大笨蛋。我怎么不会生活?我也爱旅游、跳舞,有时也爱吼几嗓子。京剧、粤剧,连你们安徽的黄梅戏我张口也能来几句,‘树上的鸟儿成双对……’”

水生笑起来:“林哥的声音很好听,很像我们省里那个……”

林阿丹笑起来:“我是乱哼哼,放松放松……”晓旭见林阿丹也是性情中人,而且很开朗,赞许地说:“现在像林哥这样的人不多。有的人有点地位和钱,马上就变了,不是闹离婚就是找小姐,整天泡在大酒店里,只图自己享受,连父母和孩子都不管。”

张姐说:“这样的还是少数,脑子有病。”

林阿丹认真地说:“这就是人的思想境界问题。在我的生活圈子里,有人说我刀枪不入。这是笑话我不会生活。我不承认。除了你张姐,什么样的女人我也不会动心,我认为这是道德问题。赌博、毒品就更不用说了。这些一定要堵住。堵住了,就翻不了船;堵不住,家里开个银行,早晚也一定要完蛋。”

……

林总的这次请客,唐水生和刘晓旭终生难忘。

林阿丹是个有个性有战略眼光的民营企业家。十几年来从他的事业起步那天起,不仅他自己洁身自好,凡是进入他的企业的所有员工几乎都要经他亲自过目、谈话、请客。有单独一个人,也有集体活动,因人而异。鉴于他与黄明跃的特殊关系,唐水生和刘晓旭的到来,他深感责任重大,和夫人商量,特地为他们举办这样的聚会。

晚饭结束,秘书已经结了账。车子停在大酒店的停车场上,张姐和唐水生、刘晓旭坐在后排,林总坐在前面,秘书开车。

林阿丹的家是单门独院的三层别墅楼。大门口常年有保安轮流值守。路上,张姐说:“一楼的客房是接待临时小住客人的。三楼还有专供长住的房间,我跟你林哥商量了,你们俩搬到三楼吧!那里更安静。”

水生惊愕地说:“张姐,我和晓旭还没有正式结婚呢,年龄也不到。”

“明跃向我们介绍了,你们俩相好,两家父母都同意,还下了聘礼。”张姐继续说,“俩人住一起,互相照顾。外国叫什么,阿丹?……”

林阿丹说:“叫试婚。特别是西方,这方面比较随意,想合就合,想分就分,深亚这边也兴起来了。”

水生不说话。张姐又用胳膊肘捣捣晓旭,亲昵地说:“晓旭妹,听见没?你林哥去过西方几个国家,见得多,别封建了,住三楼。我跟保姆都安排好了。”

晓旭的心怦怦乱跳,忸怩道:“只要水生……”她没有说下去。

林阿丹笑笑:“年轻人,脸皮薄,开头有点别扭,习惯下来就好了。按你们张姐的意见办吧!”

汽车已进林家大院里。有人说林阿丹是作秀,而深亚大学的白教授通过调查研究认定:这是林阿丹创办管理发展壮大企业理念的特色,也是他成功并长期立于不败之地的深亚模式的秘诀。

四

吃过早饭,唐希旺让水莲拉板车送他去镇里。去镇里必须经过金西,刘昌友住在金西第二排,拐个小弯就到了他家门口。唐希旺叫停下,坐在板车上喊:“昌友,昌友……”

吴文英小步跑出来,假笑道:“啊!唐书记,昌友一早出去了,他一个表姐病了,让我转告你,他不能陪你去镇里,你一个人去吧!”

“噢!噢!”唐希旺没有多想,看病人也很重要,“好好,我知道了。文英,你忙吧!我一个人去。”

水莲扶着板车把儿,笑着向吴文英打招呼:“婶,我们走啦!”

吴文英望着渐渐远去的板车,嘴里小声诅咒:“死不着的东西,再断一条腿,就爬着活了。”

镇党委书记万亚杰和镇长徐永刚研究完工作,两个人一前一后刚走出办公室,水莲拉着唐希旺正好走进大院。徐永刚老远就打招呼:“老唐,你现在也有专车了!”

万亚杰也笑着打招呼:“你老唐好福气。”

“嘿嘿!”唐希旺晃着身子,笑嘻嘻地说,“养闺女好啊!”

提起养闺女,徐永刚想起水生的事,问道:“儿子呢?大学有没有上?”

唐希旺叹了一口气,摇摇头道:“上个屁!问题弄清了,大学都快开学了,黄了。”

“孩子呢?”徐永刚关切道。

“去深亚了。”唐希旺无奈,“我外甥一个朋友在深亚,他不想上大学。”

“这就走对了。”万亚杰安慰道,“不要吊在一棵树上。老唐,不要生气,上大学也不包一辈子。听说以后大学毕业，国家也不包分配工作，学西方，推向社会，人才市场，一下子也说不透，反正有本事不愁没饭吃。”

“我也这样想，让他自己去闯。”唐希旺咂咂嘴，“唉！我也没啥本事，想帮也帮不上，凭他自个儿干吧！”

“对对！”万亚杰恍然大悟，抱歉地说，“你去市里住院，我和老徐也没有去看，真对不起啊！请谅解。”

“说哪里去了。”唐希旺不以为然道，“我这是外伤，看着怪害怕，离心远着哪！”

“不不，我们应该关心一下。”徐永刚也有些过意不去，微笑道，“我们两个也想到了，就是没有挤出时间，老朋友了，千万别往心里去。”

“说外话呢，往心里去我还跷着腿朝镇里来？”唐希旺笑咧咧的。

“言归正传。”万亚杰直奔主题，“你老兄辛辛苦苦地赶来一定有事，快说，我们俩还要去县里开会。”

水莲和万书记、徐镇长打过招呼就离开了。她知道爸爸和镇领导谈工作自己不应该在场。

“怎么，老刘，刘昌友没来？”徐永刚知道一般谈工作方面的事，唐希旺都是和刘昌友一起，这一点唐希旺做得很好。

“昌友一个亲戚病了，原来我们说好了的，临时变化，他没有来成。”唐希旺说，“我这样子，就不去办公室里，委屈你们二位领导站着听吧！”

“特殊情况，你说吧！”万亚杰笑道。

“昨天下午，我们开了支委会，先研究计划生育工作，又研究财务方面的事。按计划我们的建校费筹集够了，加上镇里补助的，绰绰有余。现在房子建好了，也早开学了，还差一部分钱没付清。人家要不着钱，急着要封门。我们研究成立一个领导小组，请村民小组长参加，再请镇财政所给我们派两个同志，把村里的财务清理清理。群众这方面要求也很迫切……”

唐希旺简单汇报后，万亚杰思忖一会，看看徐永刚，徐永刚点头，表示同意。万亚杰说：“清理财务是应该的。”不过，多年的乡镇工作，他知道财务是个敏感的话题，不仅涉及群众的切身利益，也影响领导班子团结。上下强调“一支笔”，说来说去都是为了管好钱。说白了，没有钱就没有腐败。村一级更不用说了，村干部没有固定工资，就那么一点误工补贴。误工补贴，不是国家发，由农民家家收提留。收上来还好说，收不上来就没有钱补。村干部有家有口，有老有少，要吃饭穿衣，一年四季白忙活，除了傻瓜，谁愿意干？一些村干部撂挑子应该理解。村干部要工作还要活，所以有些人就利用权力捞好处占便宜，甚至变着法子加重群众负担，克扣上面的救灾款，等等，无奇不有。个别胆子大的浑水摸鱼、鱼肉百姓。想到这里，万亚杰叮嘱道："好，你们先搞，也算是试点吧！请永刚跟财政所说一下，安排两个业务精的同志去，可能会遇到困难，但一定要坚决搞好，决不能弄成夹生饭。不过，你们一定要掌握分寸，既不要走过场，也不要过火了，更不要影响团结。当然了，如果是明目张胆地往腰里装，我们也不能迁就。该处理的一定要严肃处理，决不姑息迁就。永刚，你的意见？"

万亚杰以前在一所中学里当教师，后来转到行政上，曾在县委办公室当过秘书，又在县委组织部当过科长，原来在一个镇里当镇长，后调到金水湾镇当党委书记，熟悉农村工作，也有工作方法和能力，但工作过于谨慎，有些放不开手脚。特别是近些年，农村出现乱摊派、乱提留，干群关系紧张，引发许多恶性案件和群体上访，处理不少受牵连的乡镇干部，万亚杰整天像走钢丝一样。

徐永刚也是在农村里长大，后当兵提干，从部队转业一竿子扎到底。可能是在部队里养成的习惯，工作不像万亚杰那样瞻前顾后，而是说干就干，大刀阔斧。万亚杰发表意见后，把脸转向他问，他果断地说："我马上就安排财政所里派人去，明天就开始清，我不多说了，按亚杰书记的意见办。还有，计划生育也要抓紧，计划生育不像要提留款，计划生育是基本国策，加一点土政策不要紧，只要不出人命，可以下猛药。先要拔掉钉子户。钉子拔掉了，局面就可以打开。"

……

当天下午，唐希旺和白慧敏就相约来到刘昌文家。

刘昌文万万没有料到唐希旺和白慧敏会来得这样快。刘昌文已经知道唐希旺和白慧敏包他们这一家。这是刘昌友告诉他的。刘昌友吃过早饭没有去亲戚家，他的表姐也没有病。他也没有出村。他去刘昌文家了。他想了一夜，他担心的是清账。清账，不仅刘长富难以过关，他也要露出马脚。这是他不能容忍的。金水湾村有一半人姓刘,这是一种绝对的人力资源。如何在金水湾长期站住脚,眼下的清账这一关至关重要。刘昌友吸烟只是花瘾,有就吸一支,没有一整天也不吸。这一夜他几乎吸了一包,像烧锅一样,一支接一支,呛得吴文英睡不着,嘟哝道:“你疯了,还睡不睡? ……”刘昌友不搭理,继续一支接一支,想来想去,他决定打刘昌文这张牌。

“昌文哥,听说你要得孙孩子了,恭喜啊!”刘昌友一进大门,刘昌文刚吃了早饭,正在扫院子,嘴里还哼着嗨子戏的曲儿。

刘昌文放下扫帚,乐呵呵地说:“听说又怀上了。”

刘昌友沉下脸:“还听说呢! 村里都知道了,我又不会算。”他故意压低声音,神秘地说,“到这个火候了,看在兄弟分上,也为了我们刘家在金水湾挺直腰杆,实不相瞒,你们这个家已经作为重点户,镇里正在抓,老弟我想帮助,但力不从心啊!”

刘昌文对刘昌友的到来既担心又感激,担心的是儿媳妇刚怀上就让村里知道了成为重点户,感激的是刘昌友在危难之际前来通风报信。他立即安排儿子长汉去镇上买菜,留刘昌友吃饭。刘昌友故意做个推辞的样子说:“算啦! 不麻烦老哥了,我只是先给个信儿,想想办法,生下来就谢天谢地了。”

他这样一客气,刘昌文更为感动,吩咐长汉快去镇上,说:“昌友老弟,你是咱金水湾刘家的一棵大树啊! 你对老哥我这份情,比山高,比海深。我这把年纪,不想发财,就盼有个根啊!”刘昌文哆嗦着从屋里拿出一包红盒黄山香烟。

“是是。”刘昌友点着烟吸了一口,可能是烟存放久了,有点霉味,他又吐出来。

刘昌文又吩咐马素云上心做菜,马素云说:“我只有这个本事,请个厨师吧!”

刘昌文知道媳妇不想再生了,不领刘昌友的情,说:“你叔还不是为咱家好? 别犯傻了。”

中午的菜很丰盛。刘昌友不让惊动外人。刘昌文知道刘昌友的意思,除了大门紧闭,吃饭时马素云带着仨女儿在厨房里,刘昌文父子陪刘昌友在堂屋里。三个人喝了一点酒,刘昌友就不喝了。因为都没有心情,刘昌文和刘长汉也不强求。匆匆吃了饭,刘昌友就告辞了。为了表示感谢,刘昌文悄悄塞给刘昌友 500 块钱，刘昌友不好意思收，假惺惺地说："老哥，老哥，不能这样做。咱哥俩，谁对谁呢！"

老谋深算的刘昌文也鬼迷心窍，固执地说："老弟，你不收，不是看不起我嘛！"

刘昌友半推半就地收下了，为了表示关心，临走时他特地关照说："很快就要行动了，最好让侄媳妇到外面躲一躲，过了风头，把孩子生下来，天皇老子也没有办法。"

"那是，那是，"刘昌文感激地说，"活活的人谁也不敢弄死。谢谢老弟，谢谢！……"

令刘昌文措手不及的是：刘昌友前脚刚走，白慧敏和唐希旺就来了。他们知道刘昌文是个不按倒不屙屎的主。

他们事先约好，唐希旺由水莲用板车拉着，白慧敏骑着轻型摩托，两个人先后来到刘昌文家。刘昌文正同刘长汉商议把马素云送到哪个亲戚家里，外面一阵嗵嗵嗵的摩托声戛然停止。刘昌文寒着脸忙走出来看，白慧敏已推着摩托车走进院里。刘昌文连忙笑脸相迎："大妹子，你怎么舍福了？"

白慧敏开门见山："我来找马素云去镇里做流产。"

"你怎么知道她有了？"刘昌文绷起脸，他想给白慧敏下马威。

"上星期妇检查出来的。"白慧敏瞪大眼睛。

"姓白的！我跟你拼了！"刘长汉又从堂屋里跳出来，手里抡着一把砍刀，"你为什么要从我头上开刀？！"

"马素云已经是怀第四胎了。"白慧敏面不改色心不跳，一只手指着刘长汉说，"你是要砍我还是砸我的摩托，随你便，我就站在这里，来吧！砍啊！砸啊！不过我要先告诉你，你砍死我，你的小命也留不住，公安局不是拴老驴的。同时我还要先告诉你，我的摩托旧了，你砸烂还要赔我一辆新的。"

"我不敢吗？"刘长汉抡起砍刀。

"混账！耍什么横，放下！"刘昌文想故技重演。

事先策划时，刘昌文曾对刘长汉说："儿啊！万一唐希旺和白慧敏闯进我们家，你唱红脸，学张飞，给他们来点硬的，我唱白脸，学诸葛亮，还怕对付不了他唐希旺和那个黄毛丫头。"现在来真格的了，老头子却动起肝火，骂道："狗娘养的,给我滚！滚！”

刘长汉弄迷糊了,扔下砍刀,怏怏地缩回屋里。

“大妹子,你,你,高高手……”刘昌文向白慧敏说好话。

“刘昌文,你不要信人家鬼吹灯。”白慧敏气不打一处来,正色道,“计划生育是基本国策,你天天给人家掐掐算算,这个你都懂。有的人背后捣捣戳戳,有胆量,让他站出来替你们扛。”

“那是,那是……”刘昌文没有底气。

“既然你懂,现在我对你说,马素云现在得跟我走。”白慧敏跑进屋里冷不防将马素云一把拉住,命令似的,“素云姐,走,跟我一起去镇里。”别看她身材苗条,面容婉娴,说时迟那时快,她拉住马素云像牵小羊似的拉上摩托车后座,发动起马达向外面跑去。刘长汉正躺在床上生闷气,当他抡起砍刀追出来时,白慧敏的摩托已跑出老远。刘长汉暴跳着高喊:“姓白的,我跟你没完!”

白慧敏转回头也高声叫道:“刘长汉,你听着,你敢动马素云一根头毛,我要告你家庭暴力犯罪,把你送进大牢!”

虽然事先约定时间,因为白慧敏的摩托快,她又是当机立断,没费什么口舌,仅仅十来分钟,当水莲拉着唐希旺赶到时,白慧敏已带着马素云出了村口。刘长汉手里拿着刀呆呆地站在那里。刘昌文迎着唐希旺痛苦地说:“书记,白……白……她疯了！……”

唐希旺坐在板车上瞅着刘长汉说:“怎么,要动刀啊！法盲!”

刘昌文猴精。他知道事情已没有挽回的余地,指着刘长汉骂:“猪脑子,书记也来了,还在那里出丑,滚,滚……”

刘昌文家这根钉子拔掉了。

既然来了,唐希旺还是要到刘昌文家坐坐。他挟着拐杖走进院里,刘昌文让他进屋里,唐希旺说:“不麻烦你们了,就坐在院子里叙叙吧!”

刘昌文忙搬来凳子,唐希旺坐下。刘昌文也找个小凳子在唐希旺对面坐下。唐希旺见刘昌文的情绪已经稳定,说道:“老大哥,你是金水湾村的大名人,识文断字的,计划生育政策咋能装糊涂。素云已经生仨了。”

这时刘长汉垂头丧气地走进来,唐希旺挥手招呼他也坐下说话。刘长汉也找个小凳子坐下了。唐希旺继续说:“女孩怎么啦！三朵金花啊！培养好了，都是人才。你看人家白慧敏，一个女孩就不生了。冯灿在学校里教书，她在家里干活，日子过得多滋润。咱村里还有许多二女户，人家都领了光荣证，不愿意再生。你们已经三个了，负担够重的。”

刘昌文点点头，说：“是啊！三个孙女，够了。”

“什么男孩女孩，都一样。”唐希旺拿自己比画，“你看我妈还不是我姐姐一个人养活，我和希强没中她老人家什么用，真惭愧啊！”

“你老弟真说到家了。”刘昌文的心里真的亮堂了。他知道按政策规定，素云不仅要人流，还要做绝育手术，结扎。结扎也是手术，虽然没什么危险，但也是重要一关。刘昌文想到素云的辛苦，心疼地对刘长汉说：“快带两床被子，拉上咱家的板车去镇计生站接素云回来。什么孙子不孙子，我想通了，人这一辈子图个活得自在，腿一蹬眼一闭，烟囱里一钻，一代接一代，撑起家，撑起国，也撑起这个世界。人怎样活都是一辈子，但一定要讲道德……”

唐希旺感慨：“老哥悟得透，透啊！”

刘昌文摇摇头：“惭愧，惭愧，都怪我一时糊涂，给村里找麻烦，差点闹出大事。”

唐希旺握住刘昌文的手说：“哪里，哪里，走点弯路不可怕，可怕的是不知道回头。”

五

刘昌友呕心沥血导演的戏没有成功，刚刚拉开一点帷幕就吹了。刘昌文家这根钉子拔掉后，全村计划生育工作顺利展开。大概10多天，全村计划生育台账、妇检、出生、人流、引产、上环、结扎等各项生育指标都全部顺利完成。年终评比时不仅没有钻笼子，还拿了全镇第一名。颁奖大会上，除颁发一块奖匾，镇里还奖给现金2000元。参加大会的有各行政村书记、主任、计生专干和村民小组长。因为唐希旺走路不方便，由刘昌友和白慧敏上台领奖。刘昌友捧着奖匾，白慧敏拿着奖金。县电视台的记者录了像，发给市报，也登出来了。照片放得很大，刘昌友绷着脸，白慧敏笑眯眯的。有的人拿刘昌友开心，插科打诨说：“不看说明，还以为你们在领结婚证呢！”

刘昌友摇摇头，酸溜溜地说："平时像只小绵羊，毛了，敢跳楼，碰也碰不得。水深着哩！"

刘昌友后一句算说到点子上，其实也不尽然。白慧敏也是全村较早买彩电、冰箱、摩托车的家庭之一。白慧敏的丈夫冯灿是白慧敏的高中同学。两人高中毕业时定下终身。高考时，白慧敏突发感冒，高烧39℃，后两门没有发挥好，高考总分没有过线。冯灿上大学的第二年，俩人结婚，白慧敏怀上孩子，复读一半就不读了，回乡种地。冯灿大学毕业，分配在镇上中学当老师，每月工资1000多，女儿出生后，夫妻俩都不想再生了。冯灿是个本分人。工作敬业，重情爱家，整天忙于工作，每月工资都交给白慧敏管。村里距学校两三公里。开始冯灿骑自行车上班，后来又买辆摩托。为了照顾妻子也能骑，特地买辆轻型的。平时白慧敏骑自行车，特殊情况，两人换着骑。白慧敏带马素云去计生站就属于特殊情况。不过，在金水湾村人的眼里，白慧敏不单是得势于夫妻俩的恩爱，还有她娘家方面的原因。白慧敏虽然也出生农村，但有个在县里当领导的继父。继父虽然去世，现有个同父异母的哥哥在县公安局当副局长。因为白慧敏当计生专干后爱和刘昌友顶牛，所以刘长贵出事，刘昌友没有找白慧敏，不是怕白慧敏灰面子。因为白慧敏有言在先："让我当可以，但不能让我走后门。"加之吸收白慧敏入党时，刘昌友曾暗地里做过手脚，做手脚的原因，缘于发展白慧敏入党前的一件事，在村里开会后回家的路上，天有点黑了，刘昌友说："支委研究了，吸收你为新党员，准备召开支部大会，通过后就上报。"白慧敏说："你是副书记，又是村委会主任，请你多关照。"白慧敏出于礼节客气，刘昌友可能是理解错了，以为白慧敏要有求于他，心中暗喜，情不自禁地用手抓白慧敏的乳房，并扳着白慧敏的头要亲吻。白慧敏恼了，骂道："狗眼，你以为你是谁，尿泡尿照照，回家找你妹妹亲。"事后，两个人谁也没有向外说，但各人的心里都有一堵墙。

计划生育工作告一段落，清理财务便正式开始。

这里有必要再交代一下金水湾村的地理位置。金水湾蓄洪区坐落在淮河一个大湾子里，长方形，随着淮河的走势，像个长布袋，又像一条巨龙。方圆128平方公里。分布着4个乡镇，56个行政村，130个庄台，人口156399人。金水湾镇位于蓄洪区上端，布袋口，又像龙头的部位。海拔（即从海平面计算）

28.236 米。下端仅 20.018 米。这样一个上高下低的低洼地里,除一面是淮北大堤,其他三面都是坚固的圩堤。国家兴建大闸时,同时筑起圩堤。当时动员 15 万劳动大军,苦战两个冬春,土方量按 1 米乘 1 米再乘 1 米的立方米计算,可围绕地球两圈半。虽然远远赶不上长城,可也称得上新中国治淮历史上一桩壮举。如果说金水湾镇是龙头的话,金水湾行政村就是龙的嘴了。

金水湾六个村民组再重复一遍。金东、金西、金南、金北、金中和金拐角。全村总共 865 户,4591 人。其中 15 个五保户,21 人,大都是单身汉和老太婆,也有夫妻共同在的,基本都失去劳动能力。如今能打能踢的青壮年大都外出了。现在要求不严,身份证一揣,蛇皮袋一背,挤上火车到沿海大城市里一年能挣 1 万多,除去吃喝拉撒还可以寄回家几千。抵上在家种地干两年。提留款一年比一年加重,有的举家外出,土地都撂荒了。啰唆半天,还是为了搞好清账。

镇财政所来了一老一少两位同志。老的叫老周,50 多岁,是财政所副所长兼总会计,少的姓李,地区财校毕业的中专生,20 多岁,大家叫他小李。不知是老周年纪大,还是因为官职小,与年龄不相称,还是长期专业养成的习惯,老周不喜欢人们叫他周所长,喜欢叫他老周。有一次,刘昌友恭维他:“周所长,辛苦了!……”当着众人,老周马上纠正说:“老刘,别这样叫,我不是所长。所长在所里,我是副所长,字多了,拗口,就叫我老周吧!”

刘昌友呆了半天,改口道:“好,老周同志辛苦了。”

老周当了三十多年会计。闭着眼睛可拨拉算盘珠子。老周不怎么爱喝酒,但爱吸烟,是有名的烟枪。据他自己说一天只用一根火柴。早上起床点上烟,一支接一支,一直到睡觉才熄灭。老周吸烟不讲究好烟孬烟,他工资不高,吸烟不能不吃饭。扣除吃饭钱,所剩不多,一般只买一块钱一包的中下等。吸烟影响健康,特别是孬烟对身体影响更大,老周不听劝,他说:“我算过了,一支烟少活一秒钟,一辈子也只少活十几天,十几天权当睡过头了。”

按惯例先开个小会。会议由刘昌友主持,唐希旺讲话,然后请老周做指示。

唐希旺说:“经支委会研究,请示镇党委政府同意,利用秋忙前这几天空闲,将村里财务清理一下。根据领导指示:清账工作宜粗不宜细,宜大不宜小。

当然也不能走过场。要实事求是,不要在枝枝节节上纠缠不休。要清出团结,清出干劲……”

唐希旺讲的既是官话,也是要害。很多地方和单位都是财务上暴露问题,闹不团结。不但没有好处,还影响工作开展。这是一种普遍现象,但不清理,也不正常。眼下金水湾村就到了不清理不行的程度了。郭小宝要封学校的门,群众说集资款交了,言下之意不能再让大家掏腰包。

老周可能是从业务角度,他不同意唐希旺的观点。他说:“我是搞会计工作的,快一辈子了。我只会抠算盘珠子,现在是按计算器。我只知道财务报表一分一厘也不能差。有时为了一分钱,对不上口,拨拉一夜算盘珠子也得找出来。不然报不了表。从中央到地方,大小单位都这样。不细不小,咋个清法?”

唐希旺连忙解释:“我指的不是账面上的事,是,例如开支的钱,报销单据……”

老周笑了,说:“我明白了,凡是领导签批报销的单据,不管符合不符合政策规定,睁只眼闭只眼。”

大家都笑了。不知是谁接了一句说:“灵活运用,裤带下面的都报销!”

引得大家又是一阵哄堂大笑。

……

第八章

一

经过一个多星期清理，金水湾村的财务基本搞完了。后半句是老周说的话。“之所以用‘基本’和‘搞完’四个字，只是大致理清，离彻底和清清楚楚还有差距。例如建校集资款，有的村民组上交2.1万，账上只有2万，那1000哪里去了，没有收据，怎么查。还有超计划生育罚款，人家说交2000，账上只上200，少个零就是两头大肥猪的钱，又怎么查。提留款，上级明明规定十三项，有的收二十多项，加一半还多。有的干部收的钱装进自己的口袋里，还说群众没有交，这又怎么查。……”

走过场也罢，草率也罢，从账面上看，全村还有现金余额96836.36元。开支的所有单据都是刘昌友一个人签批的。大部分都是吃喝招待费和白条子。苟二旦、牛小梅、白慧敏和许多村民组长看着几百几百的花花绿绿的单据和白条子，心里气鼓鼓的。唐希旺也看了。每看到一张不明不白的开支报销单据他的心像被锥子锥了一样，群众的血汗钱啊！但他记着万书记的嘱咐，点头道：“报吧！报吧！”大家苦笑，不再说什么。

清账总结会上，有人哭有人笑。刘长富哭了。账面上的近10万块钱，刘长富一分也掏不出来。为了严肃纪律，也为了对全村人民负责，经支委会研究，报镇党委批准，刘长富停职检查，把两委会公章和所有账务手续及柜子小门大门上的钥匙交给牛小梅，牛小梅兼任村文书。同时限期刘长富交出所欠的钱，以支付拖欠郭小宝的建校费。视其认错态度和改正情况，再做最后处理。

决定是唐希旺宣布的。唐希旺最后说:“这个决定是我和刘昌友同志一起去镇里汇报的。镇领导原来的意见是移送司法机关处理,我……”是出于保密还是另有隐情,他说不下去了。

唐希旺与镇领导说话时,刘昌友就在场。当时,镇党委领导班子成员听了唐希旺和刘昌友的汇报,大家既震惊又气愤,纷纷表示要将刘长富以贪污和失职交给检察机关依法起诉。唐希旺站出来力挺,说:“刘长富一是会计业务不够熟悉,二家庭上有老下有小,妻子多病,应令其停职检查退还欠款,视其改正情况,再做最后处理。”

他的话刚落音,就有人提出反对意见:“不能宽容。一个村文书竟如此大胆,以后还要制度和法律不要?”

唐希旺坚持说:“钱和账都是他一个人管。现在还不能定他贪污,也可能是他弄掉了,或者是忘记了和放错了地方。”

“不行。吞进肚子里也要给他挤出来。”又有人发表意见。

唐希旺几乎想给大家作揖,请求道:“请各位领导答应我的请求,给他一次改正错误的机会吧!要不,我就给你们下跪了。”

万亚杰看看徐永刚,徐永刚眼睛潮湿了。万亚杰第一次见唐希旺这种乞求的表情,他能看出唐希旺此时的心情是复杂的。凭他对他的了解,唐希旺不是惧怕,而是宽容、仁慈……于是,他也被感动了,拍板道:“好,按照唐希旺同志的要求办,给刘长富同志一条生路。不过钱一定要退出来。”

这是铁的事实。镇党委领导班子成员都在场。可是,后来,刘长富得到的情况却恰恰相反。刘昌友不但隐瞒了真相,还添油加醋使其演变为一种阴谋。

阴谋一旦被认可,就会产生意想不到的后果。报复是唯一的可能。古今中外,每一场战争几乎都是由阴谋引发的。普通百姓认可的阴谋,不会发生战争,但很可能是防不胜防五花八门的报复。

村里的钱清到刘长富的头上。作为刘长富妹夫的郭小宝瞪眼了。老婆对他说:“郭小宝,你就是下油锅也不许你找村里要钱了。俺哥的文书也掉了。不是俺哥,怎么也拿不到建校这宗活,你再逼俺哥,俺就把你踹了!”

“好好好,我不要了,不要了。”郭小宝原以为捡了一块大肥肉,加上送给刘昌友的5000，他的本钱还没有完全收上来。

其实刘长富是替罪羊。刘长富道行浅，真正满肚里长胆的还是刘昌友。往大里说，刘昌友吃个蚂蚱，他只有一条腿而已。但要揭开真相，有一个细节不能省略，就是镇党委决定的当天晚上刘昌友和刘长富有一次秘密交谈。

“长富啊！”吃过晚饭，刘昌友来到刘长富家，故作为难地说，“叔我不是一把手，顾不了你了。”

“叔，你说啥？”刘长富惊讶地说，“你事先不是再三要我自己挺，关键的时候由你顶吗？”

“是啊！”刘昌友假装沉重，“叔吃奶的劲都使上了，该打点的也打点了，顶不住啊！”

“你不是说，俺婶的娘家与万书记老婆的娘家是啥亲戚吗？”

“是啊！”刘昌友感叹道，“表上加表，使不上劲。再说现在都是听一把手的。”

“一把手又怎么样。”刘长富不以为然，“我又没有提拉他孩子下油锅，他应该不会吧！”

“这……”刘昌友还是把握着分寸，他耳边子听说水莲正在和长喜搞对象，如果成了，长富的屁股就会歪到希旺那边，于是，不温不火地说，“人心隔肚皮，虎心隔毛皮，难说啊！”

“叔，你这不是把我架在火上烤吗？”刘长富绝望了，“你当初咋说的，我……”

“我早就说过了，留得青山在，不怕没柴烧。”刘昌友绷起脸，“事到如今，你只管沉住气。只要咱爷们过了这个坎，要不了一年，我让你坐在家里数钱。”

刘长富没招了，只顾唉声叹气。

……

因为心里没有鬼，唐希旺没有事先讨好刘长富的想法，再说党的纪律也不允许这样做。

清出来近10万元，刘长富身上只有3万多，扣除拖欠郭小宝的建校费，只剩2000多元。其余都是刘昌友拿走的。

虽然牺牲了刘长富，但刘昌友并没有慌了手脚。为了应付当前危机，他不惜拿高利贷将钱还上。沉重的经济负担似乎有些出人意料。但精于谋划的刘昌友却另有良策。只要渡过眼前的难关，就可以继续实施下一步“不怕没柴烧”的长远目标。

二

“要想富，先修路。”这不仅是各级领导再三强调并由许多先进地区和村镇已经实施见效的举措，也是农村发展致富必由之路。镇里曾组织村干部多次去外地参观学习，所到之处无不都是宽阔的大道。而金水湾村距镇里3公里多的路弯弯曲曲，高凹不平。不要说汽车，连自行车、板车也不能正常通行。唐希旺早想将这段路取直拓宽，一直因为没有钱而困扰。现在有钱了，他主持召开村两委班子会议研究，利用眼下秋种基本结束的一段空闲，发动组织群众修路。村两委修路的方案不但报请镇人民政府批准，事先还经村民代表大会讨论通过。听说要修路，全村男女老少拍手称快。但是，刚请来县公路局的技术员勘察设计，就遇到阻力。不过，荒唐的是，打先锋的竟都是死人，闹得沸沸扬扬，天翻地覆。更可笑的是，最终竟是死人打开了困局。说穿了，死人只是一种工具或借口，是活人导演并了结了这场闹剧。

首先跳出来的是100多年前的死人。公路设计宽6米，石灰、粗砂、软土，洒水拌成三合土用轧路机碾压结实，铺上砖渣再碾压平整后，浇灌沥青轧平成柏油马路。设计图纸公布后，老实本分的刘昌学家闹鬼。刘昌学是刘昌友的近门兄弟，比刘昌友小三岁。刘昌学的老婆吴文兰是吴文英的同胞妹妹。吴文兰也没有什么文化，但为人有些刁钻，油嘴滑舌，不但爱占小便宜，还是有名的翻话精。自从刘昌友当上村干部，不但翻瞎话，搅得四邻八舍不得安宁，有时还搬弄是非欺负人，是出了名的惹不起。经过刘昌友和吴文英一番谋划，设计方案公布的第二天下午，吴文兰就披头散发躺在自家的院子里哭天唤地：“刘昌学呀，快来救我们啊！我们是你太爷和你太奶。我们安生100多年了，听说村里要扒我们的房子，用轧路机轧，了不得啊！我的重孙子们，你们不能忤逆啊！你们不管我们，我们也不让你们过得安宁。……”哭哭啼啼，翻来覆去就那么几句。

刘昌学明知吴文兰在装鬼弄神干扰村里修路，也知道是刘昌友和吴文英暗中指使，躺在床上不予理会。吴文兰还在院子里喊叫，吴文英走进来，冲到刘昌学跟前，吼道："你还有人心吗？都病成这个样子了，还不快去找村干部反映！"刘昌学翻了翻身，扫兴地说："村干部会治病？"

"你耳朵聋了！"吴文英跳起来，狂叫，"村里要扒你太爷爷和你太奶奶的房子，他们要找你们的麻烦。"

"说啥话哩！"刘昌学悻悻的。他本来要说个"鬼"字，舌头一打弯说成个"啥"字。

"刘昌学！"吴文英凶神恶煞地说，"你再不动窝，我妹妹若有个好歹，我跟你没完。快去，你哥正在村里开会，村干部都在那里，你去说说么，哪个人敢捂你的嘴。"

刘昌学慢腾腾地爬起来，趿上鞋，没精打采地朝村委会大院走去。

唐希旺正在主持两委成员讨论工程是承包还是包工不包料，施工单位是县公路局工程队，他们也只负责施工，不负责料子，料子由甲方提供，还可以施工和材料完全由施工单位负责。公路局还有个工程监督所，专门负责质量监督，工程竣工后，公路局还要组织专家验收。验收合格后交付甲方使用。造价10万元以上的工程还要请市里有关专家参加验收。每一道程序，有关施工、监督、验收负责人都要在书面材料上签字。哪一个环节出了问题追究哪一方面负责人的责任。村里是甲方，施工队是乙方。甲乙双方要签订书面合同，镇政府和县公证处是鉴定单位，全程跟踪。哪一方有违约行为，造成损失的要负法律责任。轻者批评教育，及时补救，情节严重的诉诸法律，以法制裁，还要承担相连带的经济损失。大家正在学习有关文件资料，刘昌学灰头灰脸地走进来。牛小梅正在读文件。在两委班子里，牛小梅的文化最高，中专毕业，又进修过两年。进修时她正在县农机厂工作，主要进修工厂管理方面的业务，包括安全、卫生、司法等等。进修不算学历，只发个结业文凭。如果算学历的话，牛小梅应该是大专文化。这在村一级领导班子里称得上高文化水平的人。经过一段时间工厂锻炼，牛小梅的能力是很强的。论口才、方法，哪一点都赶得上镇一级领导的水平。甚至当个镇妇女主任、镇长、书记都胜任。用她的话说："由于找错了庙门，进工厂搞管理，贡献了青春进农村，离开机器拿锄头。"虽然有些怨气，为了活路，她不得不放下架子，心安理得当个地地道道的农民。同是农民，由于她文化水平高，懂得的知识多，种庄稼也比一般人得法，她订了报纸杂志，主要是科学种田方面的，什么药物拌种、除草剂喷洒、浇水施肥、作物移栽嫁接、人工授粉、掐枝去叶防止疯长等等，都是一些新花样，样样上手快都走在头里。大棚蔬菜、良种引进试种等几乎所有带科学方面的农业知识都是牛小梅第一个先搞。村里人见她家的庄稼蔬菜比别人家长得好，收成多，都向她学。她不但没有架子，还认真传授，甚至手把手地教。男人刘永杰放不下架子，南下广东，牛小梅带着孩子一直坚守在农村。

牛小梅读着读着，冷不防刘昌学插话道："领导们都在，我，我向大家报个事，我家那口子……"他脸憋得通红，实在说不出口。

刘昌学畏畏缩缩的样子把大家弄愣了。刘昌友心里有数，故意不耐烦地说："我们正在开会研究修路，文兰怎么啦？"

"她中邪了，正说胡话呢！"刘昌学上句不接下句。苟二旦爱开玩笑，说："吴文兰中邪，请刘主任去治，刘主任用手摸摸就能好。"

郭继山摸不着头脑，接着苟二旦的话笑道："刘昌学眼睛得睁大点，不要让刘主任往下摸 。"

苟二旦还想接着开玩笑，唐希旺说："大家静静，刘昌学是不是还有急事？说吧！"

刘昌友一直瞅着刘昌学，苟二旦和郭继山的玩笑话他装着没听见，呆呆地坐在那里。

"是是。"刘昌学涨红着脸，哆哆嗦嗦地说，"她病了，躺在俺家院子里，哭，说，我，我……我老太爷老太奶的房子要被人扒了……"

大家有些蒙了。苟二旦说："扯淡，你刘昌学碰上鬼了，你老太爷老太奶是啥时候的事，恐怕连骨头渣也找不着了，都沤成泥了。"

"是是，100 多年了。"刘昌学呆头呆脑。

"100 多年了，还有啥房子，你玩什么猴？"苟二旦觉得有点怪，"你刘昌学的脑子是不是进水了？"

"苟营长，"刘昌学还是涨红着脸，"不是我，是，是她。"

唐希旺已经嗅到了一点信息，一直不再说话。刘昌友有点不安了，故意瞅着刘昌学，不耐烦地说：“你磨叽半天，到底想说啥事，我们还等着开会。”

刘昌学咂巴咂巴嘴，吞吞吐吐：“村里修路，正压在我太爷太奶的坟上，所以，所以，她就病了，说胡话呢！”

唐希旺已经意识到是坟的问题了。坟，看上去，一堆土堆，不起眼，平时也没有什么人过问，甚至没有什么意义，虚拟的，已经边缘化似的。但是，它涉及人的感情、道德、人性，甚至宗族和民族等诸多问题。处理不好，会引起连锁反应，甚至产生深层次的问题、矛盾和激化矛盾。这涉及个人、家庭、民族和国家的利益和尊严。报纸、广播、电视早已宣传过。一些地方正是因为这方面没有处理好出现问题，产生矛盾，甚至引发群体上访。如果再有少数人从中插手、挑拨、鼓动就可能发生械斗和死伤人等严重后果，甚至波及稳定和安定的恶性案件。想到这里，他觉得这是个重要问题，不可掉以轻心，于是对刘昌学说：“你先回家看着，我们争取早散会。散会后，请郭继山和小梅两人去你家看看，一个搞调解，会做思想工作，一个不但会做思想工作，还懂得点医术。你先回家，你说的事，我们一定放在心上。”

刘昌学走了。大家继续开会。

牛小梅读完文件和有关资料，大家议论了一会，唐希旺就宣布散会。

散了会，唐希旺又对郭继山和牛小梅说：“你们两个去刘昌学家里看看，能帮助的帮助处理。明天上午，我们再碰碰头。”

郭继山和牛小梅赶到刘昌学家，吴文兰还躺在地上有一声无一声地又哭又叫。刘昌学两手抱着头蹲在地上。吴文英已经走了。

“吴文兰，你累了吧！不要哭了，让牛主任给你看看。”郭继山蹲下来对吴文兰说。

吴文兰还在哼哼。牛小梅在进修期间学过一些医疗知识，只能看些小毛病，但她爱好针灸学，练过针灸。针灸治病比较简便，用酒精擦擦穴位，又细又长的小银针扎下去，用手轻轻旋转点击，马上就可以缓解疼痛。牛小梅只是出于兴趣和善意，全是义务行为，任何人都不收费。为了方便群众，她随身拎着的小包里平时都装着不锈钢的小盒子。小盒子里除了一小袋针灸针，还有药棉和一小瓶酒精。

牛小梅用手试试吴文兰的脸，不发烧。又看看眼睛摸摸头，一切正常。她从包里掏出不锈钢小盒子,先用药棉蘸点酒精在穴位上擦擦,然后用手指转动着针扎下去。她先在吴文兰的人中、印堂、百会、升提等穴位上各扎下一针,然后不停地用手指捏着轻轻捻动,不时问吴文兰:"文兰姐,感觉怎样?疼吗?"

人好好的,针虽然细,但有点长。长长的针扎进肉里,当然疼。随着针的捻动,不仅疼还有点麻、木。尽管又疼又麻又木,吴文兰还是咬着牙坚持着。坚持了一会儿,牛小梅还要下针,吴文兰撑不住了,说:"牛主任,不要扎了,我的病好了。"

走出刘昌学家,郭继山忍不住问牛小梅:"你扎针的技术真有效,几针下去病就好了。以后我有病不找医生,找你,不花钱就能治好病。"

牛小梅笑道:"吴文兰是鬼病。你要是犯鬼病,找我扎。我专会治鬼。"

郭继山也笑起来,说:"吴文兰这几针不值得。"

牛小梅笑着说:"值得。火点起来了,戏还在后面呢!"

郭继山也豁然开朗,思忖着,点头说:"对对,可能还有鬼要跟村里闹。"

果不然,第二天,又有人向村里提出坟的问题。有人说修路是大事,我们支持。但那里有我家的老坟,虽然年代久了,土堆就一点点,哪怕就是一泡牛屎的坟堆,那也是我们的先人。我们是先人的后代,有继承权。按国家的继承法,应该给我们补偿。还有的说,一座坟就是一个家庭和家族的象征,为了维护家庭和家族的尊严,赔偿也不能水过地皮湿,一定要赔偿到位,什么是赔偿到位,国家又没有明文规定。少者几块,多者几百几千几万几十万,到哪里说理又到哪里找根据呢!

村干部又开会研究。

会上,大家的意见也不一致。有的主张坚持正义,修路是关系金水湾村经济发展和全村人民切身利益的大事,以坟出来阻挡,是别有用心和无理取闹,要坚决反对。荀二旦首先表态,说:"这不是鬼话嘛!原来的路我们走了几十年,甚至几百年了,为什么没有人出来不让走,那里有他们的老祖先。现在我们只是开宽一点。再说宽一点的地方也没什么坟啊!就那么一点点土疙瘩,就不让修路。修路是为了大家,也有他们自己,大家都有份,我们坚决不能让步。"

和荀二旦持同一种观点的还有牛小梅、白慧敏、郭继山。不过郭继山的表现不够明显。刘长富没有参加会议,但刘长富的妹妹是郭继山的儿媳妇。有这么一层关系,郭继山既对阻挡修路行为表示不满,又关注刘昌友的态度。刘昌友说:“关于坟的问题,我们不能简单化,也不能急于求成。修路是大事。但群众的意见,我们也要考虑,要慎之又慎。”郭继山这才接着表态说:“修路是对的,但坟的问题我们也要考虑,尽量不伤和气。”

苟二旦笑着说:“郭调解会调解,这事请你调解吧!”

郭继山强笑道:“我可没有这本事。我只能小打小敲。”

唐希旺除了刚开会时说了几句话,请大家讨论外,后来既没有表态,也没有再说什么。

三

转眼水生和晓旭去深亚快半年了。水生已经结束了试用期,被任命为008船副船长。工资也由每月的3000增加到9000。晓旭一直住在林总的别墅里。林总的夫人张姐对晓旭热情照顾,百般呵护,两个人如同亲姐妹。水生十天半月随船回深亚卸货装货,也回到林总家里和晓旭住在一起。

水生任副船长的那天,给家里打了电话。接电话的是王秀芳。水生说:“妈,我当副船长了。每月工资9000,家里还好吗?”

“啊!”王秀芳又惊又喜,说,“拿那么多的钱。晓旭呢,你要好好待晓旭。”

“好好。”水生在电话里问,“我爸呢?我爸的腿还拄着拐杖吗?”

“你爸去镇里啦!”王秀芳说,“他不拄棍了,只能慢慢地走。想走快也走不快。”

……

唐希旺考虑了一夜,还是没想出好办法。屁放出来了,难道还能让屎活活憋死。如果修路让死人拉住了,金水湾村往后什么事也别想干成。他知道是活人在指挥死人,也知道指挥者是冲着他来的。他暗暗提醒自己一定要冷静、沉着。更不能乱了手脚。有的人就是一心要把金水湾村搞乱,乱中夺权,权中取钱。从“文革”到现在,金水湾村除了遭受老天爷的苦,人为的原因也让老百姓吃尽苦头。镇里组织到外地参观时,看着人家发展变化,他的心里着急。人家是共产党员,自己也是党员,而且自己入党三十多年了,剩下的时间也不多了。每一次参观学习回来,他都会几天几夜睡不着觉。金水湾一年一年还是老样子,面对一个个想富富不起来的父老乡亲,作为一个村的党支部书记一百一千一万张嘴也说不过去。

占着茅坑不拉屎,过去是死了进不得老坟地,现在没有老坟地,爬烟囱,爬烟囱也不会顺溜,罪人啊!……他还想:哪个地方的发展都不是一帆风顺,不是九死一生,也是脱一层又一层皮。几十年来,自己还没有死过一次,腿断了又长好了。同在蓝天下,同一样党的政策,同一样的土地,同一样的老百姓,没有任何理由能够原谅自己。他记着自己的入党誓词,他记着父亲临终前的交代。在已经不多的时间里,他只做了一件稍微能够让自己宽心的事——重新建好了新教室和办公室。他还要继续干。他豁出去了,在不多的时间里,不但要修好路,还要办沼气,像城里那样打着火就能做饭。城里人烧的是液化气、天然气,烧那玩意要花钱买,不给钱还烧不着。他在一个沼气先进村里参观过,办沼气,花钱少,受益大,不仅能烧饭做菜,还能点灯照明,更相宜的是:办沼气,人畜粪便,野草树叶,庄稼秸秆等都是沼气原料。既能清洁环境,还能废物利用,清洁能源。他要让全村人都用上沼气照明做饭。他还要用沼气发电,还要为老百姓建平安圩,免受开闸蓄洪时的搬迁之苦,还要搞金水湾风光旅游,还要发展文化事业,重振嗨子戏雄风,还要……他把自己的想法悄悄说给妻子王秀芳听。他很认真,特别是最后几句,像出征前的战士在宣誓,身子笔直,眼睛滚圆,神色庄重地说:“王秀芳同志,这是我唐希旺今后工作的计划,可能完成,也可能完不成。但是,我要让你知道,我们是夫妻,生死与共嘛!我能完成就啥话不说了。万一完不成,我要让我们的儿子和女儿,男女一样嘛,接着完成。我们不图功,也不图名,只图对得起我那张党票,对得起金水湾村的老百姓。……”

因为唐希旺很认真,王秀芳想笑又不敢笑。电话响了,是县公路局工程队长打来的。王秀芳接的电话,他把话筒拿给唐希旺。电话那头说:“唐书记么,我是县工程队,你们村的工程什么时候签合同。签了合同,我们立马就开工。”

“好好。”唐希旺说,“就最近几天吧!”

“好好。”对方回答。

为了抢时间，唐希旺吃过早饭就去找刘昌友。他要和刘昌友一起去镇里向领导请求汇报。刘昌友本来不想去，又担心镇里怪罪下来引火烧身，尽管有些不情愿还是去了。

万亚杰在县里开会。徐永刚正在接待上访者，上访的是黄岗村的。黄岗柳编闻名遐迩。柳编主要是手工操作，分散经营，由于交通闭塞、工艺落后，黄岗柳编一直徘徊在小打小闹的半停滞状态。一个小伙子在广东闯荡一阵后大开眼界，想开发传统的柳编工艺，回乡创业。他正筹备在自家旧宅基地上建厂房，村干部要征收他的建房费，而且狮子大张口，开价就是10万。小伙子找领导评理，徐永刚火冒三丈，听完小伙子的诉说，痛斥道："这哪里是带领群众发家致富，红眼病，吃拿卡要，是犯罪！"当即对小伙子表态说："你只管放开手脚大胆干，镇党委政府支持你！你先筹备好材料，开工的时候，我和万书记去帮助你画线，哪个村干部敢出来阻拦，我们就摘掉他的帽子。"小伙子高兴地走了。

徐永刚和小伙子说话时的声音洪亮，唐希旺和刘昌友都听到了。送走小伙子，徐永刚招呼唐希旺和刘昌友说："屋里坐，和工程队的合同签了吗？"

两个人进了徐永刚的办公室，唐希旺说："还没签呢？"

"这么简单的事，怎么还要磨蹭？"徐永刚指指凳子让他们坐下，直截了当地说，"外地很多先进村镇你们也都看了。头顶一个太阳。人家是村，咱也是村，人家过去也穷，也乱折腾过。人家把过去那一套都撂掉了，咱们还抱着老一套不放。这，这，"徐永刚是个急性子，用手点着自己的脑瓜，涨红着脸，有点恨铁不成钢地说，"难道还要另换一个地方吗？"

"徐镇长，"唐希旺也红着脸，吃力地说，"我们也不想磨蹭。这修路又不是交公粮，拿走了。这是我们自己的事。但是……"

"你们不要但是。"徐永刚指指唐希旺又指指刘昌友，"我们很多事办不成，都是被但是了的。你们说说，天底下什么事没有但是？人，还有但是呢？今天是活的。但是，明天可能就死了。谁又能打保险。不要说是我们，就是最高明的医生，也有但是啊！"

"徐镇长，"唐希旺知道徐永刚吃软不吃硬，笑道，"你冷静冷静，说心里话，我们心里也急啊！但是，"他故意软绵绵地说，"有人不急。"

“要么就是死人。”徐永刚也慢慢静下来。

唐希旺笑道:“让你说对了,还真的是死人,而且是100多年前的死人。”

“你们不要说了。”徐永刚一针见血,“以死人压活人的事太多了。大的小的,几乎天天都有。但是,这里必须用但是,因为死人是由活人指挥的。死人不就是个土包子、坟吗?土包子占地,谁动了土包子就是违犯伦理道德。人都是父母生的,都有祖先。要不,哪个有本事让他的祖先活过来,当面问问,同意不同意修路、建工厂、盖房子?土地都让死人占着,活人怎么活呢?再说,修路占了他祖先的坟了,中华民族五千年,一代一代多少茬了,除了高山、河谷、大森林,没有人烟的地方,凡是人居住的地方说不定都有我们的祖先。有人说那个土包是他的祖先,我还可以指个地方是我的祖先呢!能拿出证据吗?完全是胡搅蛮缠。我可先要告诉你们啊!一定不能让步。”

“个别人要死要活的。”唐希旺见刘昌友一直不说话,笑道,“昌友知道,他小姨子先发的病,接着又有几家。”

刘昌友笑道:“是是。”不过他笑得有点尴尬。

徐永刚多少知道刘昌友肚子里的弯弯,有意点破他,笑着说:“这说明你小姨子有问题,你小姨子的问题你也沾点边。”

刘昌友知道徐永刚不是在开玩笑,连忙笑道:“你可不要乱扣帽子。我和小姨子是干净的,不像你们当官的,小姨子也敢摸。”

“你敢摸不敢摸我不敢说。”徐永刚故意在玩笑中说事,他不想把弦绷那么紧,笑道,“有吴文英看着,你不一定能下得着手,有贼心没贼胆还是很可能的。”

“冤枉,冤枉。”刘昌友故意叫苦,他也在找台阶下。

唐希旺插不上嘴,他知道徐永刚在敲打刘昌友。

诙谐中抖开了矛盾,但一定要绵里藏针。徐永刚收敛笑容,严肃地说:“我们不开玩笑了。但是,我还是刚才的意见,这是无理取闹。说大点,是歪风邪气。再说大点,是别有用心。我们决不能姑息迁就,什么鬼不鬼的,往小的说,是为了钱。往大的说,是干扰新农村建设。”

“那,具体怎么处理呢?”唐希旺想讨个方法。

“当然,这是一种落后思想的表现,主要采取宣传动员,思想教育,做认真细致的思想工作。晓之以理，动之以情。农村都是亲戚连亲戚，一把钥匙开一把锁。例如昌友的小姨子就包给昌友。”徐永刚笑笑，缓和一下气氛，接着又严肃地说，“对于个别不听劝解、坚持错误、坚决进行阻挡的，现在提倡依法治国，我们请派出所的同志介入，对带头闹事、造成后果的按《社会治安处罚条例》处理，情节和后果特别严重的报请上级有关司法部门追究刑事责任。”

“那，要不要考虑经济赔偿呢？”唐希旺心中还没有底。

“农村工作比较复杂。群众的思想觉悟也不一样。我们也不要机械化，死搬硬套。要以团结为重，大局为重，既不要简单化，也不要复杂化，稳定为主，具体问题灵活对待。不要一个模式，也不要一刀切。如果有的死人时间不长，考虑到亲戚的感情和实际困难，需要移坟时，因为有的可能要举行什么仪式，可以适当给点补助。但决不能让以死人要挟活人、狮子大开口、甚至想趁此大发横财的图谋得逞。……”

可能是徐永刚点到吴文兰闹鬼问题的要害，刘昌学家平静下来，按下葫芦浮起瓢，接着又跳出来一个死人。不同的是，这个死人没有动，而是死者的儿子刘长汉。

刘长汉的出现，实事求是地说与刘昌友无关。因为在刘昌文儿媳妇马素云手术问题上没有体面而又完美的收场，不仅让大名鼎鼎的刘昌文和动不动挥着拳头耍横的刘长汉威风大降，也让父子俩，特别是猴精猴精的刘昌文对刘昌友的能力不怎么看好。当然刘昌文不承认上当，而称其为失算。在修路问题上，刘昌友没有找刘昌文和刘长汉父子的主要原因，不是他们上不上钩，也就是信不信的问题，而是不想让他们开第一枪。刘昌友断定，只要有人放第一炮，刘长汉就会马上跳出来。刘昌文想拦也拦不住。因为刘昌文老婆是新坟，坟前还有一片烧纸烧花圈时残留的黑乎乎的斑痕和枯竹碎屑，仿佛阴曹地府黑洞洞的大门，阴森恐怖，人们哪怕多走几步，也要绕行远远的。

按原来的路，刘昌文老伴的坟不受影响。因为取直，路边要紧靠着坟脚。一般说来，既不影响公路交通，也不妨碍坟的安全。如果阴间和阳间一样的话，大不了环境受些影响。一旦给补偿，刘昌文和刘长汉绝不会无动于衷。

不过这一次，刘昌文和刘长汉都没有找唐希旺，也没有找刘昌友，更没有抡刀挥棒和装神弄鬼。

刘昌文的聪明之处是不动声色，而又如愿以偿。他听人说刘长喜在和唐水莲搞对象，便吩咐儿子让长喜把话过给唐水莲，唐水莲必定会转告她爸。

“怎么说呢！听说新路只占我妈坟的边。”刘长汉觉得站不住理。

“这还不好说吗？”刘昌文胸有成竹，“阴间和阳间一个样嘛，占不满理，也能占半拉吧！路边紧挨着坟边，环境受干扰啊！再说，如果唐希旺出以公心，怎么不把路再加宽一点，如果两边各加宽两米，也会占着他爸坟的边。人不为己，天诛地灭。己不正，焉能正人乎。……”刘昌文又之乎者也起来。既表现他的得意，又显示他知识渊博。

这一点，还真的让刘昌文想到点子上。那天，刘长喜约唐水莲陪他一起去县教育局采像。刘长喜民师转正，转正必须到县教育局采像。刘长喜采了像，和唐水莲一起逛街。走出教育局，两人肩并肩。长喜说：“这阵子，有人说你爸的闲话，我也有点不自在。”

“人多嘴杂。都是冲着我爸，又不会冲着你，你有什么不自在。”水莲不以为然。

“一个女婿半个儿。”长喜说，“人家跟我说，我又不能捂住耳朵。”

“说什么啦？”水莲说，“身正不怕影子歪。走得正坐得正，管他说什么。只要不怕累，随他去。”

“话不能这么说。”长喜认真地说，“办事一定要公正，以理服人，不能玩手腕。”

“我爸腿断了，怎么没人心疼。”水莲不服气，“做人不能蜷着舌头说话。要凭良心，我爸就差没把心扒出来给大家吃。”

“是是。”长喜点点头，表示认同，“但是在修路问题上他做得不到位。”“哪点不到位？”水莲说，“人不能屈心，你直说吧！”

长喜将刘长汉的一席话说了一遍。末了又说：“人家说的也是，如果真心为大家，为什么不能把路再开宽一点，在移坟问题上带个头？”

“问得好！”唐希旺茅塞顿开。

四

晚上，唐希旺给妈妈打了一个电话。电话里，唐希旺说：“妈，您的身体还好吗?”

电话那头,张华玉高兴地说:“好,好,希旺,你整天忙呀,忙,你是不是有事对妈说?”张华玉知道,整天忙得焦头烂额的儿子没有事一般不会打电话。她知道,希旺不打电话有两种原因:一、忙,金水湾村几千口人,担子压在儿子身上,重啊! 二、不影响妈的生活,让妈安度晚年。一旦儿子亲自打电话,一定会有事。

“妈,我是有一件事情要跟您说,请您参个意见,您同意了我才可以做。”唐希旺说。

“希旺,你说吧。只要是正经事,妈哪里会不同意。”张华玉已经表态。

“妈,这件事很重要。关系着金水湾村今后的发展和脱贫致富。眼下正是好时机,秋收秋种结束,地里没有庄稼,场光地净的。”唐希旺先大概介绍一下金水湾当前的情况。

“你说吧! 啥事?”张华玉说。

“村里要修条从镇里到村里的公路,在原来的路上修筑。路要加宽,如果加宽,我爸的坟紧靠路边。按说不影响修路。但在动员移坟的问题上,可能有人要拿我爸的坟将我的军。如果移坟的问题处理不好,这路也不可能修成。我想先听听妈的意见,妈同意了,我再找希强商量,择个日子把爸的坟移到南大坡去,南大坡地势高,视野开阔,再大的洪水也淹不着,您说好不好?”

“好好!”电话里,张华玉连想也不想一口就答应下来。

唐希旺很感激,说:“谢谢妈! 谢谢妈对我工作的支持,也是对金水湾村一大贡献。”

“谢什么,儿子的工作应该支持。”张华玉正想放下电话,想到希云和希强,她让希旺停停,她征询一下女儿的意见。唐希云就在妈的旁边,说:“妈同意了,我们还有什么意见。为了金水湾的发展,那条路早该修了。”于是张华玉对着话筒说:“希旺,你姐也同意。你和希强商量商量就办吧! 不要耽误工程。”

唐希旺很高兴,踏踏实实美美地睡了一觉。哪知吃过早饭,找到希强商量时,兄弟俩不但没谈妥,还爆发一场争执,并升级到动手。唐希旺第二次挨了唐希强一拳。

在乡下,在金水湾,兄弟俩的关系还是很正常的。虽然没有血缘关系,却也情同手足。兄弟俩从小就相处很好。希旺比希强大八岁,小时候希旺几乎事事都让着他。大概希旺十二岁那年的春天,也是饥荒年景。一天中午吃午饭,那时的午饭很简单,没有馍,也没有干饭,只有半小锅青菜拌点红芋面的稀饭汤。一家人盛完饭,锅底还残留一小块半指厚的锅巴。希旺没吃饱饭,悄悄用锅铲将锅巴铲进自己的碗里,希强从外面端着空碗闯进来。希旺已经将一小块锅巴吞进肚里,也可能是平时老村长和张华玉宠惯了,希强说哥哥吃了他的锅巴。以前,妈妈因为希强年龄小,身体弱,叮嘱希云和希旺多让着希强。时间一长,什么好吃的都成了希强的专利,为他所垄断。希云和希旺很懂事,基本上都按照妈妈吩咐的做。这一次可能是希旺疏忽了,希强摔了碗,还狠狠地打了哥哥一巴掌。

事后,张华玉责怪唐希旺不该吃弟弟的那点锅巴,并重新为希强烙了一块饼。风波才平息下去。

从此,兄弟俩和和气气,相依为命。谁也没有料到40年后,兄弟俩又发生一场格斗。实际是希旺没有还手,而是白白又挨了希强一拳。

唐希旺来到唐希强家时,唐希强正准备下地。希旺说:“老二,我跟你说个事。”

唐希强放下手里的工具,让道:“哥,屋里说吧!”

“就几句,站在这里说吧!”唐希旺说,“村里研究修路,镇里也批了。既然修,就要修好,计划修宽些。路加宽,就牵涉移坟的问题。这几天,你也许听到了,村里有人听说修路,借移坟想阻拦,有的还想捞一把。按说,咱爸的坟不误事,但有的人想借机生事。为了早开工,我想把咱爸的坟也移走。移到……”

唐希旺还没有说完,唐希强脸一寒,反问道:“妈以后也要去那里。你跟妈说了吗?妈同意吗?姐呢?”

“昨天晚上,我在电话里给妈说了,妈同意。”唐希旺说,“妈也问了姐,姐姐也同意。”

“不行,电话里说不清楚。”唐希强连想也不想,一口拒绝,“爸的坟不能移。”

“怎么就不行呢?妈都同意了。”唐希旺有点莫名其妙,“你说说,为啥不行?”

唐希强虎起脸说:“我说不行就不行。”唐希强不是不想说,而是不好说,说不出口。

堵住了。没有商量的余地。

唐希强气呼呼地要走。唐希旺拦住他,和蔼地说:“你不要走啊!这是大事,全村都在看着我们。坟的问题处理不好,修路就不能开工。”

“开工不开工,关我熊事。我又不是村干部,修路不修路,也不是我们一家走。”说着,要往外走。

唐希旺又上前拦住他,焦急地说:“老二,这事不能拖了。我们得带头移坟。”

“唐希旺,”唐希强冒起火来,吼道,“实话告诉你,你今天死在这里,我就是不移。”

彻底地堵死了。唐希旺也虎起脸,指着唐希强问:“凭什么?”

“凭什么,你说凭什么?”唐希强不容分辩,吼道,“我也是爸的儿子!”

“唐希强,我问你,”唐希旺已经忍耐不住了,“我是谁?我是谁的儿子?”

“我不管你是谁。”唐希强已经失去理智,吼道,“老头的坟,不得到我的同意就是不能移!”

唐希旺也已经到了极限,没有退路,他指着唐希强说:“放屁,我坚决要移!”

唐希强发疯般扑上来,恼羞成怒狠狠朝唐希旺的胸脯捅了一拳,解恨地说:“你移吧!我让你走不动路。”

唐希旺晃了晃身子栽倒在地上。

王秀芬见唐希旺倒在地上,连忙跑出来撕扯唐希强的衣裳。唐希强连忙躲闪,王秀芬往前一跳,猛地用手抓住唐希强的褂领子,狠狠一拽,唐希强的白的确良褂子胸前被王秀芬撕开寸把宽的口子。被撕掉半截的布条子耷拉在胸前晃来晃去。

唐希旺已经歪歪扭扭地站起来。王秀芬走近唐希旺,问:“哥,你没有摔坏吧?”

唐希旺用手揉揉被唐希强打的部位,叹气道:“有点疼,可能没事。”

王秀芬歉疚地说:“我以为你们兄弟在说事,哪知道他,他……”

唐希强好像已经出了气，呆呆地蹲在地上，屁也不放。

“他中邪了。”唐希旺还在用手揉着胸部。

王秀芬见唐希旺痛苦的样子，心里好像刀割的一样，她气急交加地指着唐希强说：“你昏了头了？出的哪门子硬气？他是我们的哥啊！你打，你就不怕老天爷打雷吗？”

唐希强还没有清醒。他理直气壮地分辩：“我不怕！我是为了爸，为了妈，也为了今后的唐家。”说着，竟委屈地哇哇哭起来。

唐希旺见唐希强哭得也很伤心，示意秀芬不要再责怪他，揉着胸口闷闷地走出去。

唐希强见唐希旺走了，哭了一会儿就不哭了。他洗洗脸，把撕烂的褂子换下来，揣上钱连招呼也不打就往外走。

王秀芬知道唐希强是一根筋，脑子简单，唯恐他再生出事来，连忙追上去，问：“哑巴啦！你上哪里去？”

唐希强没好气地说：“唐家湾，找妈。”

唐希强来到唐家湾，唐希云正在做饭。嘭嘭两下，张华玉去开门。门一打开，唐希强走进来面向张华玉扑通跪下，哭道：“妈，我给您老人家赔罪来啦！”他伸长着脖子，声泪俱下地说，“妈，妈，我对不起您，我不该打我哥。我，我……”

唐希云闻声连忙关了火，走过来。她扶起希强，茫然地问道：“怎么，你和希旺闹矛盾了？”

“没有，没有。”唐希强擦着眼泪，呜咽道，“为了爸，为了爸爸的坟。”“你哥说了，为了村里修路，有的坟要移走。你爸的坟虽然只沾点路边，人家和我们比。我们不带头移，人家也不移。有的还想趁机捞钱。坟移不走，工开不了，路也修不成。你爸活着的时候，就想修这条路。那时候吃的就没有，还哪有能力修路。现在能修了，坟就移吧！”张华玉说。

“妈，”唐希强着急地说，“爸的坟不能移，移不得！”

“怎么移不得？”张华玉不知道希强说的啥意思。

“妈，您不知道，”唐希强认真地说，“爸爸走后，我曾找人看过，爸的坟是个好地方，将来唐家出人出财，不能移呀，妈，千万不能移。”

张华玉不信神也不信鬼，见希强如此认真，问道："哪个人说的，是不是骗了你的钱？"

"那人说，阴间的秘密不能向外说。要保密。不能泄露天机。"唐希强吞吞吐吐。

"什么天机地机。"张华玉觉得好笑，问道，"我是你妈，连妈也不能说？你不给妈说实话，我就让你哥移走你爸的坟。"老人装着生气的样子。

"妈，妈，您别生气，我说。我说了，您和我姐也要保密，谁也不要对外说。"

"好好，"张华玉试探道，"你哥呢？"

"我哥是村干部，共产党员，不信这一套。你们也不要向我哥说。"唐希强神秘地说。

张华玉又想笑，但她还是认真地说："好，妈听你的，你姐也听你的，我们都保密，不向你哥说。你说吧！是谁？"

"刘昌文。"唐希强一脸庄重，"他现在本事大得很，看风水，算命，都很准，很灵。三二百里的都来请他。"

张华玉也认真地说："好，我知道了。但回去要沉住气，兄弟俩哪能说动手就动手。要团结。家事不和外人欺。国家不和外国人欺。你们都是几十岁的人了，又不是小孩子，经过很多事，自己的孩子都渐渐长大了，兄弟之间有点误会、矛盾，多谈心，该让的都让，一定不能闹家窝子，不但让人家笑话，外人也要欺负。哪个家哪个国，只要自家人团结好，同心同德，外人想插手也插不进来。凡是国家和家庭不安的，开仗的都是从自家先闹，外面的势力就跟着上来了。闹来闹去，打来打去，家破人亡，家不像家，国不像国，吃亏的还不是自己。"

"是是。"唐希强说，"妈，您放心，我今后和哥一定团结好。"

吃了午饭，唐希强就要回家。唐希云给他准备了一包水果和糕点带回去。

唐希强不好意思："不带了。我空着手来看妈和姐，哪还能往家带。"

张华玉说："你姐让你带，你就带着吧！"

唐希强大概正走在半路上，张华玉就打电话给希旺说："希强来了。他把心里的结子也说了。希强是个老实人，他打了你，也向我认错了。你是当哥的，不要和他计较。"

"妈，您放心。"唐希旺说，他同时也有点迷茫地问，"妈，希强心里啥结子?”

张华玉笑道:“还不是胡说八道。希强不让我和你姐告诉你,你也装着不知道。他是听信刘昌文瞎说。不是现在,是你爸走后不久,也可能是希强家里出个什么小问题找刘昌文给他破,刘昌文还不是乱忽悠?他就信以为真,钻进牛角尖。”

唐希旺心里不再压抑。

放下电话,唐希旺想了好久。他终于想出了一个办法。

五

解铃还须系铃人。

吃过午饭,唐希旺带上200块钱来到刘昌文家里。

唐希旺的到来令刘昌文有些惊疑,他本来也想找唐希旺。刘昌文找唐希旺的目的是担心儿子的表达不到位,也担心长喜会不会当二传手。他想找唐希旺当面理论。唐希旺是不是要先下手为强,以干扰修路治他的难看。刘昌文正犹豫着,唐希旺笑呵呵地说:“老大哥,身体好啊!”刘昌文紧张的心情有些放松。他也笑咧咧的:“谢谢老弟的关心。你公务冗繁,还挤时间来我家,担待不起,担待不起啊!……”

“老哥说外了。”唐希旺也学着刘昌文客气起来,“我今儿是特地来拜访老哥啊!”

“岂敢,岂敢……”刘昌文开始警觉,堂堂的村书记怎么会拜访一个舞文弄墨的乡间夫子。莫非……

唐希旺从怀里掏出钱,恳切地说:“昌文哥,我不是开玩笑,真是有件事要请哥帮助。这是点劳务费,小弟的一点心意。”

刘昌文的手哆嗦着不敢接钱。唐希旺把钱放在桌子上,说:“咱们村里要修路。既然修,就不能只顾眼前。要考虑远点,把路加宽取直。这样就要考虑坟的问题。原计划加宽到6米,但从长远观点看,6米还有点窄,村里计划再宽一点,加到10米。加10米,正好靠近我爸的坟边。我想请老哥帮我们为我爸选一个更好的地方。希强有点小心眼,请老哥帮着开导,开导。”

刘昌文彻底放松了。他原以为自己玩的那些把戏，属于旧思想，还有些迷信色彩，是不是自己玩失手了，政府要找麻烦，先派唐希旺试探，抓住把柄后再收拾他。唐希旺说明来意后，他也就不再提心吊胆。对于唐希强的小心眼，他知道也是自己曾经的点拨。既然书记也认可他的作用，也就不再拘谨，大包大揽地说："老弟想让老人转移到哪里？"

"南大坡怎么样？"唐希旺郑重地说，"南大坡最高的那块地是唐希强家的，能让老人到那里重新安家，希强更高兴。"

"是啊！当儿女的总想多向老人尽些孝心。"刘昌文津津乐道，"人之常情，人之常情。……"

"这样吧，老哥，"唐希旺说，"请老哥挤时间先到南大坡希强家的那块地里看看，我晚上和希强再来拜访。老哥可要上心点，小弟拜托了。"

"老弟放心，老朽一定让你满意。"刘昌文笑道。

唐希旺走到院里又退到屋里，小声说："老哥，晚上我和希强来时，请你不要提我白天来的事。"

"知道，知道。"刘昌文点点头，表示理解。

……

晚上，唐希强来到哥哥家。两家相距30米，唐希强的脚上好像戴着镣磨磨蹭蹭走了近半个小时。他边走边想，越想越后悔。他后悔不该打哥哥一拳。身为村书记的哥哥实在活得很累。王秀芬不但不搭理他，还挂着脸警告他说："你快去向大哥道歉。如果你再这样下去，这日子我就不过了，一个人到外面捡破烂，也不陪你丢人现眼。自己的亲哥就敢打，谁还敢和你一起过。万一戳到你的火头上，你还不是当蚂蚁踩。"从唐家湾回来，唐希强的耳朵眼快被王秀芬吵烂了。

唐希强是个内向的人，内向的人容易固执，固执的人又容易极端。如果说唐希强第一次打唐希旺是出于幼稚，40年后的第二次则缘于孝道。可悲的是：一旦过了头，万一失手，就可能断送绵绵深长的手足之情，甚至铸成终生遗憾。

唐希强终于来到哥哥的大门外，大门紧闭，他站了将近半小时，鼓起勇气敲门。开门的是水莲。水莲惊异地看着二叔，见二叔神情沉重，强笑道："二叔，你？……"

唐希强支支吾吾，王秀芳招呼道："希强，快来屋里，外面有点凉。"

是秋天了，还是忏悔，唐希强的心里有点冷，还有点痛。

唐希旺正在看中央电视台《新闻联播》。唐希强神色局促地走进来。唐希旺是只顾专注于看电视，还是故意不理睬？王秀芳见希强呆呆地站着，恻隐之心让她有点心疼，提醒唐希旺："水莲爸，希强来啦！希强，你坐，你坐。"

唐希旺旁若无人的用眼睛扫一扫唐希强，不温不火地说："那里有椅子，你自己坐吧！"

唐希强搬只椅子靠近唐希旺的身边坐下，怯怯地说："哥，我错了，对不起你，"他把头伸出一点，"你打我吧！"

"过去啦！还说废话干啥。"唐希旺见他一副委顿的样子，心里有点发酸，正色道，"你来得好。村里修路，是全村的大事，我们不能因为爸的坟影响修路。你的心情我也能理解，也是为了老人好，为咱们两个家都好。听说刘昌文会看风水，我们请他为爸找个好地方。"

"好好。"唐希强见唐希旺不再生自己的气，神色逐渐正常，说，"哥，我们啥时候去？"

"最好现在就去。"唐希旺装着难为情的样子，说，"大小我是个村干部，党员，看风水有点迷信，大家知道了，还不笑话我。"

"那是，那是。"唐希强站起来，"我们现在就去吧！"

兄弟俩敲开刘昌文家的大门，刘昌文故意吃惊的样子，笑着道："书记和二弟前来，一定有事要愚兄相帮。你们只管说吧！"

唐希强看看唐希旺，唐希旺装着无奈的样子说："希强，老大哥不是外人，你说吧！"

唐希强说："老大哥，你是知道的，村里要修路，路要加宽，为了不影响修路，又为了老人不受影响，请老大哥为我爸看个好地方。以后我请你喝两盅。"

"啊呀！两位老弟来得真好。这话不当我说。"刘昌文斯斯文文地说，"说出来有点跟共产党的政策唱对台戏。有的人也不一定信。大兄弟虽然不吃皇粮，是咱村里的当家的，也是半个公家人。请你可不要怪我多嘴啊！你们还真有一块好地。我已经看过几回了，因为怕大兄弟怪罪我，所以……"

"唉，我这破书记不值钱，说不定还不知道啥时候说撸就撸了，戏台上的官。”唐希旺微笑道。

“那是,那是。”刘昌文附和道,“现在从上到下兴选举,少一票就能被选掉。”

唐希旺故意迫不及待地说:“老大哥,快说,哪一块好地?”

刘昌文又卖个关子,有点为难地说:“说出来,大兄弟可不要生气啊!这块好地在南大坡,二兄弟那里。”

唐希强惊喜地说:“我那块岗头上的地?”

“正是。”刘昌文绘声绘色道,“我不知道二位兄弟注意到没有,站在你那块地北头向南看,”刘昌文用手指指唐希强,继续道,“清早起来,站在北头向南看,前头高,后面低。前面是龙头,后面是龙尾。特别是当东方太阳刚沾边,向东看,雾气腾腾,书本上称紫气东升。再朝南看,淮河水面上波光粼粼,白烟袅袅,不是我吹,十里八里再也找不到恁好的地,如果让老人家搬到那里住,你们两家还要出人呀!”

唐希旺故意不以为然:“我是碰运气,老弟有希望了,说不定水忠能念大经,成大事啊!”

唐希强心里乐滋滋的。

……

回家的路上,兄弟俩都很高兴。特别是唐希强刚走出刘家,就兴冲冲地问唐希旺:“哥,这移坟跟搬家差不多。咱爸和咱妈这一辈子都不容易,为了让爸搬得愉快,我们不能哑巴着,花点钱,热闹热闹。”

唐希强的想法正中唐希旺下怀。借移坟的机会,让需要移坟的人家看看,也是一种宣传。“好啊!移坟的事主要由你操办,需要钱从你嫂子那里拿。”

“还要请妈妈和姐姐回来?”希强说。

“好,回去你就给妈妈和姐姐打电话。”唐希旺说,“村里还要忙修路,那里还有一摊子。”

电话里,唐希强十分动情,几乎是哭着说:“我和哥商量了,给我爸搬家也是件大事,请您和姐姐都回来。图个吉利,大家聚聚。俺嫂子和秀芬,还有孩子们都盼望你们。……”

张华玉本来并不看重移坟。人都死几十年了,再闹腾也没什么用,还不是做给大家看。对死者没有一点实际意义。经希强声情并茂一番恳求，她的心软了，重要的是她很想看看村里的路。几十年来，这条路把金水湾人害苦了。让她刻骨铭心的是：一个冰天雪地的夜里，希强突发脑膜炎，老村长找来荆条篮。荆条篮是用荆条编的。三尺多长，二尺多宽，一尺多高。下面铺上旧棉衣，希强正好躺在里面，上面盖床被子，四周围得严严实实。两口子一前一后抬着，深一脚浅一脚奔向公社卫生院。不到十里的路程足足走了一个多小时。半路上，老村长一只脚踏空滑进路边的水沟里。沟里水不深，结着厚厚一层冰。老村长一个猛劲把脚拉出来。抬到卫生院，老村长那只脚已冻成冰坨坨。医生连夜实施抢救，希强的命保住了，老村长却冻掉一个脚指头。为了老村长的那只脚趾，更为了曾经的承诺，她在电话里说："好，你们先准备，我和你姐姐都回去。"

第二天，唐希旺又一次主持召开村两委班子会议。研究加宽路面的设计和施工。很多人都有点莫名其妙，唐希旺说："修路不是一件容易的事。虽然不能做到万年千秋，还是尽量远一点。我和刘主任参观过许多地方，广东的、江苏的，据我一个战友给我写信说，他们村里的路一般都是20米宽，最宽的60米，像广场一样，咱比不了。近的咱们县双碑湖的小张庄，大家知道吧！很多同志都去过。人家原来也是砂姜窝，荒草湖坡。现在一进入小张庄地界，全是柏油马路，闭着眼睛只管往前跑，宽得很，平得很，早上报纸电视了。我想咱们村修路，虽然不能一次到位，像广东、江苏的村子那样，也要跟小张庄差不多，路加宽到10米。路面不再铺沥青，改浇灌混凝土、水泥的。至于资金的缺口，看镇信用社能不能给点贷款。如果贷不到，就拿高利贷。管它利息多少，先把路修好再说。万一有什么风险，不就是钱吗？由我唐希旺承担，筹款由我负责，还款也由我想办法。但目的只有一个，就是一定要把这条路修好，不保一百年，也要保三十年。让金水湾人不再愁路不好走。让大车小车汽车随便跑。……"

大家情绪渐渐平静下来。工程实行承包制，签订合同，公证处公证，万一出现什么大问题，可以打官司。刘昌友意识到唐希旺要搞大动作了。但路面加宽，他老子的坟也要扫边。贷款早晚还不是要金水湾老百姓还。他唐希旺也没有老坟地卖，会屙钱。他似乎窥到唐希旺心里的小九九，是不是也要借移坟捞一把。退一步,他唐希旺不出头,唐希强一个钱如命,不要白不要,有几个是省油的灯。刘昌友发言了:“刚才希旺书记想的说的很好。金水湾大人小孩,会说话的都想过好日子,都想富。一次按国家规定的标准修条水泥路三岁小孩都会说好。但修路不是吹糖葫芦,一口气就成了。摆在我们面前的除了钱,还有坟,听说北京、上海一些大城市在建房用地时都头疼。中国有传统习惯,人都是爹娘生的,上面一再强调不准乱占耕地,也不准随便扒人家的房子,挖人家的老坟。咱们先得把坟、死人安排好,再谈修路。”“那是。”唐希旺说:“坟移不走就无法动工。”

苟二旦知道刘昌友在叫败腔,坟的问题也是他点的火。他的判断很简单,因为是吴文兰点的火。说到坟,苟二旦就憋气,他说:“听说有的人一座坟已经要到几万了。”

两面倒的郭继山也存不住气。“原来路两边只有几个土包子,从来没看见逢年过节有人烧过纸上过坟,听说要修路,遍地都是坟了。要是赔,干脆一家一座。我的老家虽然不在金水湾,我的老根子谁又能说不在呢?土包子不能算,土包子不就几锹土吗?哪个不会堆?”

“除了像老村长和刘长汉的娘,大家眼跟前的,土包子都不算。”苟二旦说。

唐希旺说:“我爸的坟也不算,我爸的坟也要移。我们已经商量好了,一分钱也不要。长汉娘的坟,我们要给点补助,大家看补多少?”

刘昌友有点意外。唐希强一向半个钱都舍不得花,这到嘴的肥肉怎么会不吃呢?刘昌友又暗暗高兴,借刘长汉娘的坟,他又有空子可钻油水可捞。于是说:“按农村风习,移坟与埋新坟的意义差不多。特别是像刘长汉娘死得不长,补少了他们可能不会同意。”说完,不冷不热地笑笑。

“补多少,大家说个数。”唐希旺说。

一直没有发表意见的牛小梅说:“把银行搬给他家他也不会嫌多,总不能超他们家埋坟时的花销啊!”牛小梅一边做记录一边说。

郭继山说:“哪个人也不嫌钱扎手。”他瞥了一眼唐希旺,又扫一眼刘昌友,说了个中性词,表示中间之意。

白慧敏也看出刘昌友的意思,绕弯子不如抄直路,说:“我和牛主任还等着回家做饭呢,你们回到家就有饭吃。书记刚才的修路方案我同意。如果以后还贷款时有困难,我也多少承担一些,捐多少到时候再说。路是大家走,不能让哪一个人扛。移坟补助,除了有名有姓大家知道的,其他我不同意补。不要说装神弄鬼,就是刀架在脖子上,我们也不能软。刘长汉这一家补多少,刘主任说个数吧!"

大家的眼睛都转向刘昌友。

刘昌友警觉起来。刘昌文父子不是好惹的,他把眼光转向唐希旺:"还是书记说,你是班长,一班之长。"

皮球还是踢到他这里。唐希旺说:"补他家1000吧!"大家都说没意见。

唐希旺最后说:"刚才的修路方案大家再举行一个仪式,同意的,请举手!"

"好!一致通过。"

……

后来,了解内情的人都说:修金水湾这条路比建长江三峡还难。

第九章

一

给老村长移坟既庄严又简朴，没有请亲朋好友，也没有另做棺木，更没有披麻戴孝请戏班子吹鼓手。唯一吸引人眼球的是那个不大不小的花圈。因为老村长生前德高望重，又因为老村长的长子是现任村书记还是听说老村长的女儿是远近闻名的富翁。这年头摆阔的都是有钱的人。没有钱者想尿也尿不起来。可是，令人失望的是，移坟那天的场面并不像人们事先传播和想象的那样。不过，由于前来观看的人很多，人山人海，奇迹还是出现了，在场的人无不受到心灵的洗礼与震撼。连路过的镇领导也掉下了眼泪。

移坟开始，唐希旺和唐希强兄弟俩挥锹挖开老村长的坟，渐渐露出棺木。因时间久远，加之老村长去世时家里还很穷，只置办了一个薄木匣子，早已腐烂坍塌。整体移棺已不可能。这是家里人事先预料到的。希旺和希强曾征求过妈的意见，现在不缺钱，是不是为爸爸再置副新棺木，以示孝意与庄重。张华玉不同意，说："再花钱都是多余的。你们的爸爸一生简朴，一辈子没有乱花过公家的一分钱，也不讲究吃穿，更反对讲排场，摆阔气。如果整棺移不了，买一块红布，把没沤烂完的骨头包着，挖个坑，大不了再买几十块砖砌个窝埋下就好了。"

希旺和希强有些不忍心，迟疑地说："妈，那你以后呢？"

"我呀！"张华玉更坦然，爽快地说，"我早就想好了，爬烟囱。把骨灰一半撒在你们爸爸的坟上，一半撒进淮河里。如果你们愿意花点钱，就把我的骨灰分成三份。第三份送到重庆合川撒到我爸爸和我妈妈的坟上。”

老村长的残骨露出来。事先经请示有关部门同意,因为老村长生前是共产党员,用一面党旗盖在红布包的上面,放了一挂一米长的鞭炮,众人肃立,三鞠躬,接着请张华玉老人讲话。张华玉没有为老村长表功,庄严地说:“老村长、老头子,你在这里休息几十年了,为了修路,你不是为修这条路想了着急了几十年吗?你还记得那年冬天为了咱希强,是这条路的水沟里的冰冻掉了你的脚指头吗?我想你永远不会忘。十指连心啊!这条路终于要修了。你一定很高兴。但为了修宽修好这条路,你要搬家。你搬到哪里我以后就跟到哪里。你要干干净净地搬,不要给孩子们添麻烦,更重要的是,今天,我要当着金水湾的老少爷们,男男女女,还有四乡八村的乡亲们给你一个交代。你走后我受了多少苦今天我就不说了,大家都知道。今天我要说两件事。一、我永远不会忘,为了修这条路,你知道自己的病不能治好,趁着自己还很清醒,背着孩子和亲友交给我669块9角9分钱。你当时对我说,如果有修路的那一天,你替我把这点钱交上去用到修路上。钱不多,那是你几十年的私房钱。我为你保存了几十年,吃不起盐的日子我也没动过一分。今天我带来了,替你交上。你该高兴吧!金水湾有盼头了,金水湾人民的日子会越过越好。以上说的是老村长、我老头子的事。现在我要表表我自己。我张华玉跟着老村长从重庆老家来到安徽,来到阜阳,来到金水湾,我也攒了一点钱,比老村长多。不是我比老村长有本事,而是老村长命短,不该享福。我托共产党的福,赶上好时代,多活几十年。我年纪虽然大了,不能挣钱,孩子们争气,特别是我的女儿已经成了船长的船长——总船长。儿子、孙子、孙女、外孙、外孙女,他们有了钱,都想到我,孝敬我。所以我才攒了一笔钱,都在这张银行存单上。我现在将老村长的钱和这张存单交给金水湾村里,交给哪位?……”

村领导班子成员都在场,大家当时都愣住了,连唐希旺也感到突然。老人手里的钱和银行存单高举着,牛小梅反应快,走到老人跟前向老人深深地鞠了一躬,接过老人的钱和存单,她一看存单上的数字,哇的一声哭了,哽咽着大声喊道:“张华玉老太太为金水湾村修路捐款3万!老太太今年八十岁了!”

在场的人几乎都哭了。

老村长的坟移走后,其余的也在一两天里就移完了。当牛小梅把补助刘昌文老婆刘长汉妈的1000块钱送去时，刘昌文摆着手拒绝，说："这不是朝我们爷们脸上打吗?!"

不知是因为老子英雄儿好汉，还是财大气粗，修路合同签订后，在开工仪式上，泼辣胆大的唐希云当着镇党委书记、镇长、施工单位老总和全村金水湾群众做出庄严承诺："这条路的所有差额部分全由我唐希云承担。"并当场记下施工队的财务账号，保证工程竣工验收合格后按时将款打过来，决不拖欠一分钱。

……

顺当的日子，白驹过隙。一个月后，金水湾村至金水湾镇的公路修好了。经过县监理站组织专家验收，公路质量合格。验收合格结束的第二天，唐希云就将余款全部打到施工单位的账户上。笔直宽阔的水泥公路结束了金水湾交通闭塞的历史。沸沸扬扬的移坟风波也画上句号。

二

村公路的建成大大提振了金水湾人民的精神和志气。竣工通车第三天，唐希旺就带领10多个村组干部赶赴双碑湖小张庄。小张庄是全国农村经济发展和环境卫生先进单位。小张庄最大的亮点就是办沼气。唐希旺和刘昌友两年前曾去小张庄参观。人家不仅用沼气烧饭照明，还计划用沼气发电。沼气渣是有机农家肥，小张庄的庄稼也比一般村里产量高。办沼气成本低，收益大，遍地都是原料，又美化环境。唐希旺早就看中了办沼气的好处，因为路不好迟迟没有实施。现在路修好了，唐希旺开始行动。

一般人不怎么看好沼气。虽然本钱不多，技术不复杂，到处都是原料，但做起来有点麻烦。从小张庄回来迟迟没有动静。用刘昌友的话说："村里白花了100多块钱。"

唐希旺不死心。问题在哪里？唐希旺想啊想，终于想出了一点门道。为了验证他的想法，他又一次登门拜访刘昌文。

"老大哥，我还要向你请教，又遇上坎了。"这一次唐希旺一进大门就笑嘻嘻的，一副求贤若渴的架势和样子。

刘昌文禁不住抬举,马上谦逊地说,“老弟高抬了。不必客气,有啥事就直说,只要我能办的,老兄我一定尽力。”连忙给唐希旺搬只椅子。

唐希旺让刘昌文坐。刘昌文让唐希旺。两个人同时面对面坐下。刘昌文又连忙泡茶,沾沾自喜地说:“老弟,别看我这一品百姓,这可是正宗的杭州龙井啊!”

“老哥不是普通百姓。”唐希旺顺着刘昌文的话,敬佩地说:“老大哥走南闯北,经多见广,是咱金水湾的名人,奇才,也是金水湾的骄傲啊!”

刘昌文已经是身上痒痒不知往哪儿抓了。“不瞒你说,老哥我刚从固始回来,一百多里啊!小车送来的。这茶叶,”他用手指指玻璃杯里正在开水里旋转翻舞的茶叶,得意地说,“正宗的龙井,1000 多块一斤。”

“老大造化大,福气也大。”唐希旺羡慕地说,“小车接送,高级茶叶,老大可不是一般人的待遇啊!”

“咱兄弟俩,不用再抬举了。”刘昌文故意神秘地说,“最近啊,我正在研究民风民俗方面的。做什么都不能老一套,老是算命、看风水,也要改革,与时俱进,逐渐变化。现在是市场经济,大家都在竞争,老一套吃不开。”

“哎呀!”唐希旺抿口茶,品品,啧啧,“好茶,正宗的龙井。”其实,唐希旺一口就品出来了,可能是信阳毛尖,一般品种,用龙井茶叶盒子装的。

刘昌文也端着杯子品尝。氲氤中,刘昌文继续发挥:“前不久,我去市里一家看风水,顺便在那里转转,看到一家什么婚庆公司,又叫什么主持人,穿着大红金花唐装,听说吆喝那么几句,一场就是几百块。我也琢磨着,不能老停留在偷偷摸摸为死人忙乎,要赶时代,置一套行头,也搞一套唐装、礼帽,再搞一套素的。红的帮人家办个婚礼,素的,专为丧事,咱是农村,不能叫公司,叫个……”

“哎呀!”唐希旺故作惊讶地说“农村也可叫公司,注册不注册,先试试,要说赶时尚的话,可以叫礼仪公司,活人死人的事只要换换衣裳都能办,主持啊!以后老哥就是礼仪专家了。”唐希旺的意思,以后村里有什么红白喜事丧事经刘昌文一张罗,装神弄鬼的歪门邪道就会渐渐少了,于是,他又说,“听说广东深亚那里家里有个大小事,只要是喜事好事都要请主持人,可吃香哪,有的发大财了。”

“是啊！社会在转变，我们也得变。”刘昌文点头道。

唐希旺喝了一口茶。刘昌文要续水，唐希旺摆摆手说：“真是听君一席话，胜读十年书啊！看我，一高兴就把话扯远了，我请教老哥的事还没说呢！”

刘昌文不知道唐希旺何意，故作老成：“老弟，请讲。”

唐希旺把自己设想在村里办沼气的事说了一遍。临了，不解道：“花不了多少钱，原料也不用钱买，遍地都是，也开会动员了，广播里也宣传了。省里、市里、县里也都很重视，怎么就是不见动静？”唐希旺有些迷茫。

刘昌文到底不是万事通。平时他只专注于那些仙呀道呀风水方面的，没什么深奥，全凭临场发挥、见机行事地耍嘴皮子。乡下人家，只是图个吉利和热热闹闹就满意了。他半闭着眼睛想了半天，终于有了灵感，慢条斯理地说：办沼气，不像修路，也不像计划生育，“办沼气是好事。我也亲眼见过。但办沼气，首先要花钱。买砖头、水泥、砂子，砌池子。没有池子，上哪里沤沼气。说白了，办沼气跟当年种地用化肥农药和现在搞蔬菜大棚一样，万事开头难。”刘昌文可能觉得自己想到问题的要害上了，越说越觉得有道理，越说越有劲，继续道，“我年纪大，你年纪轻，我刚记事的时候，政府推广化肥，都是发，不要钱，那时中国还不会造化肥。听说是苏联进口的。上哪里买呀，买不到。为了提高产量，政府当宝贝，无偿发给农民。大家没见过，不敢用，怕烧死庄稼。现在呢？大粪屎尿，连牛屎、猪屎都臭了。过去，拾粪的见着一泡屎像抢命的一样，一泡屎都舍不得撒。现在呢？全指望化肥。过去当宝贝，现在成废物。为啥？……”刘昌文故意卖关子，表示自己的深邃、远见与高明。

唐希旺点点头，说：“老大哥说对了，很对。”这一次唐希旺真的服气了刘昌文，说，“是是，现在人种地就是跟过去不一样。只看重化肥，不重视农家肥，人畜粪便全不当回事。”

“老弟，你不知道。”刘昌文用手比画着，“我亲眼看见，当时有人把政府发的化肥偷偷倒进淮河里，有的一整袋子埋到地里，像埋死人那样深。老村长气得站在高台子上骂：‘发给大家种庄稼，又不是毒药，猪，猪……’”刘昌文摇摇头，说，“你想想，那时开始使用化肥是政府发的，不要钱，村干部一家家的送。前边送，后边扔。你们现在让大家自己花钱，自己砌池子，能行得通吗？我不是给村里泼冷水，你们再喊，再叫，不如弄个样子，尝着甜头了，你想拦也拦不住。”

“谢谢老大哥，谢谢老大哥！”唐希旺真的感动了，有点五体投地。

离开刘昌文家，唐希旺来到村两委会办公室里。他想到他的战友陈保雷。陈保雷和唐希旺是同一年当兵的战友。陈保雷在部队提干，从排长干到营教导员，六年前转业到县能源办。开始唐希旺不知道能源办是干什么的，以为是经营石油和煤炭。有一次战友聚会，唐希旺笑着说：“老兄，烧不起锅了，你的煤能不能照顾点？”

“你不是有腿吗？”陈保雷也来个幽默，说，“烧腿啊！”

“不就两条腿啊！”唐希旺说，“烧完了，借你的。”

“王秀芳还有两条腿呢！”陈保雷继续开玩笑，“烧完了，烧下面的。”

……

两个人绕了一圈子，唐希旺才知道，能源办的业务，主要是为老百姓烧锅做饭，怎样节省能源，其中最重要的是改变传统的生活方式，改造老式锅灶，开发利用清洁能源，节能减排，发展利用沼气，变废为宝。想到这里，唐希旺拨通了县能源办的电话。……

一个星期后，陈保雷带领六个技术人员亲自带队来到金水湾村。同时还带来水泥、砂子、钢材、锅灶、管线灯具等所有建沼气的工具和材料。按规定施工人员的生活也自行解决，村里只提供住宿等帮助。唐希旺不同意，说：“陈大主任，委屈你了，我担心你小子偷吃嘴，村委会办公室有一间屋子，防汛时用来接待上面抗洪的同志，条件差点，再加上有五张床，有点挤，凑合着将就几天。吃饭就在我家里，让王秀芳侍候你。酒我早就准备好了，你自已饮马尿，我可没本事陪你，有名的酒桶。”

“金水湾的大书记不能喝酒，太窝囊了。”陈保雷说，“是不是被王秀芳挤干了？”

“王秀芳哪有那本事。”唐希旺反咬他，“哪像你，吸支烟还钻进卫生间里。”

“你懂啥，”陈保雷说大话，“那不是怕，叫防止交叉感染。”

一个星期后，金水湾村建成 25 个家庭沼气池，并完成一切配套设施。六个村民组，每组四个，应该是二十四个。唐希旺玩了个心眼。他和村两委班子研究全部分配到各村民组。中途他让王秀芳向陈保雷又要了一个,不在二十四个之内。张口容易合口难,不要说七天来王秀芳锅上锅下忙得精疲力竭,就是看在老嫂子的面子上也得答应她。事后,陈保雷拿唐希旺取闹说:“你小子在耍美人计?”

“我看你小子的劲还大着呢!”唐希旺得意地说,“不挤到位,我当然不会放过你!”

“老兄,这回真被你挤趴倒了。”陈保雷苦着脸。

陈保雷虽然不具体参加施工,只负责技术上的检查与指导。为了让办沼气全面开花,宣传普及办沼气的知识技术、使用方法和要注意的问题,诸如怎样添料、加水、密封和防止沼气泄漏等,村里先后组织召开十多次不同类型的宣讲会、座谈会,大部分都由陈保雷亲自授课。除了口头宣传、讲授,县能源办还给每户都发放了沼气知识和制作使用方法的宣传手册和宣传画。为了做到家喻户晓,人人懂得,万无一失,牛小梅组织各村民组逐户排查,逐人登记,分点讨论交流。白慧敏兼任村团支部书记。她又组织学校里的青年老师根据宣传材料编写成快板书、顺口溜,组织师生文艺宣传队和计划生育有关政策一起到各村民组巡回演唱,反复宣传。白慧敏的普通话说得好,还利用村广播室在广播里广泛宣传。一时间,金水湾宣传计划生育和办沼气热火朝天。过去,金水湾人不但对沼气较为陌生,甚至还很遥远。经过大张旗鼓的宣传,男女老少都耳熟能详了。

三

冬天了。郁郁葱葱的树木迫不及待地纷纷抖落叶子,剩下密密匝匝、灰不溜秋的骨架。

刘昌友没有办沼气。他不是不想办,而是没有时间。

刘昌友正在忙另一件大事。是因为二儿子长发。不过,长发的事不像长贵,让他虚惊一场,破费几个钱,是治安拘留,七天后就回来了,有惊无险。让他头大的是,无偿办沼气给耽误了。虽然刘昌友在外面忙乎,唐希旺还是想到了他,想给他再争取一个。派郭继山亲自上门找吴文英谈。吴文英过去没听说什么沼气，因为郭继山开始对沼气知识也不太了解，解释得不清楚，吴文英不以为然。当她听说是唐希旺亲自派他来，吴文英更不耐烦。问："什么沼气？"

"听说能烧饭，点灯。"

"你见过没有？"

"没见过。听说有毒。"

"唐希旺是黄鼠狼给鸡拜年。"

"不会吧。"

"唐希旺家弄了吗？"

"不知道。"

"不知道，你还来干什么？去去……"

郭继山碰了一鼻子灰，回到村两委会办公室发火："臭娘们，比皇后娘娘还厉害。"

其实，刘长发也没有什么大事。在镇里一家录像厅看黄色录像摸了一个女孩的屁股，那女孩哭着骂他要流氓。事情闹到派出所，派出所连同放录像的老板一起送进县拘留所。拘留所好进不好出。刘昌友又找到公安局的任股长。任股长打听打听情况，安排刘昌友先在一家酒店里请一桌，再给分管的局长送两瓶茅台和两条中华烟。派出所也得打点。按说可以放人了。拘留所长对任股长说："没那么简单吧！肉让你们吃了，让我喝汤，那天吃饭时，我牙疼，一滴酒没有沾。人在我这里关着，我看谁敢放。"任股长把话过给刘昌友，刘昌友硬着头皮说："不能半途而废啊！夜长梦多，无论如何得扒出来。"

任股长说："这个家伙不是一两顿饭能够对付的。他是六亲不认，不见兔子不撒鹰。"

"那就任他宰吧！"刘昌友一副无奈的样子。

"他的胃口大呢！"任股长表示同情。

已经没有退路。刘昌友壮着胆子说："老弟，你说个数。所长我不认识，全靠你从中做工作。"

任股长说："既然老兄信任我，我也不好推辞了。据我对他的了解，没有这个数他不会放人。"任股长伸出两根手指。

刘昌友掏掏这个口袋，又掏掏那个口袋，数出 2000 递给任股长说："请转告所长手下留情，我这些钱全是拿一角的高利贷。”

“说啥也没用。”任股长说，“就是卖血的钱，只要是钱，比神仙还灵。”

刘昌友苦笑道：“过了这个坎再说。我今年倒霉透了，总给老弟添麻烦。孩子的事就拜托了。”

任股长说：“咱哥俩就不用客气了。只要我能办的，一定尽力，能少花的和不花的，就尽量少了。我从来是重感情重友谊。钱算什么，身外之物，生不带来，死不带去。”

任股长在卖嘴皮子。其实他和所长只是一个在台上一个在幕后，蚂蚱不咬蚰子——一个地里的虫。

刘昌友心里也有数。当任股长信誓旦旦表白自己时，他心里想：哄鬼，婊子的脸上没写字，只要立个牌坊就是良家女子。其实脸洗得再白，也没有老百姓的屁股干净。

两天后，刘长发放出来。刘昌友一直住在县城里。当他带着长发回到家时，陈保雷已和沼气施工人员离开金水湾回到县里。刘昌友得知村干部和村民组长，除了他和刘长富都修了沼气。他唉声叹气地说：“长发在里面这七天，一天顶1000，加上沼气这一项，亏了1万多。今后不要乱摸了。听爸的，爸让你做，不要说摸，就是砍掉头也没事。”

刘长发低着头，深深地点点头：“我记住了。爸不叫我干的，我吃屎也不能干。爸叫我干的，泼上命也要干……”

比起长富，刘昌友没有办到沼气并不怎么遗憾。自己因为挤在节骨眼上，孰重孰轻，自己心里清楚。长发多在里面待一天，就多花1000多块，办一套沼气，也只是1000多一点。村里沼气办多了，全村都是沼气能手、技术员，自己买点料子，或者顺手牵羊不声不响就办好了。可惜的是长富刚刚停职没几天，办沼气也没有赶上，这不是明明在寒碜刘家嘛！金水湾姓刘的大户，人多，人五人六，没有我们爷们，金水湾不仅照样修公路，照样办沼气，姓刘的人多怎么样……刘昌友只是这样想，谁也没有说。

了解内情的人，其实不是这样。接到民师转正文件的那一天，刘长喜约唐水莲前去拜访唐希旺。刘长喜找唐水莲，开始并没有什么底气。水莲现在正在村卫生室一边工作一边进修，每星期都去市卫校里听讲座，看临床，学经验。

接触她的卫校老师都说水莲是个好苗子,爱学习,肯钻研,遇到疑难问题虚心学习。卫校结业后,再到医学院进修两年,将来准是一个乡村好医生。

刘长喜是爸爸和妈妈的末角子儿。他出生时,爸爸已死去。妈妈已经四十多岁。谁也没有想到丈夫死了半年,她妈就生长喜。因为是遗腹子,当时生活也困难,妈妈要把长喜送人。长富哭着不同意,哀求妈说:“再穷也是我的亲兄弟。我快初中毕业了,等我能挣钱了,我们家就会好起来。”长喜没有送人。渐渐长大后,又送他进学校读书。长喜的学习成绩一直很好。后来母亲有病住院花了一大截子钱,初中毕业实在上不起了。当时村小里正缺少一位老师,经村里推荐,镇里批准,刘长喜当上村小民师。长喜不但敬业,教学经验也很好,第一批就批准转为国家正式教师,每月工资由原来的28元上升到380元。刘长喜早已与哥哥刘长富分家,和妈妈另住,一起生活。刘长喜和唐水莲已经谈了两年了。长喜比水莲大八岁,开始水莲有点嫌长喜年龄大,有点犹豫。长喜对水莲则一往情深。虽然过去工资很少,但每次领了工资总要不声不响地塞给水莲十块八块。有时两人一起去县里市里玩玩。尽管两个人手里都不怎么宽松,物质生活不怎么丰富,但两人的心一直连得紧紧的。

因为是第一次去唐水莲家,刘长喜特地给唐希旺买了一箱纯牛奶,给王秀芳买了一箱饮料。一个村里住着,唐希旺和王秀芳知道母子俩的日子一直过得很拮据。刚刚由民师转正,也不想让长喜多花钱。唐希旺说:“来就来,还买什么东西。”王秀芳接着说:“你姑姑带的牛奶还没有喝完呢!你吃过饭拎回去给你妈喝。”

“不了,”长喜慢声细语,“我妈有的喝。”

王秀芳和水莲忙着做饭。

唐希旺与刘长喜叙话。

刘长喜想到学校,说:“新教室和办公室都很好,老师们很高兴,教学的劲头比以前高了。同学们的学习成绩也比以前提高不少。”

“孩子们很重要。”唐希旺说,“现在国家发展很快。听水生说,深亚那边家家办工厂,人人当老板。金水湾还很穷。要改变面貌,必须有知识,学科学。这次县能源办为我们无偿办沼气,先搞一些试点,以后全面推广。好处我就不说了,你们学校里的老师和同学也都参加,大部分都知道。长富虽然因清账暂时不当文书和支部委员了，但还是共产党员，我们研究也给长富家建个沼气池和配套设施。你回去后跟你哥哥说说，请他到村委会办公室填个表，施工人员就去他家帮助施工。渴了备点茶水，不要钱，也不管饭。你别忘了捎个信给他。”

刘长富是个爱面子的人，听了长喜的话，他说：“不凑这个热闹了。今后大家都搞起来了，自己花钱才搞也不迟。谢谢村里还能想着我。”

……

四

唐希旺去县里参加三干会。这样的三干会几乎每年都要召开一次，每一次唐希旺也都参加。三干会主要是总结一年的工作，布置下一年的任务。参加三干会的人，除了乡镇和行政村的一把手，还有县直机关部门的主要领导，与会者可能有七八百人。

过去的三干会，唐希旺都是坐在下面，伸着脖子瞪着眼睛朝台上看。出乎唐希旺意料的是，县长在报告中还提到金水湾村。县长说：“……大家可能想不到贫穷落后交通闭塞的金水湾村竟奇迹般地修建了一条3公里多长10米宽的水泥公路。更让我们没有想到的是，没有赔一分钱的移坟补助。这和某些地方在土地征用房屋拆迁遇到的问题，特别是移坟问题的纠缠不休形成鲜明的对照。我看，在我们县里再没有比金水湾更困难的了。还有沼气的兴办和推广，金水湾人也走在前面。金水湾人民能够做到的，其他地方为什么做不到？金水湾距县城不是很远，大家可以去看看。百闻不如一见。看看比比想想，根子在哪里就明白了。如果不明白，问问金水湾的老百姓。再不明白问问华西村的老百姓。………”不能让唐希旺忘记的是，县委县政府为金水湾村颁发了公路建设和兴办沼气两块奖匾，并和县委书记、县长一起照了相。

唐希旺捧着两块奖匾回到了金水湾。

然而，当奖匾刚刚挂在村委会会议室的墙上，外面就拥进一批男女老少。金西村民组长刘昌魁哭丧着脸说：“我家的沼气不办了，很多人要和我合锅啊！他们说……”

一个小伙子连忙打断刘昌魁的话，高喊道："能源办是望着金水湾来，不花钱的好事，怎么都到你们头上，老百姓不是人啊！"

"不给我们兴沼气，你们也别想安泰！扒，都给扒掉，老百姓得不到，你们也别想吃独食。"

"试点，试点，为什么一定要在干部家试点？头上的虱子，明摆着嘛！"

……

乱哄哄，七嘴八舌。

唐希旺请大家静下来，解释道："这些情况，我们开会在广播里讲过了。大家可能没有注意听。办沼气为什么要先在村组干部家搞试点，因为我们以前没有搞过，担心失败，给大家造成经济损失。县能源办只搞试点，逐步推广。原计划在我们村只建 12 家，后来我们要求增加到 24 家，中间又增加我一家。县能源办陈主任是我的老战友，王秀芳向他单独要的，不在 24 家之内。因为施工队在我们家里吃饭，村里没有开支一分钱招待费。大家可以当面去问牛小梅，村里的账牛小梅在管着。"唐希旺见大家平静下来，继续道，"大家只管放心，只要大家愿意，一年之内，除五保户，失去劳动能力的，我保证村里每一家都建沼气，尽量向上边争取资金，大家不花钱或少花钱，争取在一两年里把金水湾办成全县沼气利用示范村。"

唐希旺的一席话让大家心里刚刚泛起的疑团烟消云散。

本来大家对办沼气都持无所谓态度。不就一堆砖一堆砂子几袋水泥和一些管子，花不了多少钱。经吴文英底火一烧就点着了。有的人本想再看一次笑话，经唐希旺一番口舌，阴谋就点破了。但是，万事开头难。接下来发生的事，不是一场笑话，而是一条人命。如果换一户人家，风波可能就大了。

唐希强也建了一个沼气池和有关设施。唐希强家的沼气不是村里定的，是村民组决定的。他们的村民组建一个。最后剩一个没有人愿意建，担心人手少，添料出渣麻烦。唐希强是个功夫人，平时爱琢磨个大棚蔬菜、反季节种植、打药除虫等带点科学味儿的事。读初中时，他学过沼气方面的知识，知道点皮毛。听说有的人不愿意办沼气，组里还有一户没落实，他和王秀芬商议。王秀芬听说沼气能烧锅做饭点灯照明，搞试点不需要花钱，她相信政府为老百姓办的都是好事。不要钱可能是建沼气有难度。政府办的大事都是试验后推广,一般没有一竿子扎到底的。两口子都是细茬子。不料事故正是出在唐希强家里。

沼气建成一个月后,王秀芬的爸走闺女家过。唐希强去镇里卖菜没回来,水忠和水燕在学校上学。家里只有王秀芬一人。父女俩叙了会儿话,王秀芬忙着做饭。老爷子一个人坐着没趣,走出堂屋,来到沼气房看新奇。老人没见过沼气设备,看着管线和阀门怪好看。他摸摸试试拧拧,不小心拧开了开关阀门,一股浓烈的沼气向老人冲来。他开始觉得气味刺鼻难闻,后有些眩晕胸闷呕吐,渐渐就瘫躺在地上不省人事。

唐希强卖完菜回到家,老人已奄奄一息。马上打120电话,多亏村里的公路好,再晚到医院10分钟,危险就大了。

唐希旺闻讯也连忙赶到医院。老人刚刚苏醒。唐希旺向医生询问老人的病情,医生说:“再晚到10分钟,老人可能就救不过来了。”

唐希旺感激地说:“谢谢医生!沼气也这么厉害。”

医生说:“沼气也是有毒气体,和天然气、液化气、煤气一样,使用时一定要注意安全。”

这一事故不但给金水湾人民敲响了警钟,也为谣言制造者提供了资料和机会。

有人说:使用沼气一定要注意安全,按规程操作,防止沼气泄漏。

有人说:用沼气没有用电安全。当附近村里一个孩子触电死亡时,又有人说:那个孩子该死,与电无关。

电也好,煤气也好,沼气也好,液化气也好,当生命与它们擦肩而过时,留下的是同情、教训、庆幸,还是窃笑……汩汩的淮水啊!能不能洗尽铅华,还原真相,让刚刚起步的金水湾继续远航。……

天渐渐冷了。

夜里,三奶奶病了。三奶奶一直住在唐希旺家。本计划建校时剩下的料子能给三奶奶搭建两间砖瓦房。一、料子不够;二、三奶奶年纪太大。七十多岁的老人怎能一个人生活。万一夜里突发急病,没有人在身边抢救也来不及。半年多了,老人一直能吃能喝生活自理。但是,万一病真的来了,很突然。就是儿女在身边,也可能会措手不及。况且老人的儿子在省城,癌症晚期。媳妇下岗吃低保。孙女正上初中。前些年老人一年有三分之一的时间住在儿子家。近几年儿子自身难保,已经没有能力照顾老人。有人劝唐希旺和王秀芳把老人送进镇敬老院。她万一有个好歹,谁能说得清。按规定老人不符合五保供养,进不了敬老院。三奶奶没有女儿,只有一个儿子。娘家住在双碑湖小张庄。小张庄的娘家只有一个单传四辈的娘家孙子。那个人是个半残废已经五十多岁了,仍孑然一身。靠山山倒,靠水水流。唐希旺和王秀芳考虑过,想来想去,想不出好办法。唐希旺说:"妈在姐姐那里,姐姐的条件好,我们用不着牵挂。三奶奶就当作咱妈,万一有什么大事,我们才和老人的儿子和媳妇联系。"

万一出现了。老人有老慢支,一进入冬季,感冒了,老慢支就会复发。前些日子,开始有点发烧,咳嗽。水莲拿了药,缓解了,也能吃些饭。一家人都以为老人能慢慢恢复,挺过冬天。过了冬天,老人的身体会一天比一天好。秀芳侍候着老人吃了药,又洗洗脚,扶老人上床躺下。为了防止万一,秀芳和三奶奶一张床,睡在另一头。半夜里,老人突然哮喘,像拉风箱一样呼噜呼噜一直不停。秀芳拉亮灯,俯着身子轻声地说:"三婶,您? ……"

三奶奶呼噜呼噜地摇着头,呻吟道:"我,我……"

"水莲爸,水莲爸。"王秀芳焦急地喊。

唐希旺迷迷糊糊听到秀芳的叫声,一下子弹起来披上衣服朝三奶奶屋里奔来。三奶奶住的是妈妈的房间。唐希旺来到近前,叫:"三婶,三婶!"

三奶奶的一只手动一动,张着嘴,呼噜呼噜,风箱拉得更快,更响,胸口一起一伏,鼓起来像球,凹下去像锅。

"打 120,去县医院。"唐希旺披着衣服打电话。

"咋办?"王秀芳望着唐希旺好像有点乱了方寸。

唐希旺打了 120,让王秀芳把水莲叫醒,安排水莲在家里看家,并催着王秀芳快做准备,该带的东西别忘了带上。王秀芳收拾着东西,问:"钱呢?"

"水生前些日子打回的还有吗?"唐希旺问。

"还有一点,不多了。"王秀芳说。

"都带上。"唐希旺说。

王秀芳找出钱,数给唐希旺,1600。唐希旺皱皱眉,深更半夜的正愁没地方借。水莲起来了。唐希旺问:"三奶奶的病有些重,马上去县医院,家里钱不够,你那里还有吗?”

“有,长喜刚补了一个季度的工资在我这里。”水莲说。

“快拿给我。”唐希旺说,“现在路好了,救护车也快到了。救人要紧。三奶奶命苦啊!我们一定要扛住。”

……

唐希旺早早摸黑站在路口上等车。救护车来了,他指着大门,车开到大门外。医生用担架将三奶奶抬上车,唐希旺和王秀芳跟车来到医院里。

办完住院手续。三奶奶被送进病房。打上吊水,唐希旺和王秀芳轮流看护。第一瓶吊水滴完,老人的病就有些缓解。

三奶奶的病出现转机,唐希旺和王秀芳也渐渐平静下来。

可是,事情往往没有那么简单。仅仅给人一个喘息,第二天上午,三奶奶的病又出现反复。反复的时候往往比原来的攻势要猛,也更为凶残。三奶奶的病也一样,这一次不仅哮喘更厉害,三奶奶已进入昏迷状态。

医院不得不下病危通知。

“给他儿子或媳妇打个电话吧!”王秀芳苦着脸,“总得让人家与老人最后见一面吧!”

“不,抢救老人要紧。”唐希旺说着往外走,“他们来也只是见一面,人生路不熟,再说……”

唐希旺找到科室主任,求助道:“主任,老人还有救吗?”

“我们会诊过了,也进行了研究,”主任说,“如果说还有一线希望的话,那要将病人转入市人民医院,要么请市医院的专家,有个专治肺心病的张主任。我们实在无能为力。”

“请专家,应该由咱们医院里帮助请,你们都是同行,比我们方便。我们两眼一抹黑,哪能请得动。”

“我们不行。”主任说,“这位张主任是全省全国有名的权威。别看是在市一级医院,实力和名气大得很,很多大医院都请他会诊,讲座,不是人家架子大,实在忙得很,分不开身。张主任和一个叫李超的骨科主任,号称市医院的‘两驾马车’,医疗界的精英。你们自己想办法吧!说不定还能感动上帝呢?”

唐希旺安排王秀芳照顾老人匆匆赶到市人民医院。

老人的病情一会比一会重。

唐希旺走后，王秀芳请邻床的一位病人家属帮助照顾三奶奶，她悄悄走出病房，找到一个小卖部用公话给三奶奶的儿子家打了电话。接电话的是三奶奶的儿媳妇，叫丁萍。

唐希旺来到市人民医院。他找到骨科，李超正在做手术。听一位医生说李超这个手术最快也要10个多小时。唐希旺急了。他在市医院大厅里转来转去。

唐希旺没招了。医生做手术，人命关天，天大的事也不能停留，但三奶奶也在鬼门关前徘徊。时间就是生命。唐希旺好像第一次体会到它的深刻含义和重要性，时间在一分一秒地过去，他恨不得钻进地底下把张主任拽出来马上奔到三奶奶病床前。

唐希旺转来转去，是想能遇到熟人，最好能遇到认识心肺科张主任的人。

是三奶奶命大，还是一种巧合，唐希旺大概转了半个小时，看见匆匆行走的齐科长的身影。唐希旺不顾周围人投来的目光，可着嗓门喊道："老齐！齐科长！齐科长！……"

那个人真的站住了，转回身，惊奇地望着唐希旺，问："你，你，怎么在这里？"

唐希旺着急地说："三奶奶病了，住在县医院里，正在抢救。"

齐科长更加惊奇："三奶奶住院，在县里，你怎么跑到这里，买药啊？"

唐希旺摇摇头："不是买药，是……"

齐科长也着急起来，催促道："快说啊！是什么？"

"请一位大夫，大专家。"唐希旺的额头上冒出一层汗。

"请谁？快说。"齐科长追问。

"张主任，肺心专家，你认识吗？"

"哪是认识，他是我的老岳父。我正要找他给一个亲戚看病。"齐科长说。

唐希旺问："你那个亲戚的病急不急？"

"不怎么急。"齐科长说，"三奶奶的病急，请他先去你们那里。"

"好好，"唐希旺跟在齐科长后面走进电梯，上了六楼，唐希旺说，"你带车没有？不能让老先生坐公交呀！"

“带了，带了。”齐科长说，“我和你一起去。”

张主任刚处理完工作走进休息室坐在椅子上，齐科长领着唐希旺介绍说：“爸，这就是我曾经向您介绍的金水湾村的书记。有个三奶奶病情很危急，老唐特地来请您。”

张主任笑着说：“好好，你唐书记是个大好人啊！听说病人不是你的亲人，长期住在你家里。真不多见。”说着和唐希旺与女婿一起出了门。

齐科长的车技很好，一会儿就赶到县医院。

县医院的医生捧着病历板给张主任看，张主任戴着老花镜看着‘张三乃’三个字心里一沉，父亲生前曾说‘乃’字属于他爷爷那一辈，老家在双碑湖小张庄。张主任问唐希旺：“老太太娘家在哪里？”唐希旺说：“双碑湖小张庄。”张主任不再问，看看病人，又看看各项检验单，开出一张处方。

吊滴开始。

三奶奶渐渐苏醒。

张主任又仔细观察三奶奶的病情，安排医生下一步如何治疗，整整忙了一个上午。临走时还掏出500块钱放在三奶奶的手里。

三奶奶的病逐渐好转。医生说：“再住三四天，老人就可以出院了。”

大概接近晌午，唐希旺准备给三奶奶买饭，刚走出病房，王秀芳追出来，让他顺便再买盒牛奶，丁萍风尘仆仆地正在寻找三奶奶的病房。唐希旺一见丁萍，有点吃惊，问：“你怎么知道的？”

“我，我……”丁萍支支吾吾。

“我看三婶那么厉害，打的电话。”王秀芳说。

“啊！”唐希旺点点头表示理解，面向丁萍问，“老弟的病怎么样了，该好些吧！”

丁萍的眼泪滚下来，摇摇头，哽咽道：“他走了。”

为了不影响老人的病情和今后的生活，他们仨商量将老人儿子的死永远向老人保密。为避免老人发现破绽，三人相约，王秀芳先回到病房照顾老人，唐希旺去为老人买饭，待唐希旺、王秀芳和老人都在病房时，丁萍才进入病房，大家见机行事，千万不能让老人意识到儿子已经走了。

当丁萍走进病房时，三奶奶刚吃了饭。老人精神恢复得很好。媳妇的到来，让她更为激动。

“妈，我来晚了。”丁萍走进病房，强笑道，“您老不会生气吧！”

“妈不生气。”三奶奶笑眯眯的，“你唐哥和你嫂子照顾得周到啊！”

丁萍把一包苹果香蕉放在床头柜上，说：“我不知道您想吃点什么，就买这点水果。”

三奶奶说：“啥也不用买，你唐哥和你嫂子啥都给我买了。我没有想到的他们都想到了。儿子的病啥样，该好了吧？”

“你儿子的病好了。”丁萍忍着悲痛。

“他咋没有来？”三奶奶有些牵挂。

丁萍说：“他忙着呢，腾不出时间。”

“电视里说，企业都破产了，还忙啥？”

“破产……”丁萍被问住了，有些不知所措。

“破产还可以重组。”唐希旺知道老人脑子空，平时爱看电视，很多国家大事都知道，一般瞒不住她，“我们现在很多跨国公司，还可以搞劳务输出。现在是改革开放的时代挣钱的门路多得很。”

“对对，唐哥说得对。”丁萍经唐希旺一点拨，心里敞多了，说，“他最近正在和几个朋友忙乎到西非一个什么国家打工呢，听说到那里能挣大钱。”

“西非远啊！”三奶奶感慨道。

“是很远。”丁萍的鼻子有点酸，“得好多年才能回来。”

三奶奶懂得很多，见媳妇有点难过，劝道：“再远，也不过地球那边，早晚会回来。你不用担心，我身体好，能等到儿子回来的那一天。”

丁萍差一点哭出来，嗫嚅道：“能，能……”

唐希旺和王秀芳也跟着附和：“能，能……”

面对老人期盼的眼神，三个人的心里更清楚，当老人一旦了解真相时将会是怎样的后果。此时他们也意识到什么是善意的谎言。有时这种谎言比真相更厉害，不仅能颠覆真理，有时还可能断送或拯救一个人、一个家庭，甚至一个国家与民族。

十多天后，三奶奶出院了。唐希旺家，金水湾，又出现她那健朗的身姿和欢乐的笑声。

第十章

一

日子像憋足气的野马撅着屁股向前跑。千军万马人山人海肩挑背扛的水利兴修战场刚刚落下帷幕,年就快到了。

在金水湾的大人中,最怕过年的大概只有两个人——唐希旺和牛小梅。一村之主的唐希旺家前来要钱的人挤破门,送走一茬,又来一茬。唐希旺弯着腰说好话。饭店的老板拿着账本找唐希旺说:“唐书记,你行行好吧!这都是你们村干部领着人吃的,哪一回都是满嘴流油啊!鸡鱼肉蛋也不是我家的,我家要账的排成队,你们再不给钱,我的店就要关门了。”

唐希旺翻翻账本,满满十几页,全是刘昌友的笔迹。这招待,那招待,县里的,镇里的,连说大鼓书的也记了十几笔。唐希旺拍着头想了又想,是有这么回事。大概是麦前,刘昌友一个表弟背着破鼓拿着县文化馆的介绍信找到唐希旺自我介绍:“我是刘主任的表弟,文化馆介绍我到你们村宣传破除迷信树新风,刘主任让我向你汇报汇报。”唐希旺接过介绍信一看,巴掌大的一张纸揉得皱皱巴巴,字迹模糊,上面的红戳戳像炒红了的半拉大蚂虾,年月日不知描了多少回,缺胳膊少腿怎么也辨别不清楚。至于唱的是什么,唐希旺没有听过。他只听苟二旦说过,全是上也摸下也摸的黄段子。刘昌友让他找唐希旺只是个过场。很多饭店里的吃请唐希旺不仅没有参加,有的一点也不知道。

向唐希旺要不到钱,有的转回头找牛小梅。当然挂着文书名字不能不接待。牛小梅怕磨嘴皮子。来人把条子递给她,出于礼貌,她不能不接。接过条子一看,上面都是"报。刘昌友"四个字。有的连年月日也没有。

牛小梅把条子还给对方,说:"我除了从刘长富手里接了几本账本和一堆白条子,一分现金也没有。我没有钱,又没有老坟地卖,谁批的找谁要。"

后一句话传到刘昌友的耳朵里,刘昌友曾经找她发过火,说:"你当文书,怎么让人家找我要钱?"

"村里有钱没钱,你不知道?办公费、电话费,我已经贴进去几百了,找谁报?"牛小梅顶撞道。

"上上下下一支笔,我不签字谁签字?"刘昌友指责她,"你不是踢皮球吗?"

"踢皮球的是你不是我。"牛小梅不理会刘昌友。两人正在抬杠,唐希旺走进来,劝道:"不要抬了,有话慢慢说。"

刘昌友掉转方向,说:"我的大书记呀,水利工程结束了,年也没有几天了,要账的整天盯着我,村里的提留款该收了。"

"上次镇里开会,已经宣布过,今年蓄了洪,农业税不是全免了吗?"

"还有民师工资,村干部工资,招待费,特别是陈年拖欠的农户,不清不行啊!"

"午季虽然没受什么损失,秋季都是晚秋作物,收成差点,我看只收过去拖欠的农业税和民师工资,过了这个坎再说。"唐希旺说,"物价不断上涨,特别是化肥、种子,农民的负担够重的了,不能再加了。"

唐希旺说的是宽泛话,并非全指金水湾,刘昌友心里有鬼,他冲着唐希旺道:"你不要一筐烂桃都倒给我。我是二把手,哪一次都是你拍的板!"

提起多加提留款,唐希旺和刘昌友曾吵过两次架,都是为了提留款。提留款是上级明文规定的。按照镇里文件规定收的话,基本上就全面了。两委班子研究时,刘昌友不仅要在上面规定的数字上增加数额,还要增加新项目。唐希旺不同意。刘昌友坚决要加。争来争去,两个人吵起来。刘昌友先发制人:"要提留款是政府的事,我是村民委员会主任,这事得我做主。"

"同时你也不要忘了你是共产党员,党支部副书记。"唐希旺压着火,严正地说,"我们要集体研究,集体决定,不能一个人说了算。"

"你打听打听外乡镇的行政村。"刘昌友在极力扩大范围寻找根据,"哪个地方不是层层加码增加项目,连村民小组也在不断加哪!”

“别的地方我们管不了。”唐希旺坚持说,“我们是金水湾村的干部,只有权力管金水湾的事。别的想管也管不了。”

“那就按上面的文件定?”刘昌友瞅着唐希旺,寻找对方退让的余地。

“就按上面的办。”唐希旺口气很干脆,没有商量的余地。这就是唐希旺的个性,看准了的事用八头牛也别想拉回来,但他也不是一条道走到底的人,该退让的他一定会包容,不可动摇的是坚定的信念和神圣的使命。他见刘昌友眼不眼鼻子不鼻子,耐心解释道:“人心不足蛇吞象。一口吃不成胖子。据我了解,就是按镇里的文件办,这些提留款也很难收上来。不信,我们走着看。”

刘昌友有自己的看法,说:“这要看咋个收法。不要说是老百姓,就是拿工资的,有钱的,有几个愿意往外掏钱。这就叫兔子不按倒不屙屎。不挤到河边,再大的鱼也逮不住。有的人,不要看整天叫苦,都是假装、耍赖,能少交一点是一点,其实兜里的钱鼓鼓的,腰里揣的都是玉溪、大中华。”

“是啊!这几年一些人往外跑,也挣了一些钱。只是少数。有的跑一年也带不回来几个钱。有的家里的地也荒了,舍着老婆孩子在家滚,结果城里乡里都没有挣到钱。还有的连路费也没有,不敢回家过年,钻人家的破窑洞。”

“那是猪。会出气的都能挣到钱。”刘昌友说,“我们别扯远了,最要紧的就是想办法要钱。”

“还是分片包干,逐家逐户说服动员。”唐希旺说,“主要靠讲道理,做宣传教育工作,不能用别的办法。”

两个人的思想认识统一后,召开了两委领导班子会议,按就近的原则村干部分片包干,由村民小组统一收,之后上交村里,村干部只负责宣传动员说服教育和监督检查,防止村民组随便加项目加码。

收提留款是最头疼的事,群众只认可农业税。农业税是国家皇粮。自古就有不吃五两白地的说法。已经一千多年了。老百姓懂得这个理,没有什么人不交的。还有民办教师工资,村干部误工补贴,村里办公费,军烈属补助费。人家跑上跑下风里雨里教孩子学习。村干部国家不发工资,也要吃饭。军烈属就更不用说了,人家打仗流血,有的命都搭上去了,家里有老人,大家拿一点照顾照顾也是应该的。这些大家接到通知说交就都交了。有的还主动找村干部交钱,一点口舌也不费。大家不能接受的是乱七八糟的收费项目和加码的部分。省人民政府张贴布告,还逐家逐户发了公开信,上面说得清清楚楚,连规定的下限都写在上面。公开信上还特别要求不准层层加码,也不准乱立名目。同时提醒农民:对于随便增加项目和乱加码的,可以向省里举报和拒付。

农民有了省里的公开信,好像吃了定心丸。但面对现实,农民失望了。看在乡里乡亲和都是熟人的面子上,明明知道层层加了码加项目,有钱的也就交了。实在没有钱的也想办法交了一部分。真正抗着不交、一毛不拔的只是少数。

大家都有互相攀比的毛病,因此就出现了钉子户。一年连一年,拖欠不交,少交提留款成为一道难题。真正的难题是群众对村里的招待费的开支意见特别大。有人背后算过细账:村两委会班子大大小小十多个人,按每天接待上面两场,摆两桌酒席,一年 365 天,也只有 730 桌。按每桌酒席 100 元计算,也只要 7 万多。而村里的招待费全年已开支到 10 多万,几乎增加一倍。事实上哪个村里每天都有客人来呢!算细账的事传到刘昌友那里,刘昌友认为个别人在钻牛角尖,刁民。对于刁民,得用狠一点的手段。商议的方法不能解决问题,提留款也收不上来。

提留款不好收,不是金水湾村一个地方的问题,而是普遍现象。据外地的经验,必须采取强硬手段。在这个问题上,唐希旺和刘昌友又吵了一架。

又挤到年根了。那天下午,唐希旺正在办公室里看年终报表,刘昌友头天晚上玩麻将输了 1 万多。快过年了,家里的钱输光了。吴文英跟他吵,问:"这年还过不过?要过,你得想办法弄钱。要不过,我上娘家去,你爷们在家里干烤火。"

年不可能不过。钱还真没有办法弄。唯一的出路是要提留款。全年的提留款绝大多数家庭都交完了,除了个别困难户。困难户都有实际困难,暂时交不上。但在刘昌友眼里这些人不是交不起,而是不交,钉子户。刘昌友对唐希旺说:"打断你一下,钉子户不拔掉,今后的工作不好搞。"

"什么钉子户?"唐希旺正专注看报表,一时还没有听明白。

"个别户的提留款。"刘昌友说。

唐希旺抬起头说:"我们村的提留款收得差不多了。该上交的都已经上交。民师工资、军烈属补助、村干部补贴也都发了。欠饭店的账尾子明年再还吧！快过年了，让大家过个安逸年。”

“我那里还有几笔急款。”刘昌友不咸不淡地说。唐希旺马上听出来刘昌友手里缺钱了，要在收提留款上打主意。

“那怎么办呢？”唐希旺试探。

“还有一部分提留款没有收上来。”刘昌友望着唐希旺，好像也在试探。

“个别户吧，有实际困难。”唐希旺不表态。

“个别户也不能迁就。家家都有难念的经，谁没有一点困难。”刘昌友要摊牌了。

“缓缓吧！”唐希旺放缓语调。

“缓到猴年马月。”刘昌友的脸正在变色，“我私人的钱差不多都垫完了。我还要过年呢！”

“你说怎么个要法？”唐希旺一脸正气。

“外地组织民兵小分队进行强收。”刘昌友不再兜圈子。

“民兵小分队，不行。”唐希旺一口回绝。

“这不行，那不行，你是要架空我！”刘昌友发疯了。

“不行，就是不行！我没有架空的意思。”唐希旺寸步不让。

“你！你！……”刘昌友用手指着对方。

“我！我！……”唐希旺稳如泰山。

刘长富和郭继山走进来劝解，两个人不欢而散。

考虑到团结，第二天唐希旺让王秀芳给刘昌友家送去500块钱。按照唐希旺的交代，王秀芳当着刘昌友和吴文英的面说：“这点钱先给你们过年用，什么时候有什么时候还。如果转不过来，就勾销。算是我们的一点心意。”

刘昌友和吴文英当时除了感到奇怪，还着实感动了一番。但事后他们就忘了。直到现在这500块连一分钱也没有还。

当时唐希旺家也不宽泛，这笔钱是姐姐唐希云刚刚给他们打过来的。他们只留下一半自己过年。

二

又经过三个月的考验，林阿丹认定唐水生是个难得的人才，将其破格提拔为008船长，工资也翻了一番。

刘晓旭在尚欣欣的制鞋厂也干得顺风顺水。她现在不是文员，已晋升为厂长助理。尚欣欣欣赏刘晓旭，不光是因为刘晓旭长得漂亮，漂亮只是一种因素，而让尚欣欣看重的是她的聪明和机敏。

刘晓旭继承了刘占元和金玉娇的优点，在同龄女孩中有着不同寻常的成熟和应变能力。到尚欣欣鞋厂上班一个多月后的一天下午，尚欣欣的一个情人刚进入尚欣欣的办公室，尚欣欣的老婆就跟踪堵在门口。尚欣欣的情人是他老婆的同学，老婆发现后一直在跟踪，这下正好逮个正着。尚欣欣和情人闷在里面好像热锅台上的蚂蚁。刘晓旭急中生智，对尚欣欣的老婆说："大姐，你刚才是看错人了吧？尚总昨天下班对我说他今天上午要去市里参加一个会议。"

"不对呀，"尚欣欣的老婆狐疑地说，"我亲眼看见那个骚货进了大楼。"

"你说的是一楼吧？"刘晓旭试探。

"是，一楼。"尚欣欣的老婆说，"我和她只有二十多米，一点没有走眼。"

"这是三楼。尚总的办公室是三楼。"刘晓旭大包大揽，"我每天都是第一个上班。我来的时候尚总的办公室关得紧紧的，没有人进。"

"你是刚来的吧？"尚欣欣的老婆没有见过刘晓旭，"你是？"

"刚进厂两天。"刘晓旭故意把时间说短些，免得对方生疑心。接着回答："清洁员。"她知道，一字之差，含意大不相同。

尚欣欣的老婆放心了，问："一楼还有个后门吧？"

"有。"刘晓旭腼腆地说。

"好，撤！"尚欣欣的老婆得意而去。

为了防止杀回马枪，刘晓旭说："大姐，我有辆电动车，送你回家吧！"

"谢谢你！"尚欣欣老婆说。

"不用谢，厂长不在，员工应该送。你也是厂领导，副总啊！"刘晓旭嘴甜。

她知道，几乎所有民营企业老板的老婆都是副总，这已成为不争的现实。要么管钱，要么管人。其实什么也管不了。

刘晓旭的随机应变和临场发挥可能是一种本能，但却成全了她的人生和事业，也成全了一个说不定会嬗变甚至要破碎的家庭。

在办公室里惊惶失措、憋得满头是汗的尚欣欣感动得五体投地。老婆和刘晓旭的对话他听得清清楚楚。老婆是个醋坛子。两个女人如果接上火，不但要爆发一场战争，还可能要出现一场厮杀。老婆的哥哥是银行行长。他的鞋厂全靠大舅子扶起来的。最可怕的后果是银行把资金全部抽回去，他的工厂立马就要倒闭，他也就变成穷光蛋。

刘晓旭的厂长助理宣布后，她马上给唐水生打去电话。水生表示祝贺。凭他对刘晓旭的了解，他认为晓旭一定能干好。晓旭说："水生，我还想告诉你一个事，例假怎么不来了。"

水生还不知道例假是怎么一回事，只沉湎于两个人在一起时的痴醉。他们可能都不懂得做那种事的后果，只知道新奇、好玩。每次水生回深亚，他们都要迫不及待地疯狂。直至精疲力竭，两个人才拥抱着进入甜蜜的梦乡。

水生并不在意晓旭的话，淡淡地说："来不来又不影响那个。"

……

尚欣欣可能是误解了刘晓旭的善良与单纯。如果说他第一次看见刘晓旭时看重的是她的美貌的话，那么刘晓旭出于善良与他老婆周旋，为他解围，他应该感到幸运去珍惜。当着林阿丹的面，尚欣欣曾表态说："我要像对待自己的亲妹妹一样对待刘晓旭。"经过短短几个月，他却践踏了自己的诺言。然而，刘晓旭却让他见识了乡下女子的睿智与刚烈。

那是一次客户请吃的晚宴上，开始尚欣欣规规矩矩，觥筹交错后，那个客户问尚欣欣还需要哪些服务。他向那人使眼色开个房间。大家散去后，他让刘晓旭和他一起到房间里，他刚张开双臂，刘晓旭丧着脸："尊重别人，也是尊重自己。"

尚欣欣说："刘小姐，请不要误解，我们做个朋友嘛！"

"我已经有男朋友了。对不起，我只能做你的员工。"刘晓旭铁青着脸。

"员工也可以做朋友。我爱交朋友。"尚欣欣继续表白。

“交朋友是两个人的事。我愿意交像林总那样的正经朋友。”刘晓旭说，“林总非常让人尊重。”

“我只要求做一次，朋友……”尚欣欣想走近刘晓旭。

刘晓旭后退两步，锋芒毕露：“你，不要做梦！”

尚欣欣仍不甘心，假笑道：“刘晓旭，你的厂长助理是我任命的。”

刘晓旭毫不退让：“尚欣欣，我也要提醒你，监控器不是你管的，也不是你能抹掉的。你不要想给我小鞋穿。”

“你，你，”尚欣欣心虚了，“你能怎么样？”

刘晓旭警告道：“我一个电话打给你老婆，就让你没有好日子过。”

“那是，那是。”尚欣欣瘫坐在沙发上，连忙说好话，“刘助理，是我不对，你一定帮忙帮到底，咱们愉快合作。”

“可以，尚总。”刘晓旭不再激动，说，“我出来就是挣钱的。我挣的是干净钱。”

“好，好。”尚欣欣又恢复常态。

……

这是一次交锋，也是一次考验。以后的日子里，因为有把柄握在刘晓旭手里，尚欣欣再不敢打刘晓旭的主意。由此，刘晓旭认定：人可能变成鬼，鬼也可能变成人。

天在变，地在变，人在变，过年团圆的传统没有变。年初，年轻人纷纷奔向广东、深亚，重活脏活抢着干，挣的钱比在家里多。快过年了，又纷纷往家里赶，过个团圆年。唐水生和刘晓旭是幸运儿，一到深亚就成为白领。林阿丹和尚欣欣刚踩腊月边就放话给大家：过年放假，大家回家过个团圆年。水生和晓旭合计回家带什么礼物。晓旭说：“我要给家里买一台彩色电视机，比你家和二叔家的还大，省得我妈天天往你家里跑。”

水生回家带什么他自己拿不定主意。打电话回家，唐希旺接的电话。“爸，过年公司放假，我给家里带什么？”

唐希旺正为钱发愁，连忙回答：“什么也不要带，有钱先打回来。”

“打多少？”水生问。

唐希旺说：“越多越好。”

水生心眼实，答应一下子打回家1万。

唐希旺接电话时，王秀芳在旁边看电视。唐希旺接过电话就去村里开会。王秀芳不知道水生打那么多钱干什么，又把电话打回去问水生。水生说："放假回家过年。爸不让我带东西，先把钱打回去。我准备打1万回去。"

王秀芳吓了一跳，问："都是你挣的？不要花晓旭的钱。"

水生说："是我自己的工资，一个月顶全家一年的收入。"

"打钱可以。"王秀芳不知道唐希旺急着要钱干什么，留了个心眼，对水生说，"你爸存不住钱，把钱照你姐姐的名字打，给三奶奶治病，我们家还欠你长喜哥补发的工资哪！"

"听姐姐说长喜哥转正了？"水生在电话里问。

"是啊！是啊！"王秀芳兴奋地说，"长喜成为国家正式老师。熬了十多年，终于熬出了头。"

水莲收到水生打来的汇款单，连忙回家告诉妈妈："妈，水生打回家1万。"

王秀芳让水莲小声些："别让你爸知道了，村里正在拆西墙补东墙，你爸正愁钱，照这样下去，我们家开个银行也不够你爸往村里拿。"

"我爸要问呢？"水莲拿着汇款单子心里有点悬。

"你先把钱取回来。"王秀芳说，"你爸要问打多少钱，你就说5000，不能由着你爸摆布，这个家还得过啊！"

水莲取回钱交给妈。王秀芳让她把欠长喜的钱留下，水莲说："不慌，年还没过呢，哪里急顾哪。"

唐希旺等了几天没有等到汇款单，对王秀芳说："水生也学会说瞎话，说给家里打1万，怎么见不着汇款单。"

王秀芳装着若无其事的样子说："孩子刚有个饭碗，不容易，不要催了，能打就打，打不来我们将就着过年。"

"家里的事可以将就，村里还有件事没法安排。"唐希旺心事重重地说。

"啥事恁急？"王秀芳问。

"大过年的，再困难总得给军烈属和五保户买点肉，吃顿饺子吧！"唐希旺说。

"那也是。"王秀芳说，"三奶奶在市里住院时，刘主任不是带着人要提留款吗?”

唐希旺摇摇头:“他说没有收上来,收一点都开支了。”

“他也应该想想办法啊！不能都推给你一个人。”王秀芳不平地说。

“病了。”唐希旺又摇摇头,无奈地说,“有钱没事的时候,他比谁都精神。有事没钱的时候,就打退堂鼓。病又不在脸上。躺在被窝里,总不能用轿抬。”

“你也病啊!”王秀芳越想越气。

“天塌下来也不能病,就是有病也得撑起来。”唐希旺说。

唐希旺看看王秀芳,问:“水莲和长喜那里能不能再凑点,过了年就想办法还。”

王秀芳心软了,说:“我试试吧!”

随着新年一步步逼近,金水湾最难过的还有许多。除了普通百姓,村干部里各有各的分工,都有点压力。当然压力最大的是唐希旺。刘昌友虽然说病了,向唐希旺打了招呼,村里的事撂掉了。但自己家的事也让他坐立不安。清账前花的钱基本上都挤出来了。为了迈过坎,拿高利贷还上。开始拿的是5分的利息,最后紧了,镇里要派人查,他咬着牙拿的都是1角的。当时立的字据是年终连本带息一起还完。年终到了,一个个上门要钱。

“刘主任,这条子是你亲自写的。”一个要钱的说,“你当时许得硬啊！到期还钱,要饭叫街也得还,一分一文都不欠。”

刘昌友好话说尽,请对方再宽泛几天,过了年想办法一定还。

刚送走一个,又来一人。来人是个女的,指望放高利贷为生,镇里有名的鬼不缠。鬼不缠一来,刘昌友满脸赔笑,热情地说:“大妹子,你的钱我年前还不上,请大妹子再宽延几天,过了年,过了年……”

鬼不缠是见过世面的。一般三两句好话打发不了她。鬼不缠的利息是1角。“刘昌友,你别忘了,当时拿钱时你许得硬啊！到期没有钱,逮小孩卖也得还。这话可是从你嘴里吐出来的,没忘吧?”

“没忘,没忘,”刘昌友还是满脸赔笑,“大妹子,当时急着用钱,因为后来家里又出了点事,本来可以还上,后来……”

“刘昌友,我当时看的是你刘主任这张脸,顾了你的急。今天不还钱,可以,利息得翻一番。以前照以前的,往后得按2角算。”

“好好，好好。”刘昌友马上答应并重新写了借条。一个接着一个，刘昌友被逼得屁也放不响。吴文英也快要被逼疯了：“这哪里是要过年，是过鬼门关。”

“还不是两个不争气的作的孽，人家生的有儿有女，你咋就屙出来两个这样的孬货。”

“怪我啊！我又没有打野。”吴文英丧着脸。

“当初能有个女孩多好。”刘昌友好像气迷了，“看人家刘占元和玉娇多有福，俩千金，听说晓旭过年还要给家里带个大彩电哪！”

“哼！”吴文英不屑一顾地说，“跑那么远挣钱，还不是睡出来的。只要不嫌累，一座金山也能睡回来。那样的钱，丢人！”

“说胡话哪！”刘昌友瞪着眼说，“现在是改革开放，市场经济，凭本事挣钱，有本事的年轻人都出去了，都是挣那样的钱？”

“我说的是女孩子，像刘晓旭那样的上等货，不靠睡，能挣那么多大钱？”

“你说的也不是没有。”刘昌友解释，“那只是少数。大多数都是凭本事，靠苦干。”

又来个要钱的。吴文英钻进里屋。刘昌友出来笑脸相迎。

三

清晨，唐希旺刚拉开大门，金北村民组的罗老二气喘吁吁地来到门口。唐希旺说：“哎呀，罗老二，这么早就来啦！有事啊？”

罗老二扑通向唐希旺跪下，哀求道：“唐书记，你快救救我吧！你要不出来说话，我们这个家就完啦！”罗老二六十多岁，佝偻着腰，花白的头发像一团乱麻。脸上的皱纹纵横起伏，好像一条条干枯的老蚕拥挤着铺满了整个脸。一双忧郁的眼睛深陷在隆起的眼袋和耷拉着的眼睑中间的两条缝隙里，眼珠转动时里面的瞳仁仿佛两粒霉烂开裂的陈绿豆。

唐希旺扶起罗老二，说：“快起来，快起来，啥事，你说。”罗老二站起来，用袄袖子擦擦眼睛，说：“夜儿晚上，我们都睡下了，刘主任和他二儿子又到我们家里要提留款。他说……”老人的眼泪又淌下来。

“他说什么?”唐希旺心中一惊,沉重地说。

“他说不交钱我们就不要想过年。”罗老二哭诉道,“我老伴吃的药都没有钱买,哪有钱交提留呢!”

“小虎呢?”罗小虎是罗老二的儿子。二十岁了,因交不起学费,高中读个头就辍学回家。唐希旺说:“小虎不是去外地打工了吗?”

“去了。在深亚一个工地上摔伤了腿,躺了几个月,现在能走路了,外头欠着一屁股账。”

唐希旺陷入困境。他知道罗老二的来意。罗老二是求他向刘昌友打个招呼,放过他一马,以后再交。他早向刘昌友打过招呼,没有收的提留款暂时不要收,以后慢慢要。老百姓是通情达理的,该交的,只要有能力一定会交。

刘昌友能听进去吗?他敢于深更半夜上罗老二家要钱,一定也做好了应对的思想准备。他可以编出很多理由。他编不出理由,肚子外面长胆也不敢深更半夜的这样做。唯一的方法,只有一个,想办法弄点钱交给刘昌友。

罗老二还要给唐希旺下跪。“唐书记,我只是求你跟刘主任搭个话,缓个半年几个月,孩子能出去挣钱了,老婆子的病不治,也要先交提留款。”

唐希旺挺不住了。他从怀里掏出王秀芳刚刚交给他的1000,从里拿出500递到罗老二的手里说:“你先交给刘主任一点。”

罗老二接了钱连声道谢。他正转身要走,唐希旺要他站住,说:“你不要说钱是从我这里拿的。你放心,剩下的以后再交。”

吃了饭,唐希旺又找王秀芳要钱:“秀芳,再给我一点吧!全村军烈属、五保户20多家,一家买50多块钱的东西也得1000多。你给一点,办宽余点。”

“水生就打那么一点,长喜的钱还没有还呢!”王秀芳是个软心人。外头家里见不得难处。唐希旺苦着脸也让她心疼。她又从柜子里拿出钱,问:“你还要多少?”

“再给我1000吧!”唐希旺用商量的口气说,“长喜的钱再拖一段吧!那是他补发的工资,当月的工资就够他们过年的。”

“我们也要过年哪!”王秀芳说。

“过年能大能小。”唐希旺说,“该买的买点,能过得去就算了。不知道妈准备在哪里过年。”

“前天妈就打电话了，”王秀芳说，“爸的坟迁到新地方。妈要回金水湾过年，还想再看看新修的路。”

唐希旺很高兴。“水生也回来，妈也回来，这是一次真正的团圆年。”说完，揣着钱匆匆忙忙地向村委会走去。

牛小梅和苟二旦正在等待唐希旺。他们昨天下午商量的，抓紧时间去镇里为军烈属和五保户购置些年货。只要有钱，购年货容易，到镇上转转就买齐了。除了刘昌友有病在家，几个村干部一直在念叨这个事。大家商量来商量去，就是想不出钱。天快黑了，唐希旺说：“钱的问题我来解决。明天上午，小梅和二旦两人去镇里办。每一家五斤肉少不了。其他再买些什么你们看着办。”

唐希旺从怀里掏出钱交给牛小梅。小梅问：“多少？按什么标准？”唐希旺说：“1500，每一家按六七十元办怎么样？”

苟二旦说：“可以。年跟前了，东西一天一个价。这两天便宜，如果落了雪雨，可能更贵。”

天，阴沉沉的。唐希旺催他们快去。苟二旦的板车早准备好放在院子里。牛小梅骑着自行车，苟二旦拉着板车，两人出了村委会大院就上了水泥路。苟二旦一只手拽着车绊，身子一拱，屁股坐在牛小梅的车后座上，后面的小板车蹦蹦跳跳一会儿就到了镇上。

牛小梅和苟二旦刚走，白慧敏和冯灿就来了。他们骑摩托车来的，摩托车停在院子里，两个人一起走进办公室。唐希旺说：“你们两个来得正好，小梅和二旦去镇上给军烈属和五保户买过年的东西去了。今年村里办了三件大事，学校建好了，路也修好了，还办了沼气。往年过年都是冷冷清清，有的拉个呱，有的赌个博，年年总是老一套，都不新鲜。今年我想换个过法，像中央电视台的春节联欢晚会那样，也搞个春节大联欢。学校里放假了，冯老师又会拉二胡、手风琴、吹笛子，把村里的年轻人和小学生也组织起来，年前还有几天，排练排练，也开个联欢会。咱们条件差，没有灯光设备。我们白天搞。地点就在学校操场上，时间暂时定在正月初一上午，要是有雨雪临时再改。”

白慧敏很高兴，对冯灿说：“长喜的男中音也不错，还有水莲。”说起水莲，白慧敏又想起水生和刘晓旭，问唐希旺，“大叔，水生过年回来不回来？”

“回来，”唐希旺说，“水生和晓旭两三天里就要回来了，还有我姐、老太太都回来。”

“那好，那好！”白慧敏很有信心，“这场联欢会能搞好，说不定老太太还要唱哪！”

“老太太一辈子都爱唱。”唐希旺说。

冯灿说：“要搞就要搞好，最好租一套音响。”

“用一上午得多少钱？”唐希旺问。

“大概几百吧！”冯灿说。

“几百，”唐希旺犹豫，“村里正缺钱哪！”

“大叔，不用愁。”白慧敏说，“镇里奖励给我们的2000，我早想拿出来大家分，就是……”

“就是什么，”唐希旺打断她的话，“计划生育工作主要是你做的，那个钱应该给你。”

“不，”白慧敏说，“我是搞业务的，应该干。我们村的计生工作能上去，拿到奖，主要是大叔你抓的。要不是先拔掉钉子，说不定我们还要倒数第一呢！”

“我早跟大家说了，那个钱一定给你。”唐希旺认真地说，“钉子也是你拔的，不要再多说了。如果那个钱你还没有动，先用来租音响设备，以后村里有钱还给你。”

“村里给我也不要。”白慧敏说，“干工作不能光讲钱。”

……

按照镇里会议精神，村里又召开了治安调解工作会议，会议由郭继山主持，苟二旦传达上面领导的要求。唐希旺也参加了。会议快要结束时，唐希旺做了强调：“年关到了，各村民组都要加强治安工作，组织民兵轮流值班巡逻，保证大家过一个平安愉快的新年。”会后，他又特别交代苟二旦：“金水湾好闹鬼，你这个民兵营长一定要注意，过年那几天，组织民兵轮流站岗值班巡逻，还有开联欢会的时候要维持好秩序。万万不可大意。”

……

伴着刺骨的寒风，老天爷又降下第二场雪。第一场雪只是开个玩笑。蝉翼般的碎片羞涩地婀娜多姿地做个下雪的样子给大地涂上薄薄的一层白，仅仅过了一天，随着气温的上升，广袤的原野又恢复了深绿翘首眺望姗姗而来的春天。

这场雪好像加大了力度，纷纷扬扬下了一夜。可能因为地球在变暖，地上的雪并没有人们想象的那么厚，但却一望无际，白雪皑皑。

听说要给军烈属和五保户送年货，刘昌友也来了，大家正在研究分组行动，刘昌友来得正是时候。两个组得有两个人带队，唐希旺带一个组，另一个组只有刘昌友带。刘昌友和郭继山、白慧敏一个组。唐希旺和苟二旦、牛小梅一个组。年货一份份已经分好，送上门，寒暄几句就完事了。可这是卖面子的事，如果缺席的话，作为当事者，尤其是主要领导将是不明智的选择。刘昌友只会有这方面的超前不会有这方面的失误。无独有偶，刘昌友这一组送的十家大都有老党员。不要小看顶风踏雪一上午的辛苦，正是这一次送年货为刘昌友的人生带来最丰厚的收获。

唐希旺和刘昌友两个组带着各组的年货刚出了村委会大院，歇了一夜的雪渣子又花花搭搭地往下撒。干雪洒在身上用手拍拍就没有了。风也掺和起来。虽然不是冰天雪地，却呈现顶风冒雪的景象。

"刘大伯，给您老拜个早年！"刘昌友一行来到刘大伯的家。刘大伯八十岁了，老党员。刘昌友紧紧握住刘大伯的手，亲切地说："过年了，给您老送点年货，表示一点心意。平时工作忙，没挤出时间来看您老，请多多体谅。今后的工作请您老多关心，支持。"

刘大伯也紧紧地握住刘昌友的手，激动地说："刘主任，谢谢你还想着我这个老党员。年纪大了，帮不上大忙，如果以后需要我做的，请说个话，我一定照办。"

……

"纪大婶，您老好啊！"刘昌友一行来到纪大婶家。纪大婶七十多岁了，也是老党员。刘昌友又紧紧握住纪大婶的手，亲切地说："大婶啊！过年了，给您老人家送点年货，表示心意。平时忙工作，挤不出时间登门拜访，请您老人家多多保重，健康长寿，度个幸福的晚年。往后有啥困难尽管找我说，我一定尽心尽力办好。今后的工作，请您老人多关心，支持。"

纪大婶是个老实人，不识字，感激地拉着刘昌友的手说："大侄子，你这当主任的想得真周到,说到大婶我的心窝里了。大婶年纪大了,眼也花了,不中用了。往后有什么事尽管说,俺是个党员,一定听党的话,党叫干啥就干啥。只要你刘主任说一声,我不会改一个字。”

“老党员、老干部是我们党的宝贵财富。今后我还要靠你们帮助啊!”刘昌友再一次向老人道谢。

……

下一个要送的是五保户苗老三,苗老三不是党员。三个人来到苗老三家,苗老三还在吃饭。刘昌友说:“半晌午不夜的,你吃的是哪顿啊?”苗老三说:“早上中午都有了。一个人好将就。”刘昌友让郭继山把年货丢在小桌子上,说:“过年了,不要乱跑到处要饭了,丢人现眼的。”

还没容苗老三说话,刘昌友就先走了。

……

“潘大叔啊! 我来给您拜年,送年货。您老为革命做了重大贡献,劳苦功高。我天天都在想着您。这点年货不成敬意,只是一点心意。”潘大叔也是老党员,六十多岁。刘昌友紧紧握着潘大叔的手,久久不想松开,说:“您这位老党员,我最敬佩,我一直在向您老学习。今后我会像对我的亲生父母一样对待您。请您老以后多多关心我。关键的时候还是您老的作用大,拜托啊!”说着亲手把年货送到老人的手里。

潘大叔更受感动,说:“刘主任,大侄子,你对我这么好,只要用得着我这把老骨头,只管说,我一定照办。”

……

三个人一组,本来也应该让郭继山和白慧敏说几句,但刘昌友不给他们一点插嘴的机会。每到一个家庭,只要是有党员的,特别是老党员,刘昌友都是亲自出马,也不介绍郭继山和白慧敏。好像他们两个是跟着他专门拿东西的,又好像这些年货是刘昌友掏钱买的。锣鼓听音,听话听声。刘昌友每到一个老党员家里,不仅发挥得淋漓尽致,好像还隐藏着什么交易与重托。

郭继山的年纪比刘昌友大。虽然郭继山有点不自在,因为儿媳妇是刘长富的妹妹,刘长富是刘昌友的侄子。亲戚连亲戚,虽然有点气,没往心里去。白慧敏的心里憋得很,她多次想插话说这些年货是村里办的,再确切一些因为村里临时没有钱,是唐书记唐希旺用自己的钱买的。当着众人的面,她忍了。

见到唐希旺时,白慧敏把刘昌友带领郭继山和她一家一户送年货的情况和心里的气说给唐希旺听,她愤愤地说:“有这样当领导的吗?鬼鬼祟祟。”唐希旺劝道:“不要想那么多,忍得对。”

……

四

唐希旺的心里还窝着一块心病。进入腊月,这块心病像石头一样压得他有些喘不过气来。金南村民组有一对小姐弟。姐姐叫小花,十三岁。弟弟叫小明,才八岁。爸爸两年前病故,妈妈坚持了半年就再也坚持不下去,悄悄地走了。爷爷早就死了。奶奶是个瞎子,已经七十多岁。妈妈走后,两个孩子和奶奶住在一起。奶奶生活不方便,十多岁的小花竟挑起生活的重担,白天带着弟弟上学,挤时间还要上地里干活,回家后还要帮助奶奶做饭。唐希旺曾多次安排村民组对这个家庭进行照顾,自己也经常挤时间给他们送点钱或送些东西。孩子的学费学校减免了,买书买笔还需要钱,还有孩子的衣服。唐希旺给他们家送过几次钱,都是三十二十的。有时事情多,几个月也顾不上去看看孩子和老人。半年来,一直忙于建校、计划生育、生产救灾和修路,只在上学和放学的路上见过孩子,问过几句,孩子想说也没有说什么。天冷了,他曾安排王秀芳和水莲为两个孩子买件新羽绒服。陪三奶奶在市里住院时,听水莲打电话说:“小明生病了,高烧,咳嗽。”唐希旺要水莲带孩子去镇卫生院。小明在卫生院住了三天就好了。

年一天天逼近。军烈属和五保户的年货送完后,唐希旺想起瞎奶奶和两个孩子。瞎奶奶的丈夫姓焦,由外地流落到金水湾,刚站住脚就死于一场大水,连尸体也没有找到。

唐希旺想起老人和孩子心里就沉重,村里早已没一点钱了,镇里发的救济款早已发下去了。按时间,唐希旺估摸着他们的救济款也花完了。他们家怎么过年呢?他不想再难为王秀芳。水生打回来的5000,他已拿出一大半,过年的东西让秀芳和水莲买,水莲和长喜没有结婚,长喜刚刚转正,工资不多。买年货没有钱,又不能卖脸。不买,怎么过年呢?

唐希旺又陷入困境。没有钱买点东西,怎么看老人和孩子,去了还不等于没有去。

……

妈妈回家过年心切,提前四五天就回来了。姐姐以妈为中心,妈妈到哪里她就到哪里。

姐姐一回到金水湾,唐希旺的心里好像有了底气。妈妈和姐姐上午刚到家,吃过午饭,唐希旺就把唐希云拉到一边,不好意思地说:“姐,再拉我一把吧!”

“钱?”唐希云笑了,她接着说,“路上我还跟妈妈叙你呢!”

唐希旺打断姐姐的话:“叙我啥,我又没有偷没有拿,没花过浪眼子钱。”

“谁叙那些了。”唐希云还是笑,“我对妈说回老家得多准备些钱。妈问我干啥,我说有人算计我。妈问是谁? 我说除了你当书记的儿子还有谁。你猜妈咋说?”唐希云望着唐希旺笑。

唐希旺想了半天,摇摇头:“不知道。”

“妈说邓小平说让一部分人先富起来,帮助还不富裕的人。你是扶贫啊!该帮。”唐希云忍不住又笑起来。

“你当时怎么说?”唐希旺饶有兴趣。

“我说,妈妈的心长偏了。”

“妈妈说,我的心没长偏,手心手背都是肉。”

“我说,手心肉厚,手背肉薄,不一样。”

唐希旺说:“姐,再献一次爱心吧!”

唐希云说:“献爱心可以,但还有一件重要的事我先给你透个信,老太太也把自己的私房钱带来了。不过你不要想她的钱,你想黄病也想不到,她自有用场。”

唐希旺有些迷糊:“爸的坟安好了,她要钱干啥?”

“啥,大事。”唐希云掏出钱问,“你需要多少?”

唐希旺壮着胆子:“1000 吧!”

唐希云知道唐希旺没有钱,笑道:“你就只识 1000 这个数。”

“不是自己的钱,不敢多想。”唐希旺的声音有点发抖。

唐希云的心有点疼,她太理解弟弟了。她不心疼钱,如果共产党的干部都像弟弟,就不需要设立纪检会了。“给你2000,过年了,总得有几个钱压腰。希旺,刚才说的那个事,我还没有向你说透,老太太有个事要做主,你可不要戗着她啊。”

“你说,什么事?”唐希旺接过钱,一脸凝重。

“晓旭给我打过电话了。”唐希云说,“她在深亚做了检查,怀孕了。”

“这么早就怀孕啊!”唐希旺很惊奇,“他们还小着呢!”

“晓旭要打掉。我当时没敢答应,问妈,妈不同意打。论年龄也不算小,过了年都二十了。”

“那怎么办?”唐希旺犯愁了,“这违犯计划生育政策,得打掉。”

“老太太决定了的事情,你也敢抗?”唐希云直直地盯着他。

“那我这个村支部书记就自动下台,不干了。”唐希旺的头有些大,没有好主意。

“老太太有办法。”唐希云说。

“妈老了,有办法也不能用。”唐希旺说,“现在有不少人到处乱跑到处藏,偷着生,我们不能干那种事。”

“不干那种事就不能生啊!”唐希云不赞同唐希旺的观点。

“大活人,生孩子又不是母鸡下蛋,说生就生了。”唐希旺有些着急。

“你不要着急,也不要上火。”唐希云不紧不慢地说,“我认为老太太的办法可行。过了年就给他们办结婚。结了婚就可以怀孕生孩子了。”

“这,这……”唐希旺不再紧张,停了停,迟疑地说,“结了婚,怀孕,还得办手续,发证……”

“不就是办手续么,合法夫妻,早晚得准生。”唐希云说,“他俩结了婚,再找小白办手续,早晚都可以补办,不违法。”

唐希旺没有明显表态。

吃过午饭,唐希旺骑着自行车去镇里办事,办完事就去卖衣服的市场,年前的市场收市晚,有的天晚了才收场。唐希旺很少买衣服,小孩的衣服从没买过。卖衣服的女老板问孩子年龄多大,身材多高,唐希旺报了小花和小明的年龄与身高，女老板马上就拿出几件羽绒服样品让唐希旺挑。唐希旺嘿嘿笑笑，说："请你帮我挑。"女老板说："女穿红，男穿绿，就选红色和绿色的吧！"

唐希旺说："女孩红色可以，男孩不能穿绿的。冬天的衣服都要带个活扣的帽子，冷了扣上，暖和些解下来。男人不兴戴绿帽子。换个……"

女老板忍不住笑了："你呀，很会讲究啊！"

女老板给女孩选件茄青色男孩选件大红的。衣服付了钱，唐希旺又想起万一下大雪，天气太冷，又想给孩子们买双保暖鞋。选好小孩的鞋又想起瞎奶奶，给老太太也买了一双。女老板可能是外地的流动商贩，不认识唐希旺，以为遇上了土老帽。她一开始就报一口价，并说货真价实。唐希旺付完了钱骑上车子往回赶。女老板很兴奋，一笔生意净赚60多元。

唐希旺直奔瞎奶奶家。小花和小明正在做寒假作业。唐希旺支好车子，把羽绒服和保暖鞋拿出来，说："快过年了，我给两个孩子买了羽绒服和保暖鞋。"唐希旺先拿茄青色的给小花，后拿红色的给小明穿着试试合身不合身，又给他们拿保暖鞋。小花和小明的羽绒服都合身，保暖鞋也合脚。然后把老人的保暖鞋递给老人说："婶，天很冷，我也给你买了双保暖鞋，省得脚冻坏了。"

"天啊！这要花你多少钱啊！小花，小明，可要记着唐书记的情啊！"

小花很聪明，跟着奶奶的话说："谢谢唐伯伯！"

小明也跟着说："谢谢唐伯伯！"

"不用谢，好孩子，要好好学习，听奶奶的话，听老师的话，长大了，学着做事，养活奶奶。"

孩子们高兴地笑了，但面对家徒四壁的老人和孩子，他的心里更加沉重。临走时，唐希旺又从怀里掏出300块钱递给老人说："婶，这是300块钱，让小花去镇上买些菜，你们也要过年啊！"

老人泪眼婆娑。"侄子啊！你，你……"

五

红彤彤的春联和噼噼啪啪的鞭炮声送走了一年迎来了新岁。大年初一，男女老少穿着新衣服笑容满面地向学校操场上拥去。苟二旦一大早就组织十几个年轻小伙子搭起了舞台。镇里一辆轻型皮卡拉着一套音响早早来到舞台旁边。冯灿和白慧敏还有临时拉来帮忙的唐水生等在音响师的指挥下安装音响设备。大概9点钟,金水湾村春节联欢会就在悠扬欢快的音乐声中拉开了帷幕。比葫芦画瓢。新年伊始,第一次举办这样的新年联欢会,不能一开始就演节目,应该有领导人讲话。唐希旺也想到了。白慧敏想让唐希旺讲,说:"叔,咱们自己办的联欢会应该由你先讲话,简单说一下一年的事,再鼓励鼓励大家,十几分钟就好了。"

"应该请刘主任讲。"唐希旺解释说,"电视里放过,这样的会都是行政领导出面,还是请刘主任,我不讲。"

白慧敏把唐希旺的意见向刘昌友做了传达,这是露大脸,刘昌友答应了。

金水湾办联欢会是第一次,在联欢大会上讲话刘昌友也是第一次。有一次刘昌友去县里开植树造林动员大会,开会的晚上看过一场叫作"绿色的春天"的文艺晚会。会上,县长首先讲话。县长的讲话言简意赅,铿锵有力,全场报以热烈的掌声。县长的讲话不长,很有震撼力。既宣传植树造林的重大意义,又是晚会的开场白。晚会给刘昌友留下深刻的印象。

县长的讲话有讲话稿,基本上照讲话稿念的。刘昌友也要准备讲话稿。刘昌友仅初中文化,经过多年工作锻炼,又参加过很多会议,平时耳朵边子挂一点,日积月累也学会了不少。所以每一次下村民组开会,大会小会他从来不用讲话稿。村民组和全行政村也有很多有文化的人,有时还有在外地工作和上学放假回家的国家工作人员和大学生,连在市里当副书记的刘永清都说刘昌友练成了。大会小会人多人少不怯场。用他自己的话说:乡下人开会不必要咬文嚼字的,开门见山,敢说敢侃,走点谱,喷大了,老百姓也不敢抠,个别钻牛角尖的来几句狠的就缩回去了,翻不起大花。联欢大会,主要是演节目,新年头一天,四面八方,乡里城里,大人小孩,哪里人都有。万一讲走嘴了太离谱,冷场是小事,传出去人家会笑话。

刘昌友想前想后,还是要准备个讲话稿,他自己憋在屋里大半天,只划拉半页字,觉得有点东拉一句西扯一句上不得台面,更不能在大庭广众之下丢人现眼。

刘昌友首先想到的是刘长喜。长喜虽然不是他的亲侄子,但都还在一个老坟堆烧纸,从长喜爸到长喜,两家没有红过脸。长喜当民师时,也找过他写过证明,证明工作积极,爱校如家。虽然不算大忙,总算有点情分。刘昌友找到刘长喜:“长喜呀,初一村里开联欢会,要我在会上讲话,得准备个稿子,不能没边没沿的,顺口开合。”

“那是,”长喜有些为难,“叔,你是知道的,我才初中毕业,只能教个蒙学,都是带一二年级课,还都是数学,写文章我不行。”长喜想了想说,“找白慧敏呢,她是高中生。冯灿更行,他是大专毕业,一直教高年级语文,他能写。”

刘昌友摇摇头:“他们俩,找不动。听说他们都在忙演节目,哪有时间写。”

刘昌友最终还是请刘昌文。刘昌文开始也想推。刘昌文想推的原因不完全是因为他媳妇马素云流产的事,主要是这样的讲话稿他从来没有写过。他曾听朋友讲过,领导在大会上讲话是代表党代表政府,政治性强,所以领导人讲话都要有稿子,不能乱讲,讲错了要承担责任,念稿子的人不一定是写稿子的,人家有秘书,秘书写领导念,一般是不会错的。再说秘书写稿子也有根据,根据很多,有的是上面的文件,有的是报纸上面的。刘昌文知道自己肚里有多少货,不敢写。“老弟,你还不知道我那几锤子吗?程咬金的斧头,能砍住就砍,砍不住就拉倒。你这是代表党政府讲话,我哪有那本事。”

“该找的都找了。”刘昌友继续商议,“忙的忙,走的走,只有你能帮这个忙。”

刘昌文见实在推不掉了,再说也是刘家露脸的好时候,新年新节的能在几百人上千人的大会上讲话,叫什么,叫光宗耀祖啊!他听人家说秘书给领导写讲话稿都是照着上面一级的领导人讲话编。他对刘昌友说:“我不能胡编,你得给我找领导人的讲话做参考。”

“村里哪有领导人的讲话稿,只能从报纸上找。”刘昌友也觉得有个样子比着写好些。

“好吧!”刘昌文答应下来。他要刘昌友上村里给他找这方面的报纸。

村里的报纸没有专人保管。有时邮递员刚把报纸送来,一转身就被谁抓走了。有的人拿报纸不是看,而是回家包东西。刘昌友翻箱倒柜找出几张旧报纸送到刘昌文家,刘昌文正在找笔找纸找老花镜。

刘昌文写了改,改了写,整整忙了一天终于为刘昌友写好了讲话稿。

悠扬欢快的乐声停止，金水湾村新年联欢会开始。

报幕的是个女孩，六年级的学生。年龄不大，高挑挑的个儿，圆脸，皮肤白里透红，不怯场，声音洪亮，普通话说得也很好。这个女同学是冯灿班里的，学习成绩优秀，曾参加过全县中小学生演讲比赛，拿过银牌。穿着也很鲜亮，上面是红色上衣下面是茄青色碎花裙子。老天爷很帮忙，微风习习，暖暖的太阳，人山人海，热气腾腾，舞台下面全是穿着新衣服的孩子，中间插花站着老人和中年人，也全是新衣和洗得干干净净的衣服，五颜六色。远处还有成群结队络绎不绝的外村里的男女老少往这里赶。宽阔的操场上，舞台前热浪滚滚，笑脸绽放，鼓乐喧天，成为欢乐的海洋。

报幕员彬彬有礼地走上台前，微笑着宣布：现在金水湾村新年联欢大会开始。首先请金水湾村党支部副书记、村民委员会主任刘昌友讲话，请大家欢迎。

刘昌友特地穿一套藏青色新西装，还打上紫红色领带。他今天特精神，看不出一点几天前生病留下的憔悴。一阵掌声响后，刘昌友走上台中央掏出口袋里的稿子，面带微笑，庄重地说："同志们！朋友们！父老乡亲们！新年好！一元复始，万象更新。今天，我们相聚在淮河之滨，金水湾之畔，欢庆新的一年的到来。我代表金水湾村党支部、村民委员会向参加联欢会的来宾、朋友和父老乡亲们表示热烈的祝贺！

在过去的一年里，全村人民在镇党委镇政府领导下，艰苦奋斗，奋发图强，我们战胜了洪水，修建了学校，修了水泥路，办了沼气，计划生育全镇评比第一名，还得了2000元奖金。还……"由于紧张，他的眼睛往下面多看了一行，加上他一时慌张没有看清下面的字，念道："但是，我们要加强团结，全心全意，把金水湾村的各项工作搞上去。要讲学习，讲团结，讲道理，建设富裕约（绚）丽的新金水湾。"最糟糕的是最后一句，"在新的一年里，我哀（衷）心地祝大家新年愉快。"因为"阖"字他从来没有见过，竟念成"盖家欢乐"，不知道的人不以为然，知道的人都偷偷地笑。孩子们哪能听出破绽，刘昌友还没有念完，坐在台下面的孩子们就七嘴八舌地乱叫：别讲了，别讲了，赶快演吧！……孩子们为了把他早点轰下台，一浪接一浪地不停地鼓掌。台上的刘昌友还以为他讲得很精彩，赢得大家一阵又一阵的喝彩。

演出开始。

报幕的女孩走上台:“现在演出开始。第一个节目《我们走在大路上》,表演者:金水湾小学文艺合唱队。”

孩子们排着整齐的男女两排,女生在前,男生在后,在冯灿老师的手风琴的伴奏下,歌声嘹亮,琴声悠扬,沉浸在年的幸福中的男女老少伸长着脖子往台上看,脸上洋溢着欢笑。

孩子们刚刚唱完,会场上响起热烈的掌声。

接下来是黄梅戏《夫妻观灯》,由冯灿和白慧敏表演。在婉转优美的黄梅戏的曲子中,两个人边唱边舞,简直把大家看迷了,又是一阵热烈的掌声。

报幕员又宣布:“下一个节目,快板书《老村长让路》,表演者:苟二旦。”

苟二旦在部队当兵时也是文艺积极分子,每次连队开联欢会都有他的节目。村里准备开新年联欢会时,他主动向白慧敏提出表演一个节目,而且是自编自演。

苟二旦右手夹着两块锃光闪亮的小夹板,手一晃就叮叮当当地响起来。苟二旦边舞边唱:

有个村长八十五,
平平安安享清福。
村里要修水泥路,
取直加宽路面平。
村长的房子挨路边。
搬到南大坡图安宁。
男女老少都称赞,
永远不忘村长的情。
……

这是大家都看到听到的事,全场又报以热烈的掌声。

接下来又是孩子们表演的歌伴舞《我们的新教室》。

孩子们的表演结束,报幕员宣布:“下一个节目是:《正月里来正月正》,表演者:金玉娇。”

金玉娇年轻时是村里有名的文艺活跃分子,曾多次登台演出。还曾扮演过《红灯记》里的李铁梅。虽然多年没有登场,平时闲下来还是哼哼叽叽唱个不停。金玉娇简单化了妆,腰里系着一条红绸带子扭动着身子亮丽出场。她边扭边唱:

正月里来正月正,
家家户户挂呀挂红灯。
红灯照着幸福路,
国泰民安乐融融。
改革开放迈大步,
移风易俗树新风。
勤劳致富奔小康,
今后的日子更火红。
……

接下来小学校里的同学们表演节目。孩子们的天真活泼、载歌载舞又掀起一片欢腾。

节目一个接着一个,高潮起起伏伏。欢乐中,不知不觉联欢会已经进行了两个多小时。联欢会已经进入高潮。欢呼声中,张华玉走出人群,兴致勃勃地登上舞台,报幕员以为老人要说几句感动的话,笑着问:“老太太,您想说什么?”说着把话筒递给老人。

张华玉神采奕奕。她接过话筒走上台前,先向大家鞠个躬,然后站起来说:“今天,我先祝愿金水湾村的父老乡亲新年快乐,全家幸福!再给大家献上一首歌。这首歌是人家的曲子,我只换换词。歌名叫《金水高坡》。”接着她唱道:

我家住在巴山高坡,
长江从家门前流过。
不管是合江还是白沙,

都是我的歌,我的歌。
我家住在金水高坡,
淮河从家门前流过。
不管是干旱还是洪水,
都是我的歌,我的歌。
……

老人重复着唱了四遍。她有些累了。如果不累,她还要唱下去。

随着老人高亢激越深情的演唱,人们被震撼了。八十岁的老人啊!是乡情,是祝愿,是企盼……年纪大的人有很多都欣喜若狂,流下了热泪。

……

联欢会结束了。金水湾人的心里像滔滔淮河水久久不能平静。

第十一章

一

年前就定下了水生和晓旭结婚的日子。这个日子定得并不顺利。如果用张华玉与《红楼梦》里的贾母相比较的话，虽然相距 250 多年，其年龄、地位和性格完全相同。当初，贾宝玉和薛宝钗的婚姻是贾府里的老太太一手包办；当今，唐水生和刘晓旭的结合则是由唐家的老太太一锤子定音。略有不同的是后一对是两人心甘情愿。前一双不但是只有一个人是情愿，另一个是被迫，而且还伤害了一个寄人篱下孤苦伶仃多愁善感最终凄凄而去的弱女子，不知夺走了多少人的眼泪。现在看来，张老太太的决断是正确的。关键的时候，老太太厉声说："还那个这个的啥。夜长梦多。快刀斩乱麻，孩子都怀上了，还犹豫个啥？这件事就这样定了，正月初六这天，水生和晓旭举办婚礼。该请的亲戚朋友请，现在就开始忙。钱，我这里有，刘家也要下彩礼，人家不能白送给我们一个大姑娘，还带着唐家的种，上哪儿找这样的好事。"说着，老人从里面褂子里亲自一针一针缝严了的口袋撕开个大口子，掏出一沓钱放在大桌子上。"2 万。不够的钱由大妮子掏。"老人绷着脸命令，"唐希旺、王秀芳、唐希云，还有唐水莲都去办，要是办砸了，没有你们的事，我老婆子一个人承担。我怕啥，都八十了，我只想早抱一天重孙子，没有想要活 1000 年！"

唐希旺没说话，闷坐了一会儿，低着头走出去。

王秀芳给老太太泡了一杯茶，放在老人面前的桌子上小心翼翼地说："妈，您累了，喝口茶吧！"

唐希云知道妈妈的倔脾气，坐在一旁椅子上装着看报。

提起老太太生气，是水生和晓旭回来的当天晚上，水生和晓旭是从深亚坐飞机回来的。唐希旺一听说儿子坐飞机回来心里有点不是滋味，心想老子活一辈子了，还没有挨过飞机，只是在飞机场旁边远远地看过，只看见飞机两只膀子和下面三个轱辘，一个长长的圆筒子后面撅起高高的尾巴，至于飞机里面是啥样的一概不知。年轻人第一次坐飞机有点新鲜感。吃过晚饭，大家正在看电视，水莲说："水生，你和晓旭啥时候上飞机的？"

水生说："9 点 32 分登机，还没到 12 点就到市里出舱了。"唐希旺瞅一眼水生，没说话。

水莲问："坐在飞机上啥感觉？"

水生说："与坐在屋里一样，里面广播、电视都有，随便听，随便看。"

唐希旺又瞅了水生一眼。这一次他瞅的时间比较长，像领导审查似的，没有马上移开。

水莲问："一张飞机票要多少钱？"

水生说："1460 元。"

水莲惊诧地说："啊！那么多呀，比长喜两个月的工资还多。"

唐希旺忍不住了，瞪着眼睛问水生："你现在是哪一级领导？"

"爸，现在坐飞机不论哪一级领导。"水生说。

"我当兵的时候，只有团级干部才能坐飞机，还要看事情急不急。"唐希旺有点不相信。

"是的，坐飞机不论级，只要有钱和身份证就可以。"水生解释。

"你很有钱哪？"唐希旺的眼睛有些冒火，直直地瞅着唐水生。

"我，我……"唐水生不知道爸爸的意思，结结巴巴地不敢回答。

"你要是有钱借给我一些。"唐希旺轻蔑地说，"我正缺钱用。"

"我，我……"唐水生吃力地说，"我有一点，不多……"

"没有钱还臭美什么？坐飞机，火车不也一样能回来吗？"唐希旺瞪着眼说，"充大尾巴狼啊！"

"爸，机票是林总给我们买的。公司的员工都一样。坐火车只给火车票钱，多一点也不给。"水生解释道。

“还有这样的老板啊!”唐希旺摇摇头,说,“你小子也学会忽悠了。”

“真的,爸,你不信可以打电话问问林总么!”水生说,“他是想让我们开开眼界,尝尝坐飞机的味道。”

“还有这样的老板啊!”唐希旺将信将疑,“早晚还不是要赔干。”

“爸,你不了解,老板很精明。”水生说,“同是员工也不一样,有的可以乘飞机,有的还是乘火车。”

“那为什么?”唐希旺认为水生还是在忽悠。

“员工和员工不一样,享受的待遇也不一样。”水生说。

“你怎么能坐飞机?”唐希旺试探。

“我是船长。”水生说。

“你这个船长领导多少人?”唐希旺追问。

“总共 12 个人,我也在内。”水生答道。

“这么大个船才 12 个人啊!”唐希旺又摇摇头,冷笑道,“我不信,你又在忽悠。”

“不,我没有忽悠,我……”水生简直要哭起来。父子俩的谈话从一开始张华玉就坐在一旁听到了。她觉得儿子知道得太少了,他不了解外面的世界。他只关心金水湾这一小块地方。她没有当着水生的面批评儿子。晚上,水生去晓旭家看电视,他不愿看见爸爸忧悒而焦急的眼神,更不愿顶撞他惹他生气。爸爸活得很累,脸上的皱纹很多,头上的白头发也比他去深亚前多了许多。爸爸想一夜之间让金水湾变得富裕起来。爸的坚强让他心疼,也让他害怕。他不敢面对爸爸,更害怕惹爸爸生气……

“唐希旺!”张华玉坐在椅子上看着正在看天气预报的儿子,沉着脸,“我问你,你知道水生去哪儿啦?”

唐希旺怔怔地看着妈妈,不解地说:“不知道。”

“你猜猜。”张华玉不放脸。

唐希旺不知道妈问的啥意思,木然地说:“不知道。”

“我知道,我们这个家,除了你,秀芳希云水莲都知道。他跟我们都说了,第一个就是跟我说。他让我们不要告诉你。你知道为什么吗?”

“他怕我向他要钱?”唐希旺猜测。

“不是的,他有钱,他现在一个月工资 1 万多。他不怕你要钱。”张华玉意味深长地说。

“那,为啥?”唐希旺有些茫然。

“水生没有向我说为什么。”张华玉心疼地说,“希旺啊,我能看得出来。你们父子俩为了坐飞机不坐飞机闹别扭我也能听出来。你不像是他的爸爸,而是像他的领导,更像金水湾村的书记。这没有错。你爸爸过去也一样。但我要告诉你,现在的金水湾不是你爸时候的金水湾。那时候是大集体,大呼隆,一家只有一小块自留地。现在呢,一家一户的,他想怎么种就怎么种,村里能管得了吗?把住乱提留乱摊派变着法子向农民要钱这一关是对的。你的心全放在村里了。家里老婆孩子多少也要管一管,关心关心,不能全撂给秀芳一个人。就说水生的事吧,坐飞机咋的,不要说是老板花钱买的票,就是他自己花自己挣的钱也应该。你没有坐过飞机就不兴孩子们坐啊!我还要问你,水生和晓旭的事你是咋想的?”

唐希旺好像还没有想过他们俩的事,结结巴巴地说:“我,我……”

“我告诉你,孩子早就告诉我了。”张华玉揭开盖子说,“水生和晓旭到深亚不久,他们的老板和老板娘就让他们两个住在一起。人家没有恶意,主要考虑他们的安全。你想想,既然睡了,还能睡不出孩子吗?”

“那,那,不符合计划生育政策啊!”唐希旺不赞同。

“只要不多生,早晚生还犯法吗?”张华玉咄咄逼人。

“早生和晚生,只要只生一个没什么大错误。”唐希旺不再矢口否认。

“晓旭怀孕了。”张华玉抖出实情。

“这……”唐希旺惊悸地说,“这是未婚先孕,不行。”

“那那,这这,你的脑子要生锈了。”张华玉生气地说,“怀孩子也不是想怀就能怀上的。就拿你和秀芳吧!整整怀了十年,你想想。再等十年我到哪里去了。不行,这个家我来当。速战速决。早一天和晚一天,人生都少不了这一关。结了婚,成了家,生了孩子,让他们自己走自己的路。到那时你和秀芳一样了,该吃吃,该玩玩,能活多久活多久,不能像你爸那种活法。时代变了,人也要变。老祖宗留下来的好东西,尊老爱幼、诚实守信的老规矩不能变。要学科学,你知道水生回来带的东西吗?他给我看了,手机,这么大。”老人用手比画着说，“比电话还好。将来还要学电脑，上网呢！”

正月初六的日子是老太太自个儿想自个儿定的。张华玉不信封建迷信那一套。什么生辰八字，克夫克妻，全是鬼话。她是取六六大顺的谐音，顺顺当当地为两个孩子办理婚事。

母亲那天晚上发火和批评，唐希旺没有对峙，也没有反驳，而是默默接受。快过年了，他不想惹老人生气。水生和晓旭的事也依了老人。老人虽然年纪大，已进入暮年，但老人的思想不老。她批评他思想急躁，想一口吃个胖子，想金水湾村一夜变富，批评得对。唐希旺早早地睡了。他翻来覆去睡不着。他回忆起修路的事，修路是要钱的。在最关键的时候是母亲和姐姐为他当然也是为金水湾村补了台。没有母亲和姐姐的挺身而出，修路就成了半拉子工程，人们的笑料。……唐希旺睡不着，他披着袄半躺在床上。王秀芳正在和妈妈水莲张罗水生新房里的事。他插不上手，就点着一支烟。吸着吸着，他回忆起在部队里听到的一位从北京什么科学院里来的专家做什么专题报告的内容。做报告的是个干瘦的老头，已经七十多岁了，大概先讲的什么国际形势又讲到什么辩证法，老专家讲的使他印象最深刻的只有两个字——幽灵。唐希旺当时坐在前两排，就在专家讲台的下面。听得很清楚，当时觉得很好笑，有的似懂非懂，但印象最深记得最清直到现在还没有忘记的就是幽灵。

讲到幽灵二字，老专家甚至要站起来。他的一只胳膊一甩，想比个动作，一不小心把讲台上一只白瓷茶杯碰掉了，摔在地板上，不但茶杯变成一堆碎片，茶水也泼在他半条裤子上和地上。老专家笑着拿摔碎的杯子做比喻。他谈笑风生地对大家说：“幽灵，这就是幽灵。”会场里爆发一阵笑声。老专家没有笑，唐希旺现在还记得很清，老专家认真地说：“正义与邪恶，善与美，真与假，好与坏等等都存在着幽灵。时代在前进，科学在发展，但不管到什么时候，只要有人类，甚至只要有生命都会有幽灵。一百多年前有人骂马克思恩格斯的思想是幽灵。这很正常。一种思想与另一种思想，一种观点与另一种观点，一种势力与另一种势力，一个人与另一个人相对峙时都视对方为幽灵，也都是幽灵在作怪。幽灵无处不在。幽灵是社会发展中不能少或缺的东西，是历史必然的产物……”唐希旺没有记得那么多，只记住幽灵两个字。想着想着，唐希旺睡着了。

……

老太太想得很好。正月初六是个吉利的日子。有时候吉利的日子里也游荡着幽灵。唐希旺家没有例外。不过现身于唐家的幽灵除了验证“明箭好躲，暗箭难防”这个老掉牙的无聊与可耻，没有一点实际意义，相反它不但触及善良者主持公正的神经，也刺激了唐家尤其是八十岁的老太太和富裕要强的唐希云。

……

是家庭的纠结，是权力的纷争，是道德的揭示，还是人性与爱心的较量？只有真相大白的时候，才能找出答案。

二

过了初一，就开始筹办水生和晓旭的婚礼。按计划不大操大办，但要入乡随俗。太简单了，人家也会说太抠门。要么以门楼高，摆架子，看不起穷人等说三道四，评头论足。乡里乡亲，儿女们结婚是人生一件大事，虽然简朴，按乡下规矩，该办的一点也不能省。水生年前打回来的钱被王秀芳从中扣下一半。秀芳说：“我这里有 2000，水生年前打来的。”她把 2000 块钱交给唐希旺说：“这 2000 块到镇里买床、沙发，该买什么你看着买。”王秀芳不敢把 5000 块钱一下子都放给唐希旺。她不是信不过他，而是担心他把钱都花给村里。

唐希旺和王秀芳结婚时，家里很困难。老村长请木匠砍了一棵梓树给希旺打了一张床。结婚用床不兴白茬子，张华玉卖了一篮子鸡蛋买了一盒红油漆，老村长动手涂上一层新漆，在当时虽然上不了档次，却也能过得去。有时候，唐希旺对王秀芳说：“不要看我们家穷，床不怎么好，我们还睡个双胞胎呢！有的人床虽比我们的好，却一个一个地生。”王秀芳总是红着脸笑：“床跟生孩子没关系，有的睡地铺还三个四个地生呢！”

唐希旺把钱还给王秀芳：“现在跟我们俩那时候不一样。我眼光窄，跟不上趟，买床啥的不行。大喜事，不兴返工，我看还是让长喜和水莲去办的好。我要是买差了，你又会怪我图省钱，想打拐，老太太也会生气。”

“好好好，”王秀芳说，“请谁当主持呢？”

按金水湾的风俗，主持就是婚礼的主持人。主持人要在婚礼的两天前请到家，按主人的要求事先进行谋划。

“主持好请，”唐希旺说，“刘昌文早就在做这生意呢！他正准备在镇里挂牌子，成立婚庆公司，让水生请去。”说着，唐希旺骑自行车买菜招待刘昌文。唐希旺刚要出门，又回转两步，吩咐道：“让水生带张帖子，叫刘昌文大伯，别忘了加个请字。”

唐希旺走后，王秀芳让水莲去找水生。水生从回到家一有空就往刘占元家里跑，和刘晓旭搂搂抱抱，两个人形影不离。刘占元和金玉娇装着没看见，两口子也在家里镇里像逛线一样来来去去为晓旭的婚事忙乎。

晓旭从深亚带回一台进口彩电，32英寸，比水生家的大。水生和晓旭正在看电视连续剧《红楼梦》，正看到贾宝玉和林黛玉玩捉迷藏，两个人抱在一起亲吻，水莲在外面和金玉娇打招呼：“婶，正忙啊！”

“是啊！他们的日子说到就到了，快把我和你叔急疯了。”自从两家定亲以来，金玉娇见了唐家老少格外热乎。

水生听见姐姐的声音，知道一定是找他，连忙松开手，说：“我姐找我呢！”

水生跟姐姐回家。按照妈妈传达的爸爸的话，揣着帖子来到刘昌文家。

刘昌文正在家里等活。一个月前他专程去县城拜访一位出道较早已经挂牌子的婚庆公司的老板。那位老板原是一名食品厂的下岗职工，工厂改制断了经济来源。为了谋生厚着脸皮赶场子，哪里有婚丧红白的事他就顶上去，原先想讨一杯酒喝和一顿饭吃，时间长了积累了许多迎来送往逢场作戏的经验。后来从电视上看到一些城市，特别是南方深亚、香港大城市婚丧嫁娶的五花八门的画面，结合当地实际情况和老规矩，本着新旧结合、因人制宜逐步有了名气开创出局面，现已誉满县城，自从打出牌子后几乎每天都有电话预约。为了学到真功夫，刘昌文不但请了拜师宴，送了礼，还跟着师父走了两场。每一场喝好吃饱，东家还送个红包，多了不限，少的也是100，再少了拿不出手。实际一场下来就那么一两天工夫。刘昌文心领神会，加之原来的底子，大小场子都能应酬。刘昌文告辞时，师父正走红，一天能接一两个预约电话。师父说：“这个活一点就破，要问秘密吗？全在眼皮活。还要看家庭情况，有钱的什么三百两百，没钱的你多花一块钱他就不情愿，像挤脓一样，场子就凉了。这个活最忌讳冷场子,要随机应变,就像赵本山演小品,笑声就是成功。当然,该花的花,该省的省,只要东家满意,客人满意,新郎新娘子满意就成功了。丧事更好办,把活人忽悠住了,死人不需要操心,四个字——顺顺当当。”

大概10点多钟,刘昌文兴冲冲地来了。一进大门,他就笑呵呵地向唐希旺和王秀芳招手说:“恭喜呀,恭喜!……”

唐希旺笑着迎出来:“大哥,屋里请!屋里请!”

张华玉和唐希云也迎出来,刘昌文一脸灿笑:“婶子,侄子我要讨你们的喜酒喝啊!”

“好好,”张华玉欣喜地说,“侄子啊!这喜事就托付给你安排啊!听说侄子成专家了,好啊!还是你们喝过墨水的,有这个特长,该吃这碗饭。”

“婶子,侄子只有这个能力,主要图个热闹、欢乐。说起来,又吃又拿的,和要饭的差不多,卖嘴皮子,献丑呗!见笑,见笑。”

“唉,哪叫献丑,”张华玉满面春风,“是艺养身。这叫有智吃智,无智吃力。侄子有眼力,跟时代跟得紧。现在世道变得快呀,不学习马上就落后、掉队。侄子,你知道吗?世道变得快得很呀!”说着喊水生,水生正在院子里给林总发短信祝他新年快乐、全家幸福、万事大吉。短信刚发完,奶奶喊他,水生应声问道:“奶奶,啥事?”

“你昌文叔正为你和晓旭结婚的事忙呢!快向你叔说说,你手里能打电话的叫啥?”张华玉乐滋滋地说。

水生把手机拿在手上,笑着说:“叔,这叫手机,随时随地都能通话,随身带着,比较方便。”

刘昌文在报纸上广播里电视里听说过手机,看见过手机的画面,真正的手机还是第一回看见,很新奇。在县城师父家里,师父曾说过准备买手机,他当时没有当一回事。他准备安装一部电话。师父家里有电话,以后便于和师父联系,向师父请教,也可以与人家电话预约客户。刘昌文听了水生的介绍,惊喜之际问水生:“手机怎么用呢,能不能当电话打?”

“能,手机与手机,手机与电话都能打,很方便。”水生说。

“我师父家里有电话,现在能打吗?”刘昌文兴趣盎然。

“可以呀!”水生说,“叔你说说他家的电话号码,我给你拨好,如果那边不占线,马上就能讲话。”

刘昌文报出电话号码,水生很快就拨通了。水生先叫通,立即将手机交到刘昌文手里说:“通了,叔,你和他讲话吧!”

刘昌文照着水生的样子把手机放到右耳朵边:“喂！师父吗？我是昌文呀！嗯,我现在老弟家里,老弟家的儿子在深亚大公司,回家过年结婚。我现在用手机给您打电话,侄子从深亚带回来的。听得很清楚,跟电话一样清楚,听说还可以发短信。好哇！多少钱一个？我问问,”刘昌文问这手机多少钱一个,水生说:“1 万多,进口的,诺基亚牌的,国产的也有,快上市了,国产的便宜些。以后会更便宜。”刘昌文立即将水生刚才的话向师父学了一遍。

吃过午饭,唐希旺和刘昌文开始计划婚礼的事。刘昌文已经做过几年了。按照师父的传授他先帮唐希旺定个调子,说白了就是基本原则。他按照以往办过的十几家和唐希旺的情况,这个情况主要指经济实力,有没有钱,他先说出自己的看法供唐希旺参考。唐希旺同意就按这个路子办。就好像人们常说的工作方案。刘昌文咂了咂嘴,皱着眉头想了想说:“按家庭情况,侄子的婚礼,应办个中上等水平,首先要有响。请个吹响的班子,班子有大有小,大的十多个人,鼓锣笙号,还有专门带装表演的人,有老节目,例如豫剧《朝阳沟》《穆桂英挂帅》,都是段子。现代的,又分流行的,港台的,流行的有《永远在一起》《相爱到永远》《十五的月亮》等,多得很,你叫唱啥就唱啥,港台的呢,就更多了,我一下子也说不上来。……”

唐希旺听着听着头皮就麻了。他摇摇手,说:“我想就别请吹响的啦！我去人家喝喜酒时见过,有的男男女女歪歪扭扭,南腔北调,有的头乱摇,头发乱摆,脸抹得跟猴屁股一样,不能看,也不能听,跟玩猴的差不多,咱不弄那,素净一点。”

刘昌文立刻转变思路,说:“好,不请响,咱请个卡拉 OK 音响师,就一个师傅,扩音器,很简单,既能放音乐歌曲,水生、晓旭、冯灿他们年轻人喜欢唱歌的,人家带有伴奏曲子,想听什么有什么,也很热闹啊,大喜事,就是要热闹啊!”

唐希旺见刘昌文如此热情,想了想说:“好！请按后一个方案,请个组合音响。”

大门外挂红灯笼、鞭炮、喜联等。虽然过年刚贴了春联，春联与喜联同是大红纸可内容不一样，也得重新贴上喜联。

外场安排好了，还要考虑锅上，厨师做饭菜也是大事。刘昌文说："老弟虽然是乡下人，但你的身份不同，咱金水湾的当家人，全镇哪里人不知道。后面又有希云扛后腰的。再说，这也是你办的第一个喜事。有粉搽在脸上，让三朋四友老少爷们见识见识，老弟既不是老抠，也不是财迷。图个热闹，图个脸。按这个等次，不请咱村里的土货，笨手笨脚的，刀工、花样、味道都做不到位，花一样的钱，出来的菜差得远哩！还是请镇里的师傅，手艺精，等次高多了，说不定镇里还有人来呢！"

"镇里放假了。镇大小领导我一个人也没有下请帖、打招呼。人家忙忙碌碌一年，不能打扰人家。"

"还有亲戚呢！学校的老师，水生的同学，知道的，人家来贺喜你还能往外推？"

唐希旺想想也对，菜饭酒烟一定弄好一些，不能让外界说我们借办喜事想捞钱发财。他说："锅上的师傅就请镇上有名的钟师傅。他手艺高年纪有些大，可能还要带个徒弟来。"刘昌文因工作关系经常和钟师傅见面，有时两个人还做同一家生意。再说唐希旺的书记也很有名气。刘昌文用水生的手机打钟家的电话，那边立马就答应下来。

刘昌文要张罗的大概就这些。至于请哪些亲戚，新房怎样布置，下多少彩礼和什么样的彩礼，不在主持人的职责范围。那些都是自己家里人安排。

二

刘占元家也在紧锣密鼓地为晓旭筹备婚事。刘家主要忙女儿的嫁妆。按乡下规矩，女方要准备桌子、箱子、柜子、椅子等结婚时带到男方家里。新中国成立前有钱的大地主家为女儿出嫁时准备的嫁妆都摆一里多长的队伍，浩浩荡荡，威风凛凛。小户人家，多则十几件，少则两三样，就打发了。困难家庭的女儿拎个小包袱就走进婆家。新中国成立后，渐渐在变化。基本上看不到长长的骑大马坐花轿的送亲和鸣枪放炮的迎亲队伍。新中国刚成立时还有半新半旧的花轿，但已经简单了很多，后来兴起步行和骑自行车结婚的新风，缝纫机、自行车等代替了木制的嫁妆。改革开放后，又兴起坐拖拉机和汽车等现代交通工具，陪嫁的也由原来的桌子、柜子变成成套的组合家具和电视机、洗衣机等。

刘晓旭和唐水生已两次去县城选购嫁妆和衣裳。金玉娇只忙着为女儿准备被子。家里收的是棉花，金玉娇问晓旭："衣服你们到城里自己挑着买，喜欢啥买啥。妈养你这么大，不能不花点钱。妈给你套几床被子带上，这是规矩，人家都这样。"

"城里早不自己做这些了。"晓旭说，"超市、专卖店里啥样的被子都有，棉的、毛的、麻的、纤维的、太空棉的要啥有啥，只要有钱，没有钱，只能看，不能拿。"

"城里是城里，乡下是乡下。"金玉娇说，"村里嫁闺女的也有几家，咱随大流吧！"

"随什么大流？"晓旭说，"我和水生商量好了，我们俩明天去一趟市里，跑几家大商场，该买的我们自己买，我们有钱，不要家里拿。"

"那，嫁妆呢？桌子，椅子……"

"我们在县城里订了一套组合家具，订金也交了，后天上午一准送过来。昨天水生刚和老板联系，红木的。"晓旭说，"你和爸若过意不去，就给我们套两床棉絮被子，宽一点，以后我们当垫被，铺在床下面，冬天暖和。"

"买这些东西，你哪有那么多钱？"金玉娇以为自己听错了。

"我有，水生给三万。"晓旭微笑，"我自己的工资也攒了一万多，一套大组合送到家才两万六，我兜里钱足够。你不用操心。"

"水生有那么多钱哪！"金玉娇又惊又喜。

晓旭笑而未答。

正在看电视的晓琬说："水生哥当船长啦！一个月工资一万多，快两万了。"

金玉娇"啊"了一声不说话了，心里甜蜜蜜的。

晓旭见妈妈不说话，猜想妈准是在想彩礼的事。她说："妈，我嫁给水生可不是图钱啊！水生是好人，很能干。他们家也不富裕，我对水生说了，他们家不要给我们家送彩礼。有的人家一张口就是几万几万的要，是卖人哪！你们要是要什么彩礼我全部给退回去，丢人，结婚就结婚，要什么彩礼钱。”

金玉娇见晓旭很认真，笑道：“你不说，妈也不会要。水生爸是村干部，大眼小眼都在看着我们。如果我们开个头，人家也要跟着学，学来学去，还不是比着卖闺女。你妈我是明白人，打死我也不会干那种事。”

其实金玉娇早就在盘算彩礼的事。近些年农村要彩礼之风渐渐盛行。少则三两万，多则七万八万，甚至十几万。为了给儿子娶媳妇，不惜拿高利贷送彩礼。有的娶了媳妇办完婚事，老爸老妈去外地挣钱还债，还有捡破烂流落街头。深亚、上海，甚至北京都能看到衣衫褴褛沿街乞讨的老夫老妻。

在金水湾，刘昌友不仅与他家是亲戚也是金水湾亲戚中的长辈。有这两层关系他们该打个招呼。刘占元没有这样想。刘占元从内心里看不起刘昌友两口子，金玉娇跟刘占元商量打招呼的事，刘占元半阴半阳地：“他们俩呀，是吃人饭不屙人屎。我嫁闺女，疯啦！要和他们打招呼。”

金玉娇一向护窝子，白了刘占元一眼，瞅着他说：“你说话怎么不钻耳朵眼子呢！他们屙你锅里啦！”

刘占元虽然有点愚懦，但爆发起来有时也相当乖戾与顽固。年轻的时候，可能悟性较差，有点木讷，加之家庭困顿，有低人一等的自卑感，对金玉娇的放纵睁只眼闭只眼，得过且过。两个女儿渐渐懂事后，他的自尊感日渐显现。有时反被动为主动让金玉娇下不了台。两个女儿都倾向爸爸，爸爸勤劳、节俭，疼爱女儿，当妈妈不声不响出走后，是爸爸给她们做饭吃，送她们上学。爸爸再苦再累，从没有拍过女儿一巴掌。有一次深夜晓琬突发高烧，刘占元冒着寒风摸黑背着女儿一口气赶到镇卫生院，七八里的路程，为了赶时间，爸爸没有歇一会儿，到卫生院里时衬衣都湿透了。所以在两个女儿的心里，妈妈没有爸爸的形象高大，她们对爸爸的感情更深。一次不知是什么原因，妈妈挥着棒追赶爸爸，小小的刘晓旭竟挥着菜刀要砍妈妈 。金玉娇呆住了，骂道：“死妮子，妈白疼你们了。”

晓旭鼓着腮帮子，挥着刀说：“不许欺负我爸爸！”

金玉娇瞅着刘占元。刘占元咬牙切齿地说：“我们家的事不许他们插手搅和。”

金玉娇没有和刘占元较劲。女儿大了，而且都向着他，闹起来她不一定能占上风。她白了刘占元一眼，没好气地说："太阳打西边出来了。"

太阳真的打西边出来了。吴文英不请自到。刘昌文接到唐家邀请后，心里有说不出来的高兴。他从业以来，这虽然算不上大单，规格还是相当高的。这个活顺顺当当做下来，全村里这方面的活基本让他全包了。傍晚，他刚走到家门口，刘昌友从县里刚回来。两个人正好照面。刘昌文问："县上去了？"

"是啊！"刘昌友见刘昌文脸喝得红扑扑的，明知故问："又有活了，生意兴啊！"

"开门大吉。"刘昌文惬意地说，"书记家。"

"书记家什么？"刘昌友心里一紧，"该不是……"他以为是唐希旺的妈出事了。

刘昌文笑咧咧地说："书记的儿子结婚。正月初六的日子。我得上心啊！"

"那是，那是。"刘昌友的心里像被什么拉开个口子又撒上了盐，要有多疼有多疼。他是从省里一个劳改监狱里回来。原本给长贵送棉裤和保暖鞋的。接见时，监狱警察说长贵患上肝炎，已经是中晚期。如果不抓紧治疗，发展下去可能要转成肝腹水甚至……他不敢想下去。长贵比水生大一岁，人家不仅挣大钱了，还要娶个如花似玉的姑娘。如果长贵不出事的话，他和吴文英该抱孙子了。眼前呢？一个在高墙里，一个挣大钱。两厢相比，一个天上，一个地下。

刘昌文见刘昌友想笑又笑不出来，猜测他可能有难言之苦，但刚刚得到的确切信息不能不告诉他。既是兄弟又是近邻，他觉得还是先向昌友打个招呼妥当一些。因为女方是昌友的亲戚，两头都少不了他。"老弟，那一天你还要两头忙啊！"

"啥意思？"刘昌友一时还没有恍悟过来。

"书记的儿媳妇是刘占元的大丫头。"刘昌文笑着说，"一边是……"

"好了，好了，"刘昌友的头一下子蒙了。他打断刘昌文的话，"坐了一天的车，浑身像散了架，我先回家歇歇。"

吃过晚饭后，吴文英悄悄来到刘占元家。刘占元家也刚吃了晚饭，晓琬正在收拾桌子。金玉娇正在厨房里刷锅洗碗。刘占元老远看见吴文英走进院里大踏几步钻进里屋。晓旭正在和水生看电视。

吴文英见堂屋里有些冷清，又折回院里伸着头朝厨房里看，说："玉娇 啊！还在忙啊！"

金玉娇抬头向外看，灯光里吴文英正走进厨房。"可不是呢，晓旭的事挤到跟前了，刚过了年就开始忙。现在跟过去不一样，简单多了，快办齐了。表婶，到堂屋里坐吧！"金玉娇解下围裙陪吴文英走进堂屋，让道，"表婶，请坐。"

吴文英在椅子上坐下，堂屋四周摆满写字台、组合柜、椅子、盆架、沙发等，琳琅满目，鲜色锃亮。既不是满眼大红，也不是一色素雅。样式、造型、颜色等一派现代时尚，又庄重典雅。吴文英从来就没有见过这么耀眼美观经典的家具，啧啧称赞："侄子侄女真有本事，你们家要在咱金水湾挂头牌了。"

头牌是最好的意思。金玉娇打小就爱谝。吴文英这么一夸，她有些得意又有些羞涩，干笑道："表婶高抬了，我和你侄子哪有这本事，是孩子自己办的！"

"哎哟！天啊！"吴文英又仔细打量一番身边的家具，惊叹道："这一圈子得不少钱吧？"

"两万多。"金玉娇向晓旭屋里努努嘴，欣然道，"她和水生去城里订的，人家今个下午刚送来，满满一汽车。我们呀，往下搬了半天，哎哟！还是现在好哇，要是请人做，得花一个多月，多烦人啊！现在好，打个电话就送来了。嗬嗬！……"

"哎呀，还是你们家的孩子争气啊！"吴文英转换口气，忧伤地说，"该你和占元享福了，生了两个千金，要人样有人样，要本事有本事。才去深亚几个月就挣这么多钱，真羡人啊！我们村里大人孩子都说你们两个命好。"

金玉娇被吴文英夸晕了，反转口气安慰她："表婶也别难过，你们家两个男的又高又大又壮实。年轻人一时没有把握住，失了脚。人哪有没有走错路的。过了这个坎，以后改了，也到外面闯，表叔和表婶也会跟着有福享！"

"谁知道呢？"吴文英悲戚地说，"不知是我和你表叔哪辈子坑人家刮人家了，生出来两个不争气的窝囊废。整天净扒漏子，你表叔本来也想来看看，给重外孙女送点零花钱。"说着一只手从口袋里掏出一卷钞票说，"你表叔去鬼地方看老大累了，不能来，水过地皮湿，实在拿不出手。"说着，把钱往金玉娇手里一塞。

金玉娇收了钱，感激地说："让表叔和表婶破费了，谢谢！谢谢！"

刘占元早已听烦了，他再也不愿意听下去，故意叫道：“哎哟！金玉娇，热水袋在哪里？我的胃病又犯了，疼得不能撑了。”

刘占元有个老胃病，但吴文英能听出他是不高兴她，便知趣地说：“好，你们忙，我走了。”

吴文英站起要走，又不由自主地朝晓旭屋里探探头，晓旭正半躺在水生的怀里看电视。吴文英故作惊叹道：“哎呀！这么大的电视呀，还带彩呢！”

刘晓旭仍缱绻地躺在唐水生怀里连动也不动，好像没有听见吴文英说话一样。

金玉娇觉得有些冷场，说道：“晓旭，还在看电视呀，出来送送你表奶奶。”

刘晓旭身子连动也没有动，不痛不痒地说：“我，有点不舒服，不送了。”

吴文英连忙自己找台阶下，说：“不要送，不要送，免了。”说着向外面走去。

金玉娇把吴文英送到大门外，说：“表婶，慢走啊！”

金玉娇关了大门，刚回到堂屋里，晓旭冲着她说：“你们热你们的，还挂拉我干啥？”

金玉娇说：“人家是长辈，又是为你表示心意，你也该见个面啊！”

晓旭怪笑：“我不稀罕她那几个臭钱。”

“真不会说话。”金玉娇有点无奈。

“人不人鬼不鬼的，”刘占元也接上腔，“我早听够了。她是表示啥心意，他们家有事我们少掏了吗？我不看也能知道他们两口子屙不了粗屎。”

金玉娇打开钱卷，两张100的。刘占元也看清了，说：“他们家过事，我们哪一次都是200，还是长辈呢！我这头一件事，他们是人吗？金水湾的人早晚都会死在他们手里！”

金玉娇呜呼了一阵，没有说出来。她也觉得刘昌友和吴文英两口子做人不厚道。

四

初五晚上，灯火阑珊。忙了一天的唐家老老少少怀着美好的憧憬进入梦乡。虽然明天是最重要最隆重的一天，因为要安排的事情很多，又都要件件忙到位，不影响明天的婚礼，一家人都睡得很晚，尤其是王秀芳劳困交集直到凌晨才躺下。

星月沉，夜幕深。大概三四点钟时分，两个黑影，一高一矮，幽灵般蹿到唐希旺家的大门前。一个黑影四处张望，另一个黑影在大门上上下下不停地涂抹。虽然有些慌张，但涂抹得严严实实，仿佛是黏稠的糨糊，又仿佛是凝固了的一层水泥。淋淅拉拉、斑驳陆离……

清晨，唐希旺第一个起床。他拉开大门，脚下一滑，一个趔趄差点儿栽倒在地。他连忙站起来，一股浓烈的臭气扑鼻而来。他注目朝门上看看，两扇通红的大门上涂满稀稀糊糊的人屎。唐希旺迅速转回身，朝两眼惺忪正要起身的王秀芳焦急地喊道："王秀芳，快起来，有人在我们家大门上抹屎了，厚厚的一层。"

王秀芳一个激灵坐起来，慌忙找衣服。

张华玉正坐在床上和唐希云说话。听唐希旺喊，母女俩也慌忙穿衣起床。

唐希旺找来一只水桶盛满水提到大门前，用刷子蘸水正不停地刷门上的屎。王秀芳又连忙叫起水莲和水生，水生又跑去找二叔唐希强。唐希强也提水桶拿着刷子朝哥哥家奔来。大门外已站满不明真相的男女老少。有的看了一眼就转身向走动的人传递看见的情景。村里人都知道书记家今天办喜事。有的正准备前往贺喜。偌大的村子里一霎间沸沸扬扬，此起彼伏，几乎在同一时间书记家大门上抹屎的奇怪现象震惊了整个金水湾。连附近村里的男男女女也簇拥着纷纷向唐希旺家奔来。

唐家的男男女女正手忙脚乱地刷大门上的屎，围观的人越来越多。大家正伸头探脑地观看和交头接耳地议论，张华玉气冲冲走出院子，走进人群中间，老泪纵横地哭喊："老天爷，乡里乡亲，老少爷们们！我唐家跟哪家有何仇何恨啊！心咋这样狠，下手这么重啊！这不是要我老婆子的命吗？老天爷呀，你睁着眼看，从老村长到我儿子，还有我，我女儿、孙子、孙女，我们没有做过一件没有良心的事啊！几十年里，我们没有占过集体的一点便宜，对金水湾的老少爷们，只要我们老老少少能做到的，我们没有省一点力啊！老天爷！乡里乡亲，大家都看见了吧！我们就差没有把心扒出来给金水湾人吃啦。苍天啊！乡亲们！大家评评理，说说心里话，公正话，我不是捋肠子，我们更不要情，不要回报。天理何在，良心何在，难道都叫狗扒吃了吗?! ……”白发苍苍的老人不停地向上苍作揖，给众人鞠躬，哭喊着，诉说着，淮水为之呜咽，人们为之垂泪，人们纷纷诅咒：是哪个缺德的干这种伤天害理见不得人的事?!

老人还在哭喊。她知道抹屎是冲着当书记的儿子来的。母子连心的她心似火焚。

……

任何一种武器的杀伤力都是有限的。抹屎行为不但没有伤到唐家的元气，还激起众愤。同时也大大刺激了从来不认输的唐家人的底线。按唐希旺的意见节俭办喜事，不大操大办，也不过分张扬。经过这么一折腾，为了争口气，张华玉首先发话破例将婚礼规格上扬，在金水湾明明白白地张扬一次。张华玉说：“偷偷摸摸算哪路英雄，有本事光天化日之下做给大家看看。”

唐希云也怒不可遏。母女俩不顾唐希旺的反对，坚持要把唐水生和刘晓旭的婚礼办得轰轰烈烈，有声有色。办成一次展示实力的窗口和舞台。老太太发狠话：“简直是欺人太甚。我老太婆一定见识见识金水湾的妖风邪气有多大，恶魔鬼怪有多凶，有本事，公开比试比试?!”

当着黑压压的围观群众，唐希云愤怒地说：“我马上给明跃打电话，要他有天大的事也要尽快赶过来。有飞机票坐飞机，一定要赶上水生和晓旭的婚礼。还要带上10万块钱，请两台大戏，请金水湾的全体父老乡亲都来吃喜宴，一分钱都不收。婚事办好后，全村每个贫困家庭资助500元，一年之内再捐资建设一座三层供教学和老师办公的教学综合大楼。我先要说明的是：我唐希云不图名，我们唐家也不图名，只图金水湾有一所像城市里一样的希望小学，只盼金水湾的孩子们都能成才，只盼金水湾人民能早一天富起来，过上好日子。教学大楼建成后，不挂唐家一个字，就叫金水湾希望小学。”

唐希云没有喝醉酒。唐希云也不是说大话。她有八十岁的老母亲的理解，还有身家千万儿子的支持。唐希云曾多次表态说：“不要把钱看得太重，也不要为子孙后代想得那么远，要培养他们的志气，培养他们创事业干事业的能力，让他们走好自己的人生路。有钱花在面子上，让大家共同分享。我的钱是自己挣的，也是共产党给的，改革开放带来的。没有共产党，没有改革开放，就没有我唐希云和唐家、黄家的今天。我现在富了，我不能吃独食，要让金水湾的父老乡亲们都有份!”

唐希云哭了,她哭得很委屈,也很伤心。

唐希旺仍在带领全家,还有弟弟希强全家忙着刷门。时间很紧。按事先约定的时间音响师很快就要来安装调试音响设备,开始不间断地播放音乐和戏曲唱段。时间一分一秒地过去,刷门却那样的艰难。可能是屎的黏稠度太高,黏得特紧,加之气温较低,已经结成一层滑滑的冰,增加屎的坚韧度。开始只用凉水冲,效果较差。耽误了一段时间,直到音响师的轻型皮卡汽车嘭嘭开到大门前,门上的屎还没有刷净刷完。

音响师下了汽车,见唐家人正在往大门上浇热水,唐希旺摁着刷子狠劲地刷。音响师明白夜里发生了什么,呆呆地站在那里。

金玉娇闻讯跑过来,她边跑边高声大骂:“卑鄙!无耻!哪个死砍头的,做这种死儿绝女的缺德事。有胆量,冲着姑奶奶来。……”围观的人越来越多。

刘昌文本来应该早些时候来。因为夜儿晚上酒喝大了,有点睡过了头。刘昌文急急匆匆赶到时,唐家人正在刷门,金玉娇也正在破口大骂。刘昌文走进院里,老太太、王秀芳、唐希云都在哭泣。刘昌文见状,灵机一动,半真半假地说:“婶子,妹子,你们气什么气,这是喜上加喜,好事啊!大家想想,深更半夜的,谁会来干这种事,是神仙显灵,没有大粪臭,哪有五谷香。种庄稼离不开肥料,这是往你们家送肥啊!您老人家要发了。不要生气,不要生气。”

大家明明知道刘昌文在调侃,却不由自主地都笑了。

正在不停叫骂的金玉娇也被刘昌文的话逗乐了。她忍住笑,嘲弄地对刘昌文说:“大表叔,你这个主持当得也窝囊。你不是会算么,你算算这事是谁干的?”

刘昌文也知道金玉娇在用激将法。他脑子一转,半开玩笑地说:“雪里埋不住屎。这个事早晚会露馅。”

“嘴是两张皮,想咋说咋说。”金玉娇一语中的,“大表叔等于没有说。”

刘昌文也会调屁股,半真半假地说,“侄女啊!别难为大表叔了,不要说我会失手,就是我能算准,也不能说出来。你让当书记的评评,还有老太太,我这会儿揭开真相,不是火上浇油吗,就像开仗一样,岂不成了战争的导火线,我就是千古罪人了,让联合国也评不出个是非。”

唐希旺一边刷门一边点头道："说得对，说得对，宁给人活事，不给人挑事。信主持的话没错。"

唐希云已经给黄明跃打过电话。她在电话里急头急脑地说："水生和晓旭婚礼的事出了问题，你现在赶快赶过来。越快越好！"

赶得真巧。黄明跃应市里一个客户的邀请要谈一笔生意。黄明跃是昨天下午赶到的，生意很快敲定后，客户请他吃了酒，安排他在一家宾馆住下，痛痛快快睡了一夜。他刚刚起床，打开手机，妈妈的电话打过来。黄明跃也想乘机参加水生和晓旭的婚礼，并看望多日未见的舅舅和妗子们一家，便立马答应并让司机立即开车上路。

唐希云是个说得出做得到的人。打通儿子的电话后，她找到希旺和希强还有刘昌文说："现在就联系城里的正规剧团，要他们尽快赶到金水湾，价钱让人家随便开。"

三个大男人都愣住了。城里的剧团也不是三个两个人，随叫随到。一个正规剧团最少也有几十口子，婚礼即将开始，客人陆续已到，厨师们正在准备饭菜，不要说还要搭台子、置布景、装音响，一下子添几十口子吃饭都成问题。三个人对视了一会，还是唐希旺拿定主意。"姐，大戏还是免了吧！人家在折腾我们，我们自己不能再折腾了。门刷净了，我们就举办婚礼。我求求你，咱们还是从简办吧！"

唐希云稍微醒过神，她的脸转向老太太："妈，我想挑战挑战，希旺没这个胆，这事还是您老拍板。"

张华玉瞅着女儿，又瞅瞅儿子，一时也拿不定主意。老人正犹豫着，不远处响起"嘀嘀"的小汽车的喇叭声。刘昌文看看渐渐驶近的小汽车，以为是镇里的领导。为了表示欢迎，他向音响师招招手，高喊道："请放歌曲《歌唱祖国》。"在悠扬的乐曲声中，小汽车缓缓停下。黄明跃从车里钻出来走进院里。大家齐声欢迎。老太太好像找到了救星，说："这事由明跃定，我不掺和了。"

黄明跃呆住了。刘昌文见唐希旺和唐希云都不好说，就主动将两个人的意见说给明跃听。黄明跃想了想深沉地说："人们常说宁可得罪君子，不可得罪小人。我觉得对于这种鸡肠狗肚、鬼鬼祟祟的小人，我们不必去较真。不就是偷偷抹点屎吗？泼点水费点力也就干净了。但是，我们还可以这样想，抹屎者也付出了代价,不要说半夜没睡好觉,还得撅着屁股去茅坑里掏大便,他又能得到什么呢?可能身上手上也糊了屎,要洗净的话还不是自己掏钱买肥皂洗衣粉。这就叫聪明反被聪明误,因为做贼心虚,后悔也找不到墙碰。"

到底不愧为大企业家,轻描淡写地就化解了一场危机。刘昌文提起精神。指挥音响师放了音乐放歌曲,放了歌曲放戏剧片段。优美动听的歌曲缭绕在金水湾上空,该来的客人来来去去。黄明跃的小轿车是四个缸的奥迪,价值近百万。人们络绎不绝,听音乐,看小汽车。一阵长长的鞭炮声和《百鸟朝凤》声中,唐水生西装革履,刘晓旭一袭白色婚纱,两个人胸前佩戴着大红花,在刘昌文的吆喝声中一会儿拜天地,一会儿拜高堂,一会儿夫妻双方对拜,欢声笑语中,隆重地举行了婚礼。

……

客人们渐渐离去,村两委班子成员还没有走。唐希云特地找到牛小梅,拿出两万块钱对她说:"小梅妹,拜托你将这些钱分送给村里五保户和困难户。为了水生和晓旭的婚礼算是请大家吃顿便饭。也是我妈和我还有我哥哥嫂子们的一点心意,有些轻薄,不成敬意。"

牛小梅愉快地接受了。她接过钱,动情地说:"我代表村里和大家谢谢老人,谢谢你们!"

唐希云殷殷地说:"不用谢,我只盼金水湾少些折腾早一天富起来。"

牛小梅欲言又止,心里沉甸甸的。

第十二章

一

刘昌友去监狱里看长贵回来后就病倒了。已经两三天没有露面的刘昌友没有到唐家喝喜酒。村两委班子成员都下了请帖,吴文英前往祝贺。吴文英来到较晚,门上抹屎和洗刷大门的场面她没有看见。她能想象到当时的情景,也能想象出唐家人的慌乱和围观者的惊奇与神情。她装着不知道的样子交了贺礼钱,吃了饭就没精打采地回家了。

吃了晚饭,唐希旺向王秀芳打了招呼要去看刘昌友。王秀芳说:“忙了一天,也该歇歇,睡个囫囵觉,明天去也不迟啊!”

“镇里刚开了会,马上村支委要换届,我得先和刘主任通通气。”唐希旺心情已经恢复平静,说,“再说人家的孩子在里面,没有自由,做父母的心里一定不好受啊!我们该去宽慰宽慰。”

“你也有闹心的时候,我们那样大的折磨,人家的眼睛挂过吗?”王秀芳心存介意,“你困难的时候,人家眼里有你吗,看过你吗?”

“五个手指有长短,做人还是要看远些,不能只看脚尖尖一点点。”唐希旺厚道地说。

堂屋里,灯火辉煌,人影幢幢。黄明跃、唐水生、刘晓旭、水莲、水忠、水燕等一屋子年轻人正围着老太太和王秀芳、唐希云欢声笑语边叙边聊。大家品茗吃糖说着笑着,不知是谁别出心裁提出开个家庭联欢晚会。大家一哄而起。水燕年龄最小,天真活泼,头上扎着花蝴蝶,在人群中穿来穿去,笑个不停。水燕一听说开联欢晚会，跳跃着抱着老太太的一只胳膊摇着说：“奶奶，奶奶，您说话呀！我们唱吧！跳吧！晓旭姐正好带来一套音响，还有 VCD，无线话筒，我们唱啊！你们不唱，我先唱啦！”说着去开 VCD 键钮。水生连忙帮着打开机子，悠扬的乐曲响起来。悠曲刚刚响起，刘长喜也兴冲冲地走进来。张华玉高兴地站起来，笑着说：“长喜也来了。好，我们忙也忙过了，大家难得一聚，明跃最赶巧，开着车，给唐家长脸了，姥姥想也没想到今晚上大家聚得这样齐。好！”老太太说着说着兴致上来，“今晚上没有外人，都是我的亲人。大家都敞开玩，会唱的唱，会跳的跳，都给我表现出来，让我见识见识。”

水燕说：“不行，奶奶，您不能只听我们唱。听我妈说奶奶也会唱，金水湾的人知道奶奶会唱，听说还上过台哪！您一定得给我们露一手。”

“好好。”老太太兴奋起来，大笑道，“好！我今晚再亮亮嗓子，唱，唱！……”

全场欢呼，鼓掌。

……

家庭联欢会精彩纷呈。曾有过几年军旅生涯的黄明跃引吭高歌《当兵的人》。水生和晓旭合唱《纤夫的爱》。水燕独唱《大中国》。唐希云演唱《祝你平安》。长喜也被赶鸭子上架演唱《唱支山歌给党听》。老太太的压轴大戏：《没有共产党就没有新中国》。三世同堂，欢欣若狂。

……

唐希旺夜里什么时候回来的王秀芳不知道。因母亲和姐姐睡在他们的床上。三奶奶住着一间屋。对面两厢房。东厢房有两个房间，黄明跃和司机各住一个房间。唐希旺住西厢房靠北的一间，靠南的一间是厨房，紧挨着还有一间厦子留作机动，平时存放粮食和小农具。南大门两边各还有门朝北的房间，一间是牛房，一间是猪舍。在金水湾唐希旺的家是个普通的四合院。

唐希旺自己也不知道是什么时候回来的。他和刘昌友谈了足足有两个多小时。他一进刘家，刘昌友有点紧张，听了唐希旺的来意后，他的心渐渐轻松下来。刘昌友原以为他听到了什么关于抹屎那件事的风声，唐希旺开诚布公地说：“听说你病了，忙了几天才忙出了空，特来看你病啥样了，该治抓紧治，可别耽误了。”

刘昌友原来坐在椅子上抽闷烟。他递了一支给唐希旺，唐希旺说：“这两天没少吸，嘴都吸木了，不吸了。”

“再吸一支吧！”刘昌友客气地说，“我也没有什么烟瘾，还不是这些天为长贵的事又吸上了。到哪里自己不先吸一支，咋好让人家。”

唐希旺说：“我原来没一点烟瘾，十天半月也不吸一支，这两天人来客去的，就带上了，好歹还是没有什么瘾。”

两个人点着烟面对面坐着聊了起来。

刘昌友说：“水生和晓旭的事办了，你和王秀芳的心就踏实了。不用愁他们的事了。哪像我，两个孩子都不争气，真叫人气死还能气活。”刘昌友深深吸了一口烟，立即又吐出来，像是猛出了一口闷气。

“孩子还小，难免走点弯路。”唐希旺说，“路慢慢地走，大一些就好了。”

“唉！”刘昌友长长地出了一口气，心事沉重地说，“长贵在里面染上肝炎，还要干活，像另换了个人一样。监狱里条件差，治疗就更不要说了，能不让人揪心么，吴文英和我都快愁死了。”

“愁也没有用。”唐希旺劝慰道，“慢慢想办法，不要愁坏了身子。”

“村里的事这一阵子都让你忙了。”刘昌友有些内疚地说，“你辛苦了。”

“应该的。”唐希旺说，“镇里开会了，传达上面关于村级党支部委员会换届工作的指示，要求全镇要在三月份内完成换届。镇里派指导组，要各村抓紧酝酿推选候选人，及时传达村支委换届的重要意义。要求通过换届选好配强支委班子，选出团结，选出干劲，选出新气象，进一步搞好今后各项工作。带领群众发家致富，实现跨越式发展，开创新局面，建设社会主义新农村，让人民过上小康生活。……”

刘昌友不久前就听说村一级党组织领导班子要换届。因为忙于儿子的事他没有往心里去。唐希旺今晚来看他，看来主要为支委换届，他的心里有些忐忑。经过唐希旺一番介绍他渐渐镇静下来。笑着说：“老一套了，还不是走走过场。村干部又不拿国家工资，有时比拿国家工资的干部还要忙。上面来个人，村里又没有食堂，不是你家就是我家，表面上镇里给点钱，实际还不够一瓶酒钱。人家虽然不是什么客人，辛辛苦苦地为我们操心，总不能让人家带干粮。现在又不是老村长老书记那时候，村干部没有什么干头。”

“是是。”唐希旺表示认同，但他马上又转换话题，“不要说是村一级干部，就是每月拿工资的国家干部,仅凭工资,谁也发不了财,还不是和村干部一样地干。按说国家干部还不如我们呢,镇里,县里,就是市里,省里,除了当地人,有几个领导干部老婆孩子一家子搬来搬去的?就是有宾馆住,吃饭有人端有人送,还没有村干部忙一天回到家还有老婆心疼心疼,不动窝孩子们还端盆热水泡泡脚,滋滋润润哪!"

"对对。"刘昌友觉得唐希旺说得也很对,开心地笑了。

……

二

刘昌友又是一夜没睡着。没有什么烟瘾的刘昌友又吸了一盒烟。次日清晨,刘昌友的眼睛熬得通红,乍一看一双眼睛颇像两颗转来转去一触即燃的火球。想了一夜的刘昌友终于厘清思路。从上到下党委政府领导班子换届都是非常严肃的工作。有严明的纪律和规章制度。但上有政策,下有对策。几乎每一次换届大大小小都出现一些问题,也处理了一些人。有的还上了报纸电视,杀一儆百,杀鸡给猴看,但真正做到公平合理也不容易。党章和宪法都明确规定:选举者选谁不选谁有个人的自由,谁也不敢公开拿着手叫选谁就选谁。猫腻多少都有,但不能玩失手。一旦失了手,不但鸡飞蛋打,小了受处分,大了还要吃官司。天亮时分刘昌友才想出主意,采取迂回战术,由吴文英出头。吴文英也是个党员,而且党龄比刘昌友还长。吴文英是在她娘家入的党,那时正兴大办民兵之风,吴文英十七八岁,英姿勃发,是铁姑娘班班长,曾参加过全县女民兵射击比赛,拿个二等奖。全县就有两个二等奖。吴文英为全公社民兵工作争了光。参加完县里射击比赛回来就入了党。用她自己的话说:"因为只上过两年小学,认识眼皮子底下几个字。如果是初中毕业,那一次就转成国家干部了。"和刘昌友吵架时,她常拿这个事霉他说:"我要是有文化,你磕烂头,也轮不到给你刘昌友当老婆。说不定还弄个公社里妇女主任当呢!"如今年纪大了,她不再后悔,渐渐也就死心了。

刘昌友把自己的想法说给吴文英听,两个人一拍即合。吴文英说:"这场戏我来唱丑。你也不能闲着,稳坐钓鱼台。"

“我重点做老年党员的工作，”刘昌友诡秘地说，“特别是七八十岁的老党员，天冷，整天待在家里，几句好话就没有正主意了。这些人的票最好拉。”

吴文英说：“刘昌学争取这次进班子，他和苟二旦同一年当的兵，苟二旦回来就当民兵营长。昌学虽然人老实，也是在部队入的党，刘昌学进了班子，可以帮你扛事。机会难得，不能让外手。”

刘昌学人很老实。当兵三年，从新兵连下到连队一直在连队养猪。人很勤快、能干，连队的猪养得膘肥体壮，多次受到上级嘉奖，是团里有名的“养猪状元”。退伍回乡时不但是共产党员，还带回养猪经验。本想在家乡创办一个养猪场，因资金短缺始终没有办起来。吴文兰经常拿他和苟二旦比，挖苦说：“猪财没发上，猪屎味满脑子，连个小组长也当不上。”

刘昌友接着吴文英的话说：“只要是正式党员都有选举权和被选举权，昌学这次可以争取进班子。”

“进不进，还不是看你。”吴文英说，“哪个人的脸上也没有写字当什么官。”

“我哪有这么大本事。”刘昌友知道吴文英闹腾起来不讲理，解释道，“不是说谁当谁就当，要选举，选举后报镇党委批准。有一定的程序，还有纪律。”

“算了吧！你还想哄我呀！”吴文英撇着嘴，假笑道，“长脑子的都知道选举还不是走过场。就说你吧！”吴文英瞅瞅刘昌友，咂咂嘴，“不是找吴文秀，给她家二十斤香油，能选上你呢？这推荐，那考察，哄鬼。跟请客吃饭一样，没有下你的盅筷，挤扁头也找不到位子。”

刘昌友语塞，吴文英说的吴文秀是镇委书记万亚杰的妻子，在县城第二小学当教师。吴文秀的娘家和吴文英的娘家一个庄。庄子很大。姓吴的有千把口子。虽然吴文英和吴文秀派不上亲戚，但朝上扒，还能扒出点余脉。上次村里换届前吴文英和刘昌友抱着试试看的想法拎着一塑料桶香油找到吴文秀家。开始吴文秀觉得兀然，茫然地说：“你们是找错了门吧？我怎么不认识你俩？”

吴文英笑起来，亲昵地说：“大妹子，我们是一个庄子长大的。我爸是吴木匠。小时候听我爸说，我们还是一个老坟里烧纸呢！”

吴文秀恍然：“吴木匠是你爸啊！我念小学的时候还给我们家做过桌子、

床呢！知道了，知道了，请坐，请坐，你们不要生气啊！我刚才没有想起来。”

吴文英笑咧咧地说：“大妹子见外了，都是亲戚。不常见，还怕认错人哪！妹夫子当领导，当然要警惕点，现在骗子多得很，还有冒充的，就是要当心。”

吴文秀是个实在人，她被吴文英说动了心，执意要留吴文英和刘昌友在家里吃饭。刘昌友站起来告辞：“不啦！……”

“不不。你们大老远的，还带这么多油，哪能不吃饭就走。”吴文秀过意不去，要他们一定要留下来，说，“亚杰不在家，我下午还有课，不需要上街，冰箱里有，吃个便饭，便饭。”

刘昌友有点死心眼，坚持说：“不，不给你们添麻烦了。”

吴文英用手戳戳刘昌友的屁股，说：“好，都是亲戚，难得一见，大妹子有心情，听大妹子的，不走了。”她像亲姐姐见了亲妹妹一样，热切地说，“大妹子，你姐夫不喝酒，也不吸烟，你不要太讲究，大家在一起吃个便饭，深叙，深叙。”

三个人正在说话，吴文秀的女儿放学回来了。吴文秀的女儿叫万苗苗，小学三年级。吴文秀指着刘昌友和吴文英对女儿说：“这是你大姨父和大姨妈，你去自己房间里做作业吧，吃饭时叫你。”

万苗苗很懂事，讲礼貌。可能因为是第一次见面，羞涩地说：“大姨父和大姨妈好，你们坐，我要做作业。”

吴文英用脚踢踢刘昌友的脚。刘昌友会意。这是他和吴文英路上就约好的。立即从口袋里掏出一沓钱朝苗苗手里塞，说：“苗苗，这是大姨父和大姨妈的一点心意。”

万苗苗甩着手，不知所措：“我不要，不要……”

吴文秀正在冰箱里拿菜，听刘昌友在给苗苗钱，连忙跑出来说：“不行，不行，苗苗大了，不能要钱。你们……”

吴文英见吴文秀很认真，笑着说：“大妹子，苗苗还是个孩子，这是你姐夫和我的一点心意，乡下还有老规矩，第一次见孩子，总得给孩子留个想念，这又不是送礼，人之常情嘛！要说么，还真有点拿不出手。要嫌少，你就……”

吴文秀哪里是吴文英的对手。她再也想不出拒绝的理由，怔了许久，无奈地说：“好好，苗苗收下吧！快谢谢大姨父和大姨妈。”

万苗苗结结巴巴地说：“谢谢大姨父和大姨。”苗苗不但无奈，还有点别扭。

吃过午饭，刘昌友和吴文英即将告辞时，吴文秀突然想起他们来一定有事，问："姐夫和姐姐这么老远地赶来，一定有事吧？"

"有一点。"吴文英装着不好意思地说，"大妹子，是这样，现在村里党支部正忙着换届，选举新班子。你姐夫也是个党员呢！才三十多岁，还是村里种植专业户，也算个人才吧！现在都喊着大胆使用能人当村里的带头人。你姐夫也想进村支部班子，为大伙多做些贡献吧！大妹夫在镇里当书记，请妹夫……"

吴文秀听了吴文英的介绍，知道了他们的来意，说："我整天从家里忙到学校，镇上的事从来没有打听过。万亚杰也整天忙得手忙脚乱，有时回来一趟，像点卯一样，筷子一放，拎起包就走，家里只挂个影儿。有时十天八天也不回家一趟，像个野人儿。"

"是呀，"吴文英附和道，"全镇几万口子人，担子重啊！又是一把手，事事都得操心。男人们都粗心，大妹子要经常提醒着妹夫子，要保重身体，今后还早着呢！"

吴文秀真正被感动了，眼圈儿红红的，心疼地说："亚杰每一次回到家，都是沙发上一躺，叫着这疼那疼的，看着让人伤心。"

吴文英顺着竿子爬，表示关心，说："星期天，学校不上课，你陪他去医院里检查检查，有病早治，别扎下根。"

"上个月我就陪他查过了。"吴文秀说说，"也没有啥大毛病，有点脑供血不足，头好晕。"

"没大毛病就好。"吴文英进一步发挥，深情地说，"常言道，亲戚盼着亲戚好，外人才是假操心呢！"

吴文英贴心贴肺的话把吴文秀说得心里热乎乎的。她看看墙上的挂钟，说："亚杰回家，我一定把姐夫的事说给他听，工作要靠大家干，用谁都是用，亲戚么，能帮上忙还是要尽力帮。"

"大妹子可说对了。有千年的亲戚，没有百年的朋友。"吴文英情不自禁地说，"请大妹子和大妹夫放心，你姐夫是个老实人，如果当个书记或主任，一定会扑着身子干，不会给大妹夫脸上抹黑，更不会给你们添麻烦。"

"好好。"吴文秀把他们送出大门外，依依不舍地向他们告别。……

两天后，万亚杰到县里开会晚上回到家，吴文秀就将吴文英和刘昌友来家的前前后后向万亚杰说了一遍。万亚杰的脑子里对刘昌友似乎有点印象。经妻子这么详细介绍，加上两家又有点亲戚，他就把刘昌友的要求记在心里。在研究村领导班子换届人选时因为金水湾村委会主任年纪大，其他又没有合适的人选，就提议让刘昌友担任金水湾村委会主任。

后来为了表示感谢，刘昌友和吴文英时常去城里万亚杰家，顺便带些鸡蛋、香油、花生等自家产的农副特产品，两家的来往日渐频繁，关系也非同一般。当然，因为吴文秀要上班，还要照顾孩子，从没有去过吴文英家，只有万亚杰下乡时顺路到刘昌友家里坐会儿，从没有在他们家吃过饭。不过，镇委书记能到谁家坐会儿，这个家庭的地位在村民们的眼里已经够高了。

村级支部换届选举已经提上议事日程。按照县里统一要求，全县村支部换届工作要在 3 月 30 号之前完成。春季大忙即将开始了。

在万亚杰的关照下，刘昌友在上次村级领导班子换届时，顺利进入金水湾村领导层，担任村党支部副书记和村民委员会主任。

三

刘昌友考虑最多的不是刘昌学进班子的事，而是整个支委班子的问题，更重要的是自己的地位和处境。有朋友早向他透露，根据省市部署，从下届起县里将从村一级支部书记中先后选拔一批优秀者转为国家干部，也就是今后的国家公务员，不再是农民身份，按国家干部级别定工资，每月按标准领薪水。他开始有点不相信，后来从报纸上看到省里已经在附近一个县进行试点，不久，将全面展开。据可靠的消息，转干的村支部书记的年龄限制在 50 岁以内。也就是说他这一次能担任村支部书记才能进入转干的范围。但村级领导班子成员一般在 60 岁以内，身体健康、能力较强、威信较高者可以干到 65 岁。按照这些规定，唐希旺虽然已经 50 岁，但他的身体很好，再干下去没有问题。刘昌友想如果不采取特殊方法，他不但接不到村党支部书记的职务，也将会失去转为国家干部的机会。因此，村支部领导班子换届工作对他来说称得上人生中的里程碑。

黄明跃住了两天就要回南京公司上班，那里还有很多事务等待他处理。张华玉和唐希云也要乘明跃的车回唐家湾。临走的头天晚上，吃过晚饭大家在一起闲聊。聊着聊着，黄明跃见唐希旺头发花白，神色沉重，说："大舅，我看你工作好累，压力很大吧？"

唐希旺沉思片刻，点头道："是有些累。不过也习惯了。整天跑跑走走，省得得肥胖病。"

"大舅，年纪不饶人啊！"黄明跃说，"金水湾几千口子人，还经常闹水灾，任务够重的。"他试探地说，"大舅，您愿意不愿意离开这里？"

"你是让我撂挑子？"唐希旺笑道，"我都过五了，打工也没有人要我啊！"

"大舅，您到我那里去。"黄明跃认真地说，"我的公司还需要你这样的顾问。"

"算了吧！你是想当慈善家，白养活我。"唐希旺微笑道。

"大舅，我不是要白养活您。"黄明跃仍很认真，"经过两天接触，我发现您的思想很开放，管理理念也很新，我的公司正需要像您这样的人当顾问。"

"明跃，你这是慧眼识珠，还是高抬我，那你得高薪聘请啊！"唐希旺笑眯眯地说。

"那当然。"黄明跃以为说动了大舅的心，伸出一个指头，说，"每月1万，年终奖另加，年薪大概20万吧！"

唐希旺大笑起来，摇摇头，深沉地说："明跃，我实话实说，从我打部队回到家那一天起，我就从没有想过再离开金水湾。如果我不要求退伍的话，在部队里不但要提干，也可能早就混个团长师长当了。我和你姥爷是一个样的人，走过去的路从来不后悔。我的决心早定了，生也金水湾，死也金水湾。要是让我说心里话，我还想挖你的墙脚呢！"

"我的墙脚？"黄明跃有些惊异，"大舅还想在我的身上打主意？"

"是啊！"唐希旺一点不隐讳，"你黄明跃也学学你姥姥和你妈，给金水湾人民一个惊喜，添砖加瓦。"

"啊唷！大舅真高明啊！"黄明跃故作惊喜的样子，说，"大舅，您这是唱哪一出啊！"

"还大企业家呢！你是明知故问还是要考考舅啊！"唐希旺认真地说，"招商引资啊！你可以来金水湾兴业办厂啊！如果你嫌金水湾笼子小，县里办了一个5000亩地的经济工业园，欢迎四面八方的有识之士投资办厂，土地、税收提供最大优惠。这里最大的优势是人力资源丰富，劳动力价格低廉，已经入驻七八十家沿海大中型企业，有的办公司，有的开分厂。你黄明跃的大船不能开到金水湾，你有资金，又有眼光，可以在县工业园里搞个项目，金水湾人可以到你的企业做员工，干活。你天天在外面跑，比我知道得多，这叫筑巢引凤啊！你有实力，应该抢占先机，扩展项目，把事业做得更大更好。"

黄明跃真的被舅舅说动了心。他本来计划明天就启程。第二天却在舅舅唐希旺的陪同下去了县工业园。在县工业园一位负责人的陪同下实地考察了入驻的企业。考察中黄明跃竟发现一位在浙江搞航运的朋友在县工业园里办起一家木材加工企业，拥有500多名员工，生产的板材全部出口欧美和东南亚国家。年产值超亿元，纯利润上千万。当天上午，那位朋友还在县城一家酒店里请黄明跃和陪同的唐希旺与司机。席间，那位朋友悄悄对黄明跃说："明跃呀，这里真是投资兴业的宝地啊！我可尝到了这里的甜头啊！"

黄明跃大开眼界。回金水湾的路上，黄明跃兴致勃勃地对唐希旺说："大舅，真是不看不知道，一看吓一跳，过去，我只抱着航运一棵大树，今后我也要广开门路，开工厂、办企业、房地产等等哪一样能赚钱都干。我还要找林阿丹，把林阿丹的钱也引过来。"

唐希旺拍拍明跃的肩，笑道："明跃，你这一趟可没有白来呀，听说国家正要搞西部大开发，中部大崛起，你这一步走出来，肯定要大展宏图，金水湾也要跟着你富起来。快行动吧！"

"好好。"黄明跃点点头，说，"大舅，这步棋，你外甥我黄明跃走定了。"

第二天，黄明跃带着姥姥和妈妈先回到唐家湾，又回到南京自己的公司。

黄明跃是最后离开金水湾的客人。他们走后的第三天，水生和晓旭也要回深亚。两家老人都知道晓旭身怀六甲，路上一定要注意安全。回到深亚后，水生要多照顾晓旭。唐希旺说："水生呀，你和晓旭的事办了。在外面挣钱也不容易，你呀，一定要做个真正的男子汉，不但要会挣钱，挣大钱，还要记住金水湾这个穷家。有能力也给金水湾的老少爷们长长脸。"

金玉娇和王秀芳叮嘱晓旭怀孕期间需要注意的事。王秀芳特地叮嘱道：

“晓旭，一定要定期到医院里检查检查，提前给家里打个电话。”

金玉娇交代得更具体：“多吃饭，少吃刺激性的零食，还要经常走走，活动活动。听说吃些核桃，将来孩子会聪明些。”

晓旭说：“你们不用操心，这方面的书我们买了一大摞，要看的都看了。我们还在尝试着做胎教呢！”

翌日，新婚燕尔的唐水生和刘晓旭带着对家乡的爱恋，依依惜别两家的爸爸妈妈和所有亲人，踏上返回深亚的路。唐希旺、王秀芳、刘占元、金玉娇送了一程又一程，直到他们的身影渐渐远去，人们还在眺望。特别是心细的王秀芳用手搭着眼罩子，踮着脚尖，看啊，看啊……

……

星期日，吴文英起了个大早，挎着满满一竹篮鸡蛋和鸭蛋到镇里，又从镇里乘班车中巴去县城。下了车在一家早摊点吃了早餐。早餐很简单，两根油条两个包子和一碗稀饭仅花了一块五毛钱就吃饱了。出了早点店，他挎上竹篮10多分钟就来到吴文秀家，轻轻地敲开门。吴文秀刚刚起床，正在洗漱。她见吴文英挎着竹篮气喘吁吁地走进门，心里一阵吃惊，动情地说：“大姐，你这么早就来到了，我刚起床，亚杰还在躺着哪！”

“乡下人习惯起早，我搭的是头班车，下了车就是早餐店，早饭也吃过了。”

吴文秀更为感动：“姐，大老远的，你还带这么多鸡蛋、鸭蛋。”

“都是自家养的鸡鸭下的蛋，乡下人都叫土鸡蛋。土鸡蛋，没有添加剂，营养比超市里卖的还要好。我特地攒了半个多月。鸭蛋也比超市里卖的好吃。”

“是啊！”吴文秀心眼实，心里有啥就说啥，不会拐弯抹角。她一边擦脸一边说：“我们家的苗苗就爱吃土鸡蛋，超市里的鸡蛋她很少吃。”

吴文英和吴文秀正说着话，万亚杰也起来了。他先上了卫生间，接着洗漱。吴文秀边和吴文英叙话边准备早饭。

星期天，苗苗爱多睡会儿，一般饭熟了，才叫她起床吃饭。

万亚杰洗漱完毕，泡了杯茶，顺便也给吴文英泡了一杯。两个人对面坐下。吴文秀说：“姐，你有事和亚杰谈吧！我准备早饭。”

万亚杰好像是下乡时在金水湾刘昌友家里见过一次吴文英。休息了一夜，他的精神已经正常，随着吴文秀的话问：“大姐大早起赶来有事？”

因为有吴文秀热心肠这一层关系,吴文英稍稍拘谨地说:“兄弟,老姐我来也没有什么大事,听说村里党支部要换届,我想请兄弟再给你姐夫考虑考虑,能不能……”

因为当教师出身,万亚杰有点书生气。知道吴文英的来意后,考虑了一下,说:“昌友哥已经当过一届村主任了。按说拿一把手也不是不可以。”他心里揣摸揣摸,说:“金水湾村的工作搞得不错。特别是那一段乡村水泥公路还是全县第一条,县里也表扬了。唐希旺年纪也不大,在群众中威信也高,如果让昌友上,唐希旺没地方摆。那样会不会影响村里的工作?”

吴文英听出万亚杰有点犹豫,故意大笑一声说:“大兄弟,说起唐希旺这一回丢人丢大了。”吴文英夸张地说,“他儿子结婚,人家给他家大门上糊屎了,一家人忙乎大半天也没有刷净,一院子臭烘烘的,我也去喝喜酒了,到处都是臭气,吃不下去。”说着一副幸灾乐祸而又有点同情的样子。

“怎么会有这种事啊!”万亚杰感到有点意外,“据我了解,唐希旺的群众基础很好啊!不应该会发生这种事。是不是有人别有用心,进行暗中报复,或者干扰破坏支部换届工作。这这……”

吴文英不以为然地说:“唐希旺的工作方法有时简单,说不定得罪的人多,可能是有人故意给他治点难看,也没什么大不了,哪一个人当一把手也不能打圆网。唐希旺并没有放在心上,劲还挺大呢!听人家说,他还想转为国家干部哪!”

“唐希旺转干的可能性不大,”万亚杰说,“他转干的年龄超限了,当支部书记还可以。”

吴文英话撵话说:“大兄弟,你姐夫的年龄不超啊,他比唐希旺小五岁,你要给他考虑考虑,过了这个村,就没有这个店啊!”

“这这,我一个人也不能说了算。”万亚杰想了想说,“关键是,这次村支委会换届选举,昌友能不能选上。”万亚杰又皱皱眉头,忧虑地说,“再说,在支委会成员中,昌友能不能争过唐希旺。据我了解,昌友的实力赶不上唐希旺,唐希旺在金水湾的基础很扎实啊!”

“唐希旺的村干部干的时间长啊!”吴文英的应变能力很强。她想另开一条通道网住万亚杰,说:“凭个人能力他不一定比你姐夫强,他主要有靠山,他的外甥是搞航运的，很有钱，我们村里那条路，还不是他借的钱，将来能不还人家？早晚还不是出在老百姓身上。”

吴文秀让万亚杰吃早饭。万亚杰说：“好，情况我知道了，看看换届选举情况再说。上级三令五申，一定要严肃换届选举纪律。”说着，进入小餐厅用餐。

……

这一天，唐希旺也早早地来到县里。县卫生局和县残联分给金水湾一个白内障患者复明手术名额又叫“阳光工程”。

瞎奶奶正好符合条件，手术就在县医院进行。唐希旺提前通知了瞎奶奶焦王氏。唐希旺一大早来到焦王氏家，瞎奶奶已摸索着正在刷洗锅碗。小花和小明已背着书包上学了。瞎奶奶让小花把钥匙带上，她中午赶不回来，小花自个儿做，不要等奶奶回来。唐希旺也让王秀芳赶早做的早饭，吃早饭时对王秀芳说：“做手术不可能马上就能赶回来，如果赶不回来让水莲晚上去照顾小花与小明。”一吃过早饭，他又向牛小梅电话打个招呼说：“我要陪瞎奶奶焦王氏去县里做复明手术，不知手术后能不能马上回来。如果回不来，有什么急事找刘主任。”招呼打过之后，唐希旺就陪瞎奶奶去镇里赶班车。由于在瞎奶奶家里耽误了一会儿，没有赶上头班车。要不他们将和吴文英撞头坐上同一班车。

唐希旺按通知预约时间赶到县医院眼科，做白内障复明手术的是省里派来的专家。唐希旺陪瞎奶奶先进行健康检查，尤其是血压、血糖和心脏一定要正常，否则就不能进行手术。瞎奶奶检查后这些科目都正常，紧接着办理住院手续。瞎奶奶住院后，上述几项又重新查一遍，检查结果属于正常。瞎奶奶上了手术台，唐希旺经医生同意可以在旁边观看。给瞎奶奶做手术的是一位五十多岁的眼科专家，只见他先给瞎奶奶扩瞳，在眼球一侧切开一个小口，取出视网膜，植入一个人工晶体，缝合后，创口上面贴上一块敷料后进入病房内休息。瞎奶奶的手术只有几分钟，不吃药，不打针，一切都顺利。第二天上午，唐希旺陪瞎奶奶来到手术室，医生为她揭开敷料，瞎奶奶立马就能看见东西了。焦王氏很高兴，老人谢了医生谢护士，感激地说：“谢谢你们，你们都是我的大恩人，我瞎老婆子被人叫了几十年，现在我也能和大家一样，什么都能看见啊！”老人见人就谢，大家都劝老太太不要激动，都不需要谢。要谢就谢共产党，谢党的好政策。刚走出医院住院部大厅，焦王氏又紧紧抓住唐希旺的手鼻涕一把泪一把地说："唐书记，侄子啊！你救了我这个瞎老婆子，也救了小花和小明，往后婶子我也能跟大家一样地生活了。你的大恩大德，我忘不了，我让两个孩子也要记一辈子啊！……"

唐希旺扶起焦王氏，说："婶，您老人家的眼睛能看见光明了，往后生活就方便多了，您老人家今后还要享福哪！"

四

上午，牛小梅正在村委会办公室里整理文件，镇里的严委员和一个年轻男子一进门就打招呼："牛主任，你忙啊！我们要打扰你了。"

严委员名叫严一同，镇党委宣传委员。年轻人叫马涛，是镇纪检委办事员。二人是负责金水湾村党支部委员会换届选举的指导组。严委员任组长，因为指导组只有两个人，不设副组长。严委员是搞宣传工作的内行，已经走了三个单位，金水湾镇可能是最后一站了。严委员爱开玩笑，说起指导组，他自己就先笑起来，说："我已经当了二十多年的党委委员了，从纪检到组织，从组织到宣传，镇里不设统战委员，如果设，我可能是种子委员了。"说起指导组，严委员更直白："我们这个指导组能成为知道组就谢天谢地了。不要说是我们俩，就是书记和镇长都能知道吗？这是党员个人的权利，也是个人的隐私，无记名投票，选谁不选谁是个人的事，受法律保护，指导组无权干涉。除了混几杯酒喝，指导组连狗屁也不如，狗屁还有点臭味呢！"

牛小梅连忙起来让他们坐："严委员，马办事，你们来得真不巧，唐书记陪瞎奶奶去县里做白内障手术，临走时有交代，让我通知刘主任接待。"

"行行。"严委员说，"谁都一样，我们只是过过板。"

牛小梅打发一个人去找刘昌友。

"严委员啊！"刘昌友乐陶陶地说，"不，应该叫严指导和马办事，辛苦，辛苦。"

"不用客气。"严委员笑道，"就这么几步路，有啥辛苦的，你刘主任又要破费了。"

“你们是钦差大臣啊!”刘昌友让严一同和马涛坐下,一本正经地问,“二位有何指示?”

严一同笑了笑,也一本正经地回答,“上次会上,万书记和徐镇长已经布置过了。那个会是唐书记参加的。会上要讲的领导都讲过了。镇里派我们俩当指导组,我们是例行公事,聋子的耳朵——摆设呗!今天唐书记不在,我们俩算来点卯,等唐书记明天回来了我们再一块儿扯扯。”

“好好。”刘昌友点点头,笑道,“从现在起,镇指导组正式进驻金水湾。”他把脸转向牛小梅,“牛主任,晌午的饭可以安排了。”

“刘主任,”牛小梅有点无奈,“你是知道的,我不会喝酒。还有,我要是走了,就没有人给闺女做饭吃了。还是你自己安排吧!”

“好好。”刘昌友皮笑肉不笑,“我自己安排,走,严指导和马办事先到我家斗一场地主。”

三个人一起向刘昌友家走去。

吴文英听说严一同和马涛是来指导村支委会换届选举的,立刻表现出超乎寻常的热情,连忙拿烟泡茶,热忱地说:“严委员和马办事是哪股风刮来了,稀客,请坐,请坐!”

严一同和马涛平时也来过金水湾村。因为不是镇主要领导,受到的待遇也不一样。除了在唐希旺家吃过两顿,有时连饭场也找不到,空着肚子往镇里跑。严一同和马涛刚对着烟,吴文英已推出自行车去镇里买菜。临走则故意丢下一句:“二位坐着玩会儿斗地主,我呀,今天要让二位见识见识我妹妹文兰的手艺。她呀,在大城市里学过烹饪技术,刀工火工都比我强。”

吴文英先赶到刘昌学家。吴文兰正准备上地干活,吴文英悄悄地说:“文兰,上次我跟你说的换届班子的事开始了。今晌午,镇里的严委员和马办事在我家吃饭,他们俩是镇里派来的指导组,他们的作用很关键。我这就去买菜,这顿饭你来做,接触接触领导,给他们露一手,昌学进班子顺溜些。”

吴文兰一听让自己在镇领导面前露一手,很高兴,换换衣服就赶往姐姐家。为了让刘昌学提前进入角色,她又自作主张地安排刘昌学吃饭也去姐姐家接触接触指导组。刘昌学正在清理猪圈,不以为然地说:“一般村干部,有什么干的,还这么有兴头。”

“你懂个屁，再大的官还不是一步步往上拱，你没有看电视里么，中央的大官一开始也是从技术员、生产队长、车间主任一步步上去的，哪有一口吃个胖子的，从娘肚子里钻出来就是大官。”

“去去。”刘昌学正忙得满头大汗，说，“你先忙乎去，过会儿我才去，不就是吃饭吗?”

“猪脑子，”吴文兰说，“猪圈又不是客厅，清清就算了，先去和领导接触接触，培养培养感情。人家对你不熟悉，谁会卖力做人情。脸皮躁熟了，印象深了，成功率就大。工作做在前头，才能水到渠成。”

“知道，知道。”刘昌学已经有些不耐烦，说，“为了当干部，猪不能不要啊!”

“你你!”吴文兰用手指着刘昌学，“要是去晚了，看我晚上收拾你，不上抬举的东西。”

刘昌学知道吴文兰的厉害。见她走远了，才低声下气地骂：“神经病，神经病。”

吴文兰神经没有一点问题。吴文兰上学不多，小学刚毕业就随大流到上海、广东等大城市打工。在大酒店里学过烹饪，当过服务员，超市里也干过，因为文化低，上不了档次，工资也上不去。吴文兰不仅年轻，人也长得漂亮，皮肤特白，白里又透点红，十七八岁时真像刚出水的芙蓉当时村里风传刘昌学提不了干能转成志愿兵。志愿兵转业政府给安排工作。吴文英紧追不舍，吴文兰竭尽全力，经过两三个月的努力，吴文兰就和刘昌学结了婚。刘昌学在家结婚住了一个多月，回到部队后，思念老婆心切，工作不再上心。一个多月里，连队的猪死了一大半，造成上万元的经济损失。刘昌学不但没有转成志愿兵，当年底就退伍回乡。

晌午的饭菜很丰富。吴文兰使尽浑身本事，每道菜都达到色香味俱佳的城里大酒店里的水平。为了助兴，也为了下一步进展顺利，刘昌友和吴文英商量让长发将刘昌魁也请来陪酒。刘昌魁是村民组长也是党员，关键时候，说不定能发挥一定作用。刘昌魁是有请必到，而且很会让酒。他的到来，大大增强了酒文化的氛围。

刘昌友吩咐长发先把桌椅擦拭干净。盅筷摆好后，刘昌友挥手让道：“请二位领导入座!”

严一同也不客气,屁股一抬坐在上席。马涛在他的左侧坐下。刘昌学和刘昌魁坐在一起。他们俩的对面是刘昌友。刘昌友的左侧还空着一个位子,刘长发坐在上席的对面,他那里也空着一个位子。空位子是给吴文英和吴文兰预留的。

客人落座,长发开始上菜。刘昌魁执意要把酒壶。他和刘昌学争了一下,还是掌握了把酒权。开始大家平端,两盅酒下肚后,刘昌友以主人的身份向客人兼领导的严一同和马涛敬酒。刘昌友给每人敬了两杯,严一同说:“刘主任,你可不要把家门框子,酒光给我们俩喝,得一碗水端平,大家都喝。把我们喝迷糊了,就指导不成了。”

“哪里,哪里,”刘昌友向刘昌学使个眼色,说,“全镇谁不知道你严委员是严一桶啊!听说是半斤不醉,一桶才能喝出酒味儿。昌学,该你敬二位领导了。”

刘昌学不能喝酒,也不会敬酒。既然刘昌友点到他,他也知道是啥用意,端起酒杯自己先喝下一杯,然后让长发给严一同斟酒,长发斟了酒,刘昌学说:“好,今天能见到二位领导很高兴,我就舍命陪君子,敬二位两杯。”说着自己先喝下。

严一同也喝了刘昌学敬的酒。刘昌学的纯朴老实给严一同留下好印象。称赞道:“昌学同志很厚道,又年轻,人才难得啊!”

刘昌友已看到火候,说:“昌学和我们的苟营长一年当的兵。是部队的养猪标兵,今年还不到30岁,已有10多年的党龄,称得上老党员了。”

严一同笑道:“你说的苟营长就是苟二旦吧?你们村的民兵营长。”

“是是。”刘昌友最烦的就是苟二旦,在班子里净是他爱找他的麻烦,多次让他下不了台。他故意发挥道:“书记还想培养他当接班人呢!”

刘昌友的话完全是故意编造,空穴来风。刘昌魁已看出刘昌友的意图,见机插话:“凭条件,苟二旦比不上昌学,让昌学进村支委班子才合适呢!”

严一同已经有点醉意,看一眼马涛,表示征求他的意见,说:“这次换届可以考虑吗?”

刘昌友连忙又向刘昌学使个眼色,说:“昌学,还不快谢谢二位领导。他们是伯乐啊!”

刘昌学已经不胜酒力,红着脸说:“我不能喝酒,谢谢领导。”

接下来大家又划了一会儿拳。刘昌友以让严一同和马涛喝得高兴,喝好为目的,但决不能让他们喝醉。

最让严一同和马涛兴奋的是,吴文兰的出场。上完汤菜,把饭准备好,吴文英和吴文兰也来给严一同和马涛敬酒。严一同已经进入最佳状态,但他没有喝醉。吴文兰的出现让他欣喜若狂。他尽力克制住自己,笑道:“二位妹妹见外了,都是自己人,不需要客气。要说感谢的话,你们辛苦了,做了这么多又这么好吃的菜,我们应该借花献佛,敬你们酒。”

吴文英用脚踢踢吴文兰的脚,吴文兰会意,故作忸怩道:“今天有幸与二位领导相识,很高兴。我也不会喝酒,敬酒就免了,但我爱玩玩小拳。借这个机会,小妹妹向严大哥学习学习。”

看着吴文兰白里透红的脸蛋儿,严一同巴不得想和吴文兰摸摸手,于是两个人就吆三喝五地划起拳。摸着吴文兰软绵绵的手,严一同的心狂跳着,浑身软酥酥的。接着吴文兰又和马涛划了几拳。

酒足饭饱之后,刘昌友分别和严一同与马涛单独交了底,拜托二位将刘昌学选进村支委班子。二人当即表态一定尽力而为,并许诺道:“应该不成问题。”

第二天,严一同和马涛又早早来到村里。由唐希旺主持召开支委会议,严一同和马涛以镇指导组身份参加会议。会上研究了召开支部全体党员大会,提名推荐新支委成员候选人名单报镇党委审批后进行正式选举。郭继山因年龄刚超过60岁,不再提名推荐为候选人。刘昌学以年富力强补充新鲜血液为由提名推荐为新一届支委成员候选人。根据上级规定,为了减轻群众负担,新一届支委班子成员由原来的6人组成减少为5人组成。上报候选人名单总共6人。其中差额1人。

提名推荐新一届支委候选人名单上报后,金水湾村到处传出唐希旺不久将上调镇里转为国家正式干部。同时还传出张华玉和唐希云投入修路的10多万元将用设收费站的方法收回投入和利息。刘昌友、吴文英、吴文兰几乎每天夜里都分头走村串户到党员家中送温暖。刘昌友还背着刘昌学和吴文英、吴文兰一起约严一同到县城一家大酒店吃晚饭。饭后又单独给严一同和吴文兰开一个房间。当时吴文英和吴文兰都有点不情愿，刘昌友说："舍不了孩子套不住狼，下不为例。"吴文英和吴文兰勉强答应了。

候选人经镇党委审查批准后，按照党章有关规定和实施方法召开支部全体党员进行正式选举。除少数几个年龄过大有病和因特殊情况未能参加选举外，绝大多数党员都参加了投票，符合法定人数。但选举结果却大大出人意料：唐希旺以一票之差未能进入新一届支委领导班子。刘昌学却如愿以偿当选新支委成员。

选举结果传到镇里，镇长徐永刚暴跳如雷，骂道："这里面一定有鬼！有鬼！"

书记万亚杰说："冷静一下，冷静一下，派人调查调查再说。"

镇里派出调查组，镇纪检委书记亲自带队。调查组一个个找党员谈话，走访群众。但被谈话和被走访者除了唉声叹气，都讳莫如深。调查组收兵，镇党委经过研究，批准了金水湾村新一届支委班子成员的任职，宣布刘昌友任新一届村支委书记，苟二旦、牛小梅、白慧敏、刘昌学为支委成员。

这是一个爆炸性新闻。震惊之余，还要面对现实，唐希旺可能会淡出人们的视线。

第十三章

一

如果说婚礼门上抹屎是夜幕下的邪恶,换届选举则是阳光下的挑战。孰胜孰败,只有选举揭晓,也就是说只有选票说了算。但是,谁能笑到最后呢?……

毋庸置疑,随着改革开放逐步深入,社会、家庭和人们脑子里旧的思想意识正一天天淡化。尤其是年轻人,连一年一度的大团圆也不放在心里。过年时要不以请不掉假或车票不好买为由给家里打个电话,要么连电话也不打,约几个老乡聚会一下就过去了。但是,在农村,长期形成的家族观念不仅有相当的凝聚力,而且还有一定的疯狂和顽固性。在金水湾村,如果说刘昌友在教育儿子刘长贵身上是败笔的话,换届选举的结果无疑展现了他的天才和聪明。其秘诀,家族观念的顽固性在他的操纵下遽然施放出来的能量,不但成全了他的美梦,也铸造了他人生的巅峰。秘诀的秘诀,他选准了突破口:受家族观念影响较深的几名刘姓老党员成为他击败唐希旺的重要工具。其实,仅仅一票之差,就实现了他的图谋。这关键的一票正是一个人的一念之差促成了弥天大错。这个人是谁呢?只有投票者最清楚。

追究起来,刘长富不该不投唐希旺的票。不仅唐希旺在他的文书问题上没有对不起他的地方,而且还在他困难的时候给了他力所能及的帮助。在他最困难的时候,将水生刚刚寄回家的500元钱送给他。还有一层关系不能不提,刘长富还有个弟弟叫刘长喜。刘长喜在村小里当教师,和水莲是小学和初中同学，俩人正在搞对象。虽然没有公开，长喜已经告诉他。当时，刘长富为何没有投唐希旺的票，主要是受父亲的影响。父亲已经死十多年了，还影响什么呢？填选票的那一刻，他的脑子里响起父亲临终前的话："记住啊！我走了，猪蹄子煮一百滚子朝里钩不往外连。刘昌友是你叔。他爸和我爸是一口锅里捞勺子长大的，你以后一定要听他的。你可要立事啊！……"刘长富心里明白，凭能力、人品、威信哪方面刘昌友决不会多出唐希旺一票。他认定正是他的这一票决定了这次支委会换届选举的走向。也是这一票改写了金水湾村的历史，酿下悲剧，给刘家留下刻骨铭心的痛苦和教训。

对唐希旺来说，这次不体面的下台，并没有让他灰心，也没有让他气馁。他不当村干部了，但还是共产党员。他不但不欠村里一分钱，还差三年的误工补贴没领着。他没有放在心上。在家里只待了一天，这一天是他正儿八经在家里休息了的一天。这一天也是他认认真真看电视的一天。这一天，他没有白看电视。电视里他看到凤阳县小岭村的报道，也看了介绍华西村的专题。他有个战友在华西，早写信请他去。他边看边想，水生刚寄来1000块钱，他给家里留下200应急，揣上800到外面开开眼界。他跟王秀芳商量说："村里的事卸掉了，我想去老战友那里看看。先去小岭村，再去华西，回来拐到姐姐家把妈接回来住。这几年，妈一直在姐姐家，八十岁的老人了，我得抓紧时间补偿，不然后悔也来不及了。……"

唐希旺正准备起程，苟二旦、牛小梅和白慧敏相约来到唐希旺家。唐希旺正准备路上带的换洗衣服和毛巾、牙刷等日用品。三个人走进屋里，唐希旺强笑着迎出来，说："请坐，请坐……"

苟二旦见唐希旺有点慌张的样子，惊异地说："唐书记，你说……"

王秀芳忙着给大家倒茶："他呀，准备……"

唐希旺立即向她使个眼色，支吾道："我准备，准备……"

牛小梅似乎也看出破绽，追问道："唐书记，你，可要挺住啊！"

白慧敏有些动感情，眼睛湿润了，央求道："唐书记，你要多保重，保重……"

唐希旺深情地看着他们，嘴唇翕动着，却没有说什么。

三个人神情忧郁，好像失去皈依没有了主心骨。苟二旦乞求道："唐书记，你到底想干什么？你要是不说，我这个支委和民兵营长也不干了。”

牛小梅紧跟着说：“唐书记，我就是看着你这个依傍才在金水湾坚持下来。你要是不跟俺交个底，我就带着孩子打工去。”

白慧敏哭了，哀求道：“唐书记，叔，您给我们交个底吧！金水湾不能没有你啊！”

唐希旺掉泪了。他擦擦泪水，坚定地说：“你们都不要再说了。我不会离开金水湾，除了咽气的那一天，我绝不会离开金水湾。我能挺得住。你们一定坚持搞好工作。我们不是为哪一个人，我们是为金水湾村的乡亲们。”

苟二旦半信半疑：“那你准备？……”

唐希旺说：“这次下台，说心里话没有一点气你们也不会相信。镇里也派人调查了，也没能弄个明白。这说明什么，说明某些人很高明。玩手腕，我承认甘拜下风，但不能长久，早晚要露出马脚。当然群众受些苦，金水湾要走一段弯路。但天总有晴的时候。我瞅这个空儿想到外面走一走，看一看，学点外面的经验，以后少走弯路。”

三个人都轻松了，脸上又有了笑容。

君子坦荡荡，小人长戚戚。

唐希旺说走还没有走，徐永刚风风火火地赶来了。小汽车就停在唐希旺大门前。徐永刚让司机在车上等，他一个人走进院子里走进堂屋。唐希旺和王秀芳都有点吃惊。徐永刚紧紧握住唐希旺的手，深情地说：“老唐，唐希旺，如果是条汉子，真正的共产党员，你听我一句话。”

唐希旺也紧紧握住徐永刚的手，毅然道：“徐镇长，你说吧！只要枪子儿要不了我唐希旺的命，你说什么我都能听。”

“说得好！”徐永刚点点头，“是骡子是马拉出来遛遛。你已经够累了，歇几天，按我们在部队时的讲话，叫修整，攒足了劲，再继续干！好，不放屁了，抽空再来看你。”

“谢谢你！”唐希旺感激地说。

“不用谢。”徐永刚语重心长，“这个事，我也有责任。我是镇长，也是党委副书记。关键的时候，我没有注意到苗头，更没有尽到责任。对不起，请老兄原谅！”

唐希旺再次紧紧握住徐永刚的手,激动地说:“永刚老弟,保重!”

徐永刚心情沉重道:“保重!”

……

小岭村是唐希旺心仪已久的地方。他曾经为电视里那十八颗鲜红的手印流过眼泪,也为十八名农民兄弟的壮举而惊叹并倍受震撼。当他20年后踏上这块神奇的土地,曾经为中国农村改革拉开序幕乃至影响中华民族的命运与进程的神圣之地时,眼前的情景并不怎么令他感动,似乎与他想象和憧憬的小岭村还有些差距。这里有一条宽阔的水泥大道,听说还是江苏一家企业捐资帮助修建的。大道并不比金水湾村的大道壮观。小学校里的房子也不比金水湾小学好多少。他走访了许多农民家庭。走访中,人们表现出不同的看法与观点,但几乎所有袒露心声者都带着不同程度的宗族色彩。晚上,唐希旺下榻于一家小旅馆。在这家小旅馆里,他遇到一位名叫冯元均曾任一所师范大学党委宣传部长的老教授。冯教授是研究社会学的资深专家。冯教授是专程到小岭村搞调研的。幸运的是唐希旺和冯教授住在同一个房间里。晚饭后,两人曾经有一段推心置腹耐人寻味的对话。

“冯教授,你是研究社会学的。通过调研,您觉得这里怎么样?请赐教。”

“请不要客气。在回答你的问题之前,能否告诉我你是做什么工作的?还有你来小岭村的目的能告诉我吗?然后我们共同探讨。”

“我原来是一个行政村的党支部书记。现在被换届选掉了。我是来这里学习的。我还想继续为群众做点事。因为我是个共产党员。”

“请问你对这里有什么看法,能先告诉我吗?”

“我觉得这里并没有我想象的那么好,它应该比我想象的更好。”

“你说得很对。这里失去了一个难得的发展机遇。”

“请问能告诉我是什么原因吗?”

“原因应该是多方面的。但是,据我的了解和研究,宗族势力也是影响小岭村发展的主要原因之一。”

“什么是宗族势力呢?”

“以家族宗亲为核心的也就是凝聚力的一种群体。这种群体主要存在于农村。以血缘关系为纽带,相互依存,盘根错节。”

“它也有一定的优势,甚至是典范。”

“是的。但除了特殊的环境和条件,它很难长期发展下去。其终结大都以悲剧收场。”

“应该怎样给这种现象命名呢?”

“如果一个地方的当权者融入家族因素,我们不妨称它为家族政治。”

“家族政治有时也有旺盛的生命力,甚至为所欲为。”

“这正是家族政治的致命弱点。它膨胀到一定程度时往往会目空一切,包括藐视法律。它是培植独裁,践踏民主,滋生暴力甚至犯罪的温床。”

“家族政治为什么能够生存,甚至不可一世呢?”

“其主要原因,中国是受封建统治,小农经济影响最深的国家之一。甚至可以追溯到原始社会。源于人类生存的依附性。它悖逆于民主政治和现代文明。所以往往是短命的。”

……

在华西,在老战友的引导下,唐希旺看到了崭新的景象。他的老战友也是一名村干部,共产党员。老战友开着私家车和唐希旺在华西村看了一遍。这里的农民大都住在新建的别墅里。家家都有私家车。老战友告诉唐希旺:“我们这里多少还有一点家族政治的残余。但是,我们有一位明智的领军人物,并有一些极为严格的规章制度,例如全村所有共产党员、干部,必须先让群众住进别墅,先有私家车。个人收入和财产要全部透明,让大家都知道,以便相互监督。违者,严惩不贷。还要带头遵纪守法,带头树新风,带头争做‘五好家庭’和见义勇为,助人为乐与公益事业等。更让人敬佩的是:我们村的领军者至今还住在自己的平房里。如果你看见他,你一定认不出他是我们的带头人,而认为只是一位七十多岁的普通老农民。……”

唐希旺在姐姐家住了两天。这可能是他十几年来与母亲和姐姐聊得最多最深的两天。母亲暂时不想跟儿子回金水湾。张华玉说:“希旺啊!妈知道你和秀芳惦念妈。妈也惦念你们和金水湾的四邻八坊。但妈现在不能回去。你和秀芳心里都不干净,都很累。妈不能再给你们添麻烦。当干部的事不要太在意,咱没有做亏心事,没有对不住老少爷们的地方。不当干部,咱当个好老百姓。你还是个党员,要做个好党员。妈有一件事要交代你们,听说晓旭不久就要分娩了。她不想回来生。水莲没经过事,我想让秀芳去深亚那边照顾些日子,要提前去,一定不能出问题。家里有水莲照管。你把地里拾掇好,图个平平安安的日子。……"

二

春暖花开,万木葳蕤。春天,是放飞梦想的季节,也是释放感情的旺盛期。但是,不能过了头。一旦不能自控,就可能酿成悔恨,甚至是罪恶。老色鬼刘昌魁就扮演了摧残一朵刚刚孕育成花蕾的罪魁祸首。不过,在堂兄刘昌友的护佑下,他又成功度过危险期,私下里花了几个臭钱,又人模人样地在村里幽灵般晃来晃去,而且照样当村民组长。从而擢升为刘昌友的心腹和帮凶。

刘昌魁捕猎的对象当然是弱者,而且是金水湾最孤苦最可怜的女孩。事后,连刘昌魁也意识到自己一时的亢奋竟膨胀到有些残忍了。他也意识到自己当时已经昏了头,恨不得像吴文英说的把自己的那个下掉扔到河里喂老鳖。但是,一切都晚了。他跪倒在刘昌友的面前哀求:"哥,我错了。你救救我吧!往后,你叫我干啥我干啥,如果说半个不字,我撅起屁股让你踢。"

刘昌友气得发疯般地号叫:"我们才得地几天,你就不知天高地厚了。你还是人吗?竟做出丢人现眼的事。你,你,投河里死去吧!"

"哥。"刘昌魁故意可怜巴巴地哀求。

吴文英见刘昌魁长跪不起,瞥了刘昌友一眼,一语双关:"起来吧!都是自家兄弟,能帮忙的当然要帮。不过,这是犯法的事,你哥也做不了主,还不是要求人家。再说,瞎奶奶那里也得体谅人家,那么小的女孩,让你给害了,说了就了了吗?"

刘昌魁立刻会意,战战兢兢地站起来,从怀里掏出一把钱放在桌子上,说:"这是500,请哥先安排安排,拐回头,我再借一些。"

刘昌友凶神恶煞地绷着脸不说话。

"昌魁,你这是坐大牢的事,派出所、公安局,"吴文英搜肠刮肚地想了半天:"检察院,还有瞎奶奶,一关又一关,这一点不算,恐怕没有这个数,"她伸出巴掌翻一番,"恐怕过不了关啊!"

刘昌魁吓出一身冷汗。一万块对他来说绝不是个小数。既然吴文英开出价码,也只有认了。他硬着头皮答道:“好,我回去就去借,晚上送来。”

当天晚上,刘昌魁又送来一万。

老色鬼是人们送给刘昌魁的外号。意思是他少年早熟,出道早,常在村子里拈花惹草。其实他也就刚刚四十出头。这一次敢于出手的主要原因可能是他在换届选举时充当监票人为刘昌友的计划实施有所作为。认为万一翻了船,刘昌友会成为他的后盾,而不会陷入灭顶之灾。至于花钱灭灾,他也想到,但没有料到他们会出手这么狠。

那是一个星期天,艳阳高照,和风徐徐。复明后的焦王氏领着小明赶着一只大母羊带着仨小羊羔去南大坡放牧。大母羊是唐希旺去年春天特地在镇上买的母羊羔送给他们家养的,渐渐长大后配上种还可以生小羊。去年头一胎生个小公羊,年底前卖了一百多块钱。祖孙仨过了年,出正月又生下二胎。这一胎生下一母两公。母的留下养着,让它继续生,两个小公羊长大后又是一笔可观的收入。

小花一个人在家里洗衣服。小花虽然瘦弱,身条子已有点亭亭玉立,细皮白肉的。她洗了一会,身上有点热,脱下外面的羽绒服,紧身的粉红色内衣把微微隆起的胸脯勾勒出少女的妩媚。刘昌魁早打着小花的主意,以前是有贼心没贼胆。现在有了后台,他贼胆包天。前天受刘昌友指派去镇里领回下发的困难户春荒救济款,这事本来应该牛小梅办,因为牛小梅生病去不了,镇里催着快领回去发给困难户。要发的大部分都发了,因为瞎奶奶眼手术刚做过不久,走路还不方便,两个孩子上学,没有人去刘昌魁那里领。

刘昌魁揣着钱来到瞎奶奶焦王氏家。小花正低着头使劲地搓衣服。刘昌魁问:“小花,你奶奶呢?”

小花说:“奶奶和小明去南大坡放羊哩!叔有事吗?”

“我来给你们家送救济款。”刘昌魁说着一只手插在口袋里掏钱。小花擦了手站在他的面前。刘昌魁手里掏着钱心里已经燥热,急火攻心,一个罪恶的念头油然萌发,他说:“小花,你告诉奶奶,这期救济款按人头发,每人20,你们家共60。”他把钱递给小花手里,迅速弹起来,大跨两步把门关上闩紧,返回身将小花抱在怀里,小花惊恐地挣扎着,颤抖地说:“叔,你要做啥?”

“叔不做啥。”刘昌魁将小花拖进里屋按倒在床上。

完事后，刘昌魁又从口袋里掏出五张十元的钱塞到小花手里，说：“叔再给你50，你好零花。”小花把钱扔到刘昌魁的脸上，哭着说：“我不要，我不要……”

刘昌魁落荒而逃。

……

晌午，焦王氏和小明赶着大母羊和三只小羊回到家，门外还放着泡在水盆里的衣服，半小袋洗衣粉甩在盆旁边。门虚掩，瞎奶奶喊道：“小花、小花……”

没有人答应。

焦王氏推门进屋，走进里间，见小花正蒙在被子里哭。问：“小花，哭啥，跟奶奶说哪里不舒服？”

小花不说话，一直伤心地哭。

焦王氏心里有些惊慌，揭开被子，小花的屁股下流出一摊血。老人似乎意识到发生什么了。她焦急地问：“小花，这是？……”

“刘昌魁来咱家送救济款，他……”小花说不下去了，呜呜大哭。

焦王氏的心像刀割的一样，也呜呜恸哭。

焦王氏虽然年迈，但她忍不下这口恶气。她也知道唐希旺不当书记了，现在的书记是刘昌友。她安慰一阵小花，拄着棍蹒跚着去找刘昌友。来到刘家。刘昌友不在家。吴文英说：“昌友去镇里开会，你有事先跟我说。昌友回来我再告诉他。”

焦王氏哭着把看到的情形和小花说的话向吴文英诉说一遍。

吴文英听后，心里很气愤，骂：“畜生，畜生，狗东西，我饶不了他。”

焦王氏悲痛欲绝：“多可怜的孩子，从小没有爸妈，孩子还小啊！这不是逼我们死吗？”

但是，吴文英冷静下来后，立刻意识到事情后果的严重性，便转换口气对焦王氏说：“婶，事情出现了，你也不要太难过。小花还小，长大后还要找人家。女孩子名声要紧。你不要对外人说，我也不会说。昌友回来后，我们商量着，让刘昌魁这个坏东西出出血。”

“你，你……”焦王氏还没有完全听懂吴文英的话。

"我是说,小花不就是被那个了,又要不了命。回头我找刘昌魁掏几个钱给孩子补补身子,也就压期了。"吴文英劝道,"就是把事情捅出来,把刘昌魁关进去,也不能再收回去。大家都是邻居,该忍就忍点,不能把门一下子堵死了。就是枪毙他,也不能挽回来。还是私了的好。"

焦王氏一时拿不定主意,犹豫着答应道:"好,我听你的。"

焦王氏出了刘昌友家一路走一路哭。她哭走过的风风雨雨,哭祖孙仨的艰难,哭幼小孙女被摧残的痛苦,哭好心人唐希旺为啥不再当书记,哭前哭后,哭……

"婶……"焦王氏正边走边哭,迎面走来牛小梅。牛小梅是去村卫生室拿药的。她见老人这样伤心问道:"你从哪里来,有事吗?"

"我去找刘书记。"焦王氏眼泪汪汪,"刘书记开会了,没见着,见他女人了。"

"有事吗?"牛小梅有点惊诧。

"有。"焦王氏掩不住心里的气愤和痛苦。少顷,她压低声音说:"侄女啊!刘昌魁不是人,他把小花糟蹋了。"

"真的?"牛小梅惊愕,"吴文英咋说的?"

"她要我不要跟外人说,她还说让刘昌魁给几个钱,私了。"

牛小梅的心被刺痛了,但她渐渐冷静下来。她一时不知道该怎么样对待这件事,劝道:"婶,不要太难过,不要气坏了身子,让小花也好好休息。我也不会乱说,我知道了,以后我会去看你们。"

焦王氏擦着泪,向家里走去。

牛小梅拿了药回到家里,吃了药躺在床上。但她的心里却很沉重。她知道,有刘昌友撑着,这件事扳不掉刘昌魁。但作为村一个支部委员、妇联会主任,她咽不下这口气。她能想象出刘昌魁的疯狂和残忍,更能想象出小花的痛苦、无助和乞求。她想凭她一个人的能力很难对付刘昌友和刘昌魁与吴文英,更难以给这个艰难的家庭以援助,给孱弱的小花应该有的温暖与呵护。她想啊!想……

她终于想到一线希望。她也知道白慧敏有一个哥哥在县公安局里当副局长。她连忙起身去找白慧敏。

白慧敏带着女儿走娘家了，听冯灿说两天后她和女儿才能回来。

刘昌友从镇里开会回来，吴文英就把刘昌魁做的坏事和焦王氏来他家的情况说给刘昌友听。刘昌友气急败坏：“死不着的东西，这屁股还得擦。事不宜迟。如果让牛小梅和白慧敏知道了，捅出来，我这个书记也抬不起头。快，把他给叫过来。”

刘昌友对刘昌魁发了一阵子火，吴文英又做人又当鬼，把刘昌魁魂快吓飞了。晚上送来一万块后，第二天上午刘昌友就去镇派出所，找到所长说：“我一个兄弟喝多了酒，把一个女的摸了一下，还请所长关照关照。”两个人原来就认识，长贵的事虽然所长帮不上忙，但也尽力了。刘昌友出人意料地当上金水湾村书记，说明他的道业和背景超过唐希旺，也让所长刮目相看。所长说：“这要看怎么个摸法，要不，我也做不了主，得报局里审查。”

“算了吧！民不告，官不究。你没事找事啊！”刘昌友掏出一个鼓鼓囊囊的信封塞进所长的口袋里，笑道：“快下班了，我们到县里找个地方喝几盅。”

所长知道信封里是什么，说：“你这新书记，年富力强，说不定要赶上转干的车，还能拱上镇领导的位子。我这个所长怎么敢不给面子呢！但不是我算计你，这事要捅到局里，有人在后面盯着我就不好交差了。还真要摆一场呢！白局长是分管刑侦的，得把他也侍候好。他妹妹还是你的兵呢，喝一场，他会给你面子。”

于是，所长自己驾车，带着刘昌友进入县城一家大酒店，所长电话约来白局长，又约来五个酒友。酒后，所长和刘昌友单独找一个房间把情况说了一下。白局长已经有点醉意。说：“我们还有几起公安部和省厅挂牌督办的大案，这个事由所里办吧！”

所长说：“好，听局长的。”

刘昌友说：“谢谢白局长。顺便向你说一下，慧敏同志工作很好，与你这当哥哥的帮助有关啊！我还要再谢谢白局长。”

“不用客气。”白局长说，“慧敏的事，我很少过问，往后你这当书记的也要多帮助她。”

“当然，当然。”刘昌友和白局长握了手，就告辞了。

两天后，当牛小梅找到白慧敏时，白慧敏听了也很气愤。她和牛小梅一起赶到县公安局找到哥哥。哥哥说:“这事我知道了,局里积压的大案很多,上面又催得紧。这类案子一般都由派出所承办。据我知道,你们镇派出所认为证据不好取,你们也不要跑了。”

“哥!……”白慧敏还想向哥再介绍一些真实情况,白局长焦急地说:“慧敏,我,我还有一个会呢!要不你们去家里吧!看我什么时候能挤出时间再说。”说着匆匆向会议室走去。

牛小梅和白慧敏又赶到派出所。所长说:“你们的刘书记把情况介绍了,这个事还是由村里调解吧!派出所实在抽不出人手。”

牛小梅和白慧敏白忙活一天,后来听说经刘昌友和吴文英的手给焦王氏200 块钱,就此私了。牛小梅和白慧敏知道后在村委会办公室里和刘昌友大吵了一架。白慧敏暴跳如雷,“这不仅是伤害,是犯罪,必须赔偿 2000 精神损失费,少一分我们俩带着受害人到市里省里告,我就不信,找不到讲理的地方?!”

迫于两人的压力,刘昌友和吴文英又给焦王氏家送去 2000 元。

三

唐希旺此次外出大开眼界。他没有游山玩水,也无心赏花看景。除了在小岭村和华西村花的时间最多以外,特地去了淮河边上的另一个蓄洪区和江苏省一个开发利用沼气,受到国家表彰的沼气建设先进村。那个蓄洪区里的人民实行集体搬迁,移民到别的地方生活。因为这个蓄洪区地处淮河下游,不但蓄洪的次数多,而且洪水滞留的时间较长,有时半年洪水才能排空。这样蓄洪区里的人民受到洪水的煎熬比较漫长,长期处于贫困状态。实行移民不失为一种科学的举措。那个沼气建设先进村,不但家家户户都有沼气设施,利用沼气照明做饭,村里还办了中心沼气站。村民组办沼气分站,实行全村联网。不但满足了全体村民的照明和烧饭,还利用剩余的沼气发电为村办企业提供电能。同时利用沼气渣发展水产养殖和养猪等养殖业。村里培养一支沼气技术骨干队伍,专职负责沼气设施安装检查和维修。并组织闲杂人员和半劳动力,分工包片,负责打扫卫生,搜集农作物秸秆和垃圾与青草烂叶,送往沼气站填充沼气池,既美化了环境,又变废为宝。还为发展村办企业提供了能源。

水生又打来电话，催妈妈尽早赶到深亚照顾晓旭分娩。金玉娇也想去照顾女儿，因刘占元会瓦工活，又学会了修沼气池，经常外出帮助人家办沼气。乡里乡亲的，人家上门请求帮助，哪好伤面子呢！请的人家不仅管吃管喝，有酒有菜，多少还给些劳务费。家里养着鸡鸭猪和牛羊，整天忙里忙外的走不了。晓琬高中毕业没考上大学，她不想复读。见姐姐在深亚那边干得很好，钱也不少挣，也想去深亚找工作。金玉娇和刘占元商量一番，答应了晓琬正好陪王秀芳一起去，女儿生孩子是大事，自己脱不开身，让晓琬去照顾，也带去了父母的心意。如果，晓旭以后能帮助晓琬在深亚找个工作，岂不两全其美。

听说要去深亚照顾媳妇生孩子，王秀芳要去县城超市里买些小孩子生下来用的东西。她对唐希旺说："听三奶奶说，当婆婆的照顾媳妇坐月子，不能空着手，得带些奶粉、红糖和童毯还有小孩穿的衣服。"

唐希旺听了大笑："你是上山背石头，没事干了。深亚是开放大城市，那里的东西比我们这边多也比这边好。"

"没正经的。"王秀芳白了唐希旺一眼，"快当爷爷了，就让我觍着脸，空着手去。要不，你去！"

唐希旺还是笑，"你呀，也需要到外面开开眼界。三奶奶说是啥时候的事，过去生孩子都是在家里，现在都去大医院和妇幼保健院了。吃的住的用的，大人孩子人家比自家准备的还全呢！你信我的，多带些钱就行了。"

"带多了，你们在家里还要用呢？"王秀芳有点犹豫。

"家里的钱你都带上。"唐希旺说，"我们在家里好将就，米面不用愁，有盐有油就行。万一需要钱，让水莲从长喜那里借。"

"借借。"王秀芳瞅了瞅唐希旺，"长喜又没有开银行，你光错不还，借到啥时候是个边。"

"他是我女婿，也该孝敬孝敬老丈人。"唐希旺笑咧咧地说，"再说，我也没有乱花过一分钱。"

王秀芳忍不住笑："亏你能说得出来，闺女还没有嫁过去呢！"

"这你就不懂了。"唐希旺诙谐地说，"这叫提前预付。我是借。又不是要彩礼。我唐希旺不会搞过去那一套。"

“赶会儿我找水莲问问。”王秀芳又忙着准备。

又过了两天，王秀芳和刘晓琬南下深亚。

王秀芳刚走，唐希旺就静下来，翻阅从外地带回来的材料。他大门不出，关起门，一个人在屋里写写画画。苟二旦听说唐希旺回来了，赶来看他。他向苟二旦描述一番外出的收获。说：“真像电视里说的那样，不看不知道，一看吓一跳。外面的世界真精彩。你没看啊！人家华西村比我们这里城市里发展得还快还好。家家都是别墅，单门独院的小洋楼。家家都有小汽车，有的一家好几辆，上班，种地，都是开着车。村办企业，就是厂子、公司、超市，一座挨一座，一家挨一家，村里的公路都是水泥的，有我们村这条路三个宽。广场、公园、中小学、幼儿园、医院，要啥有啥。真正是城市化。家家都有存款。大部分家庭都是一百多万、几百万。在华西村分不出谁是城里人谁是农民。”他见苟二旦伸着脖子听，话头一转，说：“但是，那里的共产党员，干部一般都比不上群众，特别是村领导班子成员，不准有特权，工资待遇跟老百姓差不多，并且处处得起带头作用。连家属子女都不准搞特殊。我那个战友也是村干部，他家的房子、车子都不怎么样。”

苟二旦像听天书，问：“人家的书记呢？”

“人家叫党委书记。”唐希旺兴奋地说，“书记我没有见着。听我那个战友说，他们村里的老书记还住当年自己建的平房里，走在大街上跟老百姓一样，人家才真正称得上群众的带头人呢！”

“你也够带头的，”苟二旦笑笑，“建学校差一点掉了一条腿。”

“还没有掉呢！”唐希旺无所谓。

“现在你想掉也掉不成了。”苟二旦说，“让水生给你打点钱，多到外面溜溜。再开开眼界。”

“不，以后再溜吧！”唐希旺说，“我现在……”他下面的话来到嘴边上又咽了回去。苟二旦虽然不是外人，也不能屎没有拉出来先放虚屁。

送走了苟二旦，唐希旺又开始苦思冥想。他想了大半天，直到夜里 10 点多钟，才铺开纸写了一封信。第二天，专程到县邮政局用挂号信寄出去。他的信是这样写的：

党中央,国务院:

我是金水湾蓄洪区里一名共产党员,退伍军人。我已经五十岁了,亲自经历多次金水湾开闸蓄洪。最近到淮河下游一个蓄洪区里看看,那里采取集体移民的办法解决了蓄洪区人蓄洪时无家可归的困难。金水湾地处淮河中上游交汇处,蓄洪只是暂缓上下游洪水的压力,滞洪的时间短,一般不影响午季和秋季作物生长。有时可能只能种些晚秋作物,不会绝收。但是,我们这里人民大都住在20世纪50年代修筑的庄台上。庄台都是用土堆起来的。高度也不够高,洪水长期浸泡,对群众威胁很大。有时还会出现滑坡,造成伤亡事故。由于庄台有限,低洼地上还住着一部分人。洪水一来,这些人要搬迁到高地上安置。有的房屋被洪水冲倒了,只得重建。有的没有能力重建,只能借住别处。我们村至今还有一位七十多岁的老太太没有重建自己的住房。为此,提出个人的几点建议,供领导参考。

一、国家在力所能及的情况下,帮助蓄洪区人民加高加固庄台工程。保障蓄洪区庄台上的人民蓄洪时人身财产安全。

二、国家能否帮助还居住在低洼地上的蓄洪区人民在蓄洪区里构筑平安圩区。圩区内除统一规划建设面积不等的居民住房,学校、医院和路,水、电等配套设施与公益事业等均应按新农村标准建设。

三、规划建设乡镇村企业发展区和工业园区。招商引资,大力发展工业和商贸企业,让蓄洪区的人民,不但能过上安居的日子,还可向城镇化、工业化迈进。

……

唐希旺寄信后,没有马上回家。吃过早饭,他对水莲说:“我去县里一个老战友那里,顺便办点事。你把三奶奶的生活照顾好。地里也没有什么大事,我过不了多少时候就回来了。”一会儿,他拎着一个小包,里面是他的换洗衣服,骑着自行车出发了。

走出邮政营业大厅,唐希旺骑着自行车找到县能源办。

“陈大主任,你好!”唐希旺推开陈保雷办公室的门,陈保雷正在低着头看文件。唐希旺的嗓门可能大了一点，陈保雷吓了一跳，抬头见是唐希旺，立刻站起来，用手指着唐希旺叫道："你小子肚子里没有油水了，要讨上次的饭钱？"

"饭钱是要讨一顿。"唐希旺坐在陈保雷对面的椅子上，陈保雷给唐希旺泡了杯茶。

"不就是一顿饭么，"陈保雷说，"你还有什么屁要放，还拎着包，想赖着不走哇？"

"既来之，则安之。"唐希旺悠然道，"我想在你这里赖几天。"

"干吗？"陈保雷愣住了，"你不是天天忙得掰不开吗？你怎么舍得离开金水湾？太阳不会从西边出来吧？"

唐希旺笑道："太阳还真的从西边出来了。"

"怎么？"陈保雷有点震惊。

"换届选掉了。"唐希旺平静地说。

"开什么玩笑，像你这样的村书记被选掉，说明你们村里的人都吃错了药。"陈保雷有点不平。

"打住！"唐希旺咕咚咕咚喝完茶，说，"别扯远了。不当干部了，我想学点技术，学艺防身么。"

"去你的吧！"陈保雷说："胡子快白了，还想学技术，好好地种你的地吧！你不是种粮能手吗？"

"现在是农闲。"唐希旺说，"学一点比不学好吧！"

"你小子不是做梦吧？"陈保雷一脸迷茫。

"做梦也没有梦见别人啊！"唐希旺说，"还当你的兵，在部队你不是当过代理班长吗？"

"不就是新兵连里那几天。"陈保雷说，"当时你睡懒觉，我曾踢过你的屁股你还想算旧账啊！"

"旧账不算了。"唐希旺认真地说，"你们办公室下面不是有个技术专业队整天全县满地的跑，帮助老百姓办沼气，什么技术指导。都是临时工，我就在你们那里头干。"

"真的？"陈保雷瞪大眼睛。

"假的，我还拎啥包。"唐希旺一脸认真。

陈保雷扑哧笑了，摇摇头，“老唐，老唐，书记不当当临时工，我算服了。”

……

四

新官上任三把火。

听说唐希旺外出考察，刘昌友也想带领村两委班子成员和村民组长到外地参观考察，开开眼界，共20多人。如果到外地先进单位，吃住行大概需要一万多元。这对已经一屁股债务的村委会来说简直是个天文数字。因为村民委员会换届还要等一年，镇里让刘昌友实行“一肩挑”。也就是村支委书记和村委会主任由刘昌友一个人担任。镇党委做出决定后，万亚杰找刘昌友谈过话，严肃地对他说：“昌友啊！经请示县委组织部主要领导同意，因为村民委员会换届还要再等一年，这一年就不选配村委会主任，两个职务由你一个人干。也是一种探索和试验。希望你不要辜负镇党委的信任，把金水湾的工作再上一层楼，开创新局面。……”

开创新局面，就要有新动作。他准备把村民组长来个大换血。除了刘昌魁和金南村民组长外，其余四人过去不怎么听他的，老跟着唐希旺的屁股后面转，和唐希旺尿一个壶里，特别是金北的罗大宝，自从唐希旺选掉后就撂挑子上外面打工去了。刘昌友准备把两委班子和村民组长逐步来个大换血，大都换成姓刘的和关系户。尽管一个姓的也不是铁板一块，和尚不亲帽子亲，大不了伤点和气，胳膊肘子不会向外拐。

没有钱去外面参观考察，就在县里的先进单位转转也能开开眼界。刘昌友去双碑湖参观考察还另有隐情。他小时候听爷爷说刘家的根子在双碑湖。因此他对那里有着不同寻常的虔诚与憧憬，尤其膜拜皇上钦赐的那两座碑。爷爷也提起刘小刚——刘大胡子，当时的背景下，难分伯仲。双碑湖小张庄也是全省闻名的先进单位。小张庄的张太伟是响当当的人物。带领大家去小张庄最好请三奶奶也去。听说张太伟一般人不接见，见不着张太伟等于白去一趟，于是安排牛小梅去唐希旺家里接张三乃。

张三乃本来一肚子气，听牛小梅说是刘昌友安排她找她去双碑湖小张庄带路便一口拒绝。当时唐希旺还在外地，王秀芳觉得三奶奶灰刘昌友的面子不是时候，除了不排除怀疑唐家人从中作梗，不了解内情的人还会误认为他们不顾大局，在暗中拆新班子的台，于是王秀芳劝说三奶奶再辛苦一趟。她说："三婶，你应该回双碑湖小张庄娘家看看。虽然没有认识的人了，但你是那里的老姑娘啊！而且你还带着一大帮子专车回娘家，不但给金水湾人长脸，也抖了您老人家的威风啊！您不是爱唱《杨门女将》么，您这一亮身，不是当年的穆桂英，也称得上能杀善战的杨排风啊！"

三奶奶不是一觉睡不醒的人。经王秀芳这么一点，老人家马上换件新行头跟牛小梅去了村委会大院。人马都已经到齐。刘昌友亲自搀扶着三奶奶上车。一个多小时，金水湾村参观考察团就来到双碑湖小张庄。

小张庄的确名不虚传。带头人张太伟能力超群。如果说以张太伟为核心的坚强的领导班子，不如说有个强势家族较为恰当。可能是张扁担顽强拼搏的遗传基因还相当坚挺，张太伟的父母爆炸性以翻两番之势一次生下四胞胎兄弟。当时家庭还比较困难，兄弟四人能活下来长大成人已经不容易，所以都没有读过多少书。但是兄弟四人没有辜负先辈的厚德，父母的重望，也可能与张扁担当年参加了共产党，支持过红军有关，张家一直紧跟共产党。而刘大胡子投了共产党的对头国民党，所以直到张太伟这一茬，双碑湖的刘家，也就是刘大胡子的后代仍翻不起来浪花。老大张太伟从当生产队长起家，一步步拱到县委副书记、县人大主任。老二自学成材，先是当当地的土记者，现已成为著名作家。老三研究医学，已当上县卫生局长。老四爱科学种田，已培育出小麦，水稻新品种，被省农科院聘为农业专家。

张三乃带着刘昌友一帮子风风火火来到小张庄。刘昌友向接待工作人员通报了三奶奶的大名——张三乃，要求张太伟亲自接见金水湾村参观考察团。张家人一向重义气，重感情，再说，尽管找不出清根，也就是说张三乃是张扁担哪一辈子的后人，张太伟兄弟四人也弄不清自己是张扁担哪个儿子的后代，因为张扁担的四儿张四是早期共产党员，红军那一茬，因年代久远，加之父母也没有传清楚，兄弟四人自认为是张四的重孙。既然老姑娘回娘家，认亲归宗，张太伟破例接见了张三乃和金水湾村一行人，并且还破例为大家做了一个多小时的报告，传授小张庄发展壮大先富起来的经验。张太伟不是架子大，每天来小张庄参观考察的人太多，省内省外，络绎不绝。不要说一个张太伟，兄弟四人都上也接待不过来。

张太伟先是对老姑娘和金水湾村参观考察团的到来表示欢迎，接着简要介绍小张庄由穷变富的艰难历程。张太伟动情地说："当初我当生产队长时，也是记着老祖宗的交代，没有忘记一泡屎。那时化肥很少，有钱也买不到。我们记着老祖宗临终前对后人的嘱咐，四兄弟带头背粪筐四处拾粪。庄稼一枝花，全靠粪当家。经过我们一步步努力，终于摆脱了贫困，走上富裕路。当然，前进中也遇到过刘大胡子这一类调皮捣蛋，吃里爬外的家伙。对于这类胡搅蛮缠，不服从领导、不听指挥的钉子户，我们不再像老祖宗张扁担当年对待刘大胡子的策略，因为当时共产党没有当权，张扁担只能让着刘大胡子。现在是共产党的天下，无产阶级专政，我们采取硬碰硬的方式拔钉子。那时还是大轰隆，集体生产所有制，办学习班，扣工分，游村，极个别死不悔改的，来点硬的，朝屁股上踢。大不了算上私设公堂，只要弄不死人，只能算是用药太猛，过激行为，小错误。当然不能往死里整。万一失了手，人命关天啊！……"接见参观结束后，张太伟又破例安排接待人员带领参观考察团到村办食堂里就餐，还破例上了烟酒。

此次小张庄之行大长了刘昌友的底气。不过，刘昌友可能误读了张太伟的经验，后来不仅玩失了手，还留下终生遗憾。

……

刘昌友第一次主持召开村两委班子联席会议，就遇到了来自牛小梅的麻烦。因为去小张庄的包车是她找的。车主已多次催要车费。牛小梅已为村里垫付其他开支用光了自己家的钱，她向刘昌友讲过几次，刘昌友答应想办法，却一拖再拖。牛小梅被车主催急了，便趁开会前，将村里的账本捧给刘昌友："这个文书我不兼了，再兼下去，我们家连盐也吃不上。"

大活人不能让尿憋死。刘昌友也没有再为难牛小梅，他早已想让牛小梅让出兼职的文书。因为他掌控不了牛小梅。作为一村之主，让一个不完全听自己指挥的人掌握村里的财政大权，恐有大权旁落和被架空的危险。财政是权力的象征。掌握财政的人必须是自己的亲信和心腹。当然牛小梅也意识到这一点，所以她主动退出，以免被强行交账，反没有主动交出体面。这样，既省心，又跳出了浑水。

刘昌友收了账本和柜子上的钥匙。

晚上，刘昌友让长发去找刘长富要他重新出山，说："长富呀！镇党委要我村两委班子一肩挑。这担子重啊！牛小梅兼不了文书，嫌文书的担子重，事务多，叔想让你再接下来。这财政权力不能掌握在外人手里。"

刘长富早已厌恶文书工作，主要原因是管账管不了钱，不但捞不到好处，还要当替死鬼。刘长富摇摇头，无奈地说："叔，家里的一摊子我就撑不住了，我不想再接文书的工作。"

刘昌友笑了，恍然道："我知道了，长喜与水莲成一对，你们兄弟俩都投唐希旺了。好，算叔没有说，去吧！"他挥挥手，心想刚从一个"叛徒"手里夺回了权，不能再上另一个"内鬼"的当。他相信文书是个实惠的差事，不愁找不到可靠的人。

第二天，刘昌友让长发去请刘昌文，开门见山地说："大哥，我想发挥你的专长，把村里的文书工作担起来。你看怎么样？"

刘昌文觉得有些突然，刘昌友应该找他的侄子刘长富当文书，再说刘长富原来就是村里的文书，怎么会找他这个远房哥呢？刘昌文心里不踏实，支支吾吾："昌友啊！我年纪大了，恐怕干不了。"

刘昌友说："算是村里特聘的代理文书，不算班子成员，业务也单纯，记记账，收收文件，发发救济款，收管超生费、提留款等等，琐碎事儿，主要坐办公室，不让你跑腿。"

刘昌文见刘昌友一腔热诚，60 多岁了，到处东奔西跑，还没有尝过当干部的滋味。既然是代理，就过把瘾，便答应了。

当下，燃眉之急是急需收提留款，以缓解村里经济压力。自从当选书记以来，要高利贷的人经常上门索要，有的人话说得很难听。吴文英快被要钱的逼疯了，还有长贵给家里写信要家里寄钱治病。拖欠提留款的大都是钉子户，不下点猛药一般不会主动交。小张庄的经验为他鼓足了勇气。他找苟二旦谈过，要苟二旦抽调部分精干民兵组成小分队强行上门催收。苟二旦拖着不办。他主持支委会研究调整了四个村民组长，把吴文英安排为村妇联会副主任，长发配备为村民兵副营长，又挑选 8 个年轻力壮的民兵由长发亲自带队上门逐户催收拖欠的提留款。两三天下来，就收上来一万多元。

刘昌友亲自给小分队开会，对大家说："提留款包括农业税、公益事业费、民师工资、军烈属和五保户供养费等，都是上面各级政府红头文件规定的。村里增加的部分，也是取之于民，用之于民，天经地义，没有增加农民负担。没有交的大都是钉子户，我们下决心拔掉这些钉子，要加大力度，决不能手软，个别不识相的可以来点硬的。自古就有'宁当鸡头，不做凤尾'的说法。现在的金水湾村是我当家。大家只要照我说的干，天大的娄子由我扛。……"

刘长发带着小分队来到金北村民组。强行收了两户。接着一行人来到罗老二家里。

罗老二六十多岁，五口人，老伴长年有病卧床不起。儿子罗小虎和老婆曾去外地打过工，干了几个月，腿受了伤，拿不到工资两口子空着手回来了。罗小虎有个儿子，才5岁，一直随爷爷奶奶在家里。罗老二刚卖了一头猪，还剩下一只羊，有60多斤，卖猪的钱还了老伴吃药欠下的钱，只剩下50多元。罗老二卖猪时连给孙子，一块烧饼也舍不得买孙子伤心地哭了半天。

刘长发带着小分队找上门，凶神恶煞地说："罗老二，听说你家卖了猪，欠村里的提留款为啥不交？"

罗老二哭丧着脸解释："给老伴还药账了，不还钱人家不给药。老伴的命要紧啊！"

"没剩下吗？"刘长发满脸横肉。

"还有一点，"罗老二连忙回里屋里取出50元钱递给刘长发，苦着脸道，"就剩50块了，还有几块留着买盐。"

"你是打发要饭的！"刘长发把钱揣进口袋里，吩咐小分队员进屋里搜，一个队员从羊圈里牵出羊往外拉。罗老二扑上去死死拽住羊绳不让拉，哭着说："求求你们，不能拉我的羊，不能拉啊！……"

刘长发见老头子不松手，飞起腿狠狠朝着罗老二的肚子踢了一脚。罗老二趔趄着栽倒在地上。刘长发率领小分队把羊牵走了。

当时，天已经黑下来。罗小虎和妻子在镇上一家建筑工地上干活。收工后夫妻俩回到家，罗老二躺在院子里已经气绝而亡。

打死和尚满寺的热。罗老二的死在金北村民组激起众怒，掀起轩然大波。

四邻八舍纷纷来到罗家,有的用公话向县公安局报案,有的表示同情和慰问。不知是谁出的主意,用小板车将罗老二的尸体拉到镇党委政府的大院,罗小虎和妻子儿子,还有闻讯赶来的罗老二的女儿女婿等亲人披麻戴孝跪在罗老二的尸体旁。

当天晚上 8 点多钟,公安民警就在镇上一家酒店里将正酗酒的刘长发及有关嫌疑犯捉拿归案。

次日,金水湾镇党委政府大门前停放着罗老二的尸体和围着尸体哭号的亲人。县委书记县长得知后,立即派出工作组前往处理。万亚杰束手无策。徐永刚则很镇静,和带队的县委副书记商量后,决定请唐希旺前来劝解。唐希旺刚从县能源办回家取衣服,接到通知立即赶到镇里听取有关领导拿出的处理意见。他二话没说,找到罗小虎说:"事情发生了。该抓的人也抓了,把你爸拉回去安排后事。相信政府相信法律。不要再折腾了。金水湾落到今天这个地步,我,也对不起大家。……"唐希旺看着躺在板车上的罗老二的尸体和跪在地上的亲人,眼睛潮湿了。他向罗老二的遗体深深鞠了一躬,又向罗小虎和其他亲人及围观者示礼。罗小虎擦干眼泪说:"唐叔,我听你的。"紧接着招呼前来的亲人随他将爸的尸体拉回家。镇里派人送去安葬费和抚恤金。

第二天,罗老二安然下地。金水湾事件画上了句号。

第三天,县委做出决定:免去万亚杰金水湾镇党委书记职务,徐永刚担任金水湾镇党委书记。又派去一位新镇长接替徐永刚的镇长职务。

第四天,金水湾镇党委做出决定:撤销刘昌友金水湾村党支部书记、村民委员会主任职务,任命唐希旺担任金水湾村党支部书记,牛小梅担任村党支部副书记兼村民委员会主任候选人。

一切那么偶然,又那么必然。历史与金水湾村人开了个玩笑。这个玩笑太大了,最终付出两条人命。后来一家晚报的记者用《血的教训》为题发表的文章中写过这样一句话:"血缘是亘古不变的亲情,但不是历史前进的动力,历史是人民创造的。"

……

尾　　声

滔滔淮河水，滚滚向东流。

两个多月后，王秀芳从深亚返回金水湾。晓旭生了个白胖小子。孩子生下后，晓旭不愿意哺乳。现在城市年轻女人只愿意怀孩子生孩子。有的连孩子也不愿意生，不声不响就打掉了。原因是生孩子老得快，还拖累手脚。晓旭深知两家老人，特别是老太太张华玉更是盼重孙子心切，也就坚持生下来。

孩子名字叫亚宝，是老太太张华玉起的。据说老太太想了一个多月，最终想出这个，老人太满意。电话里传来晓旭生个儿子，老太太马上报出名，激动地说："亚宝，就叫亚宝！"王秀芳抱着亚宝回到家，孩子已经满月了。亚宝一生下来就由王秀芳喂养，夜里睡觉也由王秀芳带。除了怀孕和分娩的是刘晓旭，等于王秀芳又生了一回。

从罗老二身亡以后，村子里再也没有见到刘昌友和吴文英的影子。一个多月后，重履旧职的刘长富带来刘昌友捎给唐希旺想见见他的口信。唐希旺去了他家。刘昌友的脸已经变形，唐希旺差点没能认出来。刘昌友说："我想请你帮个忙，齐科长信你的，老大能不能保外就医？"唐希旺点点头："可以，请多保重。"唐希旺找到齐科长，老齐说："好，我尽力办。"一个星期后，刘长贵回来了，他的肝炎已经到晚期。

王秀芳抱着亚宝回来的第三天，老太太张华玉和女儿唐希云就来了。老太太特兴奋，抱着亚宝亲了又亲。唐希云除了看亚宝，还有一件重要的事情，兑现兴建希望小学的承诺。承建单位是县里一家颇具实力的建筑公司。签订合同的仪式在镇党委会议室里举行。镇党委书记徐永刚和新镇长都参加了。

徐永刚还在合同签署后讲了话，对唐希云大姐的义举表示感谢。唐希云只说了一句话："希望工程做得扎扎实实，让孩子们有一个安全美好的学习环境。"合同签署后，唐希云的建校款就按比例到位了。金水湾希望小学工程就此拉开了帷幕。

金水湾村筹备成立了一个新能源沼气公司，聘请县能源办一位退休技术干部当经理。除兴建本村沼气外，还承接外部沼气工程。实行股份制，单独核算，自负盈亏，保障安全，让利于民。唐希旺带头入股，并参加技术施工队，既是领导成员，又是一名员工。沼气公司能走多远，唐希旺说："摸着石头过河，一步一步向前走。"

刘永清和叶绍岚带着沉重回了一趟金水湾。刘昌友面对刘永清只是哭，一句话也没有说出来。刘永清深沉地说："我爸在世时，早就给大家说透了。金水湾只是个地名。地名是一个地方的名称、符号。一个人，一群人，姓什么，也是名称、符号。一个家族不能死抱着那个符号搞特权。家族再大，人口再多，血缘再近，也是个族群和符号，决不能凌驾于民族之上。在我们国家，大小民族都是一家人，都要紧紧团结在一起。你们却都放在后脑勺，利用家族这个老掉牙的符号挖空心思玩那些见不得人的鬼把戏。这是永远走不通的死胡同。不见棺材不掉泪，现在说什么都晚了。……"

刘昌友失魂落魄，哭哭啼啼。

刘永清和叶绍岚是利用星期天回金水湾的。在刘昌友家坐了一会儿就来到唐希旺家。他们特地给老人带来一个大蛋糕。张华玉搂着叶绍岚亲了又亲。叶绍岚好像又想起那不堪回首的年代，动情地说："妗子，我又想起你给我做的千层饼。我永远忘不了它。"

张华玉也很动情，眼睛潮湿着："绍岚，你还想吃吗？"

叶绍岚哽咽着说不出话来。

刘永清知道叶绍岚与老人情深，抑制着感情，热忱地说："妗子，今天我们不吃了。为了您老健康长寿，我们陪您一起吃蛋糕。祝您成为金水湾的老寿星。"刘永清又对唐希旺说，"该过去的就让它过去吧！一切向前看。"

唐希旺深深地点点头。

村里传出刘昌友查出癌。唐希旺问刘长喜是不是真的，刘长喜说是真的，正在筹钱去省里一家医院做手术。唐希旺跟王秀芳商量去看刘昌友,并送点钱。王秀芳没有意见。唐希旺揣着水生刚打来的1万元去刘昌友家,刘昌友颤抖着手接过钱,没有说话,眼泪却流下来了。

《中国水利报》一位记者专程从北京赶到金水湾采访唐希旺。记者说:“你给中央、国务院写的信,中央领导看了,很重视。特别是第一、二条建议,已批转中央有关部门进行论证、规划、实施。不久,就会落实。……”

唐希旺笑了,笑得很开心。他给丁萍打电话:“丁萍,三奶奶的房子有指望了。政府帮助建。你不是下岗了吗?欢迎你来金水湾创业。金水湾土地多,你来承包啊!尝尝当农民的滋味,新农民,有干头!……”

唐希旺很像一头拖不垮累不趴的老黄牛,喘息一会儿,又开始耕耘。他给水生打电话,下命令似的:“想办法把林总拉到金水湾来,我们也在招商引资,金水湾不能跑大船,可以建造船厂,万吨级的,大水来了,万顿轮船能开到长江里。你小子不能在外面扎根,一定要回金水湾,外面再好,不是家。往外面飞是好事,能开眼界,学技术,但一定还要飞回来。金水湾是家。不要家,还有国吗?……”在唐希旺眼里,外面的世界很精彩,金水湾也很精彩。

金水湾村的广播响了。大喇叭里传出歌曲《我们走在大路上》:

我们走在大路上,
意气风发斗志昂扬。
共产党领导的革命队伍,
披荆斩棘奔向前方。
五星红旗迎风飘扬,
中华儿女奋发图强。
勤恳建设锦绣河山,
前进的道路洒满阳光。
……

唐希旺边走边听,他像陶醉在歌曲里,那条伤腿留下的一跛一跛的步子仿佛又正又快了。脚下好像被什么绊了一下,他晃了晃,又站了起来。

唐希旺在村口水泥大路上徜徉。广播歌曲结束了。大喇叭里响起叽里呱啦的喧叫声。有男有女,有老有少。打头的竟是水莲。

水莲说:“开始!”

王秀芳:唐希旺快要把家卖给我了。整天扑在村里,沼气施工队。地里家里撂给我。我也不干了,也出去干。

林阿丹:大婶,我的船舶配件厂,招的都是大学毕业的技术工。您去明跃的服装厂吧!

黄明跃:好啊! 妗子,我的服装厂也是机器操作,流水线作业。您老眼睛有点花了吧! 我给您配副眼镜,负责质量检验把关。

郭继山:大家都进厂了,地抛荒啊?

丁萍:地荒不了。我们城里人下乡承包,尝尝当农民的味道。

唐希强:没人种,我种,我要当种粮大户。实行机械化耕种,科学种田。大家的土地转包给我,再到我的地里干活,我按天按月发工资都行。

唐希旺:刘昌魁个兔羔子呢? 我不仅要把他的组长撸了,还想扒开他的心看看有多硬,好小子,刘长发进去后,他就溜了,听说还在广东一家厂里当门卫呢!

叶绍岚:报案。对这样的败类一定要绳之以法,决不能让他逍遥法外。

刘长富:我老婆是个药罐子,快把我们家压垮了。

水莲:不用怕! 有新农合啊! 个人出一点,国家拿大头,还有大病救助,最多可以报好几万呢!

瞎奶奶:小花、小明快上大学了,我老婆子哪能供得起啊?

牛小梅:国家给助学金。特困家庭一切费用全免,国家包啊!

瞎奶奶:我,干不动活了,咋办?

白慧敏:奶奶,您老不用怕,进敬老院啊! 吃喝穿用医,国家全包。

苟二旦:地种得啊! 国家不但不收农业税,还发种地补贴,打卡发放到户。严防克扣假冒。还有种粮种棉种菜奖励。

吴文英:农村六十岁以上的老人国家每月发给养老金。咱们也享受享受。

郭小宝:我搞咱金水湾旅游开发。争取把外国的大鼻子都吸引过来,赚他们的美元。

冯灿：人民币还是坚挺的。后劲大着哩！

张华玉：三乃妹呀！我们俩牵头把花鼓灯和嗨子戏搞起来，这是非物质文化遗产，不但不能丢，还要继承传承，发扬光大，国家也给扶助啊！

张三乃：行！丁萍回来当农民，我和大姐搞非遗文化传承。

刘昌文：我的婚庆公司，国家支持不？

唐希旺：支持。移风易俗树新风，加强精神文明建设啊！我们俩结合，搞个城乡连锁，从北京到金水湾，结婚、旅游，实行一条龙服务。

刘昌文：这补贴，那扶持，国家有那么多钱吗？

牛小梅：改革开放以来，中国的 GDP 噌噌往上蹿，每年都是两位数增长，国家有钱，这钱大都花在老百姓身上。

刘永清：中国永远不称霸。中国永远不做军事超级大国。中国建设特色社会主义，让全国人民都过上安定幸福的生活。

张华玉：这都是改革开放的好啊！

刘永清：老太太说得对。改革开放要贯彻社会主义建设全过程。时代在前进，社会在发展，今天是先进的，说不定明天就落后了。要更新，更新就是改革。开放也很重要，包括西方一些先进技术、先进文化，我们要借鉴、吸收、发展成我们的优势。只有改革开放，我们才能永远立于不败之地。

……

水莲介绍道："这个节目是小品，《畅想改革开放之歌》。作者：双碑湖小张庄著名作家：张希贤。监制：张华玉、张三乃。配音：白慧敏、冯灿。导演：牛小梅。策划：唐希旺。节目主持：唐水莲。这次节目播送完了。明天继续重播，再见！"

……

听了小品，唐希旺才意识到昨天是妈妈的寿辰。他知道做节目的事，但不知道把他也秀进去。作品虽然不怎么精彩，但他心里认定，这个小品将是大历史气若游丝的小局部，诞生于21世纪开局之年的一部不寻常之作。

不能不说的是，小品里也有王秀芳与吴文英，但都没有出场，由两个女子用声音模仿。

了解内情的人们惊叹：母鸡斗，天要漏。听说两个娘们以后还有戏呢！

……

七嘴八舌中,王秀芳却心如止水,她淡淡地说:“犯不着翻脸,人一生一世能活个平平安安清清白白就是造化,何必那么过不去。……”

吴文英则不然,她怨天尤人,一肚子牢骚,酸不溜丢地说:“我这辈子窝囊透了,要是有来生,当王八做贼,也不要再蹚这趟浑水了……”

2010 年 3 月 6 日—10 月 19 日初稿

2013 年 3 月—2015 年 12 月改竣